un mundo oscuro

un mundo oscuro

A. G. HOWARD

Traducción de Xavier Beltrán

Argentina – Chile – Colombia – España
Estados Unidos – México – Perú – Uruguay

Título original: *Shades of Rust and Ruin*
Editor original: Bloomsbury
Traducción: Xavier Beltrán

1.ª edición: julio 2023

ISBN: 978-84-19252-15-9
E-ISBN: 978-84-19497-23-9
Depósito legal: B-10.582-2023

Fotocomposición: Ediciones Urano, S.A.U.

Impreso por: Rodesa, S.A. – Polígono Industrial San Miguel
Parcelas E7-E8 – 31132 Villatuerta (Navarra)

Impreso en España – *Printed in Spain*

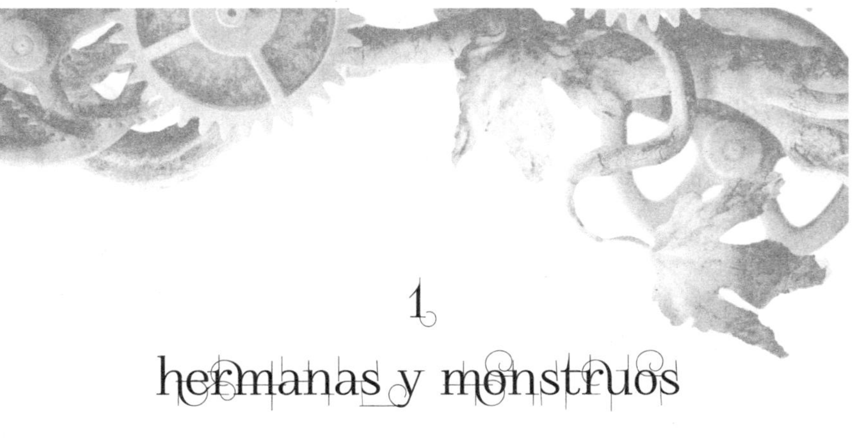

1

hermanas y monstruos

Cuando tenía catorce años, encontré muerta a mi hermana gemela en la cama de abajo de la litera, y allí empezó mi relación con los duendes. Ni un solo día desde entonces me he arrepentido de su llegada. Sin ellos, jamás habría sobrevivido a la culpa. La misma culpa a la que me enfrento hoy al encargarme de una obligación un tanto macabra.

Me doy la vuelta en el colchón y miro hacia los ojos que me observan desde la mesita de noche. Su brillo débil rompe la oscuridad. Parpadeo con fuerza hasta que la luz se enciende en mi reloj digital en el mismo momento en que comienza a sonar la alarma. Reprimo un bostezo y pulso el botón para apagar el despertador. Mi habitación se queda en silencio, y abro el calendario de mi teléfono móvil mientras espero a que transcurran los próximos quince minutos y el veintinueve de octubre dé paso al treinta.

La verdad es que, a estas alturas, no necesito una alarma. A lo largo de todo el mes, me he despertado a las doce menos cuarto, como me ha ocurrido los dos últimos años durante el mes de octubre. La alarma es una precaución, para asegurarme de que el programado despertar sea tan espontáneo como parpadear cuando llegue mañana por la noche, para asegurarme de que Halloween no se me eche encima y me robe los latidos del corazón y la respiración, como le sucedió a mi hermana.

Mi mirada se desplaza de mi teléfono a las estanterías de la pared. Es donde guardo a mis duendes, encerrados en el interior de cuadernos de dibujo, esposados al papel con cadenas de tinta de colores. Antes acostumbraba a visitarlos cuando necesitaba huir de la realidad, cuando me sentía vulnerable y sola. Pero últimamente su poder se ha ido debilitando.

Ahora mismo, no son rival para el inminente muertiversario de mi hermana. No hay nada que pueda aligerarme ese peso. Ni siquiera los sueños más agradables.

Quizá porque en aquella fatídica noche, antes de la tragedia, había soñado con lo mejor del mundo: con la luz del sol y el aire salado, con risas y consuelo. Cuando me desperté, todavía notaba granos de arena entre los dedos de los pies, la materialización subliminal de unas vacaciones de verano que hicimos Lark y yo con nuestros padres y que ya solo recordamos gracias a las fotografías. Esa noche, lo que me despertó con un sobresalto no fue una tarea ni una alarma… Fue una sucesión de ruidos, de arcadas, de gruñidos guturales que estaban totalmente fuera de lugar junto a la brisa del océano y las risas.

La conmoción hizo que me incorporara y procurase escuchar con atención por encima del acelerado latido de mi corazón. No sabía por qué, pero los golpes sordos me habían ascendido por el pecho hasta el cuello y los oídos, sumándose a la confusión de una vacilante luz plateada que se colaba por la ventana y caía sobre nuestra litera. Las obras maestras que ese día había dibujado yo con lápices de colores y que había decorado con purpurina —calabazas de Halloween, espíritus malignos y un Frankenstein de retales— adornaban las paredes y ondeaban como fantasmas cautivos mientras la mosquitera traqueteaba detrás de las cortinas abiertas y dejaba que entrara un frío vendaval de octubre. Con cada ráfaga, el movimiento ascendente y descendente de los alambres de la mosquitera partía el destello de la luna hasta convertirlo en recuadros microscópicos que se desplazaban por las paredes.

Semanas más tarde, durante una dura sesión con un psiquiatra infantil, describí la luz ondeante como un efecto estroboscópico. También recordé que el reloj marcaba las 23:45 horas, solo quince minutos antes de que fuera el uno de noviembre, y que la mosquitera de la ventana se había desgarrado en una de las esquinas, que se enroscaba por el viento como una lengua áspera y alargada.

—Lark… —Recuerdo haber murmurado el nombre de mi hermana en la oscuridad—. ¿Has oído algo? —Fue la falta de respuesta la que me causó un hormigueo y provocó que regresaran hasta mí las imágenes de los monstruos disfrazados y las máscaras ensangrentadas que habíamos visto al salir a buscar caramelos. Junto a la escalera que se encontraba a los pies de la cama, unas sombras escalofriantes se congregaban alrededor del último proyecto de Lark, una muñeca deconstruida y partes de un reloj, apiladas en un escritorio en el rincón. Para evitarlas, me apoyé en la estructura de la cama y bajé por el lado del colchón. Apoyé los pies en la cama de Lark y le di un golpecito con el dedo gordo. La tenue luz volvió a titilar y motivó cierto malestar en una barriga que ya estaba llena de demasiados caramelos.

La fantosmia de brisa marina se marchitó y se transformó en un hedor espantoso a almizcle y a animal, agriado por un aroma húmedo a moho. Quizá fue entonces cuando vi la lengua de la mosquitera… o quizá fue más tarde. Sin embargo, en esos instantes mi constatación más imborrable fue la siguiente: no notaba la presencia real de mi hermana.

Sí, mi pie se apoyaba en su costado, encima de una barrera de costillas inalterables. Sí, tenía la piel fría por debajo del pijama, una copia idéntica del mío a excepción de la tela —la suya lucía un patrón de puntitos rosados, la mía era de rayas amarillas—. Lo que no notaba era su presencia en la habitación, a mi lado. Era algo que Lark y yo siempre habíamos compartido, un vínculo que ataba nuestros receptores sensoriales y nos volvía conscientes de las experiencias físicas y de las emociones de la otra a través de una aguda intuición.

En cambio, lo que sentí, lo que ella sentía, tan solo se podía describir como un desarraigo de la tierra, peste a marga, a minerales y a gravilla, que se adueñaba de una oscuridad tan estimulante como espantosa.

Salté al suelo para juntar mi meñique con el suyo. Con los dedos entrelazados, nuestros pensamientos se conectaban del todo. Éramos capaces de mandarnos mensajes, que iban desde «¿Estás bien?» hasta «Me he enfadado contigo», pasando por todo lo que quedaba entre esas dos frases, sin necesidad de hablar en voz alta. Dependía de la fuerza con que nos sujetásemos. Era un secreto que guardábamos, algo que nunca le habíamos contado a nadie. ¿Para qué? No lo iban a entender. O se reirían o pensarían que mentíamos.

Esa noche, en ese momento, le di un apretón como si Lark fuese mi salvavidas en un mar revuelto. Como no me lo devolvió, me acerqué y aparté con la rodilla el ejemplar abierto de *El mercado de los duendes*. Aunque mi hermana iba por nuestro párrafo favorito, mi atención estaba concentrada en ella, en cómo tenía la espalda rígida y arqueada, con las extremidades torcidas en ángulos que no eran naturales, como si fuese un árbol caído con las ramas partidas.

—¿Lark? —Con una mano temblorosa, le solté el meñique para apartarle mechones de pelo negro de la frente. Dejé atrás las cejas plateadas (una consecuencia de nuestro albinismo parcial, igual que las sorprendentes pecas blancas que nos salpicaban la nariz) y le acaricié las pestañas, cortas y apelotonadas y oscuras como las mías, aunque las suyas estaban inmóviles en una mirada vacía e imperturbable.

Repugnada, aparté el brazo y le rocé los labios con la punta de los dedos. El tono azulado podría ser culpa de las sombras, pero la fría ausencia que noté con la mano no…, ni tampoco la inexistencia de un aliento cálido. O de cualquier tipo de aliento. La luna estroboscópica avanzó por su rostro y mostraba huecos que yo nunca había visto, consumía sus párpados y sus cejas, vaciaba el espacio entre sus mejillas; eran grietas tan profundas que era como si su piel se hubiese encogido hasta ser un tirante recubrimiento grisáceo y me dejase acariciando una calavera sin forma y monstruosa. Sus brazos y piernas eran una versión hinchada y mustia de sí mismos. En su cuerpo todo estaba desproporcionado.

Me puse a chillar. Cuando mi tío Thatch irrumpió en la habitación para calmar mis gritos y sollozos, la luz de la luna había vuelto a moverse y Lark tenía el mismo aspecto que siempre, su rostro y su cuerpo clavados a los míos, a excepción de una tez cenicienta, ojos ansiosos y extremidades torcidas. Me liberé del reconfortante abrazo de mi tío y me desplomé en el suelo de madera, tan duro y frío como el hecho que empecé a asimilar y que me desgarraba las entrañas: Halloween se había llevado a mi hermana, igual que años antes se había llevado a nuestros padres.

Esta noche, revivir ese momento me cierra la garganta por la angustia, sumada por la sobrecarga sensorial que llevo todo el mes reprimiendo, la incapacidad de ir a cualquier sitio sin que me persigan y me acosen detalles espeluznantes. Ni siquiera el instituto es ya un lugar seguro, por culpa de las calabazas en miniatura sobre las mesas de los profesores, las decoraciones fantasmales y oscuras de las ventanas y las calaveras de papel que cuelgan de los techos. Me subo las sábanas hasta la barbilla mientras el frío de otoño continúa rodeándome los huesos, implacable.

Aquel libro de imágenes favorito que se encontraba a los pies de la cama de mi hermana —una valiosa primera edición de 1933 de *El mercado de los duendes*, de Christina Rossetti, llena de preciosas ilustraciones de un artista llamado Rackham— me mira fijamente desde el lugar que ocupa en mi mesita de noche, detrás del despertador. Es otro recordatorio de todo lo que he perdido, incluida a la madre que les dio el libro a sus hijas pequeñas antes de abandonarlas para siempre. Agarro el extremo de la sábana con el dedo meñique y entonces cierro los ojos y recito el último párrafo entre dientes:

> *Pues no hay amiga como una hermana*
> *haga sol, lluvia o nevada;*
> *para que te anime en el hastío,*
> *te oriente en el desatino…* [1]

Me detengo antes de los dos últimos versos. Esas palabras, que tiempo atrás hicieron que Lark y yo nos sintiésemos invencibles juntas, ahora me rasgan el corazón como la zarpa de un monstruo. En el poema de *El mercado de los duendes*, la hermana más fuerte salva a la más débil. A pesar de que yo nací ocho minutos antes que ella, siempre supe que Lark era la más fuerte. No era una prueba infalible el hecho de que yo viviese y ella no, porque había sido demasiado débil como para ayudarla.

El forense determinó que la causa de su muerte fue una epilepsia no diagnosticada. Eso explicaba el estado de sus extremidades, como si hubiese sufrido convulsiones; los ruidos guturales y las arcadas que me habían despertado eran debidos al vómito que inhalaba mientras con los dedos se enganchaba a la mosquitera por encima de su cabeza, sumida en un estado de asfixia.

---

1. Nota del traductor: Todos los fragmentos de *El mercado de los duendes* pertenecen a la traducción de Francisco López Serrano, publicada en 2004 por la editorial Pretextos.

Después de saber cómo había muerto mi hermana, yo no podía entrar en fase REM… No podía dormir lo bastante profundo como para soñar. Los gemelos idénticos se forman cuando un óvulo fecundado se divide; Lark era la mitad de mí y yo, la mitad de ella. Más que nadie, yo debería haber percibido su forcejeo, debería haberla girado para abrirle las vías respiratorias. Como mínimo, debería haber recelado de la fecha que puso fin a la vida de nuestros padres, debería habernos obligado a las dos a permanecer despiertas hasta que la medianoche transportase el mes de noviembre a salvo junto a nuestras camas.

Mi tío Thatch intentó interrumpir mi ciclo de insomnio. Cuando por fin se dio cuenta de que los somníferos que nos recetaba el psiquiatra infantil no surtían efecto, optó por la valeriana. La primera noche en que me bebí el té, dormí largo y tendido, y mis sueños cobraron vida: de vivos colores, repletos de niebla tóxica y de puñales y de alas de metal y de dientes, todo ello detallado con la precisión sombría propia de la fantasía ciberpunk; mi vida real en la costa de Oregón —también sombría a su manera— palidecía en comparación.

A la mañana siguiente, mi tío Thatch no pudo ocultar la preocupada mueca que hizo con los labios al verme dibujar en una libreta cualquiera una representación de ese mundo de hadas industrial con más destreza de la que nunca había mostrado. El escenario reflejaba nuestra ciudad: un terreno, unas tiendas y unas calles parecidas, un océano infinito; aun así, estaba desprovisto de seres humanos y lo habitaban caballos con cascos de latón, pájaros con plumas cobrizas y seres con tentáculos como cadenas en lugar de los coches, los tranvías y los barcos. Un mundo paralelo con magia, electricidad y metal. Garabateé MYSTIQUIEL en el margen superior porque lo había visto trazado con pintura en una señal encalada y abollada en los confines de mi sueño.

Con el ceño fruncido, mi tío había intentado darle una explicación al fenómeno.

—No te preocupes, Nix. La valeriana a veces activa el subconsciente. Supongo que el libro de imágenes que te dio tu madre tampoco es de gran ayuda. Lo guardaremos en el desván. Y cuando no necesites las hierbas para relajarte, dejarás de tener pesadillas.

Al cabo de unos pocos días, pude dormir sin tomarme el té, aunque los duendes y las hadas siguieron adornando mi subconsciente —unas criaturas espantosas, grotescas e inquietantemente elegantes que eran parte folclóricas y parte mecánicas—, a pesar de que mi tío Thatch había metido en una caja el libro de *El mercado de los duendes*. Estaba equivocado, y me alegré, puesto que las pesadillas me proporcionaban un refugio. Aunque Mystiquiel no conseguía hacerme olvidar la dolorosísima pérdida de mi otra mitad, era el único lugar donde Lark no había existido, con lo cual allí no había ningún agujero provocado por su ausencia. Por lo tanto, era el único lugar donde yo no era una traidora por haber sido la hermana que había sobrevivido.

Ahora, tres años más tarde, ya no voy a ver al psiquiatra, *El mercado de los duendes* ocupa mi mesita de noche y los primeros esbozos que había dibujado en papel borrador han evolucionado hasta ser una colección de novelas gráficas que hacen las veces de crónicas de las aventuras de los duendes y las hadas que veo todas las noches cuando me quedo dormida.

Ya he elaborado una docena de volúmenes, y por lo visto los sueños no tienen fin. Sin embargo, últimamente he perdido las ganas de dibujarlos. Hace meses que no termino ni una sola escena, pero he urdido un plan para sobresaltar a mi musa. Como se basa en resucitar a los muertos, deberé estar bien descansada.

Mi atención se dirige al montón de libretas que abarrotan las estanterías, y recurro a un truco que siempre me ayuda a dormir: contar duendes en lugar de ovejas. Los clips plateados que sirven para sujetar las hojas se transforman en espinas metálicas puntiagudas, en pieles cobrizas y escamosas, y en colas con anillos electrificados; todos los clips brillan ligeramente bajo la luz de la luna cuando sus puntas afiladas y sus curvas romas juguetean con las páginas, que ondean con suavidad. Lanzo una última mirada adormilada a la ventana abierta por donde entra el viento, bostezo y encuentro de nuevo el camino que va hacia los sueños.

2

melancolía

Las puertas del tranvía se abren y una ráfaga húmeda serpentea hacia mi asiento del fondo del vagón, disponiendo así el ambiente perfecto para retratar a un fantasma.

He extendido la sudadera de terciopelo de Lark por encima del banco de madera del otro lado del pasillo. Examino el dibujo de mi regazo; ensombrezco las líneas con el lápiz, ya he reproducido las arrugas de la sudadera y la forma de las alas de purpurina con tiras elásticas que recorren la costura de los hombros.

Un grupo de trabajadores hace fila para bajar del tranvía y encaminarse hacia la lluvia que cae en la calle. Me entran escalofríos en la nuca desnuda y me subo el cuello de la chaqueta de cuero mientras inhalo el aroma a humedad. Esbozo una sonrisa de tristeza al recordar el día que Lark y yo aprendimos la palabra «petricor» para el concurso de deletreo de tercero de primaria, cuando nuestra profesora nos dijo que era más fácil de pronunciar que la frase «la fresca dulzura que flota en el aire durante un largo chaparrón».

Por aquel entonces, a mí me gustaba la lluvia; la promesa de algo nuevo oculto detrás de una cortina de niebla, el frío de los dedos de la tormenta que me separaban el pelo y me acariciaban el cuello y el chapoteo de musgo, barro y hojas mullidas bajo las botas. Ahora no es más que otro detalle que se cuela por la grieta de mi corazón y me recuerda que, cuando éramos pequeñas, Lark y yo caminábamos por los charcos de agua, hacíamos carreras de barquitos de papel y jugábamos con el lodo; lo hicimos todo juntas, hasta que cumplimos doce años y empezamos a discutir sobre quién debía fregar el suelo o quién sujetaba el paraguas..., y entonces comenzamos a distanciarnos.

En la acera, una familia de cinco personas y dos chicas esperan a que la gente baje para poder subir al tranvía. Se me constriñe la garganta en una silenciosa petición por que todo el mundo se coloque en los asientos libres del medio. Dado el día que es, Sam, el conductor oficial de la tarde, me habría reservado el final del vagón como un favor personal (es una de las ventajas de tener un tío que trabaja en una de las pastelerías más queridas y lucrativas de la ciudad... Los vecinos hacían reverencias para conseguir magdalenas o *macarons* gratis). Por desgracia, Sam ha ido a visitar a su hermano, que está enfermo, y Patty, su sustituta temporal, solo lleva un mes viviendo aquí. He intentado explicarle la situación, pero me ha fruncido el ceño y me ha dicho que su trabajo consiste en conducir el tranvía, no en ceder a favoritismos.

Entorno los ojos y mis pestañas se juntan en un grueso pegote de rímel mientras saco el móvil del bolsillo de la chaqueta y reviso el mensaje que le he enviado antes a Clarey.

> Sam no está. Todos los asientos están libres.
> ¿Quieres ir hasta el Museo Marítimo y subirte
> al tranvía? Así echas a las moscas molestas de
> mi red. 🕷

Aferro el móvil con fuerza al releer la respuesta:

Te voy a fallar, lo siento. Un problema con el maquillaje. 🔦 Te veo en la calle 11 con el repelente de insectos preparado. A Frannie le encanta zamparse moscas, ya sabes. 😉

Clarey estuvo con nosotras el último día de octubre de Lark, con un grupo de amigos, cuando subimos a un autobús después de clase. Bajamos en el Maritime Memorial Park, recorrimos el paseo marítimo y luego subimos al tranvía y nos adueñamos de las dos últimas filas de asientos. Nuestro destino era la calle Once, donde los vendedores habían dispuesto unas paradas temporales en las aceras para dar regalos: bolsas llenas de caramelos, juguetes y botellas de agua con los logos de las tiendas participantes en la etiqueta. Era la manera en que actualizaban la idea del «truco o trato», un medio para incentivar la economía además de entretener a los niños en su ciudad portuaria natal. Lark y yo nos lo pasamos tan bien que al final empezamos a tender un puente sobre el gran barranco que yo había cavado entre nosotras.

Con un suspiro, me guardo el móvil. Doy golpecitos en la esquina de la hoja con el lápiz. Después de usar la sudadera vacía y las alas como puntales, he dibujado a Lark exactamente como la vi aquella tarde: el modo en que llenaba las mangas con los brazos, la forma en que se subía los dobladillos de la sudadera para que sobresalieran los puños de encaje de su camisa, luciendo una perfecta manicura francesa que resplandecía con un color rosado que combinaría con el disfraz de hada que se pondría al día siguiente para Halloween.

Me hormiguean los dedos cuando me preparo para terminar el retrato. Desde la abierta mochila verde, situada encima de unas cuantas de mis novelas gráficas, me tientan los rotuladores. Debo obligarme para mirarlos porque me da miedo lo que vaya a ver. O, mejor dicho, lo que no vaya a ver. Da igual la intensidad con que los observe, los colores son ajenos a mí;

todos los pigmentos son tan indescifrables como tonos de ceniza. En la lengua noto el regusto amargo de la frustración.

Ya no consigo crear el matiz perfecto para sus uñas ni la lavanda de su sudadera; y elegir un rotulador al azar no servirá para inmortalizar con exactitud su recuerdo sobre el papel. Pensaba que, si había algo capaz de devolver la exuberancia de los colores a mi arte, a mi visión, a mi propia vida, sería retratar a Lark ese día, cuando fue más feliz que nunca.

Con un gruñido, borro el dibujo, lo froto hasta que el olor a goma caliente y a grafito me arde en la nariz y hasta que formo agujeros en el folio. Arranco la hoja como si ese gesto pudiese ocultar mi fracaso, pero la espiral de la libreta se burla de mí. Después de arrugar el destrozado dibujo, lo meto debajo de los rotuladores.

Afuera, el río Columbia brilla en el horizonte a la derecha de las vías. Las farolas se recortan contra el cielo sombrío y provocan un efecto espejo en la ventana para mostrar un rostro lo bastante maquillado como para combinar con mis pecas blancas y las cejas a juego; pelo negro con flequillo mal recortado que apenas tapa mi pico de viuda, los costados y la nuca rapados para contrastar con mi melena moderna que me enmarca la barbilla. A veces me peino para imitar el estilo *faux hawk*, pero hoy el pelo me cae sobre la oreja izquierda como si fuese el ala de un cuervo.

Mi viejo psiquiatra diría que me ayuda a sentirme más fuerte por dentro si por fuera tengo aspecto duro. La verdad es que, desde que la cara de mi hermana ha empezado a mirarme desde los reflejos, esta es la única forma en que sé que soy yo. Suelto una bocanada de aire para empañar el cristal antes de que los ojos enfadados de Lark se claven en mí.

Al otro lado del pasillo, las alas de hada con flecos y diamantes de imitación parpadean en una oscilación lumínica cuando la gente empieza a subir. El matrimonio con sus hijos escandalosos son los primeros en entrar. No sé cómo se llaman, pero también son de Astoria y visitan nuestra pastelería con regularidad, así que conocen lo suficiente nuestra tragedia familiar como para dejarme bastante espacio en esta época del año. Son las dos chicas que suben después las que ya hacen que apriete los músculos con tensión.

Deben de tener edad para ir a la universidad y llevan mochilas idénticas con la frase «Bienvenidos a The Goondocks» —una referencia turística a la película *Los Goonies*, que se rodó en Astoria durante la década de los ochenta—. La película de humor y aventuras dio lugar a una legión de *fans* que a su vez proporciona a nuestra ciudad unos beneficios anuales a través de las tiendas de *souvenirs* y las visitas guiadas por los escenarios del filme.

—Uf. Casi son las cinco. —La primera chica se mira el reloj.

Frunzo el ceño. No sabía que fuera tan tarde. Mi atención pasa de mi mochila militar al reloj de bolsillo antiguo cosido en uno de los extremos. Aunque las manecillas se mueven en sentido contrario, Lark no podía permitir que se le acabase la cuerda. El reloj, como la mochila, era de nuestro padre, y ella pensaba que, siempre y cuando siguiese marcando las horas, en cierto modo él permanecía con nosotras. Por más ilógico que sea llevar una antigüedad que no indica bien la hora, es una tradición que respeto en su honor.

—El servicio de tranvía termina dentro de una hora, y por culpa de la niebla casi no hemos visto nada —continúa la chica, de pie en el pasillo central—. Deberíamos haber vuelto al hotel hace horas.

—He intentado decírtelo —responde su amiga, empapada, a su lado—. Oye, el chico del paseo marítimo decía que hay buenos restaurantes en la calle Once. Podemos ir a cenar y luego volvemos al hotel con un Uber. ¿Te apetece?

Con un asentimiento, la primera chica se aparta el paraguas plegado. Después de valorar los asientos vacíos cerca de la familia de los niños hiperactivos, arruga la nariz. Sus rizos mojados parecen pétalos de rosa embarrados, con lo cual podrían ser de varios colores, desde cobrizos hasta rojo intenso.

—Aquí hay demasiado ruido.

Reprimo un gemido cuando se encamina hacia el final del tranvía y señala la sudadera de Lark.

—¿Sabes de quién es? —Dirige la pregunta hacia donde estoy.

—Mmm —murmuro—. Sí. —En un intento por parecer peleona, arqueo la ceja en la que llevo un aro en forma de engranaje de motor que me levanta los pelos.

La otra chica la alcanza; su cola de caballo de color beis se bambolea bajo las luces fluorescentes del tranvía. Diría que tiene el pelo dorado, porque me recuerda a las yemas de huevo ecológico que mi tío Thatch utiliza para las magdalenas, pero no pondría la mano en el fuego.

La rubia señala con el pulgar la sudadera vacía de Lark, un gesto que hace tintinear y brillar sus pulseras.

—¿Está la chica por aquí?

Solo en espíritu. Me toco el *piercing* del labio inferior con la punta de la lengua y guardo silencio, con la esperanza de que comprendan la señal y se marchen. Si esas payasas ocupan el asiento de Lark, perderé la oportunidad de dibujarla. Es el único lugar en el que consigo capturar su esencia. Fue donde se sentó, hoy hace justo tres años, cuando nuestro vínculo por fin volvió a restablecerse.

—¿Y bien? —La primera chica se sacude unas cuantas gotas de las chanclas, que ondulan los charcos que hay sobre el suelo—. ¿Va a venir tu amiga o no?

Contengo el cosquilleo que siento en la barriga y niego con la cabeza.

—Muy bien. —La rubia levanta la sudadera (las alas cuelgan inertes junto a las mangas) y me la ofrece. Agarro el diminuto motor pegado a la parte trasera de los falsos apéndices y acaricio el botón de encendido/apagado con la palma de la mano—. La próxima vez que la veas, dile que las princesas hadas invisibles no pueden reservarse un sitio.

La próxima vez… La próxima vez… La próxima vez… Esas palabras me golpean las sienes y se entremezclan con el aviso de la conductora de que la gente dispone de cinco minutos para tomar asiento. La última vez que estuve con Lark fue en su funeral. Parecía tan viva que una parte de mí esperaba que juntásemos los meñiques. Que me preguntase por qué la había dejado morir. Como no lo hizo, me incliné sobre el ataúd y le apreté la nariz con la mía, lo bastante cerca como para contar los puntos que le mantenían cerrados los ojos. Fue entonces cuando asimilé que mi hermana había muerto de verdad y que ya nunca podríamos arreglar las verjas rotas que nos separaban.

Las dos chicas se sientan en el banco y dejan un reguero de agua encima del asiento vacío de Lark. Es como si borraran su recuerdo con sus pantalones de yoga mojados. Veo cómo su sonrisa desaparece; sus ojos —iluminados al enseñarme sus alas de hada que batían, su última innovación robótica— pierden brillo; el aceite de engrasar que le manchaba los dedos —que acompañaba a la seca purpurina de sus palmas— se despega y desaparece junto a sus huellas dactilares. Toda su identidad se esfuma con esos apéndices de tul harapientos y sin color. La pena se me instala en la garganta.

No. No pienso permitir que esas desconocidas me vean derrumbarme, no pienso permitir que sepan cuánto me va a costar salir de la cama hoy antes de la medianoche para enfrentarme al día que me robó a mi familia, no pienso admitir con qué frecuencia deseo que el calendario salte directamente hasta el mes de noviembre para así poder pasar enseguida esas veinticuatro horas despierta; es la única forma de asegurar mi supervivencia y la seguridad de las personas a las que quiero.

Me trago el nudo de emoción, paso los brazos por las tiras elásticas de las alas de Lark y me coloco el mecanismo sobre la espalda. Tras accionar el interruptor, los piñones empiezan a aletear detrás de mí.

Vuelvo a sujetar el lápiz con la mano derecha y paso una docena de viñetas distintas, unos recuadros de disparatado tamaño que esperan a que los llene con criaturas inventadas formadas por astillas metálicas que sobresalen de una carne hechizada. Cuando empecé a dibujar Mystiquiel, intenté apartarme de los sueños y optar por respetar el misticismo del folclore tradicional que había oído durante toda la vida.

Las criaturas escalofriantes —dríades, elfos, troles, gnomos, hadas, duendes, trasgos y muchos más— eran de carne y hueso, de escamas y sangre, todas ellas cosidas y selladas con hojas y ramitas y savia. Se parecían a las representaciones que veíamos en los libros y en las películas. Sin embargo, mi musa no permitió que los cambios perdurasen. No pude continuar con mis historias y dibujos hasta que abandoné esa pretensión y regresé a los planos y a los residentes que veía en mis sueños: una Astoria urbanizada, habitada por hadas y duendes cíborgs, deformada por la magia, el vapor y la electricidad.

Paso varias páginas hasta que llego a un dibujo a medias de Angorla, una duendoja con muy malas pulgas y cabeza de cabra. Los duendojos, una raza de duendes enanos con piernas disparejas que vuelven sus andares inestables, engañan a sus atacantes fundiéndose con el entorno. Así dan una falsa sensación de tranquilidad antes de reaparecer con unas garras afiladísimas que se transforman en mortíferas herramientas de agricultor. Un golpe de refilón con una hoz y hacen añicos a sus enemigos.

Lanzo una mirada de reojo a las turistas que ocupan el asiento de Lark. Tapando el boceto con el cuerpo, me dibujo siendo Angorla, ensombreciendo y suavizando las líneas grisáceas que en mis sueños son coloridas: cuernos de carnero de color cobre, con una pátina verde, que sobresalen de mi cabeza; ojos rojos con una placa base que destellan por encima de mis mejillas; la piel con la textura y la maleabilidad de los hilos plateados de una araña.

Verde y cobre… ¿Qué rotuladores debo mezclar para reflejar antigüedad? ¿O para mostrar el lustre y la solidez del metal nuevo? Me remuevo contra la cajita de plástico que se me clava en la espalda. Las alas ya han dejado de moverse porque me he olvidado de cambiarles la pila después de haberlas sacado de la caja de recuerdos de Lark.

Aprieto la mandíbula y me adentro más aún en la escena que va tomando forma en el papel. Con mi lápiz, el tranvía se transforma en una bestia serpenteante oxidada, la mazmorra móvil y viviente de Mystiquiel. Los lados de los vagones son costillas metálicas y el suelo, carne cubierta de escamas. Casi puedo oler el aceite de engrasar mezclado con el almizcle, casi noto el calor que se incrementa con los vapores blanquecinos, casi oigo los chasquidos del metal y el zumbido de la electricidad y los aullidos feroces de los criaturas sobrenaturales que son prisioneras y observan desde detrás de los asientos.

A continuación, dibujo caricaturas de las dos chicas con máscaras de payaso. Veo enseguida sus facciones exageradas: ojos triangulares, abiertos por la sorpresa de verse subidas a un tranvía viviente al lado de un monstruo con mi cara y mi ropa. Al llegar a mis manos, dibujo tridentes de acero en lugar de dedos. Las puntas enredan el pelo de las chicas y trenzan mechones de dos colores distintos para formar una cuerda gruesa que se enmaraña alrededor de ambas hasta que se elevan del banco dando vueltas como una criatura de dos cabezas y sus máscaras se parten por la mitad para mostrar sus rostros verdaderos y escalofriantes.

Desconecto del ajetreo de las personas que llegan en el último minuto para subirse al tranvía y apenas reparo en que la gente recorre el pasillo hacia la parte del medio. Una oleada de calor fluye hasta mis oídos y mejillas cuando mi lápiz baila a un ritmo desinhibido que hace meses que no consigo.

La imagen de Lark aparece en la viñeta y la punta de grafito dibuja sin ningún esfuerzo sus alas y su disfraz de hada. Mi hermana se encuentra justo en el lugar del que las chicas la han apartado, y las dos chocamos los cinco mientras las turistas se retuercen en el suelo debajo de una marea de hadas ratoneras que les arrebatan todas las joyas brillantes con brutalidad. Una sombra se cierne sobre todos, una silueta alta y poderosa con cuernos: mi rey de los duendes, dispuesto a reclamar a sus cautivas más recientes.

Para darle el último retoque, añado charcos en el suelo alrededor de los cuerpos supinos de las chicas y de sus máscaras destrozadas. Acto seguido, alejo la libreta para examinar el resultado. ¿Era mi intención que los charcos fueran de agua o de sangre? Me da un vuelco el estómago ante esa pregunta, porque la verdad es que no lo sé. Y da igual el color que elija, puesto que para mí todos son iguales.

Por desalentador que sea ese pensamiento, provoca una nueva idea todavía más desconcertante: es la primera vez que he dibujado a Lark junto a los personajes de mis novelas gráficas y la primera vez que las máscaras de Halloween han aparecido en mis dibujos. Mis sueños son el único escenario de mi vida en el que Lark no ha dejado una huella, el único que nuestra maldición familiar no ha transgredido. Debo lograr que Mystiquiel sea un lugar separado y secreto para disponer siempre de ese refugio.

Apenas he conseguido borrar la cara de Lark cuando una mano cálida y fuerte pasa por encima de mi hombro y detiene la goma junto a las alas de mi hermana, justo cuando las puertas del tranvía se cierran con un silbido.

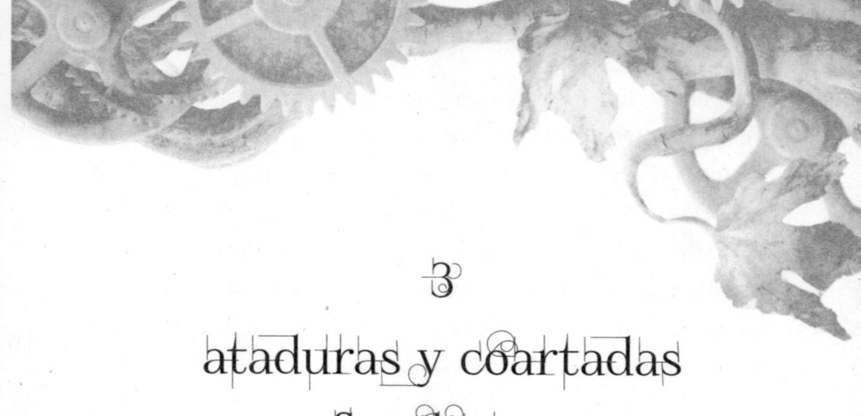

3

ataduras y coartadas familiares

—¡Cuánto me alegro de volver a verte dibujar! —me saluda la voz con alegría.

Levanto la vista hacia la sonrisa tan radiante como adorable de mi tío Thatch. Es delgado y casi medio palmo más alto que yo, y, aunque ahora esté sentada y él de pie, lo veo como lo veía cuando era una niña pequeña: extraordinario, una especie de héroe, el hermano pequeño de mi madre, que se convirtió en mi tutor y en el de Lark un par de meses después de que cumpliéramos tres años, cuando nuestros padres murieron en un accidente de coche en la autopista 101… en la noche de Halloween.

Me sorprende tanto su aparición que tardo unos segundos en darme cuenta de que tiene dos vasos de café para llevar en un sujetavasos de cartón y servilletas de mi cafetería preferida.

—Hola —murmuro mientras me acerco el cuaderno al pecho con la esperanza de que no haya visto la violencia de la escena que acabo de dibujar. Me desplazo hacia la ventana y empujo la mochila para dejarle espacio antes de que el tranvía arranque de nuevo—. ¿Cómo sabías…?

—¿Dónde encontrarte? —Se sienta y me ofrece uno de los vasos. Sus enormes ojos azul oscuro irradian emoción, magnificada por las gafas negras que se apoyan en el puente de su nariz—. Sé cuánto significan este día y este lugar para ti.

Agarro con la mano libre el café que me tiende y me lo acerco a la cara. Un olor a azúcar moreno y a canela sube en forma de espiral de humo alrededor de mis mejillas, labios y nariz como si fuera una caricia.

—Mmm. Un *dolce* de canela. El néctar de los dioses. —Prácticamente ronroneo al dar el primer sorbo y dejar que el sabor agradable me inunde la lengua y me recorra la garganta.

—Como ya has pasado unas cuantas semanas sin probarlo, he pensado que necesitarías remediarlo —bromea mi tío, y me provoca una sonrisa del todo sincera.

—Eres el mejor. —Bebo otro trago y le doy un golpecito cariñoso en el codo.

Octubre es el mes en que evito todos mis lugares favoritos. Lark y yo éramos demasiado pequeñas cuando nuestro tío llegó a nuestras vidas como para recordar o comprender el incidente que lo había traído hasta nosotras. Y a lo largo de una década, mi tío había conseguido convencernos a mi hermana y a mí de que ese día era normal, se había asegurado de que formáramos parte de las actividades tradicionales divertidas y nos animaba a ir en busca de caramelos cuando éramos preadolescentes —para que no creciésemos «demasiado rápido»—. Todos esos esfuerzos cayeron en saco roto también cuando perdimos a Lark. Es normal pensar que Halloween irá a por ti después de que haya asesinado a casi todos los miembros de tu familia.

Ahora, durante esta época, las cosas que antes resultaban conocidas se vuelven extrañas y siniestras bajo la luz negra de la apabullante ausencia de Lark. Los disfraces cruentos y las decoraciones fantasmales, imágenes que para la mayoría son inofensivas, se alzan como reliquias de pesadilla que me persiguen por dentro, que me obligan a evitar las calles a toda costa el treinta y uno de octubre, a esconderme en una madriguera como si fuese un topo, ciega y rodeada por mis propias tradiciones seguras.

Incluso en estos instantes, conforme el tranvía gana velocidad, el traqueteo de las vías, la lluvia y las cadenas de mi chaqueta se mezclan para formar una armonía que debería ser nostálgica y relajante. Sin embargo, parece una melodía desafinada, unos tonos rancios tocados por un dedo fantasmal, melancólicos y vacíos, igual que mis dibujos.

Me lamo una gota de café del aro que llevo en el labio. Mi tío Thatch me da una servilleta. La acepto y luego asiento en dirección a su camiseta de la pastelería y a sus pantalones grises.

—Pensaba que hoy estarías trabajando. ¿No llegaba un envío?

—Hasta las seis y media, no. —Da un sorbo a su vaso—. Y eso te deja tiempo de sobra para llegar a la tienda y ponerte con el reciclaje. —Me guiña un ojo—. De momento, te voy a hacer compañía.

—O sea… que Clarey te ha mandado un mensaje. —Arqueo la ceja con el *piercing* y noto cómo el agujero me tira al tensar la piel.

—Digamos que ninguno de los dos quería que estuvieses sola. —Mi tío se encoge de hombros. Arruga la gigantesca nariz mientras esboza una sonrisa de preocupación que ya estoy más que acostumbrada a ver.

—No necesito que nadie me haga de canguro. —Inhalo más humo fragante—. Solo quiero que alguien guarde el asiento de Lark. Y… En fin. Una plaga. —Hago un gesto hacia las chicas, que mantienen una conversación en voz baja al otro lado del pasillo.

Mi tío Thatch las observa antes de girarse hacia mí. Bebe un poco de café al darse cuenta de que las alas de Lark sobresalen de mis hombros. Es evidente que se debate entre preguntar o no. Al final, opta por señalar el cuaderno que sigo apretándome contra el torso.

—Cuando he subido, estabas dibujando como una loca. ¿Brindamos por el fin de tu bloqueo de escritora?

Bloqueo de escritora. Doy un largo sorbo al vaso y dejo que el líquido caliente me queme, un castigo por la última mentira que le conté para ocultar mi falta de interés en dibujar. Tampoco he sido sincera sobre la razón por la cual he dejado las clases de arte. Más vale que piense que quiero estudiar mecánica en honor a Lark, así como que hoy he subido al tranvía en una especie de «homenaje» a ella —y no como un último recurso para reiniciar mis retinas—.

Si le cuento la verdad, querrá volver a mandarme con el psiquiatra. Pero no hay ninguna necesidad. Ya he buscado en Google mi situación: sensibilidad retiniana agravada por la depresión… Una forma de cambiar el aspecto del mundo, de despojarlo de todo color. Sé cuál es el origen de mi abatimiento, y estoy bastante segura de que no recetan ningún medicamento capaz de eliminar la culpa. Y lo más importante: no puedo permitir que mi tío se preocupe por mí más de lo que se preocupa ya.

—Claro. —Choco mi vaso con el suyo y noto en la lengua el regusto agrio de la mentira—. Solo necesitaba un poco de inspiración, creo.

Mi tío sonríe cuando las chicas del otro lado del pasillo se ríen por algo que han visto en el teléfono móvil.

—Estupendo. Y veo que incluso has encontrado a un par de personajes nuevos que añadir a la historia.

—Ah, sí. Más o menos. —Sí que ha visto el dibujo. Ya no hace falta que lo esconda, así que dejo el cuaderno sobre mi regazo.

Mi tío se termina el café y luego coloca el vaso vacío entre sus pies para poder estudiar el boceto con mayor atención.

Vuelve a mirar hacia las alas de mi espalda, como si quisiera atar cabos.

—Ajá. Inspiración. Y… ¿esa eres tú o es un duendojo?

—Soy yo convirtiéndome en uno. —Me fuerzo a sonreír detrás del vaso de cartón.

Sigue concentrado en el dibujo, y algo le cambia el gesto, una turbación que palidece su piel aceitunada. Se pasa una mano por el espeso pelo negro. Los mechones plateados que le salieron después de que enterrásemos a Lark hacen una aparición momentánea antes de fundirse de nuevo con el resto.

—Son solo charcos de lluvia —digo, y noto cómo yo también me pongo pálida al intentar descifrar qué ha provocado su incomodidad.

—Ah, claro. —Asiente mientras se seca la boca con una servilleta—. De hecho, ni me había fijado.

Y entonces lo comprendo. Aunque he borrado buena parte de la cara, es innegable que se trata de Lark disfrazada de hada. Un evidente recordatorio de su última noche de Halloween con nosotros. Quiero extender los brazos y estrechar a mi tío, pero me limito a decir:

—La… la quería borrar porque no me ha parecido adecuado… ponerla al lado de monstruos y máscaras.

Mi tío suelta un ruido que está entre una tos y un gruñido.

—Claro. O sea, lo que consideres. Creo que, sea como sea, es genial que empieces una nueva viñeta. Deberías enseñársela a tu profesora de arte… Mmm, a la señorita Sparks.

—Nah. No es más que un garabato. —El tranvía llega a la calle Catorce y el chirrido de los frenos amortigua mi débil respuesta. Aun así, mi tío me ha oído. Ha puesto la misma expresión decidida que luce cuando está concentrándose en un difícil diseño de glaseado o rematando un nuevo sabor para un *macaron*.

Me bebo el resto del café en silencio mientras, en la parte delantera del vagón, oigo el crujido de las bolsas de plástico, y todos los demás viajeros —excepto las dos turistas, mi tío y yo— recorren el pasillo para bajar del tranvía. Nadie espera en esa parada para subir, así que las puertas se cierran con un silbido y suena la campanita que anuncia el inicio del trayecto hacia la calle Once. Patty debe de tener muchas ganas de terminar su turno.

Mi tío se aclara la garganta y aparta los restos de la goma de borrar de mi cuaderno de dibujo.

—¿No crees que ha llegado la hora de que dejes de pensar en tu arte como si fuese una mera afición? Tienes un don, pero nunca les has enseñado a tus profesores ni a tus compañeros de clase de lo que eres capaz. Es como si te diese vergüenza.

Aunque me conmueve su fe en mi talento, no puedo admitir por qué solo he permitido que él, Clarey y la tía de Clarey lean mis novelas gráficas. Por qué no voy a permitir que Mystiquiel salga de ese círculo íntimo para llegar al instituto o a los amigos o al mundo que compartí con mi hermana.

De todos modos, es irrelevante, porque he dejado de dibujar mis series por completo.

Meto las servilletas en nuestros vasos vacíos y lo guardo todo en la mochila, también el cuaderno de dibujo y el lápiz.

—Es que… estoy ocupada expandiendo los horizontes de Lark, ¿sabes?

—Lo entiendo. —Mi tío toca el ala de hada que tiene más cerca y provoca que el cable me roce el hombro—. Y ella estaría agradecida por lo que has hecho con sus inventos. Pero ¿no crees que lo que de verdad querría era que tú fueras tú?

Como de costumbre, evita el nombre de Lark, como si físicamente le doliese pronunciarlo en voz alta. Se enfrenta a la misma culpabilidad que yo por no haber sabido esa noche que mi hermana corría peligro, y yo soy lo bastante descarada como para exprimir esa vulnerabilidad suya.

Zarandeo el brazo izquierdo para contrarrestar un calambre y recuerdo el tatuaje que tengo debajo de la camiseta y de la chaqueta: una alondra de un par de dedos que planea por debajo de mi clavícula, cuyas plumas de la cola me rozan el hombro por delante. Me lo hice en tercero de secundaria, mientras salía con un chico llamado Ebon, un estudiante de cuarto que trabajaba por las noches en un taller mecánico revisando coches y poniendo motores a punto. Lo que me atrajo de él no fueron sus ojos tiernos ni sus brazos musculosos manchados de aceite y de grasa; fue que supiese de combustión, de palancas de cambios, cinturones de seguridad, sistemas de suspensión y transmisiones. Y que fuese un tatuador sin licencia tan solo fue la guinda del pastel.

Después de que rompiésemos, mi tío Thatch me vio el tatuaje, pero me ahorré el castigo al confesarle que Lark y yo siempre habíamos planeado hacernos uno juntas. El suyo habría sido un ave fénix[2]. Mi tío cambió de tema de inmediato, como supe que haría.

—Quizá —dije para responder a su pregunta sobre lo que habría querido Lark para mí, que seguía flotando en el aire entre nosotros—. Pero ¿no deberían ser prioritarias sus metas? Porque no está para alcanzarlas. Yo tengo toda la vida para alcanzar las mías.

Mi tío cierra la boca, señal de que he ganado esta ronda.

Es un tanto perverso manipular a alguien que comparte la misma angustia que tú. Aun así, no puedo evitarlo cuando se trata de la memoria de Lark; la tensión creada entre mi último familiar vivo y yo es otra forma de penitencia.

La campanita anuncia que hemos llegado a la calle Once y me quito las alas de Lark. Después de guardarlas junto a su sudadera en mi mochila, me paso las correas por el hombro izquierdo y me levanto detrás de mi tío Thatch. Nos aferramos a la fría manecilla de metal del extremo del asiento para no caernos mientras el tranvía frena.

---

2. Nota del traductor: «Phoenix» significa «fénix» y «Lark», «alondra»; de ahí que cada una quisiese tatuarse el pájaro que da nombre a su hermana.

Mi tío asiente en dirección a las turistas para permitirles pasar delante. Las chicas recogen sus cosas, pero se quedan paralizadas a poca distancia de la salida trasera.

—Mira a quién tenemos aquí —dice mi tío refiriéndose a la silueta solitaria vestida de negro y en pie al lado de la parada vacía, junto a la señal del tranvía. Una capucha le oculta la cara; de los puños deshilachados de la chaqueta sobresalen unas uñas torcidas, sucias y frágiles. Una criatura con escamas y parecida a un lagarto se remueve a la altura de las rodillas de la silueta, con dos cabezas que se bambolean y cuatro patas que no paran quietas.

Por lo general, no soy una gran amante de los monstruos que copan esta época del año, pero esos dos son totalmente diferentes porque han salido de mis dibujos. Por encima de nosotros, las nubes cubren el cielo de gris oscuro, sumándose al ambiente de lúgubre fatalidad. No podría haber esbozado una mejor escena con mis rotuladores.

La chica rubia señala hacia delante cuando la silueta encorvada empieza a dirigirse hacia la puerta abierta del tranvía, seguida por el cuadrúpedo mutante.

—¿Qué... qué es esa cosa? —Le tiembla la voz.

—Un repelente de insectos —murmuro, y me muerdo la mejilla por dentro para contener una sonrisilla al ver acercarse al dúo horripilante. El humanoide arrastra la pierna izquierda y gruñe, dejando tras de sí un rastro oscuro sobre el mojado hormigón con cada paso que da. Me resulta tan familiar la marca de la sangre que me imagino el color carmesí que brilla en el asfalto. Un clic mecánico retumba con los movimientos oscilantes de la bestia de dos cabezas, que va a la zaga.

Lanzo una mirada hacia la cabina del tranvía, donde Patty sigue junto al panel de control, de espaldas, jugando a algo con el móvil que produce una música electrónica más potente que los ruidos de la calle que nos rodea. Satisfecha, salgo de detrás de mi tío y me coloco justo delante de él.

—¡Hola, Frannie! —grito.

El monstruo de cuatro patas echa a correr por delante de su acompañante bípedo y sobrevuela las escaleras del vagón, a punto de derribar a las dos chicas al subirse. Las turistas chillan y vuelven a sentarse. La pelirroja suelta el bolso, que mi tío consigue agarrar, pero el de la rubia se abre al caer al suelo. Lápiz de labios, un cepillo y otros efectos personales salen rodando por debajo de los bancos de los alrededores.

En el pasillo, me agacho tanto como me permiten las cadenas y los tornillos de la parte delantera de mi chaqueta para recoger lo que se ha desperdigado.

Mientras trota hacia mí, el monstruo resulta ser una border collie envuelta con un montón de escamas hechas con latas de aluminio pintadas y recicladas. Una prótesis en forma de cabeza de trol se bambolea cerca de su hocico cuando me acaricia la mano para explorar los objetos de la chica.

—Lo siento —me disculpo con la rubia, y me detengo antes de admitir que ha sido de justicia por haber robado el asiento de Lark. Sé que el resentimiento es ilógico, pero un poco de venganza inofensiva me sienta la mar de bien.

Agarro un paquete de caramelos y un cilindro de lápiz de labios mientras mi tío le rasca la cabeza a Frannie. La perra levanta la vista y ladra un saludo. Su cola copetuda se sacude y hace que el disfraz de aluminio rechine y muestre sus patas. Una pata mecánica, formada por una barra de fibras de carbono y acero cubierta de óxido negro, ocupa el lugar de la izquierda trasera que no le llegó a crecer. La bisagra del dispositivo negro se dobla con un ruido motorizado para imitar la pata y la articulación auténticas de un perro, aunque sea un poco más errática.

La rubia me agarra las cosas de las manos y arruga la nariz.

—¿Qué clase de disfraz lleva ese perro?

—De un trol autómata. —La respuesta áspera procede del andén, de donde el acompañante del animal sube al vagón, todavía arrastrando la pierna izquierda para lograr el máximo impacto—. El mejor amigo de un duende —prosigue la voz, que es entre un siseo y un gruñido. Unas uñas sucias y retorcidas apartan la capucha para mostrar una brillante y delicada mata de pelo blanco de fibra óptica. Debajo del cabello aparecen los rasgos fantasmales y cenicientos de un duende: nariz aguileña, orejas puntiagudas y labios viscosos. Unos dientecillos en punta forman una sonrisa espeluznante, y las venas de las mejillas y del cuello parecen sobresalir.

La chica se queda boquiabierta.

Mi tío suelta un silbido de admiración.

—Es tu mejor disfraz hasta la fecha —le dice a Clarey, apartándose de Frannie para saludar a su dueño.

—Gracias. —La mirada de Clarey se desplaza hacia mí desde debajo de la máscara, en busca de mi aprobación.

—Bastante impresionante. —Me incorporo y me cruzo de brazos con una sonrisa lo bastante amplia como para que el anillo del extremo de mi labio inferior me tire de la piel.

—¿Eres un aspirante a especialista en efectos especiales o qué? —pregunta la turista rubia mientras observa la sangre falsa que mancha el suelo.

—¿Cómo has conseguido que la pata robótica pareciera tan real? —La pelirroja mira por encima del hombro de su amiga en dirección a Frannie.

—Bueno, no me puedo atribuir el mérito de esa obra maestra —responde Clarey con un gruñido susurrado, sin perder el personaje hasta el mismísimo final—. La responsable es ella. —Los dedos nudosos del duende apuntan hacia mí.

Antes de que las chicas puedan contestar, Patty sale de la cabina del conductor y contempla la actividad que se desarrolla en la parte trasera de su tranvía.

—Eh, está prohibido que suban animales. ¡Mirad qué desastre! —Con las mejillas coloradas, señala las huellas de barro dejadas por Frannie y las manchas que ha provocado el zapato izquierdo de Clarey—. O pagas una multa o llamo al control de animales. Tú eliges. —Extrae el móvil, dispuesta a hacer la llamada.

—¡Espere! —Clarey escupe los dientes plateados falsos y se quita la máscara de látex, así como la gorra de piel y el ala. Debajo de los restos de látex, del mismo gris inquietante que la máscara, aparecen su tez marrón oscuro y sus ojos como platos, un iris casi de un tono neón, un color parecido al de un granizado de frambuesa azul, y el otro de un avellana ambarino. Aunque hoy no puedo ver cómo brillan, la diferencia entre los grises me confirma que no se ha puesto las lentes de contacto. Supongo que ha sido para aumentar la sorpresa del disfraz, pero de todos modos es como me gusta más verlo: al natural y aceptando quién es—. No es un animal cualquiera. —Intenta cautivar a Patty con una voz de barítono tan suave y rica en matices como la cobertura de anís estrellado y arce de mi tío—. Es mi trol de apoyo emocional.

—Y él —le doy una palmada a Clarey en el pecho— es mi idiota de apoyo emocional.

Clarey se ríe y se quita el adhesivo de la cicatriz de la frente que le va desde el nacimiento del pelo hasta la ceja izquierda, mientras yo le arranco un trocito de látex que le colgaba de la barbilla.

La conductora se queda mirando con atención el disfraz de Frannie.

—No veo que lleve el chaleco obligatorio, a no ser que esté oculto debajo de las escamas.

Clarey niega con la cabeza.

—Vale. Entonces, ¿me enseñas tu documentación?

—No pensaba que fuera a necesitarla para un paseo tan breve. —Acompaña la respuesta con una tímida sonrisa.

—Pues has pensado mal. —Con el ceño fruncido, Patty empieza a marcar números en el teléfono móvil.

Mi tío nos lanza a Clarey y a mí una mirada cargada de intención antes de dirigirse hacia Patty.

—Le aseguro que el perro es un animal de apoyo emocional.

—Y ¿por qué debería dar importancia a su palabra? —se burla Patty.

—Soy un empresario local. Me llamo Thatch Griffin… Soy el propietario de una pastelería. —Del bolsillo saca una de las muestras que siempre lleva encima. Si en la bolsita no hubiese visto la descripción «*roonie* de tarta de queso de arándanos», no habría sabido de qué sabor era. El *macaron* de un turquesa intenso con crema de un fuerte morado es para mí un poco de barro negro entre dos piedras grises—. La tienda se encuentra en la calle Once, a pocos locales de distancia de la bodega. Justo antes de la intersección, hay un callejón que lleva a una calle llamada Eveningside.

A regañadientes, Patty se guarda el móvil en el bolsillo y acepta la bolsita. La abre, se mete el *macaron* en la boca y lo mastica. Al cabo de unos segundos, su expresión se transforma en una sonrisa beatífica. Creo que es el efecto que consigue mi tío con la gente. Sus modales agradables y sus rasgos de una belleza única lo convierten en un vendedor de primera. Pero hay algo más. Son los ingredientes que utiliza en sus dulces. Al dejar que la conductora pruebe uno, acaba de granjearse otra clienta habitual.

Solo hay que degustar un bocado y te vuelves adicto de por vida…

Mientras Patty traga el *macaron*, mi tío le entrega un cupón para una bandeja de muestra gratuita de Delicias Encantadas de Eveningside.

—En cuanto llegue a Eveningside, gire a la izquierda y luego avance cuatro edificios. Es una calle fácil de saltar, así que no olvide seguir el mapa que tiene detrás.

—Gracias —responde Patty, con una sonrisa de dientes prominentes que se va ensanchando—. He oído hablar de ese sitio. Tenía pendiente ir a probarlo. —Se guarda el cupón y se limpia un poco de crema del labio inferior antes de lamerse el dedo. Sus ojos bailan con un brillo interno, casi felices. Se vuelve hacia la cabina del conductor y agarra un paquete de pañuelos húmedos, que le entrega a Clarey—. Te doy unos minutos extra para bajar del tranvía. Asegúrate de que el perro no deje suciedad tras de sí. Y limpia la sangre de mentira.

—Sin problemas —asiente Clarey—. Cuando se seca, se convierte en polvo. Coser y cantar, ¿ve? —Con la punta de la bota, aparta un poco de polvo oscuro del suelo, que no deja ninguna mancha.

Patty regresa a la cabina del conductor mientras tararea una cancioncilla alegre. Las dos turistas esperan junto a la puerta, preparadas para bajar, pero parecen absortas ahora que Clarey se ha quitado el disfraz.

Su reacción no es nada nuevo. Con hombros anchos, rizos oscuros, dos hoyuelos en los pómulos y una barbilla cuadrada, es una absoluta contradicción con el monstruo que ha subido al vagón. Aunque cuando era pequeño los niños y hasta algunos adultos insensibles lo trataban como si fuese un monstruo. Le llamaban de todo, desde «cabeza de mofeta» hasta «elfo». En parte por el tono blanquecino que le decora el flequillo y que también le pigmenta la piel, más allá del cuero cabelludo y hasta la frente, en forma de un triángulo como una mancha de leche, pero sobre todo por sus ojos gigantescos. Las largas y espesas pestañas se unen a unos iris de distinto color para sumarse a su sorprendente aspecto.

Es atractivo en una manera inusual y etérea, y a veces la gente reacciona de forma extraña, como si fuese una «criatura» a la que hay que observar o ignorar, y no una persona como otra cualquiera. Su físico lo incomodaba tanto que ya cuando tenía doce años se refugió en el maquillaje y en las máscaras. Pero en los cinco años que han pasado desde entonces ha hecho algunos trabajos de modelo y ha ganado premios por sus creaciones de efectos especiales, que le han ayudado a ganar confianza. Ahora sabe que las raras son las personas que lo tratan diferente, no él ni su aspecto.

Como si quisiese darme la razón, Clarey responde con una carcajada a la expresión anonadada de las chicas, aunque hoy su reacción parece un tanto forzada.

Hace una reverencia con su ágil metro ochenta.

—Siento haberlas asustado, señoritas. A partir de ahora procuraré tener más a raya mis genialidades. —Se guarda la máscara, la peluca y la dentadura en el bolsillo delantero de su sudadera antes de abrir con guantes de uñas largas el paquete de pañuelos para empezar a limpiar el suelo.

—Un trol robótico —se maravilla la rubia—. ¿Qué pasa en esta ciudad? Hay hadas invisibles que guardan asientos y perros que se disfrazan. ¿Aquí todos los días es Halloween?

Todos los días es Halloween. Sería la definición del terror. La sangre me abandona la cara y me deja la piel fría y húmeda.

Clarey me toca la punta de los dedos con un pañuelo, un intento para devolverme al presente, justo cuando mi tío sale de detrás y les entrega un par de cupones a las chicas mientras me da una palmada en la espalda.

—Sentimos las molestias. —Les sonríe y luego me señala con la barbilla—. ¿Nos vemos en la pastelería en breve? Recuerda que quiero que acabes con el reciclaje antes de que llegue el envío.

—Entendido —respondo agarrando el pañuelo que me sigue tendiendo Clarey. Mi fobia ha quedado en segundo lugar al pensar en el hombre que nos entrega los envíos. Si hay algo capaz de ganar en rareza a esta época del año, ese es Jaspar—. Estaré allí en cuanto hayamos limpiado este desastre.

Mi tío esquiva a las chicas y empieza a bajar las escaleras.

—De verdad, no dejéis de visitarnos antes de iros de la ciudad —dice por encima del hombro cuando las turistas esperan para bajar tras él—. No habréis experimentado de verdad nuestro pedacito de paraíso hasta que hayáis probado la ambrosía.

—Pero tened cuidado. —Clarey recupera su voz sibilante de monstruo mientras frota una huella de barro de Frannie—. Si probáis la comida de las hadas, nunca podréis marcharos de aquí. —Les lanza a las chicas una sonrisa brillante de dientes blancos.

Las turistas sonríen inseguras y bajan las escaleras para seguir a mi tío hacia el viento con aroma a petricor.

4

amor adolescente

Clarey, Frannie y yo esperamos al lado de la señal hasta que el tranvía desaparece de nuestra vista. Suena la campanita y las ruedas traquetean, una cacofonía musical que recalca las ráfagas de otoño y los ruidos de la calle. Clarey se toca en un acto reflejo el punto detrás de la oreja izquierda donde lleva un procesador de sonidos magnético conectado a un implante de titanio insertado en su cabeza. El sistema Baha queda oculto debajo de su pelo, pero yo lo he visto muchas veces.

Cuando con ocho años le pusieron el audífono pegado al hueso, le raparon el pelo y en la escuela todo el mundo vio la protuberancia metálica. Después de haberse pasado la vida entera con síndrome de Waardenburg, aceptó la operación y las nuevas estrategias de audición sin parpadear porque algunos miembros de su familia, además de compartir con él algunos rasgos físicos inherentes, eran sordos de ambos oídos. Pero dos chicos de quinto no pudieron resistirse a burlarse de él, así que me peleé a puñetazos con ambos; terminaron los dos con un ojo morado, yo con el labio hinchado y los tres con una expulsión de un par de días. La solución de Lark fue más sutil y mucho más efectiva: consiguió que Clarey fuese popular al afirmar que de un día para otro se había convertido en un robot.

Clarey se cala la capucha para proteger el Baha de las gotas de lluvia y, a continuación, se da un beso en la garra de un dedo y saluda al cielo nublado en un homenaje silencioso a mi hermana. Lark y él se gustaron de inmediato después del incidente robótico, y cuando iban a sexto se convirtieron oficialmente en novios. Su amor adolescente era tan puro y verdadero que estoy convencida de que hoy seguirían siendo pareja si ella no hubiese muerto en el segundo año de secundaria.

A Clarey le tiembla la mandíbula, y me pasa un brazo por encima de los hombros. Solo me saca unos pocos dedos —yo mido un metro setenta y cinco—, así que encajo a la perfección en la estructura de su cuerpo esbelto. Su olor a flores y a productos químicos de efectos especiales, una amalgama de naturaleza y de sustancias sintéticas que me proporciona más consuelo del que debería, me envuelve los sentidos.

Una ráfaga sopla desde detrás de nosotros y nos invita a empezar el camino habitual por la calle Once. Frannie trota unos cuantos pasos por delante y su pata metálica zumba y chirría. Las farolas cobran vida en las esquinas, un débil resplandor contra el fondo de nubes y contra el sol, que se hunde en el horizonte, preparado para zambullirse en el río. Los astorianos a los que conocemos nos saludan desde los coches y las aceras, adornados con calabazas de Halloween, espantapájaros con telas a cuadros y almiares en miniatura. Clarey responde alzando una garra enguantada y yo imito su gesto con una mano, mientras con la otra aferro la mochila que llevo en el hombro.

Las calabazas rugientes y las lámparas con forma de esqueleto que decoran los escaparates de las tiendas me provocan ganas de estar en casa, donde no hay ningún tipo de adorno. Miro a lo lejos, más allá de los comercios y del tráfico, donde las casas de estilo Craftsman suben las colinas y resplandecen con la hierba mojada y las hojas propias del otoño. Por lo general, la arquitectura brillante de retales y los tonos cálidos de los árboles —naranjas, rojos y amarillos— me animan. Pero ahora no veo más que apagados beis, marrones, grises y negros. Como para meter el dedo en la llaga, me llama la atención un arcoíris, que asoma entre las ramas de los árboles en la neblina de última hora de la tarde. Con la ausencia de color, las líneas curvadas parecen más bien marcas de una zarpa que desgarra la pantalla de una película clásica de terror, y no una promesa de cielo despejado.

Clarey ve hacia dónde estoy mirando y me estrecha.

—Están los siete. Rojo, naranja, amarillo, verde, azul, añil y violeta. —Enumera los colores con un susurro, y su cálido aliento merodea junto a mi oído para que mi vergonzoso secreto permanezca entre los dos—. Mi oferta sigue en pie —añade.

Respondo negando con la cabeza. Lleva tiempo diciéndome que se encargaría del papel de colorista temporal para mis novelas gráficas, que me enseñaría qué tonalidades mezclar y qué tintes incorporar a fin de conseguir profundidad o claridad. Pero mi arte es la única parte de mi vida en la que siempre he tenido el control. No pienso cedérselo a nadie, por más que confíe en esa persona y la admire. Es una cuestión de orgullo, de poder. Preferiría renunciar a dibujar que admitir que no puedo hacerlo sola. Siendo también un artista torturado, Clarey comprende mi determinación a un nivel al que poca gente llegaría.

Varios propietarios de tiendas nos saludan a voz en grito al pasar delante de ellos, y unos cuantos muestran abiertamente lo impresionados que están con la cabeza bamboleante de trol de Frannie y su disfraz de escamas. Al tener el único perro de la ciudad con una pierna automatizada, Clarey recibe más atención aún que antes. Me escuece un poco porque fui yo la que diseñó la prótesis metálica. Sin embargo, puestos a ser sinceros, con esa pata tuve un poco de ayuda del más allá. Yergo los hombros bajo el brazo de Clarey, resuelta a no dejar que Lark vuelva a colarse en mis pensamientos.

—Vale. Hora del examen. —Clarey interpreta la tensión de mis músculos como una señal para iniciar tácticas de distracción. Lanza a la acera una recompensa en forma de hueso para Frannie y luego se saca la máscara del bolsillo. La levanta hacia donde la neblina forma una especie de telaraña etérea alrededor de una farola. Un ojo vacío y el agujero de la boca se me quedan mirando, liberando el indeseado recuerdo del cuerpo inerte de Lark, cuando la encontré en la cama de debajo.

Me muerdo el labio. Ojalá pudiese conseguir que las hadas de mis novelas cobrasen vida. Me encantaría inhalar su polvo mágico para que esas partículas diminutas me abriesen la mente al poder de la sugestión, permitiéndome cambiar los detalles del recuerdo por algo más agradable. Si fuera posible, me arrancaría ese último momento con Lark y lo sustituiría por su sonrisa y su alegría, por falso que resultase.

—La Tierra llamando a Nix. —La nariz aguileña de la máscara se extiende como un dedo acusador cuando Clarey la zarandea para llamar mi atención—. ¿Ya estás pensando otra vez en las hadas doradas?

—Creía que hoy eras un duende. —Le lanzo una sonrisa triste—. Diría que la telepatía es cosa de Drácula.

—Lo que soy es el fan número uno de *Las crónicas de los duendes*. Y ya sabes que yo a veces también he deseado tener un poquito de polvo de hadas para mí.

Por desgracia, aunque esa magia existiese de verdad, ese polvo nirvánico solo funciona con recuerdos muy recientes. El tiempo ha fijado todos los detalles de la muerte de Lark para que sea una parte permanente de mi ser. Lo mismo le ocurre a Clarey con los últimos meses que vivió junto a Breonna, su madre. Poco después de que perdiésemos a Lark, Breonna tuvo cáncer de páncreas. El padre de Clarey —un hombre rubio, de ojos azules, clavado al Ken de la Barbie— se marchó al conocer el diagnóstico, así que Clarey y Breonna hicieron las maletas y se mudaron a Chicago, donde sus abuelos podían cuidar de su hija y de su nieto.

Cuando se fue, pasé por mi peor momento, y él también; Breonna se marchitó y murió al cabo de ocho meses. Poco después, Clarey encontró a Frannie en el callejón de detrás de la casa de sus abuelos. No era más que un cachorro con un muñón de un par de dedos en el lugar de la pata trasera izquierda, y se había calentado enrollándose en una vieja camisa de franela que alguien había tirado al lado de la basura. Fue amor a primera vista para los dos. Clarey necesitaba que el animal llenase un vacío y la perra lo necesitaba a él para subsistir, igual que yo a mis duendes.

A pesar de haber sobrevivido, ni Clarey ni yo podremos olvidar qué significa ver cómo alguien a quien quieres cambia hasta adoptar una forma que ya no reconoces.

—Volvamos al aquí y al ahora. —Me revuelve el pelo con una garra enguantada—. Para tener posibilidades de que el año que viene me den una beca, voy a necesitar un porfolio espectacular. Y ¿quién mejor para instruirme que la decoradora de interiores más famosa de Mystiquiel?

Ese piropo antes me animaba, me recordaba que gobernaba una tierra con monstruos dibujados y controlados por mi mano. Y, aunque últimamente no sirve para animarme de la misma manera, Clarey todavía no se ha rendido ni ha renunciado a usarlo.

—Enséñame. —Mueve la máscara al lado de su cara y empieza a caminar de nuevo, llamando con un silbido a Frannie para que lo siga—. Sigo trabajando en los cuernos con cables cobrizos y los anillos eléctricos del cuello. Pero sin tener eso en cuenta, esta vez lo he petado con Flagelo, ¿verdad?

Echo a caminar con ellos y levanto una ceja.

—La peluca es estupenda. Y los rasgos son perfectos. Tendrás que ayudarme con el resto…

Me mira con los ojos entornados al darse cuenta de que me refiero a ese trabajo de pintura que me resulta un tanto ambiguo.

—Bueno, ya casi ves la sangre aceitosa que me palpita en las venas.

Lo que veo es el engranaje de su cerebro, que intenta evitar el tema del color. Ladea la cabeza, pensativo.

—La única forma de ser un duende más realista sería transformándome en uno de verdad.

—No lo digas en voz alta, Clarence Eugene Darden. —Le sonrío. Lo llamo por el nombre completo como hace su tía cuando se mete en un lío, con la esperanza de que se retracte—. No nos gustaría que el rey de los duendes te oyese y te arrastrara hacia su reino para hacer realidad tu sueño.

—Si se asemeja a Perece, ya estoy perdido. A no ser que consiga el favor de la Matriarca. —Clarey se ríe y la tensión desaparece al hablar de un tema en el que los dos podemos contribuir.

Le dedico una media sonrisa al pensar en el rey de los duendes de mis novelas gráficas. La forma bárbara de metal y carne de Perece se consideraría inquietante en el peor de los casos, monstruosamente bella en el mejor, desde la perspectiva humana convencional. Aun así, he conseguido elevar sus habilidades seductoras refinando su personalidad. Es un maestro de las ilusiones y de los rompecabezas, y un brillante estratega con el intelecto de cualquier miembro de Mensa, la institución de superdotados, cualidades que lo vuelven casi imposible de resistir o de aventajar.

La única entidad capaz de igualarlo de tú a tú es la Matriarca, una criatura biomecánica con una conciencia colectiva, que vive en el centro del reino de Perece. Aunque la imagen y la voz de Perece surgen con meridiana claridad en mi imaginación, no he conseguido visualizar a la Matriarca. Sus diálogos siempre recurren al plural mayestático y a la poesía, y he colocado su guarida en el corazón de Mystiquiel, con una cúspide a una altura suficiente como para desaparecer entre las nubes. Así no es necesaria una imagen más detallada.

En mis historias, Perece y la Matriarca están sumidos en una eterna lucha de poder. Cuando escribo sus escenas, me atraen con una gran fascinación; a menudo me sorprenden con la brutalidad de sus estrategias, con la forma en que cada uno de ellos avanza en direcciones que no se me habían ocurrido.

No he descrito con la misma profundidad la personalidad de Flagelo, el hermano de Perece. Es un lacayo delgado y despiadado, con una lengua muy afilada y don para el engaño. Por eso Clarey prefiere su perfil para las máscaras. Flagelo es un monstruo unidimensional sin mayores complicaciones.

Aun así, si el año que viene, después de graduarse, Clarey quiere entrar en la Escuela de Diseño y Maquillaje de Nueva York, debe prestar la misma atención a todos los aspectos.

Llegamos a la calle Eveningside. Frannie está más cerca de mí, así que agarro su collar en el punto en que sobresale de sus escamas de aluminio. Tras mirar a ambos lados, la suelto y los tres nos disponemos a cruzar.

—Ya has leído todas mis novelas —digo para proseguir con nuestra conversación—. Ya sabes la pauta. ¿Está a la altura de Flagelo?

—No. El color sigue estando mal. —Los pies de Clarey chapotean en los charcos que recubren el asfalto—. Tus duendes solo son grises si son de pura raza.

Me alivia saber que el gris de la máscara es de verdad, no solo el resultado de unas retinas deterioradas. Me detengo cuando dos ciclistas pasan por delante de nosotros y nos salpican.

Frannie levanta las orejas como si valorase la posibilidad de perseguirlos, pero Clarey tan solo debe chasquear la lengua para que la perra vuelva a seguirle.

—Como la familia real cuenta con una línea élfica en su estirpe —continúa murmurando Clarey—, tengo que encontrar la forma de reproducir el semblante brillante de Flagelo.

Mientras me aparto el agua de la cara, comienzo a caminar a su lado.

—Cuando me pongo a dibujar las viñetas de mis duendes, siempre utilizo difuminadores y lápices de color metálico. Necesitas un diluyente que sea fluido y flexible…, y que se funda como el interior de una caracola. Es decir, la manera de pasar del blanco nacarado y del rosa pétalo al azul plateado. —Hago una mueca al describir esos matices, consciente de que ahora mismo yo no podría conseguir esa precisión.

Clarey se quita los guantes y se los guarda en el bolsillo junto a la máscara.

—Con el látex 3D no es tan fácil. He utilizado todas las pinturas iridiscentes que hay. Nada consigue captar la fluctuación, la luminosidad. Incluso he intentado añadir polvo de perla a la pintura. Las tonalidades siguen mezclándose. Es ahí donde estoy atascado.

—A ver… —Ladeo la cabeza—. A lo mejor podrías probar con la tinta de calamar de mi tío. Preparar tu propia pintura con harina, sal, agua y…

—Y utilizar la tinta en lugar de colorante alimenticio —exclamamos al unísono cuando subimos a la acera a pocas tiendas de la pastelería.

—Podría funcionar, sí. —Clarey está impresionado—. ¡Las variedades cromáticas serían una pasada!

Sonrío y me pregunto de dónde ha salido esa idea, y también por qué nunca se me había ocurrido con mis propios dibujos; es como si alguien me lo hubiese susurrado al oído.

Mi tío Thatch es el único pastelero al que conozco que utiliza tinta de calamar en sus recetas; en parte para sustituir la sal, pero también por su efecto multitonal único con los dulces. Extraído de un cefalópodo albino de las profundidades marinas, la tinta es negra hasta que le toca el aire, y entonces palidece hasta lucir un tono parecido al de perlas fundidas. Mi tío vierte una gota en todas las masas que prepara, salvo en nuestros *macarons* de arándanos, los más vendidos. En esos añade dos gotas y ningún otro colorante, puesto que así los efectos son más visibles. Las galletas en sí son brillantes y opalescentes, como si estuvieran hechas con nubes doradas por el sol. Los sutiles tonos pastel son lo bastante mágicos, pero el aspecto se queda en un segundo plano por su sabor excepcional. El relleno lleva mantequilla y nata, edulcorado y coloreado con zumo de mora, arándanos, grosellas y granada. Las galletitas brillantes, que rodean un centro de terciopelo tan rojo como la sangre coagulada, son sobre todo famosas en San Valentín y en la época navideña, pero son una de las elecciones preferidas a lo largo de todo el año.

—Pero… un momento. Eso es muy caro. —Clarey da voz a mis propias preocupaciones internas mientras rasca a Frannie detrás de la oreja—. ¿En serio crees que tu tío me dejará probarlo?

—No sé si estará dispuesto a compartir la tinta, y es el único que tiene llave de la caja fuerte. —Me encojo de hombros—. Quizá yo podría guardar un poco cuando llegue el primer envío, antes de guardarlo. No haría falta una gran cantidad.

—Bastará con una o dos gotas —tercia Clarey repitiendo el proverbio de mi tío en cuanto al uso moderado de la tinta en la cocina—. Pero se enterará, ¿no? Cuando le dé el aire, el líquido se aclarará en el frasco. Una sentencia de muerte.

—Bueno, se oscurece otra vez al cabo de un par de minutos de haberle puesto el tapón. Así que, siempre y cuando logre hacerlo con el tiempo suficiente para que la tinta recupere el tono normal antes de que mi tío le eche un vistazo al envío, me saldré con la mía.

—Esa es mi gatita traviesa. —Clarey me lanza un guiño sexi.

—Sabes que eso conmigo no funciona, ¿verdad? —Entorno los ojos.

—Es una pena. —Tira del *piercing* en forma de engranaje que llevo en el extremo de una ceja—. Tanto conocimiento mecánico y sigues sin poder poner en marcha tu corazón.

Resoplo y le bajo la capucha en broma para liberar el mechón blanco, además de los bucles oscuros que lo rodean. Cuánto me alegro de que su pelo no se vea afectado por mi ceguera depresiva.

—No tiene nada que ver con la mecánica, listillo, sino con la química —digo. Si cedo al impulso de pasarle los dedos por el cabello, sabrá que le acabo de mentir.

Sus manos aferran la mía cuando empiezo a apartarme y nos conectan.

—Quizá debería regalarte un kit de química para Navidad. —Apoya los pulgares en la fina piel de mis muñecas, donde mi corazón palpita con un innegable ritmo exaltado. A Clarey le brillan los ojos con algo que va entre la provocación y el atrevimiento.

Intento no pensar en la palidez de sus iris y concentrarme más bien en la suavidad de su piel y en el calor de su caricia sobre mi pulso. No hay falta de química, no. Pero a Clarey le gustó primero Lark… Decía que era su pequeña mecánica. Por lo tanto, no puedo evitar pensar que cualquier chispa que pueda sentir él se debe a que le recuerdo a mi hermana.

Lo peor de todo es que, un par de meses antes de morir, Lark le dijo que lo quería. Se enamoró profundamente por las mismas razones que yo: por su mente ingeniosa y artística, su gusto ecléctico con la música, su sentido excéntrico de la moda y porque le gusta utilizar palabras obsoletas como «acusica» o frases como «un invento harto moderno» y «estar alicaído».

Apropiarme de los inventos robóticos de mi hermana es una cosa, pero adentrarme en una historia de amor que debería haber vivido ella es una traición. Me siento demasiado culpable, y no puedo permitir que mi mundo sea más apático de lo que ya es.

Así pues, estrujo las mariposas que tengo en el estómago y le suelto a Clarey una respuesta irónica para liberarme de su atracción.

—Regálame un microscopio para que podamos buscar tu cabeza, anda, porque diría que la acabas de perder.

5

tartas hadas y *roonies* duendes

Clarey se ríe mientras intercambiamos una insegura sonrisa. Nos soltamos la mano y caminamos un poco más, y nos detenemos a pocos pasos de la pastelería, donde las potentes luces de neón nos bañan en una ola multicolor.

El deseo que siento en las entrañas para ver de verdad esas luces tal como las recuerdo, para descifrar los colores que revolotean sobre mi rostro, se manifiesta en una punzada de náuseas que evolucionan a unas tripas que me rugen al oler el aroma de los *macarons* que acaban de salir del horno.

Mi tío Thatch se aventuró en el mundo de la cocina cuando éramos pequeñas. Preparaba una *frittata* increíble, y nadie superaba sus almejas rellenas, aunque sus especialidades eran las magdalenas esponjosas y las galletas rellenas que nos horneaba a Lark y a mí sin que fuese una ocasión especial. En esa época, ganaba lo suficiente con su trabajo oficial como fotógrafo de retratos como para alquilar una casa de estilo Craftsman con dos habitaciones y un cuarto de baño, pero seis meses después de perder a Lark dejó el empleo, encontró un local que alquilar y abrió una pastelería armado tan solo con sus escasos ahorros y los postres caseros que sabía elaborar. Lo que hizo fue sustituir los ingredientes menos saludables por otros ecológicos.

Cuando le pregunté por qué quería tomar esa arriesgada decisión, me respondió:

—La vida es demasiado corta como para no perseguir tus sueños. —Deduje la tácita referencia a mi hermana. Mi tío dio un paso más allá y dedicó la pastelería a nuestra familia colocando una cita del libro *El mercado de los duendes* de mi madre en la puerta principal como saludo para los clientes:

De la mañana a la noche
gritan los duendes a troche y moche:
«Nuestros frutos comprad,
venid, venid y comprad».

Hay otros dos carteles dispuestos en ambos lados del gran escaparate de la pastelería, dos siluetas amarillas en un fondo verde oscuro. Una es un hada volando y la otra, un duende con la nariz torcida. Para reflejar la tonalidad arcoíris de sus *macarons*, mi tío Thatch pintó la fachada de la tienda de naranja, amarillo, púrpura, turquesa y verde. El toque final fue instalar luces de neón de los mismos colores para que su pastelería llamase la atención de día y de noche. Forma parte de la temática mágica, que pretende atraer a la gente y asegurarse de que regresen, pero en realidad no lo necesitaba; su destreza en la cocina y sus ingredientes frescos bastaron por sí mismos.

Al cabo de unos pocos meses de la gran inauguración, mi tío ya había ganado suficiente dinero como para comprar la casa que habíamos alquilado, pagar el espacio del local e invertir en un saludable plan de ahorro 529 para mi futuro en la universidad.

—Me adelanto un poco. —Clarey asiente hacia las titilantes luces blancas que forman carámbanos alrededor de una glicina de la acera un par de tiendas más allá. Su tía Juniper abrió la *boutique* más o menos cuando mi tío Thatch inauguró la pastelería. Como se apellida Glicina, parecía totalmente lógico que vendiese vides y plantas trepadoras, y que pusiese al establecimiento el nombre de «El Ascenso de Glicina».

Un parecido conjunto de luces blancas enmarca las cristaleras de las puertas. Frannie olisquea la base a la espera de entrar, donde todo resplandece con el mismo destello angelical y acogedor que emana de la dueña del local. Poco antes de que los abuelos de Clarey terminasen en una residencia —agotados después de haber cuidado de su hija—, Clarey se metió en unos cuantos líos en Chicago. Necesitaba empezar de cero, y Juniper le dio sin dudar la bienvenida en su corazón y le abrió las puertas de su hogar al inicio de nuestro tercer año de secundaria. Que en realidad no fuese familiar de sangre de Clarey (era la mejor amiga de su madre, de cuando vivieron en Astoria de jóvenes) hizo que el gesto resultase más bonito aún.

—¿Vas a pasarte luego? —me pregunta Clarey mientras se separa de la cola formada en la puerta de la pastelería; da igual que el aluminio no sea magnético, ya que parece que el disfraz brillante de Frannie esté tirando de él.

No lo culpo por el espasmo ansioso de la mandíbula ni por el temblor de la voz por no querer entrar en la abarrotada pastelería de mi tío.

—Sí, luego me pasaré —respondo—. Tengo que colorear las letras y afinar el brazo mecánico. —No añado el resto porque los dos sabemos a qué me refiero: esta noche tengo que terminar sí o sí el mural. En cuanto empiece mi vigilia de veinticuatro horas durante Halloween, no voy a salir de casa para nada.

—Genial. Hasta luego. —Se lleva dos dedos a la sien (es la forma en que Clarey saluda) antes de calarse la capucha y rodear a la multitud. Desarrolló enoclofobia después del incidente en Chicago, cuyos detalles no me ha contado nunca; solo me ha dicho que está relacionado con la cicatriz que tiene en la frente. Consigue ir al instituto gracias a la compañía de Frannie, pero los eventos multitudinarios que no están regulados ni previstos pueden ser un desencadenante y provocar su profundo terror de tener un ataque de pánico en público.

Aunque los viernes después de clase son uno de los momentos más ajetreados de la pastelería —solo superados por los sábados—, hoy es peor que de costumbre por la lluvia. Tenemos una terraza con bancos, pero, como todo está empapado, los clientes deciden congregarse en la puerta debajo del paraguas a la espera de que los llamen por el interfono para que puedan ocupar una mesa en el interior.

La expresión nerviosa de la gente me recuerda a la advertencia que les ha transmitido antes Clarey a las chicas turistas: que después de haber probado los postres de mi tío no podrán irse. En realidad, no es que no puedan irse, sino que no quieren.

Mi tío Thatch prepara los mejores *macarons* y minimagdalenas de este lado del río Columbia. El hecho de que solo utilice ingredientes ecológicos —con saborizantes tales como la albahaca, la lavanda, el limón y el anís, combinados con colorantes naturales como la remolacha, el pimentón, el azafrán, el macha, la lombarda y el café— solo hace que su éxito sea todavía más desconcertante.

Decora las tartas hadas con unas alas creadas con azúcar, tan realistas que parece que las criaturas voladoras se hayan estrellado en la cobertura natural. Y sus *macarons*, también llamados «*roonies* duendes» en un homenaje a la película por la que es famosa nuestra ciudad y a los duendes que dibujo yo, lucen todos los colores del arcoíris bajo su luminoso resplandor de tinta de calamar. Algunos clientes dicen que mi tío cocina con magia. Quizá no les falte razón, puesto que semanalmente recibe pedidos de frutas exóticas para sus creaciones, que son tan perfectas, rollizas y jugosas que bien podrían haber crecido en un jardín embrujado.

Por eso el nombre de su tienda, «Delicias Encantadas de Eveningside», es tan ideal.

A medida que me dirijo hacia la puerta, varios clientes habituales me sonríen y me abren paso. Me detengo lo suficiente como para saludar a unos cuantos, muy consciente de la expresión empática de sus rostros ante los pensamientos no verbalizados sobre Lark, que nos revolotean como si fuesen fantasmas. Después de despedirme, cruzo el umbral antes de que nadie pueda dar voz a lo que piensa.

El olor a dulces recién horneados, sumado al destello de los tarros con velas que decoran cada una de las mesas de madera, me recibe con una calidez familiar que no consigue alcanzarme los ojos. Hace cuatro años, en una clase de química, y bajo la atenta supervisión y dirección de nuestro profesor, aprendimos a prender una llama blanca con sal de Epsom y metanol. Ahora es el único color de fuego que veo. Ni naranjas ni amarillos, ni rojos ni matices azulados.

Aquí, donde nuestras velas especiales producen unas llamas arcoíris, me repatea todavía más. Mi tío no pone música de fondo para no interferir con el ambiente. La banda sonora del local la proporcionan los clientes al hablar y reírse.

Me recoloco la mochila en el hombro y avanzo entre un falso caleidoscopio que va del color sepia a una escala de grises para dirigirme hacia el mostrador principal. Nuestros dos empleados, Stephen y Tori, al igual que Pete, el ayudante, están ocupados con las mesas, así que me ahorro tener que decirles «hola».

—¡Hola, Nix! —Tres de mis compañeras de clase, sentadas en una alta mesa de un rincón, me saludan. Todavía no tienen vela ni platos, así que siguen esperando a que les traigan lo que hayan pedido.

Las trenzas entrecanas de Jin brillan bajo la suave luz del techo.

—¡Haz el truco de la vela!

Brooke, una animadora que se prestó voluntaria para posar en una clase de «retratos sobre lienzo» en el mes de agosto, y que luego decidió que ella también quería aprender a pintar y se pasó al otro lado del cuadro, añade:

—Sí, Émile todavía no lo ha visto.

Émile apareció a mediados de septiembre como un alumno francés de intercambio.

—No me creo lo que me dicen. —Me dedica una sonrisa radiante e invitadora.

—No te culpo, es bastante difícil de creer. —Frunzo el ceño en gesto de broma. En el pasado, habría dejado tan feliz mi mochila en una silla y me habría unido a ellos para jugar a adivinar los dulces.

Por desgracia, ya no soy la misma de antes. Lanzo una mirada al reloj digital de la pared. Todavía falta mucho tiempo para que llegue el repartidor, pero mis compañeros de clase no lo saben. Soy la única en la que confía mi tío para hacer el reciclaje, y, como tiene la norma estricta de que jamás debo entrar en contacto directo con el repartidor, me toca dejar la caja preparada para que mi tío pueda entregársela.

—Sé que has venido a trabajar, pero quédate un rato con nosotros. Porfa. Ya casi no te vemos el pelo. —Los ojos oscuros de Jin brillan suplicantes antes de que pueda soltarles alguna excusa. Ella y yo asistimos a clases de dibujo juntas desde primero hasta tercero de secundaria, así que se lo tomó como algo personal cuando este año lo dejé sin avisar.

Resignada, me siento en el lugar vacío entre Émile y Brooke con la mochila en el regazo. Como no hay nada más triste que una persona con alguna habilidad que está pasando por un mal momento, no voy a dejar que sea evidente que necesito ayuda. Por lo tanto, solo me queda una opción.

—Vale —digo—, pero vayamos un paso más allá. Vendadme los ojos con la servilleta.

—Uuuh, me gusta cómo pinta —grazna Jin. Detrás de mí, me ata una de las servilletas de tela coloridas de mi tío sobre la parte superior de la cara para impedirme ver formas y luces.

Compruebo el nudo, y luego asiento.

—Vale, Jin. Tú serás mis ojos.

—Perfecto. —Su ropa cruje al regresar hasta su silla—. Hay una mesa de dos, que nos dan la espalda y no nos dejan ver sus platos. En la vela entre ellos arde una llama rosa.

—Vale. —Me toco el aro del labio—. Los dos han pedido *roonies* de aguacate y guayaba.

Oigo cómo alguien garabatea para anotar mi respuesta en un papel.

—Otro —digo mientras me recoloco la venda para que no se me clave en el puente de la nariz.

—Una mesa de cuatro con tres clientes, demasiado lejos como para que veamos qué están comiendo. La llama que arde es entre verde y azul.

—Tarta hada de hibisco y *roonies* duendes de arándanos. —Sonrío.

—Un día probé la de hibisco —interviene Brooke—. No me gustó. Me puso muy triste.

—Chist —la manda callar Jin.

Brooke suelta un gruñido.

—Lo siento —murmura Jin, seguido por el ruido de un sonoro beso—. Harás que nuestra amiga pierda la concentración.

—La última —digo; me muero por quitarme la venda y echar un vistazo al reloj, porque mi preocupación por el reciclaje empieza a ser de verdad.

—Vale, una mesa de seis con… una reunión de trabajo.

—¿Cómo lo sabes? —vuelve a interrumpir Brooke.

—¿Por qué tendrían un diagrama en un caballete, si no? —resopla Jin—. Veo los platos de todos, pero han terminado de comer, solo quedan las migajas. Una vela, la llama va del rojo al azul, luego del turquesa al naranja.

—¿El ciclo se repite? —pregunto.

—Sí.

—Mmm. —Me muerdo el *piercing* del labio—. Han pedido la muestra poética: tarta hada de fresas e hidromiel, *roonies* duendes azules de lavanda, pastel de cardamomo y nectarina, y *roonies* duendes de crema de melocotón y sirope de arce.

Mientras me quito la venda, Brooke termina de apuntar mis respuestas. Jin agarra la lista, se levanta y se pasea por el local; finge admirar los estampados coloridos de las paredes. En realidad, está mirando de reojo la comida de todo el mundo o, en el caso de la mesa de seis, la cuenta que tienen en la mesa. Cuando vuelve hasta nosotros, nos confirma que todas mis deducciones han dado en el clavo.

Émile abre los ojos como platos y Brooke suelta una carcajada.

—¿Ves? No falla nunca.

—Tiene un don —añade Jin.

—O un poco de *sorcellerie*. ¿Cómo lo haces, eh? —pregunta Émile, inclinándose hacia delante hasta que su bufanda de cachemira y cuentas golpea la mesa con un suave clac.

Dudo, aunque pienso que la brujería sería la explicación perfecta. Mi tío Thatch compra las velas al mismo distribuidor que nos trae la fruta, y se supone que las mechas absorben las emociones y luego las proyectan en las llamas. Cuando las vimos por primera vez, le pregunté a mi tío cómo era posible.

—Bueno, es como uno de esos anillos que cambian de color según el estado de ánimo del que lo lleva. —Mi tío me hizo prometer que nunca hablaría de las mechas que irradiaban emociones, o de lo contrario nos arriesgábamos a perderlo todo. Siempre he supuesto que se refería a la singularidad de nuestra pastelería, a lo que nos hace destacar. Por eso dejamos que la gente piense que las llamas de las velas son tan solo coloridas, sin ton ni son.

Con el tiempo, aprendí a interpretar el fuego. Podía predecir qué pedía cada uno porque sabía que todos los postres inspiraban una emoción diferente; los había probado todos y había notado cómo me afectaban.

Si el destello de la mesa era rosa, alguien había pedido *macarons* de aguacate y guayaba, y la extraña combinación de sabores lo había dejado indeciso o inseguro. Si una llama desprendía destellos verdes, alguien había elegido la tarta hada de hibisco, que provocaba que la gente se regodease en la pena —quizá por una ruptura reciente o por un recuerdo agridulce de un ser querido fallecido—, ya que las alas de azúcar glas brillan con una mezcla de sal rosada del Himalaya y azúcar que sabe a caramelos de lágrimas. El azul surgía cuando alguien se sentía valiente o ambicioso, provocado por una oleada de antioxidantes de los *macarons* de arándanos. El turquesa significaba alegría; el rojo, rabia; y el naranja intenso, energía.

Hay una paleta entera de colores emotivos, todos provocados por las combinaciones de hierbas y frutas que mi tío Thatch añade a las masas, y espero volver a verlos algún día.

Esta tarde, esbozo una sonrisa falsa y le respondo a Émile de la única forma posible:

—Una maga nunca revela sus secretos.

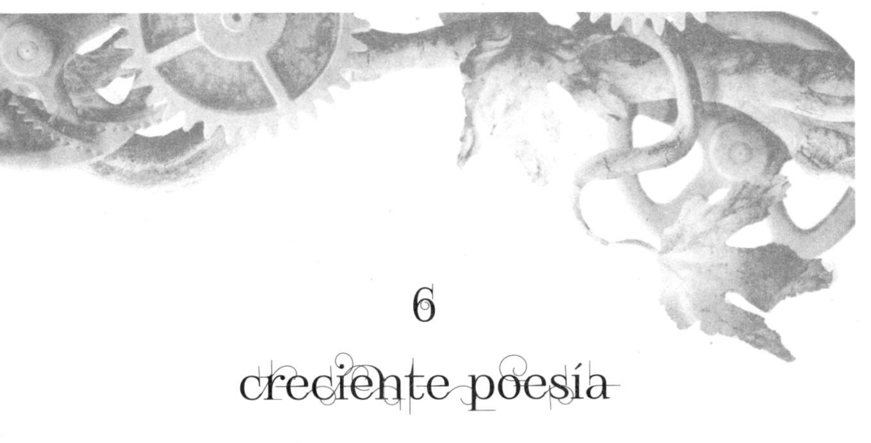

6

creciente poesía

Llega la comanda de la mesa, acompañada de una vela que espera que la enciendan.

Me levanto de la silla y me despido cuando la camarera prende la mecha. El reloj de la pared indica que son las 18:10. Mi tío Thatch y yo debemos volver a casa antes de la medianoche —sin excepciones—, y eso significa que debo darme prisa para terminar el reciclaje y así disponer de suficiente tiempo como para avanzar con el mural de la puerta de al lado.

Cuando paso por delante del mostrador, saludo a Dahlia, nuestra cajera de las tardes.

Me devuelve el saludo con un poco de entusiasmo de más, un evidente esfuerzo para ocultar su expresión preocupada.

—¿Estás bien, cariño?

—Sí. —Me obligo a responder a pesar del pellizco que noto en el esternón. Ya es bastante negativo que su esposo, Carl, y ella se hayan prestado voluntarios para ocuparse de nuestra parada de mañana en la fiesta para que mi tío y yo podamos encerrarnos en casa como todos los años durante el muertiversario de Lark, pero ver lo cansada que parece me hace estar aún peor. Mis lúgubres tradiciones no deberían ser más importantes que cargar a una persona de trabajo día y noche—. ¿No había terminado tu turno? —pregunto, aunque ya sé la respuesta; yo me encargo de los horarios y de las nóminas, mientras que mi tío se ocupa de cocinar y de las provisiones, y he dispuesto que Tori y Pete cierren la tienda hoy—. No pasa nada si sales antes. Pete contará la caja mientras mi tío acaba con el pedido.

—No te preocupes. He hecho una pausa hace treinta minutos cuando hemos cambiado el cajón del dinero. —Dahlia sonríe, y su rostro se ilumina con el ejemplo perfecto de brillo de embarazada. Levanta una botella de agua y le da un sorbo—. Me quedaré hasta que tu tío haya guardado todo el pedido.

Se me tensan los hombros porque tengo que ir a por la tinta de calamar para Clarey antes de que mi tío la guarde.

—¿Ya ha llegado Jaspar?

Dahlia mira hacia la cocina y se alisa el delantal colorido por encima de la hinchada barriga.

—No creo.

Aunque mi tío nunca me ha explicado con claridad por qué debo evitar al repartidor, no me importa mantenerme alejada de él; Jaspar tiene veintipocos años y una belleza inquietante con esa piel pálida, músculos definidos, pómulos marcados, labios en forma de corazón y una espesa mata de pelo rojizo, pero no es tanto su aspecto como la manera en que me mira. O, mejor dicho, en que mira dentro de mí. Tiene los iris más negros y espeluznantes que he visto nunca, como escarabajos que se arrastran por debajo de mi piel con sus caparazones resbaladizos…

—Deberías tener tiempo para dejar listas las velas —me asegura Dahlia—. He pedido que Pete colocara los tarros de hoy debajo del fregadero.

—Gracias.

Entro en la cocina, una estancia de un blanco inmaculado que resplandece con las islas de mármol con tablas de cortar, impecables repisas de acero para enfriar, robots de cocina y una sucesión de hornos de convección y fregaderos impolutos. En los estantes de las paredes hay otros ingredientes y pastas, mientras que los cazos y las sartenes comparten el espacio de los platos de cerámica y los vasos de cristal. Dos combos de nevera y congelador de cobre ocupan casi toda la pared del fondo y flanquean la puerta del almacén.

Evito mirar directamente hacia las superficies resplandecientes y dejo la mochila y la chaqueta en el separador izquierdo del armarito de plástico. La inesperada imagen de la bolsa de caramelos de Halloween de Dahlia me saluda desde el estante superior. Con un estremecimiento, cierro el armario de golpe.

Agarro un delantal de la pared y me lo ato por encima de la camiseta negra con labios rojizos y la letra de una canción del grupo Bad Suns. En el fregadero doble de tamaño industrial, lleno un lado con una pequeña capa de agua caliente y sumerjo parcialmente los doce tarros de las velas para que el líquido rodee la parte inferior de los frascos. Los sujeto por el medio para evitar que se vuelquen.

Nuestro proveedor da mucha importancia al reciclaje y a la conservación. Tanto es así que, sin contar con las diminutas bolsitas de muestras, mi tío respeta una estricta política de solo servir comida en el local como parte de su contrato. No nos proporcionan bolsas. Así conseguimos un buen descuento, y, ya que los clientes solo piden lo que van a comer —nunca más de un producto por persona—, se marchan sin dejar nada en los platos. Quizá eso sea lo más mágico de la pastelería de mi tío: nunca hay sobras y todo el mundo se va a casa satisfecho. Además, por contrato, el proveedor insiste en que reciclemos todas y cada una de las velas, que deben mantener la forma cuando las devolvamos, como si fuesen joyas valiosas o algo así. Nos cobran un extra en el siguiente envío si una parte de la cera está rota o arrugada, y eso implica que hay que llevar a cabo un lento y tedioso proceso para eliminar todos los rastros de los tarros.

Me hormiguean los músculos mientras espero a que el agua hirviendo ablande la cera del interior; aunque haya guardado la mochila, no puedo evitar notar el tictac a medida que pasan los minutos. Una columna de vapor me acaricia la cara, y levanto la barbilla para apartarme. De este modo, me quedo justo delante de la pequeña batidora del estante que se encuentra encima del fregadero de acero. En la superficie reflectante del bol plateado, veo un destello de los aros de mi nariz, ceja y labio, todos con forma de dientes y piñones de engranaje, un homenaje al talento de Lark con la mecánica. Me quedo observando mi reflejo demasiado tiempo y, antes de poder evitarlo, clavo los ojos en mi imagen.

Un olor terroso, lúgubre por el moho y la podredumbre, se adentra en mi nariz, tan cerca que es como si el fregadero estuviese regurgitando barro. Debajo de la piel siento el avance del fango y de la gravilla. Los ojos que me devuelven la mirada se tornan acusatorios. Mis nervios tiran de sus raíces. Muestro los dientes para ver las líneas rectas y apiñadas de mi dentadura. La ausencia del hueco que tenía mi hermana entre los incisivos centrales me reconforta: no es Lark… Es mi cara, es mi cara… Soy yo… Phoenix Loring.

El tarro que estoy sujetando choca con el de al lado y un salpicón de agua hirviendo me quema la muñeca y me saca del trance. Dejo de prestar atención al bol plateado, y la separación es una especie de chasquido físico en mi interior.

Siempre ha sido así desde que perdimos a Lark. Cada vez que me miro en una superficie reflectante, hay un arrebato sensorial, el mismo tirón de los nervios y el aroma a tierra que se adueñaba del aire la noche en que murió, que provoca un traspié de mi razón en que me parece verla observándome desde un lugar al que jamás conseguiré ir.

No hace falta que me psicoanalicen para deducir que es mi imaginación, retorcida por la gran cantidad de cosas que quedaron inconclusas entre mi hermana y yo. Es manejable siempre y cuando utilice un espejito de mano para maquillarme y peinarme, para que le pueda dar la vuelta antes de sumirme en un trance.

La única parte de mi vida que se ha visto realmente afectada fue cuando me desapunté de las clases de conducción; no confiaba en tener la cabeza despejada mientras miraba por el espejo retrovisor, así que soy de los pocos alumnos de diecisiete años del instituto sin carné de conducir o sin coche.

Me libero del temblor residual de las manos y vuelvo a concentrarme en el reciclaje. Meto un cuchillo para untar en el primer tarro. Después de hacer palanca con la cera reblandecida, envuelvo la mecha usada con papel de embalaje antes de colocarla en una caja de cartón que ya está medio llena con las que preparé la semana pasada. Repitiendo la misma técnica, extraigo las mechas una a una, y luego dejo a un lado los tarros para limpiarlos y llenarlos con las nuevas velas que lleguen en nuestro pedido.

Mientras estoy con la última vela, Carl, nuestro ayudante de cocina, sale del almacén con una caja de mangas pasteleras sin abrir. Se coloca bien la redecilla por encima de la calva y sonríe en mi dirección. Verlo me tranquiliza. Dahlia y él se conocieron aquí cuando abrimos la tienda, así que mi tío y yo presenciamos desde la primera fila el desarrollo de su historia de amor, que los convirtió más en familiares que en trabajadores nuestros.

—¿Cómo estás, dibujadorcilla? —A Carl le encanta tomarme el pelo con apodos inventados que yo le pedí a mi tío que dejara de usar conmigo en tercero de secundaria.

—Si no fueras a tener un hijo en las próximas semanas —lo apunto con el cuchillo para untar—, te pincharía con esto.

Se echa a reír.

—Creía que ya habías acabado por hoy. Deberías irte a casa… y llevarte a tu mujer, ya que los dos vais a encargaros de la parada mañana. —Utilizo el dorso del guante para limpiarme el sudor de la frente ante la nueva nube de vapor que se alza del fregadero.

—Enseguida. —Carl abre el paquete, extrae una manga y la llena de masa antes de cerrarla por arriba—. Es que quería preparar un poco de masa extra de *roonies* de calabaza para mañana. En las últimas horas hemos vendido más de una docena.

—Ah. —Levanto el último tarro del agua—. ¿Sabes? Si utilizaras el carrusel de las galletas, irías más rápido —lo provoco.

Carl pone una mueca hacia la impecable máquina de acero en cuestión.

—Preparar *macarons* es un arte, no un paseo a caballo.

El carrusel es mi última invención, diseñada para subir nota en mi clase de mecánica. Basado en el concepto de una cinta transportadora, cuenta con un cuenco gigantesco en la parte superior para llenar de masa de *macaron* y una boca en la inferior que gira y crea círculos de forma uniforme; cuando se utiliza a máxima velocidad, puede preparar dos docenas de *macarons* por segundo en la cinta de silicona. Nuestra pastelera a media jornada, Lydia, la utiliza en todo momento; Carl y mi tío, sin embargo, son demasiado orgullosos como para permitir que una máquina interfiera en sus creaciones.

Miro atrás hacia el almacén.

—¿Mi tío Thatch está esperando al camión?

Carl se coloca junto a una alargada tabla de cortar de mármol, donde ha dispuesto bandejas de horno decoradas.

—De hecho, Jaspar ha llegado pronto. Hace unos quince minutos.

—Mierda. —Sin terminar con el último tarro de vela, agarro la caja y me dirijo hacia el almacén.

—Yo que tú no sé si entraría ahí. —La observación de Carl me detiene junto al umbral. Mientras se concentra en llenar las bandejas de horno con círculos perfectos de masa de *macaron*, mira de reojo hacia mí—. Jaspar está irritado. Al parecer, ha visto algo en el almacén que tu tío le ha comprado a otro proveedor. Están discutiendo en el callejón. —Después de llenar una bandeja, Carl la sacude varias veces para eliminar cualquier burbuja de aire de los circulitos—. Si te digo la verdad, ese chico debería aprender a respetar a los demás. Los clientes siempre tienen la razón, ¿no? —Se le oscurecen las mejillas por el enfado.

Le doy las gracias a Carl por el aviso, y luego entro en el almacén. Tendré que desobedecer las reglas de mi tío y entregar el reciclaje yo misma. Sé por experiencia que Jaspar se molesta mucho cuando no hemos preparado de antemano las velas para que pueda cargarlas. Mi tío no necesita que el repartidor esté más irritado de lo que ya está.

Pero, primero, la tinta de Clarey…

Busco entre las estanterías y las mesas abarrotadas de cajas con fruta fresca, tan brillantes y policromáticas como deliciosa es su esencia, por lo menos para aquellos con receptores de color que funcionen. En muchas ocasiones he sentido la tentación de detenerme y probarlas, pero no me atrevo. Mi tío prohíbe que cualquiera coma la fruta cruda. Dice que tiene que ver con los fertilizantes ecológicos que utilizan para que crezca. Afecta a las semillas de alguna manera. Hay que limpiarlas con mucho cuidado y prepararlas de una forma especial. Él siempre filtra la pulpa sin semillas tres o cuatro veces en un colador antes siquiera de incorporarla a nuestras recetas.

Al otro lado de una caja de granadas, hay tres botellas bajitas de un líquido negro y salobre. Me haré con una pequeña cantidad de cada uno y así mi tío no se dará cuenta. Y, si se entera, renunciaré a mi siguiente sueldo para pagárselo.

Aparto una caja de velas nuevas y otras provisiones para liberar espacio. El costado de la caja golpea con un contenedor de peladillas plateadas, con lo cual las pelotitas decorativas traquetean contra las paredes de plástico. Dejo mi caja de velas encima de la mesa.

En las estanterías que hay detrás de mí aguardan varios frascos vacíos, preparados para recibir extractos y colorantes naturales. Agarro uno y vierto una cantidad minúscula de cada una de las botellas; veo cómo el líquido palidece hasta adoptar un tono blanco iridiscente mientras lleno el frasco hasta la mitad. Le meto el tapón y me lo guardo en el bolsillo delantero derecho antes de tapar de nuevo las botellas originales.

Doy unos golpecitos a la mesa con los dedos y miro hacia la puerta que da al callejón. Está ligeramente entornada y permite que entre una rendija de luz de luna. Espero un poco a que la tinta recupere el color negruzco en las botellas. Varios escalofríos me recorren los brazos, en parte por el viento frío que se cuela en el interior, pero sobre todo por la indescifrable conversación que mantiene mi tío en el callejón. Parece molesto.

—Vamos, vamos. Rápido —le susurro a la tinta, y luego me estremezco con un suspiro cuando por fin se oscurece. El alivio es fugaz, sin embargo, porque oigo las palabras de Jaspar a través de la puerta, tan claras como el cristal.

—¿Crees que no sabemos lo que está ocurriendo aquí? —La voz del joven repartidor suena resbaladiza y áspera, como cuando uno camina por la acera mojada y las hojas muertas crujen bajo sus pies. Con el reciclaje en una mano, me acerco a la puerta para echar un vistazo—. Solo un idiota sería tan descuidado con nuestro generoso acuerdo. Si lo rompes, tendrás que pagar. Y ya sabes qué se va a llevar él.

—Y una mierda —gruñe mi tío mientras aferra la solapa del chubasquero de Jaspar—. Hemos respetado el acuerdo, tanto aquí como allí.

Jaspar resopla y se libera del agarre de mi tío.

Mi tío se inclina hasta quedar casi cara a cara con él.

—A estas alturas, una ligera escasez de humo no tendrá ninguna diferencia. Son las consecuencias de sus decisiones, así que os tendréis que aguantar. Se lo puedes decir a tu jefe de mi parte.

¿Tanto aquí como allí? ¿Escasez de humo? ¿Consecuencias de sus decisiones? ¿Qué significa todo eso? Y ¿qué tiene que ver con nuestros pedidos de frutas?

Los escalofríos se transforman en un mal presentimiento que me atraviesa la columna. Mi tío es la persona más alegre que conozco. Nunca lo he visto tan a la defensiva ni tan tenso, nunca lo he visto encararse físicamente con alguien.

Dispuesta a intervenir, abro la puerta del almacén con la caja de las velas. Cuando estoy a punto de salir al callejón, me fijo en que la puerta trasera del camión está abierta. Una farola arroja una suave luz blanca sobre el interior y revela una abertura llena de cajas y de estanterías plegadas. Una manta de arpillera oculta la mitad del espacio y hace las veces de cortina que impide ver qué hay.

Mi tío y Jaspar se encuentran en el callejón, cerca del asiento del conductor, discutiendo en susurros, tan ajenos a mi presencia como a que la niebla se ha convertido en llovizna. Como si las suaves gotas que golpean el techo de aluminio del camión la hubiese provocado, la cortina de arpillera ondea y la oscuridad que esconde parece removerse. Cuatro luces, dos ámbar y dos verdes, se encienden.

Un momento.

Ámbar y verde. Se me cierra la garganta y reprimo un jadeo. Veo los colores, brillantes y vívidos. Son el único pigmento en mi mundo ahora mismo, como si admirase una de mis viñetas en el momento justo en que estoy empezando a pintarla con color.

Todavía estoy intentando asimilar esa sorpresa cuando las luces iluminan la oscuridad y me muestran unas siluetas serpenteantes. Las luces se balancean adelante y atrás, y un zumbido de motores lleva el compás de los movimientos.

Tardo un minuto en comprender qué es lo que estoy viendo, y debo morderme la lengua para no ponerme a gritar, porque es imposible...

Cierro los ojos con fuerza y luego vuelvo a mirar. El viento sacude la cortina y la abre más aún. Los dos pares de luces coloridas brillan con mayor intensidad, aunque parecen estrecharse. Una rendija negra se alarga en el centro, como si fueran las pupilas de un gato.

Antes de que pueda reaccionar, la llovizna da paso a un aguacero que golpea el camión con un soniquete rítmico. Dos voces diferentes aunque curiosamente sincronizadas me invaden los oídos y silencian el chaparrón, como si tuviesen línea directa conmigo:

—No hay amiga como una hermana, Slinx... —sisea una voz.

—Sí, haga sol, lluvia o nevada, Binx... —responde la segunda voz con una especie de gimoteo ronroneado.

En las sienes me late un pulso histérico al darme cuenta.

—No, no, no —susurro para mí misma. Slinx y Binx son dos personajes de mis novelas gráficas. En realidad, un solo personaje con dos cabezas, una parte felina y cubierta de pelaje, otra metálica y zumbante. Un grimalkin, para ser exactos.

Siempre finjo que veo a mis personajes, que los introduzco en mi vida real; a veces incluso los utilizo como si fuesen un apoyo. Aun así, es producto de mi imaginación. Nunca los he visto. Y jamás los he oído. Es como si ese de ahí hubiese salido de mis sueños hasta volverse real.

Pero no es posible...

—Sí, una hermana te anima en el hastío —dice la primera voz, tomando la iniciativa de nuevo—. Te orienta en el desatino...

—A no ser —contesta la segunda voz, respondiendo a la otra— que esa hermana deba abandonarnos.

Mis dedos se quedan paralizados. La caja que sujeto cae a mis pies y me llevo una palma temblorosa hasta la boca. Las formas detrás de la cortina son lo bastante inquietantes por sí mismas —ver la intensidad verde y amarilla de los ojos felinos es tan espeluznante como emocionante—, pero que esas voces reciten el único párrafo de *El mercado de los duendes* que ya no soporto leer me lleva al extremo.

Mientras forcejeo contra la confundida agonía que me inunda el pecho, las dos voces se sincronizan para formar un aullido canturreado. Las miradas parpadeantes empiezan a girar; la luz y la oscuridad dan vueltas en una espiral binaria hipnótica. Los ojos se mueven hacia delante y hacia atrás, como si saltasen de una cara a la otra, pero yo sé lo que ocurre. Sus cuellos están formados por muelles y son más largos que el de un cisne, que en la oscuridad de detrás de una manta de arpillera podrían interpretarse como serpientes, y les gusta entrelazarse, luego soltarse y volver a entrelazarse en un baile reptiliano y sedoso como una forma de hipnotizar a su presa.

Lo sé porque fui yo quien les proporcionó esas características.

Noto que me arde la cara. Noto náuseas en el estómago. Quizá la espiral me esté hipnotizando. Quizá por eso me parezca que estoy soñando. No, alucinando. Las miradas mareantes se mueven detrás de la cortina y se vuelven más tenues. Y entonces los bordes de la manta dejan de ondear y la oscuridad reina nuevamente en el camión.

Tengo que entrar en ese vehículo, ya sea para demostrar que estoy sufriendo un ataque de pánico provocado por Halloween o para echar otro vistazo a esos ojos coloridos, no estoy segura.

Reprimo un gemido y aparto la caja con un pie para abrir más la puerta, con lo cual los goznes chirrían. Ese ruido llama la atención de Jaspar y de mi tío, y los dos se giran hacia mí al mismo tiempo.

La lluvia me empapa la cara cuando un relámpago ilumina el pelo rojizo del repartidor, otro inesperado estallido de color en mi mundo desteñido. En cuanto aparece un segundo rayo, veo su brillante cara mojada, pero ya no me parece atractivo. Hay abismos alrededor de sus ojos y sus cejas, valles vacíos debajo de sus pómulos, una desolación tan profunda que es como si sus facciones se hubiesen hundido y hubieran dejado que su piel no fuese más que un envoltorio sobre un cráneo hueco por dentro. Todo en él parece desproporcionado.

Desproporcionado. Igual que mi hermana.

La imagen de Lark, muerta en la cama de debajo de la mía, se ilumina en mi cerebro.

Un gemido agónico me perfora los pulmones y la garganta, y me caigo hacia atrás en un intento por escapar. Mi tío corre hacia mí bajo la lluvia mientras grita mi nombre.

Tropiezo con la caja de las velas y me doy un golpe en la cabeza contra el suelo. Un cálido estallido me viaja de la nuca a la mandíbula, y luego todo se vuelve negro. La oscuridad se extiende a mi alrededor y se pliega como si fuese una alfombra hasta escupirme en mi cama iluminada por la luna, donde me incorporo hasta sentarme en la parte de arriba de la litera. Sé qué noche es esta… y no quiero volver a vivirla.

Oigo los ruidos que me despertaron con un sobresalto la primera vez, veo los dibujos con lápices de colores que ondean por el viento; y luego veo algo distinto, una silueta oscura, encorvada y con garras, un par de ojos que brillan potentes y eléctricos. ¿O son dos pares de ojos? Es imposible saberlo…

Conforme se me adapta la mirada, lo único que está claro es que en la habitación estamos Lark y yo; su rostro y su cuerpo están combados y deformados. El monstruo que me he imaginado avanzando por el suelo en realidad era mi hermana, tumbada en la cama, inmóvil.

Unos gritos de espanto consiguen salir por mi boca. Apenas me doy cuenta de que mi tío Thatch irrumpe corriendo en la habitación, apenas lo veo inclinarse sobre Lark y chillar por la conmoción. Incluso cuando me rodea con los brazos para consolarme, lo único que noto es la ausencia de mi hermana.

—Nix —me tranquiliza mi tío—. Dime algo… Nix.

Me mece con suavidad, pero no puedo hablar. Procuro acompasar mi respiración, pero la oscuridad vuelve a cerrarse a mi alrededor.

7

ojos que espían

—Nix... ¡Nix!

Me despierto, desconcertada, y veo que mi tío Thatch me acaricia la mejilla con una mano. Estoy sentada en el suelo del almacén, me duele muchísimo la cabeza y tengo la espalda y los hombros apoyados contra la pared.

Con los ojos entornados por las luces del techo, expulso lo que queda de mi recuerdo. Esta vez ha sido demasiado real, demasiado desgarrador. Todavía noto el desarraigo de la tierra que experimenté a través de los sentidos de Lark, la única parte de ella que sigue imperturbable en cada reflejo. No es un alivio feliz y tranquilo, sino un peso oscuro y crítico.

Mi tío Thatch está arrodillado a mi lado y me tiende un vaso de agua mientras Dahlia y Carl se agachan. Aunque en el caso de Dahlia más bien se inclina hacia delante por la barriga de embarazada.

—¿De dónde habéis salido? —Esas palabras no parecen tener sentido a pesar de ser yo quien las pronuncia, así que me concentro en las cajas y en las frutas que me rodean para recuperar la cordura. Me froto el chichón de la cabeza mientras intento recordar por qué estoy tumbada en el suelo.

—Hemos intentado ayudar a tu tío a despertarte. —Dahlia me tiende un ojo envuelto en papel de aluminio—. Toma.

Ver el caramelo de Halloween me provoca escalofríos. Niego con la cabeza para rechazarlo.

La mujer ladea la cabeza y un bucle de ébano se suelta de su moño.

—Oye, que yo no comparto con cualquiera mis ojos que espían. Sé que no te gusta nada que te recuerde esta celebración, pero el caramelo está lleno de manteca de cacahuete.

—Le he contado que te has desmayado —me explica mi tío con las cejas oscuras y espesas fruncidas detrás de las gafas. Reparo en silencio en que su sombrero de cocinero es la única parte de su uniforme que está seco.

—Y por eso necesitas comértelo. —Dahlia toma las riendas de la conversación. Su madre es doctora, así que recurrimos a ella para todo lo que tiene que ver con la salud—. O te falta proteína o tienes bajo el nivel de azúcar en sangre. El caramelo arreglará las dos cosas. Cómetelo.

—Venga, Nix. No son *roonies* duendes, pero siguen estando buenos —me presiona Carl.

—Vale —me rindo al fin—. Pero seguro que los servicios sociales no verían bien que me obligarais a comer dulces.

Los tres esbozan sonrisas de alivio cuando desenvuelvo el papel de aluminio y lo arrugo para que el ojo con venas deje de ser visible. Me meto la bola de chocolate en la boca y la mastico. El rico sabor a manteca de cacahuete me inunda la lengua, y ya empiezo a sentirme mejor. Hasta que regresa a mí la razón por la cual estoy tumbada en el suelo.

No me he desmayado. He tropezado al escapar de lo que he visto entre la lluvia: colores, auténticos y vívidos, una apabullante diferencia de mi apagada realidad, mancillada por los seres que la acompañaban: un grimalkin y Jaspar con el rostro hueco.

¿Cómo ha podido ser? Que mis personajes cobren vida y que se burlen de mí es tan imposible como que la cara de Jaspar se deforme como la de Lark la noche en que murió.

Jadeo e inhalo los restos del caramelo. Una tos me sacude la garganta.

Dahlia me da una palmada en la espalda. Mi tío me ofrece el vaso de agua. Entre toses, lo observo a través de mis ojos anegados. Por eso su sombrero de cocinero está seco. No lo llevaba cuando estaba fuera hablando con Jaspar.

¿Por qué ha mentido sobre mi caída? Sabe que he tropezado con la caja. Me ha visto. ¿O no? ¿Lo habré imaginado todo? ¿Al final la maldición de Halloween me ha partido por la mitad?

Cuando desplazo la vista hacia la puerta cerrada del callejón, me da un vuelco el estómago. Miro a mi tío a los ojos.

—¿Dónde está Jaspar? Había algo… raro en él.

—En él siempre hay algo raro. —Los labios de mi tío se curvan hacia arriba en una sonrisa que parece forzada—. ¿Por qué crees que quiero que lo evites?

—No… ¿Recuerdas esa noche… el aspecto que tenía Lark? —Me late el corazón con un pulso intermitente—. Te conté lo que vi…

—Quizá —me interrumpe mi tío mientras me coloca el vaso en la mano— deberíamos llevarte a Urgencias. Por si tiene un traumatismo, ¿no? —Sus ojos vuelan de mí a Dahlia.

—No creo que haga falta. —Me agarra la barbilla y me examina—. Tiene bien las pupilas. Se recuperará del todo en cuanto se le vaya el chichón de la cabeza.

—Pero estamos de acuerdo en que debe hidratarse, ¿verdad? —pregunta mi tío mientras me contempla.

Sorbo el agua del vaso y arrugo el ceño en su dirección. No debería sorprenderme que quisiera cambiar de tema. Siempre ha estado convencido de que el psiquiatra tenía razón: que la distorsión que presencié en el físico de mi hermana esa noche fue consecuencia del terror que me embargó al encontrarla más muerta que los cadáveres andantes que habíamos visto al ir en busca de caramelos. Y ahora, por alguna razón, tampoco quiere que hablemos de lo que ha sucedido esta noche. Por lo menos no delante de nuestros amigos.

Bebo unos cuantos tragos más; el regusto de la manteca de cacahuete y del azúcar permanece en mi lengua, además de un ligero sabor metálico y mineral. Debemos cambiar el filtro del grifo.

—¿No deberíais iros a casa ya? —digo cuando Carl ayuda a Dahlia a incorporarse para que pueda estirar la parte baja de la espalda—. Carl, ya has hecho horas extra preparando más *roonies* para mañana.

Se miran y sonríen.

—Es que queríamos asegurarnos de que estuvieras bien —contesta Carl—. Pero parece que vuelves a ser la de siempre, jefa.

Mi tío Thatch suelta una risa tensa y monótona, en absoluto tan musical como sus carcajadas auténticas. Le lanzo una mirada suspicaz y él arquea las cejas en un gesto suplicante.

Me termino el resto del agua de sabor extraño y le doy el vaso vacío a Carl.

—Estoy bien. Idos ya. Nosotros terminamos los *roonies* para el festival. Llévate a tu mujer a casa, prepárale un baño caliente y hazle un masaje en los pies.

—Nix tiene razón. —Mi tío Thatch se levanta y le da un apretón a Carl en el hombro—. Y no os preocupéis, yo también me aseguraré de que llegue a casa pronto y se relaje.

—Empiezo a pensar que estas dos estaban compinchadas —se ríe Carl—. ¿No lo habréis organizado todo para que os mimemos, chicas?

—Nos has descubierto. —Dahlia se echa a reír. Luego me da una palmada en la cabeza con empatía y me deja unos cuantos caramelos en la mano—. En serio, tómate con calma lo que queda de día.

—Tú también —digo, y me apresuro a guardarme los caramelos en el bolsillo trasero de los pantalones de cuero para así evitar el de delante, donde el frasco con la tinta de calamar se me clava en la barriga, caliente y oculta.

Dahlia y Carl salen del almacén con las manos entrelazadas. En la cocina, oigo cómo se abre y se cierra la puerta del armario de plástico, varios susurros y pasos que se arrastran, y por fin el silencio.

Mi tío Thatch se gira y me mira mientras se recoloca el colorido delantal por encima de la camiseta y los pantalones, un gesto que hace cuando está nervioso. Con el sombrero de cocinero inclinado hacia la izquierda, parece una nube que le hubiese caído encima de la cabeza. Bien podría estar en el cielo, porque es como si estuviese a muchos kilómetros de allí.

—¿Preparada para levantarte? —me pregunta enderezándose el sombrero.

Asiento.

Me ofrece la mano y tira de mí. La cabeza me da vueltas mientras intento no perder el equilibrio; el mareo encaja con el supuesto desmayo, aunque estoy segura de que no ha sido eso lo que ha sucedido.

—Tómatelo con calma, Nixie. —Con un brazo por encima del hombro, me ayuda a salir del almacén. El aroma de sus ropas empapadas se mezcla con el de la cocina que nos rodea: a especias, a jabón y a frutas. Es el olor de la rutina diaria, aunque esta noche parece cualquier cosa menos rutinaria.

—Estoy bien —murmuro. La sensación de mareo pasa a ser una especie de neblina mental—. Físicamente.

—Pero emocionalmente no tanto, ¿eh?

Asiento, incapaz de poner nombre a todas las cosas que me descienden por el pecho y que me están dificultando respirar. Los dos nos ponemos guantes desechables. Con una cesta forrada con papel de horno, me detengo junto a los mármoles fríos donde Carl ha dejado los *roonies*. Echo un vistazo al reloj de la pared. Son las siete y cuarto, y recuerdo que pasaban pocos minutos de las seis cuando he entrado en la cocina. Quizá he tardado veinte minutos aproximadamente con el reciclaje, pero aun así... hay una buena cantidad de tiempo en paradero desconocido.

—¿Cuánto tiempo he estado inconsciente? —pregunto frotándome la nuca de nuevo.

—Ah, pues no sé. Quizá unos pocos minutos.

Niego con la cabeza. No puede ser. Aunque el reloj no confirmara mis sospechas, debe de haber pasado una hora, ya que los *macarons* de Carl han tenido tiempo de secarse, hornearse y enfriarse. Intento formular otra pregunta, pero soy incapaz de saber cuál es la respuesta que quiero obtener.

Mi tío se detiene junto a la nevera con las masas y las coberturas, y extrae el relleno de mascarpone especiado para que podamos terminar los *macarons* antes de guardarlos en cajas.

—Mira, en esta época del año es de esperar que estés un tanto despistada, cielo. Todo el mundo lo entiende.

—No es solo por el día. —*Creo...* Enfadada por mi repentina amnesia, compruebo si las galletas de los *macarons* están preparadas para retirarlas tocándolas un poco. Se desplazan sin problemas y sin pegarse al papel, así que coloco las veinticuatro en la cesta.

Mi tío me observa mientras deja el cuenco de relleno junto a la caja con las mangas que esperan en la encimera.

—Me has oído discutiendo con Jaspar, ¿verdad?

Arrastro un taburete hasta la encimera, me siento y dejo la cesta junto al bol del relleno.

—He oído... algo.

Y entonces se me queda la mente en blanco. ¿No ha sido más que una discusión? Cualquier imagen de lo que ha ocurrido en el callejón es resbaladiza y efímera. Lo único que recuerdo es mucha lluvia y voces extrañas. Y luces..., algo relacionado con luces. ¿Haberte golpeado la cabeza hace que se te escapen tantísimos detalles?

Después de colocar doce galletas hacia abajo, mi tío les vierte el relleno, y una mezcla de canela, jengibre y clavo flota en el aire. El deseo de ver colores me hormiguea detrás de los ojos. Por lo general, las galletas de un naranja intenso, acompañadas de la crema tintada con arce, representan un estado de ánimo agradable y acogedor. Sin profundidad, en cambio, sus tonos sepia pálidos son tan fríos y vacíos como el invierno.

—¿Nix? —exclama mi tío.

Es mi deber cerrar los *macarons* con la galleta superior, pero no me puedo mover. Necesito recordar… Estoy olvidando algo importante.

—Vale, no debería haber mentido sobre tu desmayo. —Mi tío suspira.

—¿Has… mentido? —La verdad es que ahora mismo esa es la última de mis preocupaciones.

—No quería hablar de Jaspar delante de Dahlia y de Carl —responde, ajeno a mi confusión mental—. Tienes razón. Jaspar estaba teniendo un berrinche. Cuando estábamos cargando algunas de las cajas, ha visto las mangas y las cajas de magdalenas que compré para la fiesta de mañana. Y luego ha visto los paneles de la parada en un rincón. Dice que estoy infringiendo el contrato al vender nuestros productos fuera de la pastelería y contribuyendo a que el planeta siga siendo un vertedero. Como si una noche con cajitas para llevar fueran a ser el fin del mundo.

Mientras encajo la galleta superior de los *macarons*, aprieto la mandíbula.

—Así que… me he caído en lugar de desmayarme. He tropezado con una caja. Estaba enfadada porque es mi culpa, porque fui yo quien te convenció para echar una mano con la celebración.

Al principio, cuando anunciaron que habría un concurso benéfico patrocinado por la asociación de familiares de alumnos, no le presté demasiada atención. Y luego me enteré de que el concurso enfrentaría a las cinco clases optativas de nuestro instituto: arte, comercio, periodismo/fotografía, mecánica/diseño y teatro/música. El departamento de mecánica votó para que la gente pagase por probar un juego mecanizado, pero nuestro profesor quería algo más atractivo, algo que fuese a recaudar mucho dinero. Y fue entonces cuando mis compañeros de clase propusieron vender las delicias de la pastelería.

—No, Nix. No me convenciste de nada. Es un acuerdo. *Quid pro quo...* Yo ayudo a que tu clase recaude fondos y el año que viene tú te inscribes en universidades de arte, además de en los institutos de robótica que tienes en mente. —Saca unas cuantas semillas con forma de bellota de un tarro y las mete en un molinillo de mano. Al accionarlo, el aroma a nuez moscada cae sobre los *macarons* como una tormenta de arena.

Paso el dedo enguantado por un poco de nuez moscada que ha cubierto la encimera.

—Quiero que veas qué te pueden ofrecer los programas de arte y no las clases de ingeniería. Naciste para ser creativa, no técnica. Podrías crear guiones, animación, ilustraciones para juegos. Hay muchísimas posibilidades. Busca qué eres capaz de conseguir puliendo tu talento y no el de... —Su voz se va apagando y deja un blanco en forma del nombre de Lark—. A Jaspar ya se le pasará. El proveedor nos necesita más a nosotros que nosotros a él.

—¿En serio? —pregunto.

Mi tío hace una pausa, como si no hubiese querido decir lo último en voz alta.

—Bueno, no veo que la gente haga cola para comprarles nada.

Asiento, aunque no puedo evitar pensar que es el objetivo de esa empresa. No publica anuncios en ninguna parte. En su camión no han pintado nombre ni logo. Mi tío siempre paga los pedidos en metálico, así que no he visto ningún cheque. Ya han pasado dos años y medio, y el único empleado al que conozco es Jaspar, del que ni siquiera sé el apellido.

Mi tío asegura que un conocido se los recomendó cuando abrió la tienda; de lo contrario, nunca los habría encontrado.

—En fin… —mi tío retoma la conversación—, nuestro pacto está sellado.

—En realidad… —Doy un golpecito a la encimera—. Yo solo cumpliré con mi parte si mi clase gana el concurso.

—Ya. —Resopla—. Pero los dos sabemos que eso está hecho.

Acompaña la afirmación con un poco de cobertura que deja caer sobre el mostrador y con la sonrisa radiante que me dedica. No puedo evitar devolvérsela mientras me quito los guantes y recojo un poco de cobertura con el meñique. El sabor dulce y picante hace que me entre un hormigueo de deleite en la lengua. No debería haber permitido que mi tío siguiese empecinado en hablar de mi futuro; sobre todo porque cualquier posibilidad que tengo de sobresalir en el mundo del dibujo depende de la habilidad de incorporar colores realistas a mis creaciones.

Para limpiarse un poco de cobertura del delantal, mi tío barre una mancha marronácea sobre un arcoíris que no consigo ver.

—La vida es un regalo, Nix. Vive. Deja de esconderte en la sombra de otra persona. Si no, todo habrá sido en vano.

Arrugo la nariz con tanta fuerza que me clavo el *piercing*.

—¿El qué habrá sido en vano?

Estruja el resto de la crema de la manga y la vuelca sobre un cuenco, que después tapa.

—Irritar a Jaspar y a nuestro proveedor por el concurso benéfico. ¿A qué me iba a referir si no?

En su respuesta ha omitido algo. Algo que no desea especificar. Es evidente por el modo en que mantiene los ojos ocultos debajo de las pestañas y en que evita mirarme.

Mientras coloca los *roonies* en la caja de cartón de los *macarons*, limpio la encimera, todavía un poco agitada.

—¿Te importa que vaya con Juniper? Tengo que acabar el mural. —Todos los alumnos de mi clase debemos trabajar un turno en la fiesta que vale el setenta por ciento de la nota final, pero mi profesor se apiadó de mí; me dijo que, si conseguía elaborar un mural mecanizado para el puesto de la pastelería, eso bastaría para compensar mi ausencia.

Las dos últimas semanas, he trabajado en la mayoría del diseño en casa, en nuestro garaje, pero hace unos pocos días lo llevé a la pastelería para que Clarey me ayudase a igualar el color de los otros dos paneles de la parada que ya tenemos en el almacén. Estoy utilizando pintura al látex porque es resistente al agua y más barata que la acrílica en grandes cantidades. El olor químico no debe entrar en contacto con los dulces recién horneados, así que Juniper me ha dejado utilizar su patio por las tardes/noches.

—¿Puedo salir antes? —pregunto.

—Si de verdad estás segura de que estás bien... —Mi tío vacila.

—Ya no me duele la cabeza. —Desplazo la vista hacia el reloj y veo que la hora, las 19:30, resplandece como un foco—. Pero no olvides que tengo que estar en casa antes...

—Te recogeré dentro de una hora —me asegura—. Llegarás a casa lo bastante pronto como para echarte una cabezada antes de que te suene la alarma a medianoche para empezar la vigilia.

Le sonrío con agradecimiento y llevo las mangas al fregadero para que Pete las lave luego, y me dirijo al armario a por mis cosas. Después de guardarme secretamente el frasco de tinta de calamar en el compartimento interior más pequeño de la mochila, noto que algo me abulta en el bolsillo trasero de los pantalones. Saco los tres caramelos de Dahlia. Se han derretido. Uno sigue mostrando un ojo que te devuelve la mirada, pero los dibujos de los otros dos desaparecen donde el chocolate se ha fundido y semejan unas cuencas oculares hundidas.

Me quedo perpleja cuando varias imágenes regresan a mi cabeza: Jaspar bajo la lluvia con su pelo rojo brillante, sus ojos oscuros, los huecos en la cara, la boca abierta y cavernosa… El grimalkin que parpadeaba con ojos esmeralda y ambarinos detrás de la tela y que me ha provocado con ese doloroso párrafo de *El mercado de los duendes*.

Suelto un gemido y lanzo los caramelos al suelo.

Me giro para contárselo todo a mi tío Thatch, pero ya está junto a mí. Me guía hacia el almacén y cierra la puerta. Antes de que pueda preguntarle qué hace, se quita el sombrero y se saca del pelo mojado y revuelto algo que parece un grillo enorme.

Pero no es un grillo: tiene dos brazos, dos piernas y un cuerpo esquelético formado por cables que se entrelazan.

—¿Ting? —susurro, temblorosa.

La criatura larguirucha parpadea con sus gigantescos ojos y levanta las orejas de latón puntiagudas como si reconociera que ese es su nombre.

Orejas de latón… De un dorado rojizo. *Color.*

Mi tío extiende una mano y me urge a que me acerque. Me trago el nudo de incredulidad de la garganta y levanto un dedo para tocar al hada minúscula, que ha cobrado vida de las páginas de Mystiquiel y está sentada en su mano. Dos alas con filigranas y una pátina cobriza descansan sobre su espalda. Ladea la cabeza y la mitad superior metálica de su cara se queda paralizada en una inquisitiva ceja arqueada.

Me inunda una abrumante oleada de alegría al ver todos los pigmentos que brillan sobre la criatura, pero después la lógica y el escepticismo ocupan su lugar. *Es imposible que Ting esté aquí.*

El hada se me queda mirando y luego observa a mi tío. La piel rosada le cubre la nariz, la boca y la barbilla. Sus labios carnosos forman una palabra:

—¿Extirpar? —Su voz vibra con una fragilidad idéntica a la que muestra su cuerpo, como si fuese una campana de estaño que repica contra una hoja de cristal.

Mi tío asiente.

Estoy tan anonadada que no me puedo mover. El hada dorada se eleva de la mano de mi tío batiendo las alas verdes y empieza a dar vueltas. De su pelo compuesto de suaves plumas blancas y de un rollo de cables negros, emergen motores y dientes de engranajes brillantes. Los cables brillan rojizos y chisporrotean. Al cabo de unos segundos, el hada desaparece y el polvo carmesí la sustituye en el aire, como una explosión de óxido en miniatura.

En un arrebato de perspicacia, las normas que rigen mi reino de hadas imaginario me sacan del trance. Por imposible que resulte la aparición del hada, sé qué ha venido a hacer… y no pienso permitirlo. Contengo la respiración e intento no inhalar las partículas que lavan el cerebro.

—¡Phoenix Francesca Loring!

El grito de mi tío me sobresalta y me hace soltar un chillido; me ahogo con el sabor metálico y mineral que me invade los pulmones y reconozco el regusto del vaso de agua.

—Lo siento, Nix. Al mezclarlo con el agua solo se han diluido los detalles. Necesitas una dosis más concentrada. Quiero contártelo to… —Su voz se quiebra con un gorjeo que parece una arcada, como si de repente su lengua fuese demasiado grande para su boca.

Se agarra el cuello con los ojos más grandes de lo habitual. Hay algo en su expresión de dolor —una mezcla entre desesperación, remordimientos y determinación— que me recuerda a la cara que pone cada vez que sale el nombre de Lark.

Después de emitir varias toses guturales, consigue volver a hablar.

—Te daré un recuerdo más seguro… —Su pronunciación se aclara con cada palabra como si la lengua poco a poco fuese adoptando su tamaño normal—. Le debo a tu madre protegerte por lo menos a ti. Y lo haré. Cueste lo que cueste.

Quiero preguntarle muchas cosas, pero tengo la laringe cerrada por completo. Y entonces el polvo de hada se me cuela en el cerebro y engulle todas las posibles preguntas.

8

muertiversario

Me despierta una luz potente y me tapo la cara con la sábana. A mi alrededor reina el silencio, como si la casa estuviese conteniendo la respiración. Varios recuerdos borrosos se abren paso entre mi neblina mental: yo resbalando en el suelo del almacén y dándome un golpe en la cabeza; mi tío llevándome a casa en coche en algún momento después de las 20, ayudándome a acostarme y atiborrándome a paracetamol antes de arroparme hasta la barbilla. Me dijo que me echase un rato, me dio un beso en la frente y salió de mi habitación de puntillas.

Me he quedado dormida lo bastante profundamente como para soñar: orejas y narices felinas sobre unas máscaras metálicas con forma de rostro humano, bigotes de cables oxidados que se balanceaban al compás de unos cuellos como de cisne y unos ojos hipnóticos e inquietos. Los grimalkins, seis pares o más, cantaban algo en sincronía, aunque no consigo recordar qué. Esas imágenes y esas palabras, tan realistas en el sueño, se desvanecen cuando el sol calienta mis sábanas.

¿El sol?

Una idea espantosa me recorre el cuerpo: es por la mañana y me he quedado dormida. Aparto las sábanas y la inclemente luz del día me abrasa los ojos. La estructura curvada de la cama, que se asemeja a un trineo, es más alta que de costumbre. Arroja unas sombras que solo aparecen a mediodía. Me atrevo a mirar hacia mi reloj digital y veo que son las 12:45. Debería haberme despertado hace unas trece horas.

Con el corazón acelerado, me siento en la cama. Ha llegado el treinta y uno de octubre y yo estoy tumbada como si fuese un cadáver que espera, vulnerable y desprevenido.

El silencio que envuelve la casa se convierte en un pulso peligroso, en electricidad estática en mis oídos, en una sensación demoledora y pegajosa que me impregna los nervios y que me eriza el vello de los brazos como si un relámpago me atravesase las venas. Cuando suena el teléfono móvil de mi tío en la cocina y oigo su voz amortiguada al responder, mis nervios dejan paso a una confusión de alivio y rabia.

¿Por qué no me ha despertado? ¿Apagó él mi despertador anoche? ¿Por qué iba a arriesgarse? Sabe lo peligroso que es este día para nosotros, sabe que debemos estar en guardia.

Reprimo el miedo y la frustración, decidida a dejar que me lo explique antes de echarle la bronca. Con los pies colgando por el extremo del colchón, reúno la valentía de adentrarme en las horas que quedan hasta la medianoche.

El ruido de los platos en el fregadero eclipsa la conversación de mi tío. Me esfuerzo por oír un fragmento mientras me cubro la camiseta y los pantalones de chándal con una sudadera y me dirijo hacia el pasillo.

— … bajo control. Sin problema.

Más ruidos de platos, seguidos de su risa, y esta vez es la verdadera. La sincera y afable.

—Ajá… Ajá. ¡Qué momento tan emocionante!

Me parece inadecuado que esté tan animado en este día tan oscuro. ¿Qué le ha hecho renunciar a las tradiciones y precauciones que he dispuesto para ambos?

Me detengo delante del santuario de fotografías que hay en el pasillo, decidida a que por lo menos uno de los dos vaya a respetar los rituales del día con la esperanza de reencaminar la energía. Para empezar honrando mentalmente a los miembros perdidos de nuestra familia, me coloco delante de las imágenes y recorro los contornos con un dedo: Lark, mi madre y mi padre en unas tomas espontáneas.

En una estamos en la playa, mi madre está inclinada hacia delante, con el pelo oscuro tapándole la cara y las manos junto a las mías y a las de Lark mientras pulimos los castillos de arena; en otra, mi padre está en la orilla con el pelo rubio brillante, encorvado de espaldas para ayudarnos a llenar los cubos; una foto de cuatro pares de pies —dos adultos y dos niñas— que se hunden en la arena húmeda, y luego una toma después de que llegase la marea y nos hubiésemos alejado dejando tras de nosotros unos agujeros formados por los dedos y los talones que se llenan de agua y espuma.

Incluso en el único álbum de fotos del desván es igual: los rostros cubiertos por el pelo, los perfiles ensombrecidos, las siluetas oscuras contra un fondo de luz intensa. A Lark y a mí nos preocupaba que nunca viésemos la cara de nuestros padres en las imágenes, teniendo en cuenta que éramos demasiado pequeñas como para recordarlos en persona. Mi tío insistió en que era porque a Imogen y a Owen, es decir, a mi madre y a mi padre, les encantaba hacer cosas con nosotras y convertirnos en el centro de su mundo. Lo único que les importaba era que estuviésemos juntos; nunca posábamos, nunca fingíamos. Hasta que el tiempo que pasábamos juntos se terminó abruptamente por un extraño accidente de coche en la noche de Halloween cuando, según un testigo anónimo, el vehículo de mis padres viró para esquivar a un ciervo y se estampó contra un árbol. La última página de ese álbum no incluye ni una sola fotografía, sino que hay una vieja hoja de periódico con su esquela.

Al final del santuario del pasillo se encuentran los tres últimos recuerdos enmarcados: en el primero aparecemos Lark, mi tío y yo en una pose profesional del año previo a la muerte de mi hermana. En las dos últimas salimos Lark y yo la una al lado de la otra en escenarios de auditorio, una en cuarto de primaria durante un concurso de deletreo en el que Lark quedó primera y yo, segunda. La otra la tomaron en primero de secundaria, en un concurso de la institución Jóvenes Inventores, en el que Lark consiguió la tercera posición. Mi tío nos pidió que posáramos juntas mientras ella levantaba la banda verde. Habría levantado la banda azul del primer puesto si el motor eléctrico rotatorio que hacía de corazón del robot no hubiese fallado y no se hubiera calado a medio latido antes de poder dar vida a todas las extremidades del robot.

Me tenso ante la inminente oleada de culpa y soledad. Las emociones retumban en mi interior, donde tiempo atrás crecía un árbol familiar, un árbol que ahora se ha reducido a unas ramas fantasmales y a un tronco vacío. Tiene sentido que vea a Lark en mis propios reflejos después del papel que desempeñé en su fracaso en el concurso de inventores, algo que mi hermana supo y que quedó entre nosotras. Pero siempre me sorprende la culpabilidad que siento hacia unos padres que ni siquiera recuerdo haber tenido.

Me llega el aroma de la *quiche* florentina con beicon de mi tío y los rugidos de hambre me revuelven el estómago, como si se hiciesen eco del hueco en mi pecho. Me alejo de las fotografías y de sus secretos medio desvelados y entro en la cocina a tiempo de ver a mi tío despidiéndose de quien lo ha llamado. Está junto al fregadero, de espaldas a mí. Aunque su conversación parecía animada, su lenguaje corporal contradice esa alegría. Baja los hombros y el trapo que tiene atado al costado comienza a deslizarse. Lo agarra en plena caída cuando un sollozo le estremece todo el cuerpo.

—¿Tío Thatch? —Mi voz suena áspera e irregular.

Se endereza y se pasa una mano por las mejillas antes de recolocarse las gafas. Sus grandes esfuerzos para ocultar la pena que compartimos ablanda mi irritación, pero no contiene la inquietud que forma una maraña en mi pecho... Esa sensación de que hemos empezado el día con mal pie y que deberemos pagarlo con alguna consecuencia.

—Ah, ¡buenos días! —Se vuelve hacia mí con un falso vibrato—. No estás enfadada, ¿verdad? Es que... no quería despertarte. Has pasado una noche complicada. Yo me quedé despierto y, ¿ves?, los dos estamos bien.

Las bolsas que tiene bajo los ojos sugieren la falta de sueño, y me reprendo a mí misma por haber dudado de su lealtad. En el primer muertiversario de Lark, le insistí y pasé la noche en vela en casa para que estuviésemos los dos a salvo, y desde entonces ha respetado mi petición sin formular ninguna pregunta. Aunque encerrarse a cal y canto le resulte complicado. Aunque prefiera hallar consuelo trabajando en la pastelería para demostrarme con su ejemplo que se trata de una fiesta inofensiva. Sin embargo, acepta mi necesidad de pasar desapercibidos y nunca hace que me sienta débil ni irracional. De hecho, desde que se fuera Lark, me trata más como a una igual que como a una persona que depende de él; siempre pregunta mi opinión antes de tomar cualquier decisión, siempre me habla con total franqueza.

Mi tío me ha demostrado que merece mi absoluta confianza, y no voy a volver a dudar de él.

—Siéntate —dice mientras señala hacia la mesa con el trapo—. He preparado un *brunch*. —Saca de la nevera una bandeja de madera llena hasta la mitad con cruasanes de mantequilla caseros y mermelada de naranja. Luego abre el horno y con una espátula sirve en un plato una porción de *quiche* caliente. Lo coloca todo delante de mí sobre el mantel, acompañado de un batido de proteína acabado de preparar. Intento adivinar el sabor sin recurrir al gusto... Siempre es verde, naranja o morado, en función de los ingredientes que haya seleccionado.

Como ante mí solo veo matices beis y grises, me limito a inhalar el fragante aroma de la *quiche*. La calidez pasa a mi interior y temporalmente derrite el tembloroso dolor que se aferra a mis entrañas desde que mi mundo empezó a desteñirse.

Mi tío se sienta delante de mí y extiende un brazo hacia uno de los cruasanes, que unta antes de darle un crujiente mordisco.

—¿Qué tal la cabeza hoy?

Devoro un poco de *quiche* y dejo que el sabor a queso, beicon y espinacas se funda en mi lengua.

—Creo que bien. Un poco confundida por lo de anoche. ¿Con quién hablabas?

—Antes de nada, dime qué es lo que te confunde. —Mi tío frunce el ceño—. Te·aclararé todo lo que te parezca borroso.

Me encojo de hombros y me deleito con las capas de hojaldre de mantequilla cubiertas de mermelada cítrica. Me lamo la punta de un dedo antes de responder.

—Había una… ciruela. —Aunque los detalles van encendiéndose en mi cerebro, la experiencia lejana parece pertenecer a otra persona—. Resbalé después de haberle echado la bronca a Jaspar por discutir contigo en el callejón.

—Sí. —Mi tío asiente—. Por ahora vas bien. —Pega otro mordisco—. ¿Recuerdas por qué estábamos discutiendo? —Intenta ocultarlo mientras mastica, pero veo cierta tensión en los músculos de su mandíbula.

—La fiesta… Los paquetes para llevar. No recuerdo qué se dijo exactamente. Pero salí al callejón, dejé en el suelo junto a Jaspar la caja de velas y le dije que se tranquilizase. Luego se disculpó y dijo que no volvería a pasarse de la raya. —Casi me atraganto al relatarlo; esa actitud no parece propia del repartidor.

El movimiento de la nuez de Adán de mi tío hace que me pregunte si a él le estará costando tanto engullir el cruasán como a mí creer lo que recuerdo. ¿De verdad dijo eso Jaspar?

Mi tío por fin traga el bocado y esboza una sonrisa.

—Me sentí muy orgulloso de ti cuando apareciste de la nada para vencer al enemigo. Angorla debería convertirte en una duendoja honorífica.

—Ya, claro.

—¿Qué pasó después? —me presiona mi tío.

—Regresé al almacén y no presté atención. Una ciruela se había caído al suelo. No la vi, resbalé y perdí el equilibrio.

—Eso tampoco me parece verosímil. Mi tío es muy meticuloso con los pedidos. No permitiría que una mísera cereza cayese al suelo y tuviésemos que tirarla a la basura, y mucho menos una pieza de fruta más cara y grande.

¿No me choqué con nada? ¿No me golpeé con algo duro?

Nerviosa, echo un vistazo a la cocina. La luz beis se cuela entre las cortinas de la ventana e incide sobre el fregadero, y la forma en que el sol perfora los agujeros de la tela, que los proyecta en los azulejos del suelo de dos en dos como si fuesen ojos, me hace pensar en los grimalkins de mis sueños. Cortinas y ojos resplandecientes. ¿Por qué tengo la sensación de que de alguna forma van juntos?

—Excelente —dice mi tío mientras se termina el cruasán, interrumpiendo mis extrañas divagaciones—. Me alegro de que estés mejor. Te necesito en plena forma. —Se limpia la boca con una servilleta y reprime un suspiro tras el papel—. Hoy tengo que estar en la fiesta... para ocuparme de la parada.

—¿Cómo? —Deslizo la bandeja hacia el centro de la mesa y estoy a punto de volcar el batido, que todavía no he probado—. ¡No! ¡No podré protegerte si no estás aquí! No puedo asegurarme de...

—Nix. —Mi tío me agarra una mano—. No me va a pasar nada. Te lo prometo. Y, en realidad, no hay alternativa. De eso iba la llamada que he recibido. Dahlia se ha puesto de parto.

De repente, estoy en una montaña rusa de emociones, que pasa del terror que siento por mi tío a la preocupación hacia nuestros amigos.

—¿No es demasiado pronto?

—No. Aunque los doctores lo consideren un parto prematuro, solo le quedaban tres semanas para salir de cuentas. Como ya casi estaba, no corre peligro. La cuestión es que… todo se ha precipitado y la pequeña está a punto de nacer. Es una niña. Carl dice que todavía están intentando decidir el nombre, pero que se encuentran en el hospital y que todo el mundo está bien. En fin, obviamente no podemos contar con ellos para la fiesta, y como el resto de los trabajadores ya tienen el turno de sábado…

—¿Y Aaron o Ryann? —Me detengo antes de preguntar por qué no puede encargarse Lydia, porque es evidente que necesitamos que por lo menos haya un pastelero trabajando en la tienda.

—Aaron está fuera y Ryann ha pescado un resfriado —contesta mi tío, detalles que ya sé, pero que convenientemente había enterrado debajo de mi histeria—. No te preocupes. No voy a estar solo. Juniper cerrará antes la *boutique* para echarme una mano. Y Clarey vendrá contigo aquí, así que estaremos protegidos.

Mi argumento de que la única manera de que estemos «protegidos» es seguir al pie de la letra las precauciones que nos han mantenido a salvo durante los dos últimos años ni siquiera sale de entre mis labios. Mi tío ya está describiéndome su itinerario: llevará los paneles de la parada hasta Cannon Beach bien temprano para encontrar un buen sitio antes de que haya llegado todo el mundo; luego regresará a Astoria sobre las cuatro de la tarde para recoger los *roonies* duendes y las tartas hadas de la pastelería con Juniper, antes de volver para colocarlo todo como mínimo media hora antes de que se inaugure la fiesta a las seis y media.

Cuando le pregunto por mi mural, mi tío me mira con otra inesperada arruga.

—A ver, con toda la confusión de anoche, me olvidé de traerlo a casa. —Se quita las gafas y se limpia los cristales con una servilleta de papel. Los cristales no estaban ni siquiera sucios, así que no puedo evitar pensar que es una estrategia para evitar mi mirada aterrorizada—. No creo que a Clarey le importe traértelo un poco antes, porque de todos modos vendrá hacia aquí. Asegúrate de que esté seco para cuando me acerque a recogerlo de camino a la pastelería.

Como no puedo esgrimir ningún argumento que no sea endeble ni egoísta, le arranco la promesa de que me mandará un mensaje cada hora para que sepa que está bien. Acto seguido, después de un abrazo al que le pone fin él porque yo no puedo, se marcha.

Durante la siguiente media hora, actúo en piloto automático: guardo las sobras de la comida, friego los platos y le envío un mensaje a Clarey para hablarle de mi mural con un tono mucho más sosegado de como me siento en realidad.

Se me acelera el pulso en las sienes con un ritmo desorientado. Enciendo la radio en el comedor a todo volumen para romper el silencio y luego me meto en nuestro único cuarto de baño para seguir al máximo mi rutina de Halloween.

Una vez allí, abro el grifo de la bañera y meto una bola de sal de baño con olor a lavanda junto a la cascada de agua. Por la claraboya del techo se cuelan destellos de rayos de sol que pintan la espuma que se forma con tonos sepia mientras doblo la ropa.

He dormido medio día más del que debería, mi tío está por ahí y la hija inocente de Dahlia nacerá el día más maligno del año. Mis pensamientos se concentran en ella, y espero de todo corazón que la pequeña nunca deba ver la verdadera cara de Halloween sin máscara.

Desnuda y esperando a que se llene la bañera, aparto la vista del espejo empañado hacia las toallas sucias apiladas detrás de la puerta. Hacer la colada, pasar la aspiradora y limpiar el polvo son mis siguientes tareas de la lista. Son unas distracciones fantásticas y siempre han servido para justificar la presencia de mi tío en casa, ya que nos daban algo productivo que hacer juntos mientras nos quedábamos allí encerrados.

Al recoger la primera toalla de la montaña, noto una protuberancia que sobresale de la pila de ropa sucia: unos cuantos mechones de pelo oscuro. Una oleada de escalofríos me recorre la piel, contraria al calor balsámico que se adueña de la estancia. Aparto la segunda toalla y los ojos brillantes de una muñeca me miran desde la cabeza pegada al torso sin piernas de la última creación de Lark. Partió la cara por la mitad horizontalmente y separó los labios inferior y superior antes de ensamblar las mandíbulas con un par de dientes de engranaje entre ambas, y una nueva sorpresa me atraviesa la carne cuando la falsa dentadura empieza a castañetear mientras los brazos de la muñeca se mueven arriba y abajo.

Es como si la muñeca hubiese estado ahí esperando para demostrar las habilidades robóticas de Lark como un macabro recordatorio de sus genialidades. Noto un angustioso nudo en el pecho al pensarlo, una mezcla de tristeza y terror.

No. Yo desmonté ese proyecto hace dos años cuando necesité las piernas para que me ayudasen a diseñar la pata artificial de Frannie. El resto de la muñeca ha sufrido cortocircuitos recientemente y se ha activado de vez en cuando porque sí. Como no descubrí qué le pasaba, mi tío se la llevó a su habitación y me dijo que le echaría un vistazo. Quizá ha terminado aquí como un objeto con el que entretenerse en lugar de sus crucigramas habituales.

Le doy un golpecito a la muñeca en la frente, y los dientes, los ojos y los brazos se quedan paralizados. Aliviada, le tapo la cara con toallas y descubro el libro *El mercado de los duendes* debajo de un paño sucio al otro lado.

—Pero ¿qué...? —Me arrodillo. Anoche estaba abierto en mi mesita de noche. Apenas recuerdo haberlo examinado mientras me ponía la camiseta y el pantalón de chándal.

¿Cómo ha llegado hasta aquí desde mi habitación?

Agarro el lomo. Está abierto por la última página, por esas palabras insoportables que se mostraban la noche en que murió Lark. Leer ese párrafo me proporciona claridad mental: es la canción que los grimalkins cantaban en mis sueños.

Un rayo de sol cae sobre el libro e ilumina unas extrañas marcas que acompañan al texto. Les paso el pulgar por encima. El gesto me provoca una inquietante sensación; algo ha roído esas páginas, algo con numerosos dientes puntiagudos. Quizá haya sido una cabeza de muñeca cortocircuitada con dentadura mecánica…

Debajo de las toallas, los dientes empiezan a castañetear de nuevo.

Con un gemido, suelto el libro y me echo hacia atrás. Me golpeo las pantorrillas con la pared de la bañera. Con un jadeo, me caigo de culo sobre el agua caliente. Varias olas de espuma chapotean y se desplazan hasta el suelo para arruinar las páginas de *El mercado de los duendes* de mi madre y sellar por completo mi destino y el de mi tío.

9

sidra con limón

Voy en bicicleta por la intersección con el tranvía en la calle Once y evito mirar a la gente vestida con camisetas y disfraces de Halloween. Después de obligarme a terminar todas las tareas y la colada con la esperanza de distraerme, he salido de casa a las 16. Lo he hecho a pesar de mis reglas, y ni siquiera me he detenido a peinarme ni a maquillarme con la expresión más fiera posible. Me preocupaba que la simple acción de agarrar el espejo de mano fuese arriesgada. Aunque lo que de verdad era peligroso era salir de casa.

Las ruedas avanzan por el asfalto mientras pedaleo hacia la calle que antes me resultaba familiar, donde hay un montón de telarañas de algodón gigantescas, lápidas de espuma rígida y fantasmas con el tamaño de seres humanos, formados por mallas de alambre y mantas de cielo, que han surgido de un día para otro. Se me contraen los pulmones delante de cada una de las escenas por las que paso.

Un grupo de fantasmas intenta agarrarme. Giro bruscamente. Me precipito hacia el lado y la mochila atada al asiento derriba a un par de fantasmas de mantas de cielo. La bicicleta cae de costado y me golpeo la rodilla con la acera. Una oleada de dolor me vibra en el hueso donde el hormigón me ha desgarrado los vaqueros y rasguñado la piel.

Varios peatones se detienen, pero los alejo con un gesto. Me arden las orejas. Después de comprobar que el reloj de bolsillo de mi padre no se ha roto, dejo los fantasmas en un gurruño de alambre y telas, vuelvo a colocar los pies en los pedales y retomo el camino con la rodilla palpitante.

No haber recibido ni un solo mensaje de mi tío Thatch, más allá del que me ha mandado al llegar a Cannon Beach, tal vez no sea indicativo de un ataque de fantasmas imaginario; sin embargo, habernos saltado todos los rituales, haber encontrado marcas de dientes en el libro de ilustraciones de mi madre y saber de qué día se trata —gracias a las fiestas que se anuncian en carteles dispuestos en las esquinas de las calles, las preparaciones para el «truco o trato» y las casas decoradas— hace que sea inevitable que me ponga histérica.

Mi gorrito de lana, metido dentro del casco, me calienta las orejas mientras el viento frío me golpea la cara y los ojos. No importa que hoy haya salido el sol; las ráfagas del norte prometen que esta noche volverá a nublarse. No es un buen augurio para la fiesta.

Tengo que cerciorarme de que mi tío no vaya a capear ningún temporal, y la variedad atmosférica es la menor de nuestras preocupaciones.

Llego a la calle Eveningside y pedaleo hacia la pastelería. La ausencia del coche de mi tío me crea un nudo de nervios en la garganta. De nuestra casa a la tienda hay un trayecto de veinte minutos en bicicleta. Esperaba que a estas horas mi tío estuviese recogiendo los *macarons* y las magdalenas.

Tan ensimismada estoy en mis pensamientos que sin querer dejo atrás El Ascenso de Glicina. Me obligo a hacer un giro en forma de «U» a pesar de las protestas de mi rodilla. La *boutique* ya está cerrada, pero el sedán de Juniper sigue aparcado delante. Ojalá ella sepa algo de mi tío Thatch. Y ojalá esté dispuesta a encargarse de nuestra parada por su cuenta con la ayuda de alguien que no sea mi tío. En los eventos que organiza la asociación de familiares siempre hay voluntarios extra.

El Subaru de Clarey está detenido delante del sedán. En cuanto yo haya terminado mi proyecto, podremos cargar la bici y marcharnos a casa, donde nos encerraremos antes de que la plaga de «truco o trato» infeste la noche. Es la ironía más amarga de la fobia de Clarey: a pesar de crear los disfraces más espectaculares de la ciudad, es incapaz de asistir a ninguna celebración multitudinaria. Aunque su neurosis lo convierte en mi compañero ideal.

Como el año pasado, le pagan para maquillar a gente con motivos de Halloween durante varias horas al día en la *boutique* de su tía. Cuando termine, iremos a casa con su tocadiscos portátil y escucharemos la colección de vinilos de su madre hasta la medianoche; solo pararemos para ver su DVD de *Ocean's Eleven*, la versión de 1960 protagonizada por los dos ídolos de Clarey, Sammy Davis Jr. y Dean Martin.

Desde que Clarey se nos unió en la víspera de Todos los Santos, a mi tío han empezado a gustarle el *jazz* y el *blues*. Voy a recurrir a ese interés que compartimos para convencerlo y que vuelva a casa con nosotros, donde debe estar.

Aprieto el freno del manillar. Bajo en la acera, me quito el casco y cojeo con la bicicleta hasta las cristaleras. Juniper cree que las plantas son suficiente decoración, así que, sin contar unas cuantas margaritas mexicanas y unas rudbeckias naranjas en el escaparate, su tienda está felizmente desprovista de adornos.

Los guantes amortiguan los golpes que doy en la puerta, pero las cortinas del interior tiemblan, señal de que alguien me ha oído. Al echar un vistazo a las macetas con glicinas de la derecha, zarandeo una de las flores para que desprenda cierto olor a vainilla. Esta noche habrá que guardar la planta dentro para proteger las flores del ajetreo y del mal tiempo.

Y entonces me doy cuenta: no soy mejor que la glicina. Me he vuelto tan frágil como los pétalos de una flor.

Con los dientes apretados, me trago las emociones en un último intento por aparentar ser la chica dura como el acero y áspera como la arena que fui en el pasado.

La puerta de la derecha se abre hacia dentro y aparece Clarey.

Un chaleco de napa le cubre la camisa Henley gris de manga larga, arremangada hasta los codos para mostrar sus antebrazos. Unos pantalones ceñidos y oscuros le estrechan las delgadas piernas. Un par de mocasines de cuero completan el conjunto. Aunque mi percepción retiniana es incapaz de descifrar los detalles, mi memoria sí que puede: los zapatos están recubiertos por unas plaquitas verdes y azules que recuerdan a la piel de un dragón y unas puntas de metal dorado complementan la hebilla en forma de garra.

El atuendo al estilo de la banda de los Rat Pack no es un disfraz. Es típico de Clarey. Compra la mayoría de la ropa en tiendas de segunda mano de internet, pero siente predilección por los zapatos. Tiene por lo menos siete pares, todos con un color y un motivo propios, y engalanados con varias puntas de metal.

—¿Qué haces fuera de casa? —me pregunta sin poder ocultar la sorpresa mientras lanza una mirada hacia las decoraciones que adornan la calle. En honor al día y al amor de Lark por todas las cosas resplandecientes, se ha maquillado escamas en las sienes y debajo de los ojos, como si fuese una especie de criatura acuática efímera con branquias en sitios muy raros. Me contó que pensaba pintarlas para que combinasen con sus ojos: turquesa y dorado intensos.

Apoyo la bicicleta en la pared de ladrillos, demasiado distraída como para preguntarle si ha conseguido calcar los colores.

—Te he mandado un mensaje hace poco y luego te he llamado. Necesito que lleves el mural hasta mi casa. Mi nota depende de eso, ya lo sabes… —Es una buena excusa. Así no tengo por qué admitir que, cuando no me ha respondido, una apabullante sensación de pánico me ha obligado a salir a la calle.

—¡Ostras! —Se saca el móvil del bolsillo y toquetea los botones. El sol se hunde en el oeste y un rayo desperdigado se cuela entre las hojas de las glicinas para resaltar el pigmento blanquecino de su cabello, que se difumina en contacto con la piel más oscura de su frente—. Perdona, me he entretenido.

—¿Te has entretenido? ¿Con quién? —Finjo una sonrisa, desesperada por mantener una imagen fría—. Ah, espera… Olvidaba que estabas pasando por una época de sequía.

En los dos años que han transcurrido desde el regreso de Clarey, los dos hemos salido con unas cuantas personas, pero ninguno de los dos conseguimos entusiasmarnos en el proceso. Es muchísimo más divertido desahogarnos con nuestra falta de candidatos que salir a buscar uno realmente.

—¿Mi sequía? Le dijo la sartén al cazo. —Clarey responde a mi provocación con una sonrisa. Se mete el teléfono de nuevo en el bolsillo—. Pero es bastante raro. Que los dos estemos tan a gusto sin estar con nadie, quiero decir.

Es humillante notar que me empiezan a arder las orejas, las mejillas y la frente.

—Oye, ¿voy a presenciar cómo te salen llamaradas de fuego? —Su sonrisa se ensancha—. ¿O es que Nix Loring se está ruborizando?

Pongo los ojos en blanco porque hoy no estoy en disposición de profundizar en las complejidades de nuestra enrevesada relación.

—Ya te gustaría. ¿No te das cuenta de cuándo dejas totalmente indiferente a alguien?

—Vale. Deja la bici por ahí. —La señala con una mano—. Mi tía Juni ha preparado un poco de sidra con limón para la fiesta. Vayamos a por una taza de sidra y una galleta de jengibre para ti.

Juniper tiene un patio en la parte de atrás con techo de invernadero. Tres noches a la semana, prepara sus propios brebajes y tés calientes, una tradición que compartía con su padre y con su madre —de Inglaterra y de la India, respectivamente— cuando era pequeña y vivía en Londres. Los clientes se sientan junto a las fuentes, prueban las últimas recetas y admiran la hiedra y las flores exuberantes que cuelgan de las viejas farolas de estilo victoriano, los paneles de glorieta reconvertidos y los candelabros.

Un aire gélido me entra por los vaqueros desgarrados y me abrasa la herida de la rodilla mientras busco el candado de la bici en el bolsillo exterior de la mochila. Con un estremecimiento, me envuelvo el cuello de la chaqueta con la bufanda a cuadros amarillos.

—¿Por casualidad tu tía no habrá hablado con Thatch en la última hora o así?

—No lo sé. —Una ráfaga de viento le revuelve el pelo a Clarey y hace que sus mechones bailoteen—. Anoche él le mandó un mensaje cuando te caíste, y esta mañana para hablarle de la fiesta.

Me arrodillo para rodear con el candado la rueda delantera y una tubería que recoge el agua de la lluvia y que va del tejado a la acera, y hago una mueca cuando se me estira la piel con la herida.

—Creía que te habías dado un golpe en la cabeza. ¿Qué te ha pasado en la pierna? —Un fruncido de preocupación le tuerce los labios.

Abrocho el casco en el manillar y luego me sacudo el polvo de las rodillas.

—Ayer la cabeza. Hoy la rodilla. Me he caído con la bici de camino hacia aquí.

—Un momento. —Clarey arruga el ceño—. ¿Me estás diciendo que Nix Loring, la virtuosa con la bicicleta, la reina de la colina y una lumbrera trepando a los árboles, se ha caído dos veces en dos días?

Que haya utilizado la palabra «lumbrera», cuando la mayor parte de los chicos de nuestra edad no saben ni qué significa, cualquier otro día me haría sonreír. Pero ahora únicamente puedo pensar en que debo ir a ver a mi tío. No solo para asegurarme de que esté bien, sino también para que me explique qué hacían en el baño el libro de mi madre y la cabeza de la muñeca de Lark.

—Qué quieres que te diga —murmuro—. No estoy en forma. —*Una manera espectacular de quedarse corta.*

—Ajá. ¿Quieres una tirita?

—Sí, porque tengo cinco años —resoplo—. ¿Me quieres dejar pasar? —La petición suena mucho más desesperada de lo que me habría gustado.

Clarey se aparta. En cuanto he entrado, él cierra la puerta con llave tras de mí y se saca algo del bolsillo interior del chaleco antes de llevarse la mano a la espalda sin dejarme ver qué sujeta.

Me siento un poquito mejor cuando el aroma de las flores y las plantas me inunda la nariz. Aunque la tienda principal está en el interior, una sucesión de claraboyas proporciona una sensación diáfana, como si fuese una cafetería parisina. Las paredes de ladrillos encalados y los bancos raídos sirven para sostener varias macetas con vides. Hay arreglos florales —tarros de mermelada llenos de agua hasta la mitad con ramos florecientes— colgando de cordeles atados a unos percheros antiguos o remetidos en el interior de viejas maletas con la tapa bien abierta, como si fueran caracolas.

Oigo un ansioso ladrido, seguido de unas patas que cruzan a toda velocidad el cemento del suelo, acompañadas de un ruido metálico.

—Hola, Frannie. —Me agacho para pasarle los brazos por el peludo cuello. La perra me recorre todo el extremo del gorrito de lana con el húmedo hocico y me lo quita. Me aparto el pelo electrificado de la cara y examino su pata y su arnés mecánicos en busca de algún desperfecto, aunque hoy me resulte un tanto mareante echarle un vistazo.

Se zafa de mí y se dirige hacia una vieja carretilla de madera llena de guisantes de olor en flor, donde ha dejado un ratón de goma. Mientras juguetea con el animalito, los gruñidos suenan más potentes de lo debido, un tanto desproporcionados junto a las fuentes del jardín, que gotean en silencio y dividen los caminos serpenteantes del patio.

Me acerco a Frannie, me agacho y escruto las marcas de mordiscos del plástico; pienso en las páginas empapadas y arrugadas de mi libro *El mercado de duendes*, que ahora está guardado en el compartimento principal de mi mochila, al lado de mis pinceles. Un regusto agrio me llena la boca.

—Bueno, ¿me vas a contar lo que ocurrió anoche? —Clarey me arranca de mis oscuras ensoñaciones. Su cuerpo esbelto se apoya en una celosía envuelta en hiedra—. Tu tío dijo que te quedaste un segundo inconsciente después de haberte golpeado la cabeza.

Me bajo la mochila del hombro y levanto un ramo de flores. Es tarea de Clarey preparar la nueva mercancía todos los días. Hundo la nariz entre los pétalos y aspiro el aroma floral que siempre se le pega a la ropa y a la piel, en busca del consuelo que me proporciona.

—No recuerdo gran cosa. Los detalles son borrosos, como si fuese la experiencia de otra persona.

—¿Un traumatismo craneoencefálico? —bromea con la barbilla ladeada.

—Algo así —respondo. A mi alrededor se hacen añicos todos mis esfuerzos para aparentar calma—. ¿Puedes ir a buscar a tu tía? Tengo que hablar con ella. —Paso los guantes por el tarro de cristal y luego vuelvo a dejar las flores en la maleta correspondiente.

Clarey se lleva un brazo a la espalda; le tiemblan los hombros como si estuviese pasándose el objeto oculto de una mano a la otra y viceversa.

—No sé —insiste—. Creo que primero habría que hacer una prueba por si tienes alguna herida en la cabeza. A ver si adivinas esto…

Y ahora ya sé qué es lo que esconde. A Clarey le encanta echar mano de sus preguntas de cultura musical cuando me pongo demasiado seria o taciturna, y siempre tiene cerca su armónica por si necesito que toque un poco para darme una pista. Así era como su madre le hacía preguntas cuando lo empezó a introducir en su género musical preferido. Y la forma en que se anima cuando toca canciones que le recuerdan a Breonna, la forma en que vuelve a ser el chico alegre al que conocí desde parvulario hasta primaria antes de que los dos perdiésemos a seres queridos, siempre consigue ponerme de mejor humor.

—Pista número uno: fue la primera estrella de *blues* rural de la década de 1920. Y pista número dos… —Clarey aparta la mano de la espalda y me sorprende blandiendo no su armónica, sino un limoncito con gafas de sol pintadas con rotulador permanente. Menuda decepción; me habría ido bien escuchar una canción.

Se echa a reír al malinterpretar mi expresión como si estuviese confundida. Sus ojos reflejan la luz de la claraboya, igual que las escamas que resplandecen en su piel.

—Vamos. Prácticamente te estoy dando la respuesta ya. Con el limón te lo estoy sirviendo en bandeja de plata.

Me mordisqueo el aro del labio y me quito los guantes, que dejo al lado de mi bolsa.

—¿Quién es Lemon Brite? —pregunto con voz de presentadora de concurso de la tele; he sustituido el nombre del músico que no recuerdo por la marca de jabón de platos preferida de mi tío.

—Lo siento. La respuesta debería haber sido: «¿Quién es Blind Lemon Jefferson?». —Una sonrisilla engreída enfatiza su habitual expresión de lástima al constatar mi ignorancia—. Y pensar que este limón ha perdido la oportunidad de formar parte de la sidra de mi tía para este numerito tan triste…

Ya sin paciencia, me rodeo la boca con las manos y luego exclamo:

—¡Juniper! ¿Estás ahí?

Clarey se ríe y estruja el limón.

—Relájate, anda. Está en el patio. —Señala hacia las llaves que cuelgan de la cerradura de la puerta—. ¿Te importa pasármelas?

Las agarro y él suelta el limón para atraparlas en el aire.

—Le voy a decir que estás aquí. Luego iremos a por la lona y a por tus botes de pintura.

Me quedo confundida durante unos instantes antes de acordarme del motivo falso que me ha llevado a salir de casa y de que todavía debo finalizar un trabajo de clase.

—Gracias.

Con el limón en la boca como si fuese una pelota de tenis, Frannie trota hacia su amo, pero se detiene para mirar entre él y yo.

—Quédate aquí. —Clarey hace repicar las llaves por encima del hombro y desaparece por las cristaleras que conducen al patio.

Frannie se desploma a mis pies. Estoy embelesada, entre la fascinación y el temor a que atraviese la cáscara del limón con los dientes.

—Después de tanto tiempo, me sigue dejando patidifusa. —El acento inglés de Juniper me saca de mi trance.

—¿Eh? —Me llevo los dedos al pelo y me masajeo el cráneo.

—Lo que hiciste para nuestra perrilla cíborg. —Juniper me sonríe. Parece la mismísima primavera con un vestido de ganchillo y una diadema de flores. Me tiende una de las tazas humeantes de sidra con limón que lleva en las manos.

—No es mérito mío. No fui yo la que inventó esa tecnología. —Para apaciguar el frío que se me ha instalado en el corazón, bebo un sorbo, y el sabor dulce me calienta de la cabeza a los pies.

—Venga ya. Tampoco es que le hayas robado la invención a tu hermana.

En teoría, sé que Juniper tiene razón. Pero, en la práctica, no puedo olvidar que a mí nunca se me habría ocurrido la prótesis por mi cuenta. Lo que me inspiró fue la invención de la muñeca arácnida animada de Lark, la forma en que se movían las ocho brillantes patas metálicas; caminaba como un cangrejo y se doblaba como si tuviese rodillas auténticas cuando las activaba un complicado sistema de motor conectado al movimiento del cráneo de vinilo. Yo no hice más que desmontarla y dejar que los ojos de mi hermana me guiasen. Ahora, después del susto que me he llevado en el baño con la muñeca, no me imagino volviendo a tocarla.

—Le hiciste un homenaje al diseño de tu hermana al mejorarlo. —Juniper ladea la cabeza y el pelo entrecano que le cubre las orejas se bambolea como si fuesen unos cuernos suaves que sobresalen de su diadema. El color blanquecino de su cabello es el único detalle que delata su edad (tiene cuarenta y cinco años), dado que su piel lisa no luce apenas ninguna arruga—. Hiciste que fuese útil. Es trabajo en equipo en todo su esplendor.

Es un cumplido encantador, pero la expresión «trabajo en equipo» me recuerda a la inquietante canción de los grimalkins de mi sueño: «Una hermana te anima en el hastío, te orienta en el desatino».

Reprimo las ganas de echarme a llorar.

—Es lo que siempre quiso Lark… Construir cosas que fuesen importantes —digo distraídamente.

Lo que no añado es que mi hermana siempre quiso ser famosa, y que yo se lo compliqué un poco. Y por eso me pareció un honor inmerecido que el año pasado me dieran una beca para estudiar ingeniería en la sede local de Jóvenes Inventores después de haber construido una pata mecánica para un perro con sus innovaciones.

Juniper se aparta las gafas del lugar que ocupaban sobre la diadema y se las coloca en la nariz mientras entorna los ojos de cordero.

—Y tú la ayudaste a conseguirlo, Nix. Enmarca el diploma del premio. Luego patenta el diseño, véndelo y utiliza los beneficios para matricularte en una estupenda escuela de arte.

—¿En serio? —gruño—. ¿De eso es de lo que habláis mi tío y tú cuando quedáis?

Sé que no debo añadir «en vuestras citas» porque los dos lo negarían de inmediato. Por más que hagan una pausa para comer a la misma hora para almorzar juntos, por más que se manden mensajes sin parar y que ella lo describa como «de una belleza atípica» y él a ella como «de una hermosura muy alarmante».

—¿No se os ocurre nada que sea más interesante? La política, quizá… El calentamiento global. Si queréis os preparo una lista con temas de conversación para adultos.

Se echa a reír, un sonido adorable y tambaleante que siempre me ha recordado al balido de una cabra, y escupe el sorbo de sidra de vuelta a la taza. El vapor empaña sus gafas, y baja la taza para darles tiempo a desempañarse.

—Eres su tema preferido, pajarillo. Se pone muy contento siempre que sales tú.

Su respuesta es el pie de entrada perfecto.

—¿Has hablado con él desde esta mañana?

—No. No me ha contestado a los mensajes. Supongo que está ocupadísimo. En el último que le he mandado, le he dicho que iré a la playa con la comida dentro de media hora. No hace falta que venga hasta aquí tan tarde. Me llevaré tu obra de arte también.

Me trago el resto de la sidra, sin saber cómo contestar.

—¿No se habrá secado ya? —me pregunta para responder a mi silenciosa vacilación.

—Sí. La pintura solo tarda treinta minutos en secarse. Pero…

—¿Hay algo más que te preocupe?

—No me ha avisado de que está bien, como me prometió. Y… ahora no vendrá cuando dijo que lo haría. No es propio de él. No en el día de hoy.

—Claro, claro. —Su frente se llena de surcos de empatía—. Me imaginaba que estaría muy atareado. Pero llamaré a la pastelería para ver si saben algo, ¿te parece?

—Vale. —Le devuelvo la taza; que no se me haya ocurrido a mí antes de recorrer las calles con la bici es una muestra de lo dispersa que estoy—. Por cierto, una nueva receta buenísima.

Me sonríe con amabilidad.

Las dos nos giramos cuando Clarey arrastra los pies con fuerza para cruzar las cristaleras acarreando mi mural.

—Pensaba que la escena os retrataba a tu tío y a ti.

—Bueno, sí. —Al principio la dibujé con lápiz en papel cuadriculado, y me gustó mucho cómo se tradujo la idea para encajar en un aglomerado de sesenta por noventa. Clarey me acompañó a comprar las pinturas y seleccionó los tonos brillantes a petición mía: púrpura, rojo, verde, naranja y negro. Por más que detestase pedir ayuda, no podía permitir que el orgullo me impidiese sacar una buena nota.

En el esbozo terminado, mi tío y yo estamos codo con codo con facciones exageradas: ojos deformes y sonrisas gigantescas. Él tiene el pelo debajo de un sombrero de cocinero, mientras que el mío está recogido en un caótico peinado *mohawk* para resaltar mi pico de viuda. De mi piel sobresalen engranajes en homenaje a mis *piercings*. Agachados a nuestro lado, como si nos invitasen a adentrarnos en el bosque del fondo, hay dos duendes; no son la especie de mis libros, que son tan altos como los seres humanos, sino las criaturas enanas y verdes que salen en las películas, de barba larga y cabeza puntiaguda. Los dos sujetan cestos con frutas que centellean, cubiertas de rocío bajo la luz de la luna. Su expresión es cómicamente siniestra, con ojos negros como el carbón. En cuanto complete el mecanismo que hace de bisagra en el codo de madera de uno de los duendes, su antebrazo se moverá con un gesto para que lo acompañemos.

—Entonces, ¿cuándo hiciste estos cambios? —Clarey está tan perplejo como inquieto. Me encamino hacia él pasando entre bancos llenos de hojas y flores, troncos y carretillas, para ver lo que está señalando.

Al principio, no entiendo a qué se refiere. Es la imagen de mí misma que dibujé: con el peinado alto y la sonrisa empalagosa. Y entonces un escalofrío me eriza el vello del brazo al darme cuenta de los detalles sutiles: una separación en los dientes de la chica, la ausencia del pico de viuda en la frente y ni un solo *piercing* a la vista.

Los restos de la sidra que me quedan en la lengua se convierten en una acidez mucho más intensa que la de los limones; porque junto a mi tío Thatch, en mi lugar, está Lark, mi hermana fallecida.

10
el mercado de los duendes

Como si se tratase de un mal augurio, las nubes de tormenta se arremolinan en el cielo por encima de nosotros en el instante en que veo los cambios de mi mural. Son las cinco y cuarto, así que empieza a anochecer, pero es tan oscuro como si fuese medianoche. En el techo del invernadero aparece una niebla grisácea tan espesa que Juniper debe encender todas las luces del patio mientras yo intento arreglar los detalles de mi pieza.

Agradezco sus intentos por asegurarme que no se me está yendo la cabeza, por afirmar que es normal que inconscientemente haya incluido a mi hermana en la pintura, ya que en esta época del año Lark ocupa mi mente durante mucho tiempo. También agradezco que Clarey diga que quizá no se fijó bien en la escena cuando la llevé a la floristería. Pero en cuanto su tía se marcha del patio para llamar a la pastelería, él me interroga sobre mi día. No le ahorro ningún detalle, luego le entrego *El mercado de los duendes* de la mochila y extraigo los pinceles y pinturas.

—A lo mejor ha sido una rata —me sugiere Clarey cuando tomamos asiento, con las piernas cruzadas, el uno delante del otro. Inclina el libro hacia la luz que arroja una de las farolas que Juniper ha reutilizado para examinar las páginas, que están en parte secas y arrugadas, y que huelen a lavanda. Abre el libro por la página mordisqueada y recorre las marcas de los dientes con el pulgar.

Mi mural está entre los dos, justo delante de mí. Los ojos de Lark me fulminan con un dejo de desdén. Me concentro para desenroscar las tapas de los envases de aluminio que utilizo para los retoques. El aroma punzante de la pintura al látex se sobrepone al del verdor y las flores que nos rodean.

—Una rata —le respondo cuando Clarey se inclina hacia delante para ayudarme a escoger la paleta que necesitaré para transformar la apariencia de Lark y que vuelva a ser yo.

—Este de aquí... Un dorado cobrizo para los *piercings* —me indica.

Asiento, empapo un pincel y elimino el excedente con una servilleta.

—Es decir, ¿un roedor ha abierto mi libro por el párrafo con el que he soñado?

—Bueno, o eso o que los grimalkins de tus dibujos han cobrado vida y lo han abierto —tercia Clarey con un matiz de humor que ha regresado a su voz.

—O que mi hermana me está persiguiendo con su dentadura en el mural —finjo bromear. En realidad, empiezo a creérmelo... Que de alguna forma está poniéndose en contacto conmigo desde el más allá, que sí que es su cara la que veo en los espejos en lugar de la mía.

Clarey frunce el ceño. Me conoce lo suficientemente bien como para no echarme en cara mi triste intento de ser sarcástica.

—¿Por qué iba a perseguirte Lark?

Me muerdo el interior de la mejilla para acallar mi respuesta: *Porque no la salvé, y ahora estoy robando fragmentos de su vida.* Empiezo a añadir un *piercing* a la chica del dibujo. Cuanto antes aparte a Lark de mi vista, antes la echaré de mi cabeza, por lo menos durante un tiempo.

—Lo siento, Lark. —Me permito soltar la confesión con la esperanza de que al menos mi hermana del mural pueda perdonarme—. Te he vuelto a fallar.

Los músculos de la mandíbula de Clarey tiemblan y hacen que las brillantes escamas de sus sienes reciban la luz del techo. Pasa páginas con cuidado para no romper el papel mojado.

—¿Por qué siempre te culpas a ti?

—Porque en teoría las hermanas deben cuidarse mutuamente. —Apunto hacia el libro empapado con el pincel—. Nuestra madre nos lo dio para enseñarnos esa lección. Si hubiésemos estado en el lugar de la otra, esa noche Lark me habría salvado. Y no habría destrozado lo único que nos dejó nuestra madre.

—Creo que ya va siendo hora de que me cuentes de qué va. —La expresión de Clarey se endurece.

A lo largo de los dos últimos años, ha tenido un montón de oportunidades para leer la obra maestra del siglo diecinueve de Christina Rossetti, pero, más allá de admirar las ilustraciones en acuarela —que muestran escenas con duendes achaparrados con nariz afilada y animales antropomórficos al lado de dos chicas que se parecen a Alicia en el País de las Maravillas—, apenas ha echado un vistazo al texto tras afirmar que es demasiado «poético y florido». Cualquiera diría que un chico que está enamorado de la moda y el estilo de los sesenta sería más tolerante con una narración algo anticuada.

Me inclino sobre el mural para terminar los bordes dentados del aro de mi ceja y relato los detalles del libro siendo lo más directa posible.

—Noche tras noche, dos hermanas caminan por un bosque que está a las afueras de su pueblo. Un día, mientras miran entre los árboles, se encuentran al otro lado con un mercado embrujado dirigido por unos duendes. Los duendes también se fijan en las chicas y les gritan desde detrás de las cestas: «Comprad nuestros frutos, blablablá».

—Mmm. —Clarey hojea las páginas—. No veo ese verso con «blablablá».

—Ja. —Empapo el pincel con más pintura—. Estoy parafraseando la lengua victoriana para no perder tu débil atención del siglo veintiuno.

Sonríe y sus hoyuelos se profundizan.

—Pues funciona... Pero el original es bastante descarado para ser una historia infantil. Escucha esto: «A los duendes no hemos de mirar, sus frutos no hemos de comprar; ¿quién sabe qué suelo alimenta sus raíces sedientas y hambrientas?».

—«"Venid y comprad", dicen los duendes, que por el valle descienden» —recito de memoria los siguientes versos—. «"Laura, Laura", Lizzie gritó, "a los duendes no mires, no"».

—Menuda indirecta, ¿no? —Clarey me mira a los ojos.

—Sí, es bastante sensual. Incluso las descripciones de las frutas. No creo que la autora lo escribiera para niños. Habla sobre el conflicto entre el amor de hermanas y las pasiones peligrosas. —Señalo la ilustración al otro lado de la página en la que una hermana, sin dinero ni frutas, se corta un mechón de pelo para intercambiarlo—. Mira, esta es Laura. Entrega todo lo que tiene porque no puede resistirse a la llamada de los duendes, aunque una amiga suya ya haya sucumbido a ellos. —Encuentro el fragmento relevante y asiento para que Clarey lo lea en voz alta:

¿Es que a Jeanie no recuerdas ya,
que a la luz de la luna se los fue a encontrar,
que tomó todo lo que le dieron,
las flores y frutos que le ofrecieron,
procedente de ramas
donde es verano cada semana?
Y desde entonces, al anochecer,
suspiraba por volverlos a ver;
día y noche los buscaba,

al no encontrarlos, envejecía y menguaba;
y cayó con las primeras nieves,
y hasta hoy nada crece
donde su cuerpo está sepultado:
hará un año que margaritas he plantado
que nunca se abren.

Pensativo, Clarey echa la cabeza hacia atrás con la frente arrugada. Es la expresión que más me gusta dibujar, y, aunque siempre le muestro los bocetos terminados, nunca he admitido cuántas horas necesito para capturar ese diminuto punto en que su cicatriz le parte la ceja.

—Vale —dice—. Una amiga suya comió los frutos mágicos y los hechizos de los duendes la capturaron.

Asiento.

—Y esta hermana, Laura, sigue queriendo visitar el mercado.

—Exacto. A pesar de la advertencia de Lizzie de que los duendes las separarán.

—Así que este poema es donde se originó la idea de que las hermanas van antes que los chicos. —Con una sonrisilla traviesa, Clarey observa el inicio del libro.

—Algo parecido. —Muerdo el mango del pincel para ocultar mi incomodidad hacia otro motivo secreto por el cual Lark querría venir a por mí… Porque estoy perdiendo la batalla contra lo que siento hacia su primer y único amor.

Como si lo atrajera el mordisqueo de mis dientes contra la madera, Clarey se concentra en mi boca. Mis mejillas amenazan nuevamente con recalentarse y señalo otra ilustración para desplazar su atención de vuelta al libro.

—Aquí Lizzie va a buscar el mercado porque la adicción de su hermana por los frutos la está matando. Laura intentó encontrar el mercado otra vez por su cuenta, pero los duendes se esconden de ella porque ya han conseguido lo que querían.

—Unos típicos cerdos misóginos. —Clarey niega con la cabeza. Después de haber visto cómo su padre abandonaba a su madre, alberga una opinión muy clara sobre el síndrome del «cerdo misógino».

—¿Verdad? —Continúo dibujando mis *piercings* en el mural—. Así que Laura se tumba en la cama, con las mejillas hundidas y los ojos saltones. —La imagen de Lark bajo la luz de la luna su última noche se ilumina en mi mente; me aclaro la garganta para enderezar la voz—. En lugar de llenarla, los frutos la secaron.

—Uh. —Clarey se fija en la ilustración de Lizzie cerca de un árbol donde unos duendes larguiruchos ofrecen frutos y saltan encima de ella como si fuesen monos—. ¿Seguro que el poema no va de Halloween? Una pieza de fruta que le chupa la vida a alguien. Es como si a una barrita de Twix le saliesen brazos y partiera a una persona por la mitad… La broma definitiva para el «truco o trato».

Aspiro aire lentamente, nerviosa con el giro de la conversación. Ya lo había pensado. La autora comenta que el tiempo es más fresco y que es hora de recolectar. Sin duda, podría ambientarse en el otoño.

Sumerjo el pincel en aguarrás para limpiarlo y decido obviar el comentario de Clarey.

—De todos modos, los duendes se le aparecen a Lizzie y la tientan con las cestas con frutos. Ella quiere ser fuerte por su hermana, así que se niega a probar nada. Y luego los seres intentan obligarla, le lanzan comida a la cara. Lizzie cierra la boca para que no le entre nada y deja que el jugo le gotee por los labios y la barbilla. Y luego vuelve a casa corriendo y cura a Laura con un beso pegajoso y húmedo. Años más tarde, les cuentan la historia a sus hijos delante de la chimenea, para advertirlos acerca de los duendes y recordarles el poder del amor de una hermana.

Clarey gira el libro hacia la contracubierta, en la que aparecen las biografías de la autora y del ilustrador.

—Madre mía. Qué tontería tan rebuscada. ¿Por qué escribiría una historia como esa?

Seco el pincel con un paño y me encojo de hombros.

—He leído que cuando tenía diez años tuvo un ataque de nervios. Pegó trocitos de papel en fragmentos de otros libros de poesía para censurarlos. Siempre me he preguntado si lo que le provocó el trauma fue lo que inspiró este poema. A fin de cuentas, se lo dedicó a su propia hermana.

—Ah —murmura, y es evidente que está recordando su propio ataque en Chicago. Solo le he preguntado al respecto en una ocasión. Cuando me dijo que todavía no estaba preparado para hablar de eso, le dije que confiaba en él para que me lo contase cuando lo estuviese, porque es lo que hacen los amigos. Esperan lo que haga falta.

Clarey suelta un suspiro y devuelve el libro a mi mochila, pero se detiene para acariciar el reloj de bolsillo del costado.

—Como diría mi tía Juni: una narración excelente.

Por más adorable que sea su perfecta imitación del acento inglés, sigo sin poder esbozar una sonrisa.

—Pero tus tragedias familiares no proceden de un poema inventado —prosigue con su entonación estadounidense habitual—. Los duendes y la magia no estuvieron implicados. Tus padres tuvieron un accidente. Lark sufría un problema de salud. Y tú no podrías haber evitado lo primero ni lo segundo.

La desesperación me atenaza la laringe. Mi cerebro lo entiende, pero mi corazón no. Hundo el cepillo en un pigmento tan oscuro que solo puede ser negro y empiezo el proceso de añadir al mural mi pico de viuda.

Clarey me pone una mano en la punta de la bota y me detiene.

—¿Sabes qué creo? Que tu tío vio el libro en tu mesita de noche y descubrió la página mordisqueada. Se lo llevó de tu habitación para que no lo vieses y te entristecieras hasta que pudiese conseguir trampas para ratas.

Me doy golpecitos en la rodilla con el mango de madera del pincel.

—Ya tenemos trampas para ratas en una caja, en el garaje. Y eso sigue sin explicar lo de la cabeza de la muñeca. Y si no está pasando nada, ¿por qué no ha llamado?

—¿Se ha quedado sin batería y en la playa no hay ningún sitio donde cargarla?

Aferro el pincel con la intención de evitar que me tiemble la mano.

—Claro, podemos hacer que las piezas encajen. Pero tenemos que cortarlas para que lo hagan. Es forzado... No es natural, ¿sabes?

—Natural como los ingredientes de la pastelería de al lado... a la que mi tía está llamando ahora mismo.

—¿Y si ellos tampoco saben nada de mi tío? —susurro—. No puedo perderlo también a él. Es lo único que me queda.

Clarey se inclina y me da un apretón en el hombro.

—No. Es una mierda que te hayas pasado el día sola, que hayas tenido que salir y venir hasta aquí con la bici. Pero para venir has sido supervaliente. Sobre todo por cómo te afecta el día que es. Has demostrado que podías conseguirlo y ya no estás sola. No voy a irme a ninguna parte, ¿vale?

Observo sus ojos, enmarcados por espesas pestañas, y me siento más intranquila bajo su amable mirada. La calidez de sus dedos alrededor de mi hombro se filtra hasta mi cuello y mis oídos. Este vínculo es... abrumador. Después de haber perdido a Lark, no pensé que encontraría a alguien que pudiese entenderme totalmente. A alguien que supiese en todo momento qué es lo que necesito oír.

El único problema es que la empatía y la amabilidad de ese alguien hacen que quiera algo de él que ni siquiera debería contemplar.

—Gracias. —Me obligo a concentrarme de nuevo en mi trabajo en un intento por calmar los saltos que me da el estómago.

Clarey hace una pausa, como si esperase algo más. Sigue estando demasiado cerca, y su cálido aliento —con aroma a azúcar y a cítrico de la sidra— me acaricia el pelo que tengo detrás de una oreja. Mantengo las mandíbulas bien apretadas y me obligo a no levantar la vista. Ahora mismo no soy lo bastante fuerte. Si veo esos preciosos ojos azules, esos labios carnosos, a pocos centímetros de los míos…, será mi perdición.

Al final, se levanta y la tensión entre nosotros desaparece.

—Voy a ver si mi tía Juni sabe algo ya.

Asiento, aliviada, y me digo que el tono bronco de su voz no es de decepción, sino que estar rodeado de pintura al látex y de aguarrás ha afectado a sus alergias, aunque no le haya pasado nunca.

Después de que se haya ido, utilizo pintura blanca para rellenar los dientes de Lark a fin de que ya no haya separación, y resisto la necesidad de pedirle disculpas mientras lo hago. Ahora que ya se ha ido la última de sus características, cambio el pincel redondo por uno más fino. Lo hundo en la mezcla oscura de púrpura y gris que me ha preparado Clarey y perfilo las letras brillantes que he escrito en el margen inferior izquierdo del mural:

En la víspera de Todos los Santos,
oímos a los duendes reír encantados:
«Delicias de Eveningside deben visitar,
¡vengan a comprar, a comprar!».

Termino el codo mecánico del duende, lo enciendo y me alejo para examinar la escena. El antebrazo produce unos chirridos rotatorios al golpear el mural, como si señalase hacia el bosque que he pintado. Me acerco y me fijo en que hay algo entre las ramas: dos pares de ojos inquietos en las sombras de los árboles… Al principio apenas si se distinguen, pero, cuanto más los observo, más crece su brillo, hasta que de repente resplandecen a todo color.

Se me acelera la respiración. Los ojos de un grimalkin, que resultan más vivos que el mundo que me rodea. Pero yo no los he puesto allí, como tampoco añadí a Lark.

Frannie irrumpe en la tienda con su chaleco de apoyo emocional. Debo esforzarme tanto para que no vuelque las pinturas ni pise los retoques del mural que me distrae y desvío la atención de la imagen durante unos segundos. Cuando vuelvo a contemplarla, los ojos brillantes han desaparecido y me encuentro de nuevo ante una escala de grises y tonos sepia.

Clarey viene con su organizador de efectos especiales, una caja de aparejos metálica, gigantesca y reciclada. Frunce el ceño.

Su expresión preocupada eclipsa el miedo y la incredulidad que aletean en mi pecho.

—¿Qué pasa? —pregunto mientras abrazo el cuello de Frannie, tanto para que no se mueva como para que me consuele.

Deja la caja en el suelo con un golpe sordo, llama a Frannie y luego le coloca las llaves de la tienda debajo del hocico.

—Ve a buscar las llaves del coche, ¿vale, Sherlock?

La perra olisquea las llaves, sacude las orejas hasta que le tintinea el collar y trota por la *boutique*. La pata biónica repiquetea al compás de sus uñas.

Clarey abre la tapa de la caja. Aparta los dos estantes superiores con separadores llenos de maquillaje y luego hurga entre las prótesis talladas y guardadas en bolsas de tela en el espacioso compartimento inferior.

—Tu tío ha llamado a la pastelería de camino a la playa. Para ponerlos al día con lo de Dahlia y Carl. —Clarey extrae una máscara raquítica que diseñó el año pasado, una extraña mezcla entre un esqueleto y una calabaza. Le añado el color naranja mentalmente—. Les ha dicho que regresaría sobre las cuatro para recoger los *macarons* y las magdalenas, ya que iría a por tu mural. Es lo último que saben de él en la pastelería.

—Entonces, todavía debe de estar en Cannon Beach, ¿no? —Se me cae el alma a los pies.

—Mi tía Juni ha llamado a la presidenta de la asociación de familiares para saber si había alguna novedad. —El ceño fruncido de Clarey se intensifica—. Dice que su coche sigue allí, pero que no lo ha visto desde que dejó lista la parada de la pastelería. Supone que alguien debe de haberlo convencido para que eche una mano con la instalación de algún otro puesto.

—Tengo que ir con tu tía. —Empiezo a levantarme con una sensación helada que me congela el cuerpo.

—Espera —me pide Clarey, y me hace un gesto para que siga sentada—. Mi tía Juni debe recoger unas cosas por aquí y luego hará una visita a la pastelería. Tú y yo nos iremos ya. Cargaremos tu mural en mi Subaru, ya se secará por el camino. Nos llevaremos a Frannie para que nos ayude a buscar en caso de que cuando lleguemos tu tío no esté donde debería.

—No… no lo entiendo. ¿Vas a ir hasta allí conmigo? —El reloj de pared cubierto de hiedra del patio, una reliquia de familia, indica que son las seis menos cuarto. En función del tráfico y del tiempo, se puede tardar casi una hora en llegar en coche hasta Cannon Beach; cuando aparquemos, la fiesta ya habrá empezado. Me debato entre la acuciante preocupación por mi tío y la sorpresa ante la disposición de Clarey de ir hacia una marea de gente, muchos de los cuales son desconocidos.

—Pero primero déjame hacer una cosa… —Clarey se arrodilla. Con el espejo soldado en la parte interior de la tapa de la caja, se quita las escamas de los ojos. Acto seguido, se cubre los párpados y la piel con maquillaje negro intenso hasta que sus iris destacan como joyas acromáticas engarzadas en un fondo de ónice. Después, se da unos toques en la cara con cola de maquillaje, espera a que se asiente y luego se coloca la máscara, con cuidado de no quitarse el sistema Baha, hasta que su frente, sus pómulos altos y su barbilla desaparecen debajo de los riscos cadavéricos de la calabaza.

Clarey me dijo un día que, después de lo que ocurrió en Chicago, a menudo desea poder llevar máscara todo el tiempo; que la forma de las facciones y el hecho de que la expresión no cambie son una especie de armadura. Un muro impenetrable para ocultar cualquier pánico que pueda sentir. Así que, como es obvio, para enfrentarse a la muchedumbre, esta noche necesita algo de refugio para no perder el control.

Al pensar en las superficies resplandecientes que abundarán en la celebración —bandejas de comida de aluminio, tiovivos reflectantes y espejos, para citar algunos ejemplos—, a mí tampoco me importaría contar con algo de protección. Quiero estar lo más distinta humanamente posible a Lark... Inhumanamente sería incluso mejor.

Extraigo un poco de maquillaje blanco para juntarlo con el tubo negro que ya está en el suelo, y luego encuentro un trozo de cremallera blanca y un lápiz de labios que asegura ser rojo rubí.

—Cuando termines, quiero algo de metal.

Sus ojos brillan con intensidad dentro de los agujeros triangulares de la máscara.

—Una muñeca de trapo zombi, enseguida.

Los riscos de la calabaza se abomban en uno de los costados de su cabeza, como si estuviese hundida. En la parte superior lleva un eje circular atado con velcro a la cabeza para ocultar el pelo. La prótesis en forma de tallo está diseñada con la forma y el color para aparentar que hay un tajo abierto en el que se ven vísceras fibrosas y semillas pringosas. Encima de la máscara, forma la ilusión de una calabaza destrozada.

Los dos grandes agujeros de la nariz y los labios gordos tallados en la superficie de la máscara completan el efecto. El resultado es tan realista que Clarey solo deberá ponerse el abrigo marrón y los guantes con los dedos venosos y retorcidos para ser de la cabeza a los pies un duende calabaza enloquecido.

El temor me hormiguea en el corazón; no por su disfraz, sino por la ausencia de mi tío, por el libro de mi madre, el mural y la permanente sensación de que está ocurriendo algo malo.

La observación de antes de Clarey se repite en mi cabeza como una tirada de dados letal: *La broma definitiva para el «truco o trato»...*

He tenido razón desde el principio. Halloween todavía no ha terminado con mi familia.

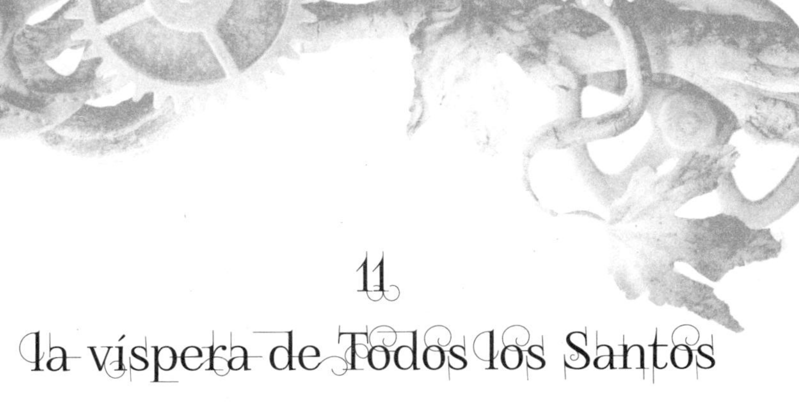

11

la víspera de Todos los Santos

Frannie le trae a Clarey la armónica, en lugar de las llaves del coche. Un error comprensible, ya que estaba en el mismo gancho y tiene un cordoncito para que pueda llevarla. Se la coloca alrededor del cuello y vuelve a despedir a Frannie; después de intentarlo de nuevo, la perra deja las llaves a sus pies y se gana como recompensa una galletita con sabor a hígado.

De camino a Cannon Beach, el tráfico avanza razonablemente rápido mientras la niebla se despeja, y las nubes de tormenta —aunque se van volviendo más oscuras y amenazantes conforme va anocheciendo— parecen reacias a descargar. Para cuando a un lado de la autopista aparecen las siluetas de los árboles y, en el otro, las casas y las tiendas a primera línea de playa como unas sombras encaladas, son las siete menos diez, mucho antes de lo que esperábamos llegar.

Tras reconocer los coches de varios estudiantes y profesores en un pequeño aparcamiento de Hemlock Street, Clarey estaciona junto a un taller de vidrio. Veo el Chevrolet de mi tío, pero no me anima demasiado porque el conductor sigue desaparecido.

Clarey y yo abrimos el maletero del Subaru y sacamos el mural para taparlo con una bolsa de plástico ahora que se ha secado. Me acuerdo de la apariencia espontánea de los grimalkins y de Lark en mi dibujo, y no consigo sacarme de encima la molesta sensación de que se me escapan algunos fragmentos de anoche, algo que pasó y que no soy capaz de recordar... Y por eso estoy despistada desde entonces y cometo errores. No me podré relajar hasta que vea a mi tío con mis propios ojos y hayamos vuelto todos a casa para estar a salvo y dejar que pase la noche.

Clarey se mete la armónica con el cordón dentro de la camiseta y luego me pasa su abrigo marrón y sus guantes ramificados para que los guarde en la mochila. Al colocarlos junto a las pastas que le han sobrado a Juniper, me alegro de haber dejado las pinturas, los pinceles y los cuadernos en la *boutique* para liberar espacio.

Clarey levanta el extremo del mural. Yo agarro la parte de delante y con las manos enguantadas sujeto el panel paralelo al suelo, como si fuese un fragmento de andamiaje. El collar de Frannie tintinea y su pata mecánica chirría mientras trota a nuestro lado. Lanzo una mirada hacia atrás y veo los ojos afligidos de Clarey detrás de la máscara.

—¿Seguro que vas a poder? —le pregunto.

—Yo estaba pensando lo mismo sobre ti —es su respuesta, amortiguada por la careta.

—Es mejor así que hacerlo sola. —Recordar lo que me ha dicho en la *boutique,* que ya no estoy sola, me calienta de los pies a la cabeza como la sidra de Juniper, y el agradecimiento vuelve a embargarme. Todavía tengo el frasco de tinta de calamar en la mochila que llevo sobre los hombros. Ayudarlo a perfeccionar una nueva máscara de Flagelo será la demostración de mi gratitud (cuando ya haya pasado el peligro del treinta y uno de octubre).

Los dedos fríos y húmedos de las ráfagas de viento me despeinan el pelo y me envuelven con los olores de la cocina local y de la salmuera. Me he comido una de las galletas de jengibre que Juniper nos ha dado, pero sigo teniendo tanta hambre que me rugirían las tripas si no se hubiesen desplomado como una roca.

Echo un vistazo a las calles asfaltadas, resplandecientes y negras, pero principalmente vacías porque es la hora de cenar y las actividades atraen a la gente hasta la playa. Siempre me ha cautivado la atmósfera creativa de esa zona, y he hecho muchas excursiones de un día con mi tío y con Clarey para visitar las tiendas eclécticas y las galerías de arte. Por la noche, después de que haya llovido un poco, las aceras y las calzadas son todavía más bonitas, porque los charcos brillantes reflejan la luz de las farolas.

Cruzamos un paso de peatones junto al hotel más próximo a la playa y luego torcemos la esquina donde termina la acera; el encanto del pueblo desaparece ante la visión de Haystack Rock, el peñasco que se alza en el mar, una huella monolítica recortada contra el cielo oscuro. De unos sesenta metros de altura, se encorva como una bestia que aguarda entre las nubes negras que se arremolinan y las olas del océano, blancas por la espuma.

Cuando el clima es bueno, la roca volcánica es una famosa atracción turística, sobre todo por el cameo que hace en la primera escena de *Los Goonies*, donde los Fratelli corren por la playa para alejarse de la policía. Sin embargo, para los que viven allí y para unos cuantos visitantes perceptivos, es mucha la magia que tiene lugar en la base de la roca y en la piedra en sí misma.

Ya desde la distancia, los graznidos de las aves marinas que colonizan la superficie me retumban en los oídos: los gruñidos de los frailecillos que suenan a una motosierra y los aullidos de los charranes. Hay un estrecho camino de roca y arena que conecta la playa con el peñasco cuando la marea es baja, y en los charcos de agua resultantes se acumulan las estrellas de mar, los cangrejos, las babosas de mar y otros seres de la zona intermareal.

Lark y yo solíamos venir aquí con mi tío Thatch para hacer pícnics por la tarde y volar cometas. El día que cumplimos doce años, nos llevó a última hora del día porque, aunque normalmente no se puede acceder a la cueva del interior de Haystack Rock, los niveles de arena eran lo bastante altos como para que la gente hiciese un poco de espeleología. Cuando llegamos nosotros, la puesta de sol iluminaba la entrada posterior e inundaba el pasillo del túnel con un resplandor rosado, el color preferido de Lark. Mi hermana y yo nos pasamos la siguiente media hora agachadas en los salientes del interior escarpado de la cueva, contando cangrejos y estrellas de mar. La experiencia inspiró mi primer intento de dibujar un cómic sobre una chica a la que le salían aletas y branquias, y sobre sus aventuras en un reino submarino donde las centelleantes estrellas de mar iluminaban el océano como si fuesen el cielo nocturno. En cuanto a Lark, observar las pinzas afiladas de los cangrejos le proporcionó la idea para crear apéndices robóticos que más tarde servirían de inspiración para la pata biónica de Frannie.

Desesperada por huir de la nostalgia, vuelvo a concentrarme en Frannie. La perra va de mis pies a los de Clarey mientras descendemos poco a poco hasta la playa. Moviendo la cola, ladra emocionada cuando llegamos a la arena, y envidio su entusiasmo sin restricciones.

Las altísimas farolas de la playa iluminan el camino hacia la fiesta que se desarrolla a lo lejos. Frannie trota por la orilla a varios pasos de nosotros, salpicando arena con las patas mientras intenta pelearse con un par de charranes por unos cuantos peces olorosos que la marea ha dejado tras de sí. Antes de que llegásemos, le hemos puesto una especie de raqueta de nieve resistente al agua; tiene el mismo grosor y la misma forma que sus otras patas para permitir que la prótesis mecánica se deslice por la arena o por la nieve en lugar de hundirse. No obstante, el circuito eléctrico del interior de las articulaciones de la pata no soportaría una oleada de agua salada, igual que los mocasines de piel de Clarey con punta metálica.

Antes de que la perra se acerque demasiado al océano, Clarey la llama.

—¡Frannie, ven aquí!

El animal lanza un último ladrido para regañar a los pájaros y, a continuación, echa a correr hacia nosotros. Los tres nos dirigimos al cálido destello beis que procede de las carpas blancas y negras como de circo que están dispuestas a varios cientos de metros de allí, detrás de un complejo turístico local. En el instituto nos anunciaron a los alumnos que las tres más grandes contarían con una altura central de diez metros y una circunferencia de doce, para así poder albergar una buena selección de atracciones y actividades para recaudar fondos.

Es agobiante ver la gran extensión de la zona en persona, conscientes de que vamos a tener que pasar por todas las carpas, una a una, para encontrar a mi tío.

Un relámpago ilumina el cielo, que se fractura como si nos encontrásemos dentro de un huevo negro de Fabergé adornado con una red eléctrica. Clarey y yo emprendemos una vacilante carrera con el mural bamboleándose entre los dos. Mis bíceps y hombros protestan por la extraña postura, pero sigo adelante. La lluvia empieza a caer en cuanto llegamos a la entrada de la carpa más cercana. Miro hacia Clarey y niego con la cabeza por lo poco que ha faltado para que nos calásemos por completo. El mural habría quedado protegido debajo del plástico, pero nuestro maquillaje no habría salido tan bien parado, y los dos necesitamos el escondite que nos proporciona.

El olor dulzón a algodón de azúcar acabado de preparar y el aroma mantecoso a hojaldre de cangrejo y a churros superan al de la lluvia, antes incluso de llegar junto a los ruidos y a las atracciones. Frannie levanta el hocico para olisquear la feria.

—No te distraigas, bonita —dice Clarey en voz baja desde detrás de la máscara—. Tienes trabajo que hacer antes de ganarte un poco de comida basura.

Sonrío cuando Frannie sacude la cola en respuesta y se coloca junto a su amo.

El momento agradable se hace añicos como el cielo afuera cuando me fijo en lo que nos rodea: las luces de los juegos y atracciones alquilados —que deberían lucir todos los colores del arcoíris— brillan con matices grises y sepia, como si me encontrase en un documental sobre las fiestas de hace décadas. El zumbido de los motores, el chirrido de las máquinas de Skee-Ball de madera que compiten con el disparo de los rifles de aire comprimido y el traqueteo de una torre de caída de casi diez metros que impulsa a los que se suben a la cúpula central del techo de la carpa para que puedan descender a una velocidad de vértigo hacen que me alegre de que el resto de mis sentidos estén aguzados.

Todo presenta motivos espeluznantes, desde los tiovivos con payasos y animales de circo —elefantes, focas, tigres y ponis, cuyas cabezas están pintadas con ojos blancos y cuyas bocas lucen un negro absoluto, con narices protuberantes que supongo que son rojas para imitar a los malvados payasos— hasta los juegos sensoriales con tarros llenos de cosas, donde los participantes con los ojos vendados meten la mano detrás de un biombo e intentan deducir qué están tocando: «ojos resbaladizos», «apéndices amputados» o «dientes rotos».

Por primera vez desde que murió Lark, he salido de mi escondrijo y me he adentrado en el mundo de los monstruos fabricados y el gore sintético. Juré que nunca volvería a celebrar Halloween y aquí estoy, en el ojo del huracán.

Me muerdo el aro del labio y recurro al conocido sabor metálico para calmar los nervios, pero no sirve de nada. El pulso se me desboca en las muñecas y en el cuello, una palpitación que aumenta cuando, para escrutar mejor todos los rincones de la carpa, nos vemos obligados a ir hasta el centro, rodeados de un enjambre de disfraces.

Hay los personajes habituales: Frankenstein, Freddy Krueger, Drácula y Jason; también veo homenajes a las celebridades locales: Sloth Fratelli, su madre, los Data, los Chunk, los Mikey. Algunos llevan camisetas con la frase «Eh, chicoooos», mientras que otros visten chaquetas con el logo de «Los Goonies nunca dicen muerto».

A pesar de los rostros ocultos, es fácil identificar a los que vienen de fuera porque se quedan boquiabiertos al ver la pata de Frannie. Nuestros vecinos astorianos nos miran y nos saludan, pero siguen caminando decididos.

Sin embargo, casi todo el mundo —de fuera o de aquí— quiere felicitar el realismo de la prótesis de calabaza de Clarey. Él responde un «Gracias, hombre» de vez en cuando, pero sigue con la cabeza gacha.

Me detengo cuando dos juerguistas con pasamontañas —uno está disfrazado de ninja y el otro, de ratero con orejas y cola de gato negras— se entusiasman al vernos. Reconozco las voces de Jin y de Brooke, y bajo mi parte del mural mientras Clarey lo apoya en la arena, lo levanta y se lo recuesta, para así alzar un muro entre la multitud y él. Gira la cabeza hacia el tablón de aglomerado con la respiración acelerada y superficial.

—¡No me puedo creer que estés aquí! —grita Jin por encima de los sibilantes frenos de la torre de caída, la música de circo distorsionada del tiovivo y las risas y conversaciones. Distraídamente, rodea la cola de plástico de Brooke con su disfraz de ninja—. ¡Y con unos disfraces tan chulos! —Para respetar la evidente incomodidad de Clarey, Jin se dirige hacia mí—. Vaya, son superrealistas.

Con la punta de la cola de Brooke, señala hacia las cremalleras que me recorren el rostro blanquecino; una me cruza la frente, otra la mejilla y una última la barbilla. Clarey ha cortado la cinta de la cremallera, la ha untado con cola de maquillaje y luego me la ha puesto con unas pincitas, además de un poco de textura de látex, antes de difuminar los extremos con el maquillaje blanco. Me ha pintado los labios con el lápiz rojizo y luego me ha añadido triángulos negros de estilo arlequín alrededor de los ojos, además de unas cuantas gotas supurantes de sangre falsa entre los dientes de la cremallera para crear un efecto de muñeca de trapo fantasmal. Nada demasiado aterrador, pero lo bastante macabro como para que sea una criatura totalmente distinta a mí… y, lo que es más importante, distinta a Lark.

—¿Cómo es que al final has salido? —Jin está al corriente de mi rutina de Halloween y sabe que estoy fuera de mi zona de confort.

—Tenía que traer mi mural —le respondo a voz en grito, e intento no perder el equilibrio mientras la gente se choca sin querer con el tablero. Una pareja con las manos entrelazadas y unos churros se acercan lo suficiente como para que huela el aroma dulce y grasiento que desprenden. Me preocupa Clarey. Está rígido como un espantapájaros en una tormenta de nieve, aunque Frannie lo está haciendo genial para preservar su espacio personal moviéndose en círculos a su alrededor. Aun así, por la piel tensa y maquillada que le rodea los ojos debajo de la máscara, es evidente que no aguantará mucho más—. ¿Sabes dónde está la parada de mi tío? —pregunto.

—En la carpa del medio —responde Brooke desde debajo de su pasamontañas de lana con orejas de gato mientras le arrebata la cola del disfraz a Jin—. Justo a la derecha del puesto de maquillaje de la clase de arte, en el extremo opuesto de la entrada.

Formulo una última pregunta, cuya respuesta me da mucho miedo:

—Y ya está allí, ¿verdad?

—No. La señora Ruiz está vigilando la parada, pero no tiene nada que vender —contesta Jin—. Pensábamos que habías venido por eso. No hemos visto a tu tío desde que hemos llegado, y la gente nos ha preguntado por él. Ha habido cola hace un rato, pero no sé si ahora hay alguien esperando. Quizá ya haya llegado.

—Gracias —consigo decir. Mis pensamientos se suceden más deprisa que las luces grisáceas del tiovivo y mis temores se intensifican hasta que me da la sensación de estar en una caída libre, como si bajase en picado de la torre de la Parca, con la espalda recostada en un respaldo de piedra mientras descendemos a toda velocidad.

Sin decir ni una sola palabra, Clarey utiliza el mural que nos separa para empujarme hacia delante.

Volvemos a sujetar el tablón entre los dos y nos servimos de él para abrirnos paso hacia el fondo de la carpa, donde hay menos gente, y así podremos ir más rápido hacia la carpa del medio.

—Seguro que está supervisando un juego o algo —exclama Clarey detrás de mí, mientras mis pies avanzan en modo automático. Aprieto la mandíbula porque parece que intenta convencerme no solo a mí, sino también a sí mismo.

Pasamos por delante de una choza encantada, básicamente una caseta decorada como si fuese un caserón victoriano que alberga algunas atracciones de miedo prefabricadas. Cuando se abre la puerta para recibir a nuevas víctimas, oímos música espeluznante, gruñidos de zombis, gemidos de fantasmas y gritos histéricos. Los ruidos de la fiesta se clavan en mis entrañas y me intensifican las náuseas.

A continuación, cruzamos unas paradas para recaudar fondos. La clase de fotografía ha pintado un tablón que parece una viuda negra gigante, con un agujero en la cabeza de la araña para que la gente meta la cara y se saque fotos de recuerdo a cinco dólares cada una. También hay cola en el juego de mi clase de mecánica, en el que por tres dólares se pone a prueba el nivel de susto que provocan los participantes en función de lo alto que consiguen elevar un disco en una torre de casi tres metros golpeándolo con una maza. Hay cuatro niveles: Poco Susto, Algo Espeluznante, Muchos Escalofríos y Verdaderamente Escalofriante.

Un visitante golpea con la maza cuando pasamos por delante. Consigue llegar al nivel de Verdaderamente Escalofriante y el repiqueteo de la campana de la celebración, din-don-dan, reverbera en mi pecho.

Din: nadie sabe nada de mi tío desde esta mañana. Don: él nunca habría permitido que hubiese una cola de clientes ansiosos sin atender. Dan: no está aquí, pero su coche sí.

Una sensación helada me hormiguea la piel. *¿Qué te ha pasado, tío Thatch?*

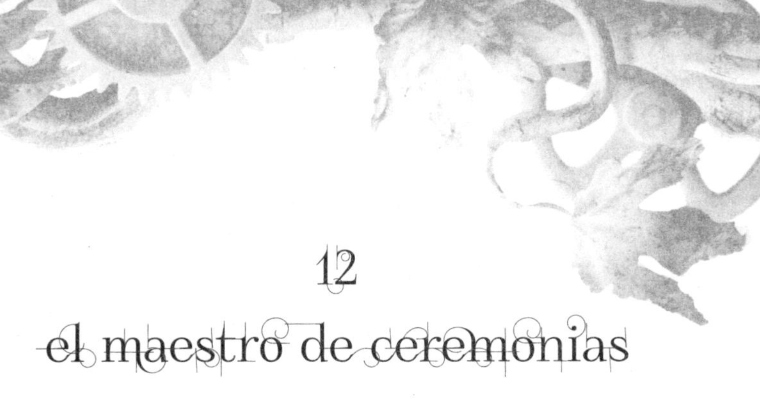

12
el maestro de ceremonias

Aumento el ritmo con la vista clavada únicamente en la entrada de la siguiente carpa. Me agacho con Clarey y Frannie a la zaga y la parada de la pastelería aparece a varios metros de allí; es inconfundible en cuanto Clarey observa que hay luces multicolores de Navidad enrolladas a juego con los paneles rojos, morados, verdes y dorados.

La presidenta de la asociación de familiares, la señora Ruiz, está sentada dentro con una camiseta escolar y vaqueros. Les asegura a unos cuantos clientes que alguien está de camino con los famosos productos de la pastelería y les pide que por favor vuelvan al cabo de unos quince minutos.

Mi esperanza de que haya hablado con mi tío estalla tan pronto como nos ve.

—¡Gracias a Dios! —Aplaude, aliviada—. La señora Glicina me dijo que vendría ella, pero supongo que os ha enviado a vosotros en su lugar, ¿no?

Suelto un suspiro de desánimo y dejo de aferrar el mural. Clarey consigue evitar que se estrelle en el suelo. Arrugo la frente en un gesto de disculpa, un movimiento que tira de la falsa cremallera que llevo encima del aro de la ceja. Clarey me aferra el antebrazo para consolarme, aunque su vista se desplaza hacia algunos de los visitantes.

—Yo lo sujeto. Habla con ella. —Le tiemblan los dedos y la voz al darme un suave apretón en el guante. Nos miramos a los ojos antes de que me suelte para sacarse unas cuantas galletitas del bolsillo y dárselas a Frannie para que salga del pasillo principal. Al poco, los dos se colocan delante del tablón. Es un buen lugar para desenvolver el plástico y mejor aún para aislarse.

Levanto el mostrador de madera para dejar que la señora Ruiz salga de la parada.

Lleva en las manos unos alicates que eran de Lark. No necesito ver el rosa de los mangos para reconocerlos. Es imposible equivocarse con los puntitos de seca purpurina de las cuchillas.

—Los he encontrado en la parada. Supongo que tu tío los ha utilizado para cortar el cable que sirve para colgar las luces. —Le tiende la herramienta a Clarey cuando él se acerca por el costado—. Se me ha ocurrido que quizá los necesitaras para el mural.

Clarey acepta los alicates y veo que los reconoce con tristeza antes de metérselos en el bolsillo. Por mi parte, estoy confundida. Mi tío nunca hurga en la caja de herramientas de Lark. Ya tiene la suya. Debe de haber subido al desván a por la de mi hermana. Todo es cada vez más extraño.

La señora Ruiz y yo nos apartamos de Clarey para que pueda ubicar el cartel. Concentrado en su labor, se pone de puntillas y pasa un cordel por el gancho que ya está colocado en su sitio en el centro del panel superior para colgar el mural.

Mientras activa el brazo del duende, me giro hacia la señora Ruiz y bloqueo cualquier otra imagen y sonido.

—¿Cuándo ha visto a mi tío?

—Hace unas horas, cuando estaba preparando la parada. —Se retuerce las manos—. Me he detenido a preguntarle si necesitaba algo porque me ha parecido que estaba distraído...

No paraba de mirar hacia el laberinto de espejos. —Señala hacia una caseta al otro lado del puesto de maquillaje.

Algunos de los alumnos de arte, que dibujan alas de murciélago y esqueletos en las mejillas sonrientes de los visitantes, me sorprenden mirando hacia ellos y me saludan a gritos. Asiento rápidamente en su dirección, aunque mi atención se clava en la gigantesca fachada pintada a mano de la casa de la risa. La escena se parece al engranaje interno de un reloj: dientes, suspensores, esferas y péndulos —de color negro, blanco y de todas las tonalidades grises posibles— que forman un laberinto. En el centro del laberinto se alza un árbol en forma de llave, cuyas ramas dentadas rebosan frutos enjoyados con gotas de rocío.

En la parte superior, unas letras pintadas invitan a los visitantes y añaden un toque de purpurina: «El Laberinto Místico del Maestro de Ceremonias Místicas. Domad el péndulo, atravesad el pedestal y enfrentaos al tiempo en el laberinto».

Debajo aparece el retrato de dos metros y medio de un hombre con sombrero y vestido con capa que se lleva una ciruela a los labios con una mano, mientras con la otra señala hacia la puerta que conduce al interior del laberinto, que desde aquí parece cerrada a cal y canto.

Unas bombillas redondas y blancas delinean toda la fachada y arrojan sombras en lugares extraños para que cueste ver las facciones dibujadas del mago. Aun así, detrás del ala del sombrero sobresale una cosa, un par de ojos afilados que brillan como si fuesen diamantes negros. Me provocan una sensación familiar e inquietante, como si esos ojos pintados pudiesen retirar las capas de mi piel y envenenarme la sangre.

Un trueno retumba por encima del techo de la carpa, lo bastante potente como para que se oiga por sobre el estruendo de la fiesta, y me distrae lo suficiente como para dejar de contemplar la fachada.

La señora Ruiz extrae el teléfono móvil de mi tío del bolsillo de su chaqueta.

—Tu tío me ha pedido que vigilara la parada mientras él hablaba con el tipo del laberinto. Los he visto entrar en la casa de la risa juntos. Debo de haberme despistado cuando han salido. No creo que se haya dado cuenta de que se ha dejado el móvil aquí. Lo he encontrado debajo del mostrador.

Rodeo la fría carcasa de plástico con el guante; ojalá fuese la mano caliente de él. Por lo menos hay una razón lógica que explica por qué no ha contestado.

—Nix, ya veo que estás preocupada —prosigue la presidenta de la asociación de familiares—. Pero seguro que vuelve enseguida. Ha dicho algo sobre un pedido. He supuesto que el joven pelirrojo había hecho un encargo y que tu tío tenía pensado ir a recogerlo a la pastelería cuando se ha ido a por los dulces de la parada. Quizá se ha detenido a comer algo rápido. Todo el mundo está trabajando muy duro para que…

—¿Pelirrojo? —la interrumpo. Mis ojos regresan al laberinto. Me trago un nudo grumoso—. ¿Un encargo?

Mis pies empiezan a moverse antes de que mi lengua pueda juntar hilos de conversación. Ignoro los gritos de la señora Ruiz y de Clarey. Estoy concentradísima. Varios estudiantes del instituto me cortan el paso y dicen que la casa de la risa no está abierta al público, que no hay nadie para abrirla ni para vender las entradas.

Como si a mí me apeteciese entrar ahí; como si una parte de mí pensara que entrar en una casa con espejos y caminos enrevesados la noche de Halloween sería divertidísimo. Contengo la respuesta y me limito a avanzar en silencio esquivando a la multitud. Me detengo a pocos centímetros de la fachada y levanto la vista muy muy arriba hasta que mi espeluznante corazonada resulta acertada: a pesar de que no veo el color del pelo, el mago pintado en el dibujo es idéntico a Jaspar.

Tenso los hombros.

¿Por qué iba a tener nuestro repartidor una atracción aquí después de haberse peleado con mi tío? ¿Para vigilarnos? ¿Es una especie de jugada pasivo-agresiva?

Siempre he sabido que en ese tipo había algo raro, pero esto va más allá de lo extraño...

Para acompañar mi pensamiento, un trueno retumba de nuevo, esta vez con un relámpago que se extiende por encima del techo de la carpa.

En contraposición con el escalofrío que me recorre la columna, un aliento cálido me roza el tobillo. Al mirar hacia abajo, veo que Frannie me está olisqueando las botas. Con un breve ladrido, echa a correr hacia el lateral del laberinto de espejos, con la cola levantada, y desaparece de la vista. Clarey viene hacia mí evitando a la muchedumbre que avanza por el pasillo principal. Nuestros compañeros de clase esperan a varios metros a que se abra la casa de la risa.

Clarey aferra el delantal colorido de mi tío; el tono blanco de sus nudillos me confirma que lo agarra como si fuese un salvavidas.

—Se lo he enseñado a Frannie para que pudiese... —Su explicación se interrumpe cuando se fija en la pintura—. Vaya. Qué raro.

—¿De qué color tiene el pelo? —pregunto mientras examino los mechones oscuros que sobresalen del ala del sombrero.

—De un rojo burdeos —responde con suavidad. Las bombillas circulares ensombrecen los extremos dentados de su máscara de calabaza cuando mira hacia arriba—. Es clavado a vuestro repartidor.

Antes de que pueda responder, Frannie se pone a ladrar.

—Ha encontrado un rastro —anuncia Clarey.

Los dos corremos para llegar junto a ella detrás de la casa. Clarey se relaja a ojos vista cuando nos alejamos de la multitud y nos adentramos en el área abandonada; hay una entrada de empleados al laberinto, pero en la puerta veo un candado. Sobre la arena del suelo se enmarañan cables y cuerdas gruesas que conectan el generador eléctrico de la estructura. Frannie los olisquea y yo me acerco a la perra.

Un destello ilumina el exterior de la carpa, seguido de chispas y de un fuerte golpe. De repente, a nuestro alrededor se apagan todas las luces; las atracciones y las paradas se han quedado sin electricidad. Gritos, pasos temblorosos y aullidos de sorpresa llenan el repentino silencio al otro lado de la casa de la risa.

La mano de Clarey aferra la mía y le doy un apretón, agradecida por que siga conmigo. Doy un paso hacia él, pero algo me roza la bota. Me arrodillo y rebusco en el suelo a tientas. Mi guante encuentra líneas pulidas y superficies resbaladizas.

Enciendo el móvil de mi tío. La luz de la pantalla ilumina unas gafas que me resultan muy conocidas, pero con una pata rota y una lente destrozada. Se me forma un nudo en el estómago.

—Igual que su coche —murmuro—. Sus gafas están aquí, pero él no está cerca.

Clarey deja el delantal de mi tío en el suelo y sujeta el asa del chaleco de Frannie para agacharse a mi lado. Me da un abrazo. Le coloco la cabeza en el hombro y me sumerjo en su cálido aroma a flores y a sustancias químicas mientras el miedo me desgarra el corazón.

—No pinta bien, Clarey. —Me encojo al oír cómo se me quiebra la voz; estoy aferrando su camiseta, como si al soltarla fuese a hundirme—. Es una parte de él… que ha dejado abandonada.

Clarey suelta a Frannie y me rodea los hombros. Apoya la cara de calabaza contra la cremallera de mi frente.

—Podríamos intentar entrar por la puerta cerrada. —Extrae los alicates del bolsillo de los pantalones.

—Pero no son lo bastante fuertes como para romper un candado, ¿no?

Clarey medita mi pregunta y luego se los guarda de nuevo en el bolsillo.

—He visto a unos cuantos policías junto al tiovivo. Iremos a buscarlos para que nos ayuden. Todo saldrá bien —me promete.

Quiero aovillarme dentro de la máscara con él. Quiero ver si su expresión es tan confiada como su voz. Pero el destello del móvil resalta la preocupación de sus ojos y sé que, si se ve expuesto, su seguridad se desmenuzará como la mentira que es.

Vuelvo a iluminar las gafas de mi tío con el teléfono. Esta vez, el resplandor revela un detalle más sutil: marcas de dientes, parecidas a las de las páginas de mi libro.

Lo levanto.

—¡Mira! —Un ardiente sollozo nace en mi garganta—. A no ser que la rata haya hecho autoestop con mi tío…

—Escucha. —Clarey me interrumpe poniéndome un dedo en el labio.

Presto atención e intento oír la oleada de voces atemorizadas y pies que se arrastran sobre la arena al otro lado de la casa de la risa. No oigo nada más allá del repiqueteo de la lluvia.

—¿Por qué de repente hay tanto silencio? —susurro.

—Exacto —responde Clarey con voz ronca y temblorosa.

El móvil de mi tío se apaga y vuelve a sumirnos en la oscuridad. Aprieto el botón, pero no reacciona. Clarey y yo nos juntamos.

—¿Y si lo intentamos con uno de nuestros teléfonos? —propongo.

Un chasquido de metal que suena detrás de la casa de la risa perturba mi sugerencia, seguido de unos arañazos. Durante unos instantes, estoy atrapada de nuevo en aquella noche tan horrible. Los sonidos, las arcadas, los gruñidos que me despertaron... Las uñas que Lark clavó en la mosquitera cuando intentaba respirar.

Un gimoteo agudo destroza el recuerdo.

—¿Frannie? —Clarey se levanta y noto con la mano la rigidez que se ha adueñado de su espalda. Me aferro a su cinturón para no alejarnos en la oscuridad mientras me guardo el móvil y las gafas rotas de mi tío en la mochila. Las correas se me hunden en la piel de los hombros a través de la chaqueta al verme impulsada hacia delante—. ¡Frannie! ¡Ven aquí! —la llama Clarey.

La perra ladra de alegría a unos pocos metros más adelante. La entrada de los empleados se abre con un chirrido. Aunque el generador está apagado, del interior sale luz. Y no cualquier luz, no: neones rojizos e intensos que perforan las retinas.

—Clarey, ¿de qué color es esa luz? —pregunto; necesito que me lo confirme para creer lo que estoy viendo.

—Rojo —me responde cuando el resplandor ilumina el candado en el suelo y a Frannie saltando sobre los cuartos traseros.

Ni siquiera tengo tiempo de decirle a Clarey que yo también lo estoy viendo, porque Frannie se acerca a la puerta y desaparece en el interior antes siquiera de que lleguemos al umbral.

—¡Frannie! —grita Clarey.

Una niebla cálida que huele a cera, reminiscencias del humo de una vela, surge alrededor de la luz, y las dos se extienden delante de nosotros en un sendero luminoso y espeluznante. Clarey suelta una maldición y se quita la máscara y la prótesis. Sé cuánto tardó en prepararlo todo, pero es la única forma de ver bien en esta neblina humosa. Le paso mi mochila y él guarda el disfraz en el interior antes de colocarse las correas en los hombros.

La preocupación por Frannie y por mi tío se mezcla con mi deseo de seguir el destello colorido. Me acerco para mirar desde detrás de Clarey y apoyo el pecho en la cresta de su columna vertebral, que se marca debajo del chaleco de napa. El humo se despeja por zonas y muestra un suelo iluminado con la misma luz roja. Aunque no es un suelo cualquiera: es un enrevesado sistema de engranajes, impolutos dientes metálicos de acero y latón que giran y se cruzan para formar puentes y caminos que conducen a niveles superiores e inferiores.

Me da un vuelco el corazón, tanto por reconocer el tono dorado y plateado del metal como por el hecho de que el laberinto parece tener cuatro o cinco plantas; es mucho más grande por dentro que por fuera, tanto que resulta casi imposible.

—¿Ves lo que…? —pregunto.

—Sí.

—¿Cómo es po…?

—No lo sé.

Me encojo al ver los espejos brillantes que forman las paredes y los techos; hay muchísimos y se extienden hasta el infinito. Hay cientos, miles, millones de reflejos que esperan cobrar vida para acusarme. Para tenderme una emboscada.

Durante unos instantes, veo dos pares de ojos que se mueven y centellean —ambarinos y verdes, como los de mi mural—, y que se asoman desde un espejo del nivel superior. Parpadean dos veces y luego desaparecen. Se me eriza el vello de los brazos al recordar la canción de los grimalkins del sueño de anoche, que desgarra mi psique como si fuesen zarpas de acero: «… te orienta en el desatino».

Era una advertencia, pero es mi tío el que se ha desorientado. ¿Me estaban guiando hasta aquí para que pudiese encontrarlo?

No. Los grimalkins son producto de mi imaginación, son mi propia creación. Solo viven en mi cabeza.

Es ese razonamiento lo que impide que se lo cuente todo a Clarey: que dentro de esta casa veo los colores, que veo los ojos de mis personajes parpadeando en los reflejos. Porque

¿cómo van a ser reales esas percepciones si todo lo demás que me rodea sigue teniendo un aspecto tan apagado?

Como si quisiera responder a mi tenso silencio, Clarey me agarra la mano que cuelga a mi costado y se coloca mi palma sobre el esternón.

—Tengo que ir a buscar a Frannie. —El corazón le golpea las costillas debajo de la tela, un ritmo palpitante que penetra mi guante, y se le entrecorta la respiración. Está tan asustado y confundido como yo, pero por motivos totalmente distintos.

—Vale. —Entrelazo los dedos con los suyos. La única manera de encontrar a nuestros seres queridos es atravesar el laberinto—. Iremos juntos.

Clarey asiente y, a continuación, con las manos unidas, cruzamos el umbral.

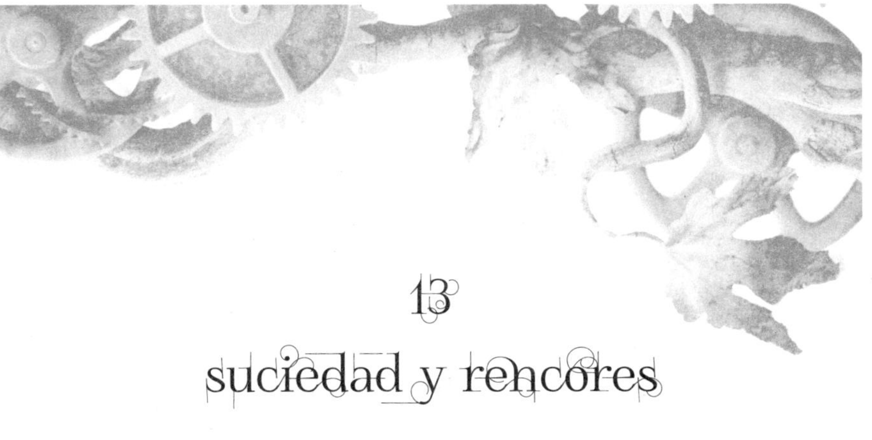

13

suciedad y rencores

Decidimos avanzar entre engranajes que no dejan de moverse, dientes de cobre horizontales que se unen y giran para formar caminos serpenteantes y temblorosos. El humo se levanta alrededor de nuestros tobillos, interrumpido por el metal móvil. Los músculos de mis piernas y de mis pies intentan pisar fuerte el suelo, y la rodilla magullada me palpita de nuevo. De las juntas que se entrecruzan sale de vez en cuando una sustancia lodosa y pringosa, una especie de lubricante hidráulico que permite que las ruedas giren y que produce el olor a gases de escape.

Procuro concentrarme, con la atención dividida entre los colores brillantes que hace meses que no veo y la necesidad de seguir avanzando y escuchando por si oigo a mi tío. Respiro hondo en un intento por permanecer en el camino que se tiende hasta nosotros y evitar los engranajes.

Tengo un dilema. Una parte de mí quiere evitar mirar a los numerosos reflejos a ambos lados y por encima de nosotros para así no ver nada aterrador —seres de Mystiquiel que transforman mi realidad o imágenes de Lark, enfadada y acusándome—, mientras que la otra, la parte artista, se muere por observar sin parpadear, por memorizar cada destello colorido de pelo y tela, de sombra y luz, tan bellos ante mis ojos hambrientos como los arcoíris que nacen sobre las caras cristalizadas de una geoda.

Pero mi estado de ánimo no se alegra lo más mínimo; es como si mi depresión provocada por la culpa se hubiese despegado como si fuese una costra, sangrando color en las heridas abiertas que ha dejado tras de sí.

—Ahí está. —Clarey señala hacia el cuarto nivel, en cuyos espejos se proyectan numerosas imágenes de Frannie. La luz rojiza le tiñe el pelaje gris con manchas blancas de unos suaves tonos rosados y rojos. Clarey se recoloca las correas de la mochila sobre los huesos de la clavícula. Aunque ya no lleva la máscara, su rostro está oculto detrás de alternativas columnas de humo, así que no veo sus ojos—. Seguro que ha encontrado el rastro de tu tío.

Cuando abro la boca para responder, inhalo una bocanada de humo ceroso y aceite de motor que me abrasa la garganta. Reprimo un ataque de tos y me limito a asentir.

A la vez, Clarey y yo damos un paso al lado y sujetamos una barandilla de metal para subir por un piñón pegado a una repisa. El rápido movimiento ascendente me recuerda a una plataforma hidráulica que se elevase de pronto. El balanceo está a punto de hacerme perder el equilibrio, así que me aferro con más fuerza. Los engranajes inferiores se vuelven más pequeños conforme subimos niveles, como si estuviésemos en el interior de un reloj gigantesco.

Esa idea me provoca una inesperada oleada de euforia. Aunque a Lark le habría encantado estar allí, no hubiera podido soportar el trayecto. A mí las alturas no me afectan, era a mi hermana a la que le daban miedo. Aparte de dibujar, es la segunda y única cosa que se me daba mejor que a ella.

—¡Frannie! —exclama Clarey cuando dejamos atrás el armazón de barras de acero rumbo a un nuevo camino móvil.

La perra ladra y cambia de dirección para responder a la voz de su dueño. Juntos, la voz de uno y los aullidos de la otra retumban, y el sonido se amplifica hasta convertirse en un soniquete incómodo que amortigua el chasquido del metal y el chirrido de los engranajes. Aprieto los dientes, preocupada por que hayamos llamado la atención sin querer. A saber quién se esconde en un recodo de los pasillos móviles o, peor aún, quién nos acecha desde el interior de los espejos.

Después de todo lo que ha ocurrido hoy, y ahora que he cambiado un mundo beis y gris por un laberinto policromático, empieza a parecerme una extraña trampa.

La imagen de las gafas rotas de mi tío reemerge ante ese pensamiento. Él apenas ve sin sus lentes y jamás habría sido capaz de recorrer estos pasillos y ascensores automatizados, tenuemente iluminados, por su cuenta. Es obvio que lo han obligado a entrar, y detrás debe de estar Jaspar, pero ¿por qué?

Me ruge el estómago, un contrarritmo espástico que reacciona a los movimientos métricos y aceitosos que se desarrollan a mis pies. Tres reflejos de Frannie aparecen a unos metros de nosotros y terminan siendo uno solo cuando sale de un corredor más adelante. Es un milagro que los engranajes no se hayan enganchado en sus delicadas almohadillas. Veo que el dispositivo en forma de raqueta de nieve permanece intacto cuando avanza con agilidad, sin vacilar en ningún momento. Los chirridos y los zumbidos de los caminos motorizados no parecen asustarla, quizá porque ella también cuenta con una parte mecanizada.

Clarey deja que la mochila se deslice hasta sus codos y abre los brazos para estrechar a Frannie.

—¡Cuánto me alegro de verte, bonita! —La abraza mientras su voz retumba a nuestro alrededor.

Yo le doy una palmada en el flanco, y los tres nos ponemos a caminar. Saber que la perra ha entrado en el laberinto guiada por el olor de mi tío confirma que él está aquí, por alguna parte.

No tengo tiempo de comunicar mis esperanzas, pues los engranajes planos que zumban bajo nuestros pies se vuelven más grandes y pasan de platos de la cena a tapas de alcantarilla. Los dientes se desencajan y nuestras plataformas metálicas se separan, llevándose a Clarey y a Frannie lejos de mí en una cinta transportadora mientras yo me muevo en dirección contraria. Un armazón de acero baja de las alturas y me proporciona seguridad para el trayecto; me recuerda a las barras a las que me subía cuando era pequeña, pero no me resulta tan divertido ni conocido.

Numerosos reflejos de Clarey y de mí pasan por los espejos de las paredes. Los dos intentamos agarrar nuestras falsas versiones, siempre demasiado tarde.

—¡Clarey! —lo llamo. Él grita mi nombre al mismo tiempo, segundos antes de que Frannie y él desaparezcan detrás de un recodo. Un espejo se despliega para sellar la abertura—. ¡No! —chillo. Miro atrás desde mi reflejo y veo un par de ojos inquietos de grimalkin que emergen como si se riesen de mi desventura. Parpadean dos veces, se cierran y se esfuman.

Aparto la mirada antes de que el espejo proyecte más imágenes perturbadoras o me capture con la mía. Estoy atrapada en esta cúpula. El engranaje deja de girar y se conecta con una cinta, que se dirige hacia el extremo más alejado del laberinto. Cada vez estoy más y más lejos de Clarey. El terror me inunda y me tiemblan los músculos, con ganas de saltar. Aferro las barras que me rodean y deseo en silencio que el mecanismo ceda en algún punto y abra el armazón.

Podría pasarme la eternidad aquí perdida, teniendo en cuenta lo grande que es este sitio. Mi escasa capacidad para razonar dice que tal vez las dimensiones sean una ilusión óptica provocada por los espejos. De ser así, me encontrarán cuando desmonten las atracciones de la fiesta. Hasta entonces, podría pasarme horas encerrada, flotando aislada, sin la compañía de mi tío, de Clarey, de Frannie, y ni siquiera la de mis cuadernos y lápices. Estoy sola con mis remordimientos y con los reflejos distorsionados.

Esta noche no quiero estar sola conmigo misma… No creo que pueda soportarlo.

Cierro los ojos con fuerza ante esa alarmante posibilidad, incapaz de mirar. Una parte de mí siente alivio de que por lo menos, esté donde esté Clarey en este loco laberinto, tiene a Frannie para ayudarlo a no perder los nervios. Otra parte de mí los envidia a los dos.

Me da un vuelco el estómago al notar un repentino descenso en picado, y me veo obligada a abrir los ojos por si acaso aterrizo en algún sitio. La suave luz roja de antes ha desaparecido y me ha sumido en la negrura más absoluta. Gimo y sujeto las barras para intentar encontrar algo en lo que concentrarme —una silueta, un destello de cristal—, sin dejar de prepararme para enfrentarme a más sorpresas.

Al mirar hacia atrás, en dirección al punto por el que hemos entrado, veo un agujerito rojo que se vuelve más y más pequeño, como si me moviese por un túnel. Los chasquidos metálicos se convierten en un zumbido y en un clic, un ruido robótico que me recuerda a la pata de Frannie.

—¿Clarey? —grito. No recibo respuesta, solo mi voz, que hace eco en el oscuro vacío.

El zumbido motorizado gana intensidad y más clics se le unen, como si hubiese múltiples piernas que avanzan junto a mi plataforma en movimiento. Al recordar la muñeca de Lark, me estremezco en mi ceguera y me echo hacia atrás para apoyarme en las barras más alejadas de la jaula, para intentar poner distancia entre ese ruido perturbador y yo.

Un destello aparece más adelante, naranja y morado, como una neblinosa puesta de sol de octubre.

Cuanto más me acerco, más detalles cobran vida. Es un espejo enorme, aunque la escena de la superficie no refleja nada de lo que lo rodea. Es la habitación que compartíamos

Lark y yo, con todo perfectamente dispuesto para la noche de Halloween de hace tres años: un diorama a tamaño real detrás del cristal.

La plataforma metálica a mis pies avanza más y más deprisa hacia la pantalla. Me aferro tan fuerte a las barras que me sudan las palmas de las manos dentro de los guantes. Me precipito hacia el cristal, las barras se alejan de mi agarre y desaparecen a mi alrededor. Chillo y me encojo al anticipar el impacto al hacer añicos el espejo, al pensar que los fragmentos afilados me desgarrarán por numerosos sitios. Sin embargo, lo atravieso con un pop, como si hubiese penetrado en una burbuja. Mis guantes desaparecen y caigo suavemente sobre la silla de mi escritorio con un lápiz de color en la mano, cuya punta naranja se apoya sobre un montón de bocetos de monstruos.

Detrás de mí, la puesta de sol se cuela en el dormitorio a través de las cortinas vaporosas que cubren la ventana, y me calienta la espalda. El aroma conocido a aceite y a virutas de lápiz me embarga y me tranquiliza; me recuerda que este es mi sitio y me hace olvidar que Lark se fue.

Las dos volvemos a tener catorce años. Mi hermana está sentada en el suelo, donde debería estar, bajo la sombra alargada de nuestra litera, y rodeada por envases de mantequilla llenos de partes de reloj, ordenadas en función del tamaño y del estilo. En el regazo tiene las piezas de tres muñecas desmontadas. Los brazos y las piernas sobresalen del montón como las espeluznantes astillas de una hoguera. Una cabeza decapitada de pelo oscuro rueda por el suelo. Lark le ha separado los labios superior e inferior, y le ha insertado un par de engranajes antes de volver a juntarlos. Los dientes falsos castañetean y la muñeca parpadea con ojos adormilados mientras Lark trastea con algunos cables que le salen del cuello.

—¡Eureka! —exclama, más para sí misma que para mí, encantada con su logro. Sé de qué humor está sin tener que ver sus labios sonrientes y sin oír su voz. Lo percibo en nuestro vínculo simbiótico, en la borrosa alegría que le llena el pecho. Se inclina hacia el sol que se pone para enhebrar una aguja con un cable ultrafino. Las dos soltamos un gemido de sorpresa cuando se pincha el pulgar por accidente, y ambas esbozamos una sonrisa cómplice en cuanto me meto mi propio dedo palpitante en la boca. Puedo notar incluso el sabor del jabón de manos de vainilla y naranja que utiliza para mantener a raya la suciedad y la grasa al trabajar con sus inventos.

Una dichosa serenidad se adueña de mí por estar aquí. Las dos juntas. Inseparables.

—Ya casi lo tengo. —Las cejas blancas de Lark se arrugan cuando se concentra para pasar el cable por un agujero que nuestro tío Thatch le ayudó a hacer en el torso de la muñeca. Lark ha montado un enrevesado sistema torácico para acoger y conectar el mecanismo principal a través de ejes y varios engranajes. En el extremo del cable enhebrado hay un péndulo diminuto de un reloj de pared en miniatura que mi hermana encontró en una tienda de antigüedades—. Tienes que decírmelo, Nix. ¿Este corazón será el bueno?

La pregunta es afilada, acusadora, y es justo lo que me merezco.

Las dos lo sabemos: el corazón controla las acciones del mecanismo. Si es el bueno, sincronizará todos los movimientos. Si no lo es, deteriorará la muñeca desde dentro, y nunca volverá a funcionar. Lark había puesto el corazón bueno en su creación para el concurso de inventores de hace un año, pero yo interferí... Intenté sustituirlo por uno que construí con la esperanza de demostrarle que se me daba tan bien dar vida a esos objetos como a ella, para que mi hermana no fuese la única con todo el poder.

Mi error le impidió ganar la banda del primer puesto y una beca para el verano.

Nadie se enteró de mi participación en su fracaso, solo ella. Percibió mi culpabilidad y me agarró el meñique con el suyo, y me fue imposible ocultar lo que había hecho.

—Este no lo he tocado —le prometo desde la otra punta de la habitación. Hace meses que intento restablecer mi relación con Lark, y, si su muñeca cíborg es un éxito, este año podrá presentarla y ganará, como mereció ganar el año pasado. Y por fin me perdonará.

Intento concentrarme en mis bocetos incompletos, aunque me cautiva mucho más lo que está haciendo ella. Hace un rato, le he tomado prestado un poco de purpurina, su elemento distintivo, para resaltar las siluetas de mis monstruos, para dotarlos de capas y de textura, pero sigo sintiendo que les falta algo.

Lark corta y dobla el cable con una herramienta de mango rosa segundos antes de que nuestro tío Thatch llame al marco de la puerta desde el pasillo. Asoma la cabeza en el dormitorio. Mi pulso se acelera por la alegría que me da ver su sonrisa. Por alguna razón, estaba preocupada por él, pero no recuerdo por qué.

—¿Todavía no os habéis disfrazado? ¿No vais a salir para participar en el «truco o trato» con vuestras amigas?

En ese momento, Lark inserta la cabeza de la muñeca en el cuerpo, acciona un botón y el motor minúsculo se enciende para producir un zumbido, un latido mecánico. Los ojos de la muñeca parpadean al compás del ritmo, con lucecitas blancas que se prenden, y la cabeza se vuelve a un lado y a otro mientras la boca suelta dentelladas en el aire. El torso y los brazos de plástico se giran y se alzan, y las largas piernas robóticas, hechas con un kit de Erector que compró en un rastrillo y que están cubiertas de purpurina azul —igual que las palmas y los dedos de Lark—, hacen avanzar a la muñeca por el suelo con un paso que recuerda al de un cangrejo con poco equilibrio. La vi instalar los piñones y las poleas que lo activan todo, pero eso no hace que sea menos milagroso que la muñeca vaya de derecha a izquierda y brille bajo el sol de media tarde.

—¡Vaya! —Nuestro tío entra en la habitación, y un rayo de sol rosado se refleja en los cristales de sus gafas e ilumina el rostro sonriente de Lark. Mi hermana nunca ha sido tan angelical, y ahora entiendo por qué es su color preferido. También entiendo por qué a Clarence Darden le gusta tanto, pero eso no cambia que a mí él me gustase primero, ya desde párvulos…—. Has conseguido que esta funcionase, ¿eh? —Nuestro tío le sonríe—. ¡Bravo! Este año lo vas a petar en el concurso. ¡Estoy convencido!

—Gracias, tío. Me alegro de que este corazón haya ido bien. —Sus palabras están dirigidas a mí, y son tanto un agradecimiento como una advertencia. Al levantar la muñeca y enseñar cómo ha ensamblado los cables, la punta de la lengua le sobresale del espacio que tiene entre las dos paletas.

Me concentro de nuevo en mis bocetos con lápices de colores, líneas estancadas y formas poco naturales, y me paso la lengua por la ausencia de agujero entre los dientes.

Los ojos de Lark se clavan en los míos, y deja de sonreír.

—Nix ha estado dibujando —comenta. Saber que ha percibido mis celos y que ha sentido la necesidad de lanzarme un capote, saber lo transparentes que son ya mis inseguridades para ella, hace que me sienta todavía más pequeñita.

Mi hermana es sumamente consciente de cómo envidio que ella sea capaz de dar vida a sus creaciones multidimensionales, mientras que las mías son planas e inmóviles, cuerpos minúsculos en papel, momificados por los lápices y las gomas de borrar. ¿Cómo voy a insertar un corazón palpitante en un dibujo?

Y por eso Lark es mucho más fuerte que yo. Está mucho más segura de sí misma. Y por eso ya sabe que algún día querrá ser ingeniera de robótica para inventar mecanismos que ayuden a la gente o que la hagan sonreír.

Si mis dibujos respiraran y se moviesen, quizá no me preocuparía que tarde o temprano vaya a abandonarme como si fuese un piñón sin usar o un cable desechado. Yo tendría mi propia relevancia, mi propia persona importante que ser. Fue ese deseo el que el año pasado me llevó a hurgar en su robot. Un gesto egoísta que estuvo a punto de romper nuestro vínculo.

Nuestro tío avanza entre envases de mantequilla para valorar mi trabajo. Me arden las mejillas por la vergüenza y empiezo a tapar los folios.

Él me detiene y niega con la cabeza, coronada por un pelo oscuro y espeso que es idéntico al mío y al de Lark, igual que el de nuestra madre en todas las fotografías que he visto.

—Nunca escondas tu talento. Detrás de todo buen inventor hay un artista capaz de esbozar lo que el otro visualiza. ¿Qué es un reloj sin el diagrama? ¿Qué es una casa sin los planos? ¿Entendido? —Sus grandes ojos marrones, saltones como los de una rana pero, aun así, muy bonitos, se clavan en mí en busca de mi respuesta.

Aparto las manos para que vea los dibujos y luego sonrío —a medias— con la esperanza de que Lark no perciba la dirección de mis pensamientos.

—Nix, enséñame tus bocetos, anda —me pide Lark, pero no puedo contestar porque mis dibujos se están moviendo ante mis ojos, cambian de forma, las curvas se vuelven líneas y las líneas forman letras: «Domad el péndulo, atravesad el pedestal y enfrentaos al tiempo en el laberinto».

¿Dónde he leído antes esa frase? Me estrujo el cerebro para recordar… Lark y yo un día tuvimos que definir «pedestal» en el concurso de la escuela. Es un podio, un escenario o una plataforma. Recuerdo la definición porque con esa palabra ella quedó primera y yo, segunda.

Mi tío suelta un grito. Miro hacia atrás en el momento en que el suelo se abre y lo engulle. Me giro demasiado tarde en la silla para agarrarlo y me golpeo la rodilla. Un dolor agudo despierta detrás de la piel rasguñada. Tengo las manos hinchadas y calientes, y reparo en que llevo guantes de lana.

En este momento, todo regresa a mí: mi encuentro con la muñeca de Lark en casa y el haber destrozado el libro de mi madre, mi caída al dirigirme a la *boutique* de Juniper, las diferencias en el mural, la desaparición de mi tío durante la celebración, la casa de la risa y el retrato de Jaspar, la frase de la fachada, la separación de Clarey y de Frannie de mí en un laberinto lleno de colores y sonidos.

Y lo más importante de todo: la innegable realidad de que hoy es Halloween y que Lark lleva tres años muerta.

Un aullido agónico se atasca en mi garganta, incapaz de liberarse. He estado reviviendo un recuerdo, encerrada en la última tarde que compartí con mi hermana. ¿He vuelto a caerme y a golpearme la cabeza? ¿Estoy soñando? ¿O es una especie de trampa, una realidad fabricada para torturarme?

No sé qué es lo que está pasando, pero hay algo que sí sé: odio este momento desde que el psiquiatra infantil me hizo contarlo y enfrentarme a lo celosa que estuve de Lark. El terapeuta decía que por eso acumulaba tanta culpa por haber sobrevivido, que por eso no soltaba a mi hermana. Que no podría pasar página hasta que me perdonase por haber albergado esos sentimientos negativos y por el abismo que crearon entre ambas.

Pero me he limitado a regodearme en la culpa y he perdido la capacidad de ver los colores, y con ello mi pasión por mi arte. Y para seguir a flote en la vida, para seguir avanzando aunque fuese un poco, me apropié de la faceta de mi hermana que yo adoraba y envidiaba a partes iguales: su destreza mecánica.

Me desplomo en la silla y le doy la espalda al dormitorio. Me da miedo ver de nuevo la escena imaginada, me da miedo reaccionar, porque es imposible que Lark esté aquí.

En el fondo, quiero suplicarle que me perdone, pero esta versión de ella no es real. Y eso significa que es algo totalmente distinto. Algo irreal.

Siento escalofríos en la columna. Me giro hacia Lark y me aferro a los reposabrazos de la silla para no perder el equilibrio.

El sol se convierte en una pelota y rueda por la habitación, latiendo como una luz estroboscópica. Lark se vuelve hacia mí y los intensos destellos iluminan una piel grisácea demasiado tensa en su rostro, como si la falsa luz solar la hubiese secado hasta transformarla en una cáscara disecada. Su mandíbula se ensancha hasta límites inhumanos en un aullido silencioso y su estructura ósea se desmorona; sus cuencas supuran oscuridad, un líquido negro formado por las críticas y la rabia. Se le debilitan los brazos y las piernas, que se arrugan y se encogen hasta desaparecer dentro de unas perneras y unas mangas ondulantes.

Un aullido animal primario me perfora los tímpanos, y la aspereza de mis cuerdas vocales me confirma que soy yo quien lo profiere.

—¡Esto no está pasando! —chillo—. No me lo creo. ¡Nada de esto es real!

Mi bronca negativa retumba como si fuera un trueno. El sol sale por la ventana y se instala en el horizonte, a lo lejos, rosado y luminoso. En la niebla de las chispas que se esfuman, la imagen retorcida de mi hermana se convierte en un joven con cabello pelirrojo que sobresale de los extremos de su sombrero de maestro de ceremonias, pómulos altos lo bastante afilados como para cortar cristal y unos labios en forma de corazón que esbozan una lúgubre sonrisa.

Por fin ha llegado nuestro repartidor.

14

el pedestal y el péndulo

Jaspar está delante de mí, demasiado elegante para participar en una fiesta escolar, pero vestido adecuadamente como actor de un espectáculo *steampunk* horripilante. Las rayas rosadas y doradas de su americana verde esmeralda y su capa de seda cobriza combinan con los cristales impermeables de sus gafas de montura redonda. Lleva las ceñidas perneras de cachemira metidas dentro de botas militares que le llegan por la rodilla, con hebillas que tintinean al dar golpecitos en el suelo con el pie izquierdo, como si estuviese impaciente. La capa ondea junto a su cintura por el gesto y muestra un puñal con mango en espiral que desprende un brillo del color del arcoíris. De las tres tuberías negras en miniatura que tiene en la espalda y de la punta de su sombrero sale humo. Me recuerdan a las chimeneas que he visto en las fábricas de Astoria.

En algún punto debajo del asombro que siento ante esa imagen caleidoscópica, hay una molestia, una especie de *déjà vu*, al pensar que debería darme miedo ver cómo una criatura con la cabeza hueca se convierte en un chico perturbadoramente guapo. Pero no es así. Más bien… me lo esperaba. Como si hubiese sabido en todo momento que Jaspar tenía más de una cara. Pero ¿cómo iba a saber algo que no he visto nunca?

—La famosa Phoenix. —Su voz susurrada rompe el silencio que nos envuelve—. Me ha costado mucho traerte hasta aquí. Traeros a todos hasta aquí. No había visto a nadie a quien le diese tanto miedo una celebración. Sobre todo una con tradiciones tan curiosas y encantadoras como Halloween. Cadáveres que andan por sí solos, calabazas que proyectan luz desde unas cuencas vacías… Y pensar que, de entre todos los monstruos que podríamos haber seleccionado para atraerte, ha sido una muñeca la que te ha obligado a salir de tu escondrijo…

Sus provocaciones me caen encima como una tormenta de nieve, heladas e intrusivas. Debo reprimir la necesidad de estremecerme.

—¿Tú… tú has estado en mi casa?

—Oh, no exactamente. He contado con ayuda. En realidad, ha sido una acción conjunta. Hace tiempo que estábamos preparando esta visita.

Es lo que necesitaba para devolverme al presente y al motivo por el cual estoy en este laberinto.

—¿Estabais? ¿Quiénes? —pregunto—. ¿Tú y nuestro proveedor? ¿El propietario del huerto?

—Técnicamente, sí. —Jaspar se ríe—. Exclusivamente, no.

Aprieto los dientes, molesta con sus evasivas.

—¿De qué va todo esto? —Le lanzo mi mirada más intensa y fulminante—. ¿Qué le has hecho a mi tío? —Intento levantarme, pero por lo visto mis piernas están pegadas a la silla. Me recompongo para por lo menos aparentar valentía—. Dime dónde está —siseo.

—¿Dónde, dices? —Jaspar se mueve el sombrero para que le cuelgue de la coronilla, sujeto con una tubería. Se pasa varios dedos de uñas largas (plateadas y combadas como si fuesen muelles) por el pelo y se le atascan unas cuantas antes de poder liberarlas, una prueba de por qué siempre está tan despeinado—. Eso todavía está por ver, ¿no? Depende de ti.

—¿A qué te refieres?

Se quita las gafas para que pendan del cordón de cuero que le rodea el cuello y luego me taladra con su mirada brillante.

—Bueno, la artista eres tú. La constructora de mundos. ¿Por qué no te limitas a dibujar dónde te gustaría que estuviese tu tío?

Bajo la vista hacia los bocetos del escritorio. ¿Habla en serio?

—¿Cómo sabes eso de mí? Y ¿cómo has recreado este recuerdo? —Observo el diorama que sigue apareciendo a mi alrededor. Debe de ser una especie de simulación virtual, pero ¿de dónde ha sacado nuestro repartidor los detalles? Es imposible que mi tío le contase nada a este tipo tan raro, sobre todo teniendo en cuenta lo protector que es cuando Jaspar anda cerca.

—Ah, los recuerdos. —El repartidor se pasa una uña en espiral por la frente—. Son los cimientos de los que son como tú. Por tanto, el escenario se prepara cada vez que te miras en un espejo. Y, además, como artista que eres, tus creaciones son extensiones de esas experiencias pasadas.

¿Los que son como yo?

Da un paso adelante y su maléfica sonrisa se ensancha hasta revelar sus dientes. En este momento, estoy viendo todas sus facciones juntas por primera vez. Tiene los dientes afilados y terminan en puntas metálicas; y, en cuanto a sus iris de color carbón, veo un destello en el que nunca me había fijado. Es como si hubiese caído el telón para mostrar dos diminutas pupilas rojas en cada ojo. Cuando parpadea, unas chispas blanquecinas aparecen entre los puntitos idénticos, como si tuviese lugar un cortocircuito entre cables eléctricos.

Una desagradable sensación me nace en el estómago al recordar el perfil de un personaje de Mystiquiel que empecé a dibujar hace tiempo y que no he terminado aún. Es un espíritu cambiante llamado «doppleganglia», con la misma peculiaridad de tener dos pupilas. Los doppleganglias pueden imitar a otros personajes adaptando su circuito interno para formar una imagen distinta. En realidad, se parece a un holograma.

Pretendía incorporarlos a mis novelas, pero siempre que lo intentaba, no conseguía dibujar la cara del todo, solo los ojos. Y al final descarté la idea. Y ahora ese personaje está en mi casa, sentado en una espiral. ¿O no?

¿Mi doppleganglia está imitando a nuestro repartidor?

Se me atenaza la garganta ante la absurdidad de esa idea. No. La pregunta correcta es: ¿cómo me voy a tragar algo de esto? Mis dibujos, mi mundo…, todo eso es imaginario.

Es imposible que esté aquí.

Mi intento de antes para aparentar valentía se agota y me deja una sensación fría en la sangre. Aferro los reposabrazos de la silla con las manos y noto el peso del maquillaje, los *piercings* y las cremalleras que llevo en la cara mientras intento no mostrar el terror y la incredulidad que siento.

—¿Me… me estás diciendo que hice que mi recuerdo cobrase vida en el espejo? ¿Que mi imaginación ha creado todo este laberinto sin que me diese cuenta? ¿Cómo es posible?

—Ah. Ese es el problema de ser una artista, ¿verdad? —Hace una pausa y junta los dientes metálicos para que enfaticen su pregunta con un sonido agudo y musical—. La imaginación es como un jardín. Solo debes regar las plantas que quieras ver crecer y arrancar las malas hierbas que intentan abrirse paso. Si no te fijas en los espacios que separan las buenas plántulas, es allí donde brotarán los retoños malévolos. Como creadora, es tu tarea rebanarles la cabeza. De lo contrario, quizá ellos te la rebanan a ti… o a tus seres queridos.

Me da un vuelco el corazón. Si todas esas tonterías fueran ciertas, sería cuestión de sumar más culpa a toda la que ya acarreo.

—¿Me estás diciendo que yo he provocado la desaparición de mi tío? ¿Que yo soy la culpable?

Molesto y con el ceño fruncido, Jaspar se repasa el alambre de cobre del sombrero con un pulgar y provoca nuevas bocanadas de humo de los tubos que lleva en la espalda.

—Ay, no te pongas tan dramática. No eres tan poderosa. Pero algo de poder sí que tienes. Podrás entrar y cambiar las cosas a tu antojo. Tu tío ya está dentro, esperando a que lo encuentres. Tan solo busca las pistas que te llevarán hasta él. No tengas miedo a quitarte los guantes y a ensuciarte las manos, ¿de acuerdo?

Sin habla, me miro los guantes, más confundida que nunca.

Jaspar se coloca bien las gafas sobre sus ojos electrificados.

—Supongo que lo averiguarás en cuanto entres. —Se vuelve a poner el sombrero encima de la cabeza—. Pero te sugiero que no pierdas demasiado tiempo aquí. El reloj ya ha empezado a contar y en este laberinto el tiempo pasa rápido como el filo de una espada. Cuando encuentres la llave, no dudes en usarla.

Me encojo cuando Jaspar extrae el puñal colorido de la funda y se clava la hoja en la piel, debajo de la mandíbula. Empieza a moverlo y se corta la cara con la misma facilidad con que rebanaría un trozo de jamón. La bilis asciende por mi garganta y jadeo mientras los ojos desollados se entornan y me observan. Aunque me aterra la sangrienta escena, no puedo dejar de mirar. Ya he visto suficientes creaciones de Clarey como para desarrollar un buen estómago para los aspectos más espeluznantes e intento convencerme de que es justamente eso. Un disfraz... Una actuación.

Sin embargo, en lugar de una mezcla de sirope, crema sin lactosa y colorante alimenticio rojo que supure de una prótesis cercenada, veo un resplandor blanquecino brillante, como si la luz incidiese en mil lados de una joya con un creciente chisporroteo.

En un abrir y cerrar de ojos, el efecto se extiende hasta su piel y su ropa, también hasta la litera, el suelo y la pared, transformando así el diorama en un diamante.

Pero no es un diamante... Es una cantidad infinita de espejos minúsculos.

Al cabo de unos instantes, los rayos de sol que se cuelan por la ventana adquieren una tonalidad ardiente y prenden fuego a Jaspar y a la habitación. Los reflejos no desprenden calor, sino un frío helador.

La cabeza me da vueltas en una espiral de incredulidad y confusión. Jaspar o alguien que trabaja para él ha estado en mi casa esta mañana después de que mi tío se fuese para disponerlo todo y conseguir que me marchase. ¿Cómo lo han logrado sin que yo los viera? ¿Cómo han sabido qué teclas tocar?

Quizá de la misma forma en que conocían los detalles más íntimos de mi recuerdo privado…

No tengo tiempo de especular acerca de ilusiones ópticas ni de las cosas que me ha dicho Jaspar. La silla con espejos en la que estoy sentada empieza a resquebrajarse, como el crujido de un lago que deja de estar congelado. Me levanto justo cuando se hace añicos junto al escritorio de diamante, los lápices y los folios, todos ellos arrojando una luz cegadora. Si mis dibujos eran la llave de algo, acaban de desaparecer. Me aparto y utilizo los guantes para taparme los ojos.

A lo lejos suena un gimoteo masculino. Un ladrido asustado de un perro se le une. Es Clarey, que pide ayuda a gritos. O ha encontrado a mi tío y está herido o es el propio Clarey quien está en apuros.

Decidida a encontrarlos, me tapo la cara con un brazo para contrarrestar la luminosidad y echo a caminar. El suelo tiembla a mi paso. Me tambaleo, muevo otro brazo a tientas y me agarro a una barandilla. Un potente chasquido me repiquetea en los huesos cuando el armazón metálico de antes regresa a su sitio y vuelve a encerrarme en una especie de jaula abovedada.

El zumbido de los pistones y de los motores ensordece los aullidos de Clarey, pero sigo sin ver nada por culpa de los prismas de rayos de luz de los espejos. Solo la protección de mi brazo me salva la vista.

Estoy a merced de la plataforma, cuyo motor chirría bajo mis pies. Me lleva y me aleja del infierno espectacular, y las sombras se alzan a mi alrededor de nuevo. Enseguida aparecen unas cuantas luces en el aire a pocos dedos de mí, unas bombillas antiguas que sueltan un brillo azulado, un bálsamo después de la luz cegadora que acabo de dejar atrás. Las bombillas flotan y forman un racimo, como si fuesen globos de cristal con hilos cobrizos. Meto una mano entre las barras, aferro los hilos y muevo las bombillas alrededor del armazón para que el suave destello quede cerca y no vuelva a sumirme en la oscuridad. Ahora no se ve ningún espejo, solamente otros caminos metálicos tan lejos como me deja ver el círculo de luz.

Suelto un grito cuando el engranaje que me traslada se golpea con algo sólido. La jaula se eleva y parte los hilos del ramo de bombillas. Las luces vuelan fuera de mi alcance, aunque curiosamente no me abandonan, como si estuviesen atadas a mí con unas cuerdas invisibles. Oigo un chasquido de acero contra acero bajo mis pies, engranajes que encajan y que me impulsan hacia delante. El suelo gana velocidad, y sin barandillas a los lados debo echar a correr para no caerme por el costado y precipitarme hacia la maquinaria que cruje y gruñe en las profundidades.

Todo mi cuerpo se impulsa hacia delante cuando el camino, que se parece a una cinta transportadora, se detiene de pronto, como si alguien hubiese accionado los frenos. Consigo no perder el equilibrio lanzándome y aterrizando sobre mi rodilla sana.

Un ladrido emocionado me lleva a levantar la vista. Frannie salta de una plataforma descendente que se parece mucho al asiento de una noria. La luz tenue tiñe su pelaje de color azul aciano. La llamo por su nombre y el alivio me inunda la garganta. La perra me lame la barbilla y acaricio su cabecita mullida. Clarey salta a pocos pasos tras de mí.

La felicidad que siento al verlo se convierte en preocupación cuando me doy cuenta de que ha perdido la mochila y que lleva nuevamente la máscara. Algo malo debe de haberle ocurrido para haber buscado escondrijo tras la careta. ¿Acaso lo ha atacado Jaspar o algo de mi imaginación?

Esa idea irracional me habría hecho reír a carcajadas si no hubiese visto con mis propios ojos que mis personajes y mi mundo estaban cobrando vida, aunque no sepa cómo ni por qué.

Me pongo en pie y echo a correr. Clarey me rodea con los brazos y me estrecha tan fuerte que noto todos y cada uno de sus músculos en tensión.

Durante un largo minuto, entierro la cara en su pecho y percibo el aroma a flores y a sustancias químicas, además de un delicado olor a sudor. Y entonces reparo en el latido errático de su corazón y en cómo la tensión le crispa desde los músculos hasta los huesos temblorosos. Nunca lo he visto teniendo un ataque de pánico, pero imagino que podría ser el principio de uno. O el final…

Lo aparto un poco y contemplo sus ojos dentro de los agujeros triangulares. Ni siquiera doy gracias por poder ver su color de nuevo; están anegados en lágrimas y demudados por el miedo o el terror. Quizá por las dos cosas.

—Has visto a mi tío, ¿verdad? Está herido. ¿Por eso has perdido la mochila, porque has intentado ayudarlo?

Clarey niega con la cabeza y se aclara la garganta detrás de los labios hinchados de la máscara, como si buscase la fuerza para responder.

—No… no lo he visto. Mi Baha… se ha roto. —Me lo cuenta como si estuviera en trance. Entonces, ¿no está conmocionado por algo que haya visto? ¿Solo está preocupado por el dinero que tendrá que gastar Juniper para sustituir su sistema de audición?

Pero no tengo ocasión de que me lo aclare. Un potente chasquido zarandea nuestra plataforma, y una valla metálica oxidada, de por lo menos tres metros de altura, se alza de los extremos y encaja con un chirrido, encerrándonos por los cuatro lados en un espacio de tamaño parecido al de un vestidor. Aunque me alivia que esta vez los tres estemos juntos, mi tío Thatch sigue por algún lugar, probablemente al final de uno de los pasillos que ahora nos están vedados.

Como para incrementar el temor que no he llegado a verbalizar, los engranajes y los pistones que crean el laberinto —todos los puentes y los caminos sinuosos— empiezan a moverse hasta adoptar posiciones verticales en paralelo. Clarey y yo observamos impotentes cómo, con un sonoro crujido, giran y se colocan junto a las paredes como si fuesen azulejos, dejando nuestra plataforma abovedada sola y suspendida en el oscuro vacío. Los engranajes dan vueltas sin dirección sobre las lejanas paredes, ruedas dentadas que no van a ningún sitio y que no me proporcionan un sendero para ir hasta mi tío.

Reprimo un sollozo y miro hacia abajo. No veo nada, solo unas profundidades oscuras e inescrutables donde no llega el resplandor azulado.

—¿Estamos muy altos? —grito por encima de los engranajes estruendosos que nos rodean—. ¿Flotamos a la deriva o estamos encima de una especie de podio?

En cuanto lo he verbalizado, pienso en la extraña cita de la fachada de la casa de la risa, la misma que he visto que formaban mis dibujos en el recuerdo trampa.

—Un podio… es un pedestal —murmuro.

Los ojos de Clarey se iluminan con algo parecido a la comprensión, pero un gong estremecedor, como la voz de un reloj gigante, suena tres veces e interrumpe su respuesta. Antes de que mi esqueleto haya dejado siquiera de vibrar, Clarey me agarra el brazo y tira de mí para que me agache cuando una enorme sombra se balancea por encima de nosotros desde el vacío superior, seguida por una ráfaga de viento. Frannie gimotea y se encoge de miedo entre nosotros. La forma enorme oscila en la dirección contraria, y la luz azul ilumina un filo colosal y plateado, con forma de hacha, que cuelga de unas cuerdas gruesas del centro del techo infinito y sombrío.

—El… el péndulo de un reloj —balbuceo. A eso debía de referirse Jaspar al decir que el tiempo pasaba rápido como una espada.

Un chirrido metálico antecede a una lluvia de chispas y la hoja del péndulo corta la parte superior de la valla como si fuese de mantequilla, dejando tras de sí cierto hedor a azufre. El péndulo mortífero se acerca más y más a nuestras cabezas con cada balanceo y destroza la valla metálica centímetro a centímetro. Clarey y yo nos ponemos a cuatro patas.

Mi pulso se desboca y flexiono los dedos enfundados en lana contra el suelo de metal. ¿Qué era lo que decía esa frase? Intento concentrarme a pesar de los jadeos de Clarey dentro de la máscara, mientras sigo preguntándome qué le ha pasado cuando nos hemos separado.

—Mira —dice Clarey, y me sorprende la estabilidad de su mano al señalar hacia el sitio del que aparece otro péndulo de la nada, y que se mueve perpendicular al primero. Ese no debe de colgar del centro del techo, porque las cuerdas se deslizan sin tocar siquiera la valla metálica, y la secuencia de sus movimientos está acompasada a la perfección con el péndulo superior, así que oscilan como criaturas que se balancean de noche desde las ramas de un árbol.

Con cada ondulación, la superficie superior del péndulo inferior vuela a unos pocos centímetros por debajo de nuestra plataforma; es plano y parece tan ancho y largo como el suelo del almacén de la pastelería. A diferencia del primero, este péndulo no desciende, sino que se mueve hacia delante y hacia atrás con un rumbo fijo. Está cerca, tanto que podríamos tocarlo si consiguiéramos salir de la cárcel de la valla metálica.

Y entonces lo recuerdo.

—«Domad el péndulo, atravesad el pedestal». ¿No era la cita de la fachada de la casa de la risa?

Clarey abre los ojos como platos hasta que llenan los agujeros de la máscara.

—Claro... Domar el péndulo. Para domar a un caballo, hay que...

—Subirse a él —exclamamos al unísono.

Clarey y yo empezamos a arrastrarnos con los codos, manteniendo el torso y las piernas lo más bajos que podemos para evitar que nos alcance la cuchilla, que ya ha devorado la mitad de la valla metálica. Nos movemos en direcciones contrarias para buscar alguna debilidad en la valla o una puerta que de algún modo esté camuflada.

No hay suerte. La valla es sólida.

Un nuevo y rápido balanceo por encima de nuestras cabezas que destroza el metal y que no nos acierta por un par de dedos.

—¡Túmbate, Frannie! —chilla Clarey, y la estrecha con fuerza mientras los dos nos despatarramos en el suelo. Intercambiamos una mirada y noto el terror reflejado en sus ojos, y que me perfora las entrañas. Unas cuantas oscilaciones más y nos habrá hecho trizas.

Como si el hecho de notar la ropa contra la plataforma le hubiese dado una pista, Clarey mete la mano en el bolsillo delantero y extrae los alicates de Lark. Los habíamos olvidado por completo.

—¡Hazlo! —grito.

Clarey se pone a ello y utiliza la herramienta para cortar los cables de acero. Las barras diagonales se abren en ángulo y dejan puntas afiladas tras de sí. Apoyado sobre los codos, Clarey corta la última vara para abrir un agujero lo bastante grande como para que nos colemos, y en ese momento lo empujo para que se tumbe en el suelo cuando el péndulo le roza el tallo de la calabaza de su máscara. La parte superior de látex se queda pegada a la hoja y se aleja, llevándose el gorro de velcro con ella. Los bucles negros de Clarey están libres, seguidos del mechón blanco. Solo le queda la máscara, un disfraz a medias: es mitad calabaza y mitad Clarey, pero por lo menos tiene la cabeza intacta.

Aunque mi placaje ha hecho que perdiese los alicates, asiente agradecido. A medida que el péndulo se aleja de nosotros, arrojando el tallo y el gorro a la oscuridad de las profundidades, Clarey empuja el recuadro que ha cortado en la valla metálica, que cae sin hacer ruido. Me pregunto si este sitio tendrá suelo o fondo.

Como los guantes me protegen las manos, curvo al máximo todas las astillas para que podamos atravesar el agujero sin desgarrarnos la ropa, el pelaje o la piel.

Tan pronto como hemos cruzado la valla, nos detenemos en el borde de la plataforma. Clarey aferra el chaleco de Frannie para mantenerla cerca de sí mientras el péndulo inferior se mueve hacia nosotros, alineándose lentamente debajo de nuestro pedestal.

En cuanto se centra, respiro hondo y, aferrada a la mano libre de Clarey, nos precipito hacia el vacío. Aterrizamos con un gruñido y rodamos a consecuencia del movimiento del péndulo. Aferro la cuerda clavada en el eje. Clarey me agarra la mano con fuerza mientras ayuda a que Frannie se coloque cerca del centro. Recuperado el equilibrio, rodeamos la cuerda con los brazos, con la perra entre ambos, y nos sentamos para recobrar el aliento, agradecidos por estar fuera del alcance de la cuchilla superior.

Nos balanceamos y unas ráfagas de viento cálido y humeante nos rodean con cada fluctuación. Un chirrido suena por encima de nosotros cuando el filo termina de destrozar lo que quedaba de la valla metálica y la convierte en polvo. Los engranajes que formaban nuestro pedestal se desencajan y permiten que el peligroso péndulo siga su curso descendente, mientras que la trayectoria de la cuchilla se altera lo suficiente como para inclinarse hacia la cuerda de nuestro péndulo.

—¡La va a cortar! —chillo.

Clarey y yo miramos hacia abajo, rumbo a la oscuridad. En este momento, mi ramo de bombillas titilantes desciende un poco y su luz ilumina una plataforma un par de plantas por debajo de nosotros. El mismo árbol con forma de llave que he visto en la fachada de la casa de la risa, abarrotado de frutos, está dibujado en el centro, aunque esta vez veo todos los colores que lo forman.

La llave…

Jaspar me ha dicho que no dudase en utilizarla.

Le doy un golpecito a Clarey y asiento en dirección a la llave.

—Esa es nuestra salida.

—¿Cómo lo sabes? —me pregunta—. Yo solo veo pintura.

—Tiene que haber alguna manera de atravesar la plataforma, quizá con una trampilla. Si no, ¿por qué habría una llave?

Clarey mira arriba, hacia la hoja que se acerca, y luego se preocupa por cómo nos acercaremos lo suficiente como para saltar de forma segura hacia una plataforma que queda tan abajo.

En este momento, me fijo en que Frannie está husmeando una cajita metálica que sobresale de la superficie en la que estamos sentados, justo a la derecha del núcleo de la suspensión. Con una mano aferrada a la cuerda, aparto su hocico y levanto la tapa. En el centro hay una palanca roja con espacio por encima y por debajo; debe de ser un interruptor que controla la longitud de nuestra cuerda, ya sea acortándola o alargándola. No es más que una suposición… porque no hay instrucción ninguna.

—¿Lo pruebo? —le pregunto a Clarey.

—En el peor de los casos —murmura detrás de la máscara—, nos mandará al cielo de golpe. Seguro que es preferible a que un hacha gigante que apunta hacia tu espalda te parta por la mitad.

Oír el sarcasmo que oculta la aspereza de su voz me animaría… si no fuese porque es probable que tenga razón.

Sigo debatiéndome cuando Frannie me aparta la mano y acciona la palanca con el hocico. El interruptor se levanta, y Clarey y yo nos tensamos, a la espera.

Un tirón repentino de nuestra cuerda nos detiene a medio balanceo. Estamos colgados como si fuésemos juguetes en un hilo de tender, una muñeca de trapo y una marioneta con forma de calabaza que penden para que se sequen, y entonces un profundo chirrido, seguido de un retumbante chasquido, suena por encima de nosotros. Apenas tenemos tiempo de reaccionar cuando el péndulo superior se suelta de la cuerda y se precipita en nuestra dirección.

Sin pensar siquiera, acciono la palanca de nuevo, y en el último segundo nuestro péndulo se reactiva y se balancea para apartarse, con lo cual la cuchilla enorme no nos atraviesa por los pelos al caer en picado a una velocidad de vértigo. Con un repugnante chasquido, destroza los tablones de madera de la plataforma inferior y la rompe en dos.

Por la brecha nos llegan los sonidos del mar y el olor de la salmuera. Nuestro péndulo oscila y nos eleva hacia la derecha, y luego se coloca sobre el centro de la plataforma. No estamos más bajos que antes, pero ahora hay una abertura por la que saltar si nos atrevemos.

Clarey se lleva una mano a la oreja izquierda, tapada por la máscara, claramente preocupado por los destrozos que pueda provocar el agua a su sistema de audición. No tengo tiempo de convencernos ni a él ni a mí antes de que una ola gigantesca blanquecina aparezca de la negrura y nos arranque de nuestra posición.

Lo último que se me ocurre hacer es aspirar una bocanada de aire y contener la respiración antes de que la ola nos rodee y nos sumerja en el revuelto océano de las profundidades.

la Matriarca

A través de la bola de cristal, nuestro ojo en el cielo, observamos cómo cae ella al mar. No podemos reaccionar. No nos van a aplacar. Aunque la corona y el trono empiecen a derrumbarse, nuestro corazón persiste en su algoritmo asignado. Aunque los latidos se interrumpan y gruñan ante las peticiones de síntesis y asimilación, aunque nos esforcemos para conseguir la realidad de la individualidad —el sabor, el tacto, una sed ansiosa e iracunda—, nuestro trabajo no ha terminado aún. Ella no nos va a disuadir. No nos va a arrebatar lo que anhelamos. Nos hemos ganado esta destrucción. Sí. Nos hemos ganado el derecho a ponerle fin a todo.

15

de piel a hueso, de acero a óxido, de ceniza a ceniza y de polvo a polvo

Emerjo de las profundidades, boqueo en busca de aire y me arrastro hacia un banco de arena donde el agua es poco profunda, sin que me preocupe que mis guantes estén secos mientras toda yo estoy calada y helada. No es lo más raro que me ha pasado hoy. Ni de cerca.

Me arden los ojos por la sal y lo veo todo borroso. Un refugio sombrío me rodea, espacioso y con fuerte aroma a peces y a cerrado… ¿Tal vez la mezcla entre óxido y algas? Todos los ruidos retumban por las paredes, combadas e hinchadas. El goteo del agua debajo y tras de mí me lo confirma: estoy en una cueva marítima.

—Cla-rey —exclamo, escupiendo sal entre las sílabas.

—Aquí —responde a mi derecha; su eco persigue el mío.

—¿Y tu Baha? —le pregunto.

—Ahora funciona. ¿Habrá sido el impacto del agua? Supongo que la máscara lo ha protegido como si fuese una funda. Oigo algo de electricidad estática de fondo, pero descifro las vibraciones superclaramente. Los jadeos de Frannie son un remolino en mi cerebro. —Oigo unos crujidos cuando Clarey tiende el brazo hacia su perra por encima de la superficie rocosa.

Es raro que yo todavía no la haya oído.

—¿Se encuentra bien, pues? —me intereso, apoyándome en los codos mientras me seco los ojos con los dedos enguantados.

Frannie se sacude entre los dos y nos lanza gotas de agua a ambos.

—Sí. —Percibo alivio en la voz de Clarey—. Bonita, vamos a ver cómo está tu arnés. Oye, deja de lamerme. —Se ríe a medias—. Si me dejas que me quite la máscara, te daré un beso con todas las de la ley.

Su comentario es tan adorable como sorprendente. Creía que ya se había quitado la máscara; su voz no suena amortiguada como antes en el laberinto, aunque quizá sea el efecto de la acústica de la cueva.

Frannie gimotea y Clarey suela un doloroso gruñido.

—Estate quieta.

La perra lloriquea de nuevo, aunque más suave esta vez; es un gemido confundido y desorientado. Después de todo lo que acabamos de vivir, no la culpo.

Clarey la arrulla para tranquilizarla. Esa encantadora interacción estimula mi gratitud por que hayamos salido los tres con vida de la casa de la risa. Todavía debemos descubrir muchas cosas, pero me alegro de que estén conmigo.

Aun así, eso significa que mi tío sigue por alguna parte. Nuestro repartidor me ha dicho que estaba dentro, así que solo me queda esperar que se refiriese a la playa en la que hemos aterrizado; también me ha comentado que tendré que «cambiar las cosas a mi antojo» para ayudarlo, pero a saber qué ha querido decir con eso.

Preocupada, frunzo los labios y el ceño, gesto que tira de mis *piercings* en lugares que me resultan habituales y que me confirma que los aros siguen intactos. Ya me lo figuraba, pero también noto la tensión de las cremalleras del disfraz. No se han despegado, lo cual resulta tan extraño como que la tela que me envuelve las manos esté caliente y seca como si la hubiese puesto al sol.

Me incorporo y apoyo la espalda en una roca enorme, parpadeando para ver mejor. El extremo más alejado de la cueva se abre hacia una playa. La potente luz de la luna baña la arena de tono plateado, y unos cuantos hilos entran en la caverna para iluminar ligeramente las paredes oscuras y dentadas. Me acuerdo de inmediato de mi excursión de espeleología a Haystack Rock con Lark. De hecho, este lugar se le parece tanto, a excepción de la puesta de sol rosada, que podría ser que de nuevo estuviese en uno de mis recuerdos.

Como si ese pensamiento lo hubiese activado, noto un aleteo en el extremo de mi clavícula izquierda, donde tengo el tatuaje de la alondra. Debo de haber apretado los músculos al escapar del péndulo y por eso tengo espasmos.

Me llevo una mano hasta la camiseta con el deseo de que esa sensación desaparezca. Los ruidos que hacen Clarey y Frannie son la prueba de que no estoy reviviendo un recuerdo otra vez. Ninguno de los dos nos acompañaron ese día hasta la cueva. Menudo alivio. No solo no quiero soportar más momentos dolorosos y vergonzosos como el del laberinto, sino que además no puedo permitir que Clarey los presencie. No puedo permitir que sepa que yo fui la culpable de que Lark perdiese el concurso de inventores. No quiero que vea ese defecto mío, que me tenga por la chica celosa e insegura que fui.

Y entonces la lógica hace acto de presencia: lo que le ha ocurrido a Clarey mientras estábamos separados lo ha amenazado personalmente. Jaspar ha dicho que los espejos disponen nuestros recuerdos. Es probable que, como yo, Clarey se haya enfrentado a algo de su pasado. La pérdida de Breonna o el incidente de Chicago del que no quiere hablar.

Soy muy mala persona por sentir alivio ante eso. Pero es que no puede enterarse nunca de cuánto envidié a Lark —no solo por la relación que mantenía con él, sino sobre todo por su talento—; de lo contrario, quizá se pregunte, como me pregunto yo, si en cierto modo mi subconsciente deseaba ser hija única. Si por eso me quedé dormida cuando Lark luchaba por respirar y abandonaba este mundo.

Mi corazón se marchita ante esa espantosa posibilidad. Es algo con lo que llevo mucho tiempo lidiando, algo que ni siquiera les he comentado al psiquiatra ni a mi tío.

Mi tío.

Tengo que orientarme para ir a buscarlo. Me da un vuelco el estómago con un gruñido hueco y los escalofríos me recorren la piel. Estoy tan descolocada que ni siquiera sé por dónde empezar.

—En serio, para de lamerme —le gruñe Clarey a Frannie en la oscuridad—. Si me dejas que te quite el chaleco empapado, iremos a explorar. ¿Te parece, Sherlock?

Explorar. Lleva razón. Empezaremos saliendo de la cueva. Comienzo a avanzar por el agua hacia ellos entre piedras resbaladizas, y suelto un gemido cuando me golpeo la rodilla dolorida con una superficie puntiaguda.

—¿Estás bien? —me pregunta Clarey.

—Sí. —Me froto la herida mientras me concentro en el suelo de la cueva, donde las piedras se separan para formar pequeñas cuencas.

Me agacho, cautivada por el destello de un blanco fantasmal que separa los oscuros guijarros. Tardo un minuto en darles algún sentido, pero enseguida reconozco las formas borrosas de las estrellas de mar. También hay otras criaturas marinas diminutas: babosas, caballitos de mar, camarones e incluso peces sapo que caminan con las aletas delanteras en la negrura; los hay de todos los tamaños, desde cigarros hasta uñas o cabezas de alfiler. Lo único que todos tienen en común es una apagada bioluminiscencia, una suave y difusa silueta blanca entre las ondas de agua oscura.

¿Acaso la culpa que vuelvo a sentir por Lark me ha robado de nuevo la capacidad de ver colores? ¿O está pasando algo todavía más extraño?

Ignoro los ruidos que hacen Clarey y Frannie en la cueva y me fijo en una estrella de mar del tamaño de mi mano, y para ello me agacho en un charco para observarla en detalle. La piel espinosa y translúcida reviste una estructura de cables y circuitos que la iluminan desde el interior. Mientras la contemplo, una babosa, con pinchos luminosos que ondean en el agua como si fuesen cables de fibra óptica, se acerca mucho. La estrella de mar despliega el estómago, en forma de una boca metálica afilada, para cubrir las partes digeribles de su presa, y regurgita los pinchos, ahora con una pátina de óxido. Mientras lo digiere, la estrella flexiona y desflexiona los cinco brazos en un movimiento que la hincha y la deshincha, parecido a cómo el sistema de suspensión de las ruedas de un coche introduce y extrae el aire de los fuelles de goma. Es como si estuviese viendo un documental sobre la vida submarina en un canal de televisión de pago.

Suelto el aire lentamente con miedo a mover el agua con mi aliento. La estrella de mar parece mecánica casi en su totalidad, pero es un organismo vivo que necesita alimento para sobrevivir. Al mismo tiempo, algunas partes están muy dañadas, ya que suelta óxido después de haber capturado a su presa. La colonia de estrellas de mar que la rodea comparte esos atributos tan extraños. Incluso las criaturas más pequeñas, los camarones, parecen galvanizados y se mueven gracias a las chispas que prenden en el interior de sus cuerpecitos, que arrojan formas de estrellas en el techo y las paredes de la cueva, mientras al mismo tiempo dejan un rastro de óxido rojizo al avanzar por el agua. Ahora que me fijo, el único color que veo aquí es el del óxido.

Toda la escena es rara, preciosa e inquietante al mismo tiempo. Esta clase de vida marina no es propia de ningún océano convencional, aunque encaja a la perfección en el mundo que llevo casi tres años dibujando.

Mystiquiel.

Me da un vuelco el vacío estómago ante ese nombre. Recuerdo que Jaspar ha insinuado que tan solo debería dibujar a mi tío donde lo quisiese. Era una referencia obvia a mi destreza artística, a mis creaciones. Incluso ha dicho que yo era una creadora de mundos. Entonces, ¿mi tío habrá entrado en mis paisajes oníricos? ¿El laberinto de engranajes y espejos será una especie de puente hacia mis novelas gráficas?

No. Es mucho más lógico pensar que en realidad no estoy viendo ni experimentando ninguna de esas cosas, que anoche me golpeé la cabeza más fuerte de lo que creía y que tengo un traumatismo que me provoca episodios de delirio.

Me froto la nuca. Ojalá tuviese los ojos de otra persona, la lógica de otra persona.

—Oye, Clarey, ¿puedes venir a ver esto?

—Dame un segundo —gruñe—. Frannie se está comportando de una forma muy rara. Pensaba que estaba incómoda con el chaleco, pero… ¡Eh!

Levanto la vista al oír su grito. La silueta de Clarey se mueve de un lado a otro, Frannie y él se han embarcado en una pelea. Lo oigo gemir de dolor y se mueve hacia un pálido rayo de sol que se refleja en uno de los charcos.

—Frannie, suelta. —Intenta apartar los dientes de su perra, que están clavados en su nariz de látex—. ¡Auch! Me has… hecho daño. ¡SUELTA! —Y Frannie lo suelta y baja la cola. Con un ladrido de fastidio, da media vuelta y echa a correr para salir de la cueva hacia la playa—. ¡Frannie! —ruge Clarey entre las manos, que agarran su nariz falsa.

La arena iluminada por la luna alumbra su camino. Me doy cuenta de que nunca la he visto correr tan ágilmente. Es asombroso que el arnés de su pierna y la raqueta de nieve estén en su sitio y que el agua salada no haya afectado el funcionamiento interno. Otra rareza que no consigo comprender.

—Ha encontrado algo —dice Clarey unos tres segundos antes de que oiga el ansioso ladrido de su perra afuera. Es obvio que la fuerza de su sistema Baha para captar sonidos ha alcanzado nuevas cotas.

Con cuidado, avanzo entre las piedras resbaladizas hacia Clarey, que sigue sujetándose la máscara.

—¿Te la ha destrozado? —le pregunto mientras me agacho delante de él. Se encoge de hombros. Me quito los guantes y los dejo encima del chaleco de Frannie, para así poder ayudarlo mejor a quitarse el disfraz. Tiro de las protuberancias de la calabaza, que se curvan sobe su barbilla, pero no encuentro el final de la careta—. Aquí casi no se ve nada. Quizá tendrías que ponerte bajo un rayo de luna.

—No, espera. —Se aparta cuando intento volver a tirar de la máscara—. Hay algo raro. Está atascada. Pero atascada de verdad. —Como si acabase de fijarse en mi disfraz, me pone una mano sobre la cara—. Tu maquillaje tampoco se ha desprendido. —Da un golpecito con un dedo a los triángulos negros que me rodean los ojos y luego a las cremalleras. Se me queda mirando, pensativo e intenso. Me da un vuelco el estómago con cada línea que traza, y la calidez de sus caricias contra los fragmentos metálicos casi resulta dolorosa—. Ostras. A lo mejor el agua salada ha fortalecido la cola..., pero no debería ser así. No es normal.

—Ya. Por lo visto, hoy hay muchas cosas que no son normales —digo.

—Sí, eso no te lo voy a discutir. —Me rodea la barbilla con la palma de la mano. Me gustaría inclinarme contra él para encontrar consuelo, sentarme a su lado, codo con codo, y averiguar qué está pasando. Tengo que contarle la aparición de los grimalkins en los espejos, que ahora veo colores, lo de Jaspar.

Lo de la vida marina y la extraña teoría que va tomando forma en mi mente, pero ahora mismo no. Debemos salir de aquí y encontrar a Frannie antes de que se aleje demasiado.

Como alentada por mis pensamientos, la perra regresa a la entrada de la cueva y nos reprende con un ladrido, y luego echa a correr de nuevo profiriendo un extraño tintineo sobre la arena.

La intensa mirada de Clarey se clava en mí. Se frota la nariz de la máscara, distraído.

—Tal vez haya encontrado el rastro de tu tío de nuevo. Ya nos ocuparemos de los disfraces más tarde. Tengo disolvente adhesivo en tu mochila.

Los dos soltamos un jadeo al darnos cuenta simultáneamente: en el caos de escapar del péndulo, hemos olvidado que hemos perdido la mochila y todo lo que contiene. Una punzada de arrepentimiento me atraviesa el esternón. No solo he perdido el reloj de bolsillo de mi padre, sino también el libro de mi madre.

—Ay, no. Lo siento mucho, Nix. —Clarey ladea la cabeza y un rayo de luz ilumina su arrepentida mirada bajo los agujeros de la máscara. Sus iris brillan azul y dorado contra el maquillaje negro.

Me llevo una sorpresa al ver los colores de sus ojos. De hecho, ahora su careta es naranja, como debe de haber sido siempre. *Qué raro.* Y lo más raro todavía es que su maquillaje no se haya corrido, igual que el mío.

—No pasa nada —respondo al fin, porque estoy bastante segura de que en la mochila no había nada que nos pudiese ayudar a averiguar qué está pasando.

Juntos nos encaminamos hacia la entrada de la cueva. Salimos a una costa abandonada que se parece tanto a Cannon Beach que debo observarla un par de veces. Incluso a lo lejos, entre los jirones de niebla iluminados por la luna, veo las cumbres de las carpas de circo, las rayas blancas y negras que se van alternando. Los accesos están ocultos al otro lado, pero, a juzgar por las siluetas que se mueven en el interior, al parecer la fiesta sigue en pie. Debemos de haber estado solo un rato en el laberinto, aunque se nos haya antojado una eternidad. Y eso nos lleva a una pregunta: ¿cómo es posible que nos haya escupido tan lejos?

Frannie camina en círculos a nuestro alrededor emitiendo un desconocido tintineo, pero apenas me fijo. Estoy completamente concentrada detrás de mí, observando hacia la cueva de la que acabamos de salir. No sé cómo, pero las olas del océano la han desplazado muchísimo. Lo suficiente como para que todo el contorno se recorte contra el cielo, monolítico e intimidante, confirmando así mis sospechas.

—Es Haystack Rock, ¿verdad? —le pregunto a Clarey, incapaz de mirar a algo que no sea nuestro entorno.

—Eh… Sí, ¿no? Es como si hubiésemos vuelto al principio. Al paseo que hemos dado para llegar a la fiesta —dice—. Estamos en Cannon Beach.

—O en una reproducción verosímil —lo corrijo.

—Sí, una reproducción en blanco y negro. Las carpas de antes tenían rayas rojas y naranjas…

—¿Quieres decir que tú tampoco ves colores?

—Veo una escala de grises: arena plateada, niebla cenicienta, agua negra y rocas oscuras. No hay nada de color salvo nosotros tres.

—Clarey, veo exactamente lo mismo que tú. Es como si nos hubiesen pintado a Frannie, a ti y a mí con unos rotuladores, pero como si el color no hubiese llegado todavía a lo demás.

—¿Cómo? —Se gira hacia mí—. Entonces, ¿tus retinas…?

—Supongo que se habrán curado, no sé. Me ha ocurrido al entrar en el laberinto.

—Venga ya. —Su reacción de asombro me demuestra que no tengo ningún traumatismo en la cabeza. Ve los mismos matices que yo; no sé si alegrarme o asustarme.

Frannie nos lanza un ladrido y dirige nuestra atención al tintineo de sus patas al caminar. Con el ceño fruncido, hundo la punta de la bota en la arena y doy un puntapié para levantar una pequeña cantidad. La arena cae con un repiqueteo que se parece al que producirían unas monedas al sacudirse en un recipiente de aluminio, aunque es más pequeña, más intensa y más suave. Musical y emocionante. No estamos sobre granos de arena, sino sobre fragmentos de hierro o de acero, o quizá incluso de plata, a tenor de la ausencia de tonalidades cálidas.

Clarey se arrodilla y agarra un poco con las manos, dejando que los trocitos resbalen entre sus dedos para emitir otro tintineo metálico.

—Espera. ¿Son...?

—Virutas de metal —respondo, con la misma sorpresa que él al observar el alcance de la playa y pensar en cuántos millones de esquirlas debe de haber. Es difícil saberlo con seguridad por la niebla que se arremolina alrededor y nos impide ver algunos sitios.

—Sí... Me suenan. En sexto de primaria, Lark pasó por una fase en la que creaba esculturas a partir de estos fragmentos.

Asiento mientras se enciende en mi mente un reflejo propio. Un día, mi hermana tejió un nido de pájaros con fibras de cobre para acoger un huevo que había encontrado debajo del columpio del patio. Yo quería que fuese un fénix, ella insistió en que sería una alondra. No llegó a abrirse, así que al final lo rompimos. Dentro no había más que partículas gris pálido. Yo dije que el fénix se había convertido en cenizas, mientras que Lark aseguraba que eran los huesos de una alondra convertidos en polvo. Las dos suposiciones eran ilógicas. Mi tío, como siempre la voz de la razón, dijo que había sido una yema que se había secado a consecuencia de una fisura microscópica de la cáscara en la que no habíamos reparado. Lark le restó importancia, pero a mí no me gustó ser tan irracional. A fin de cuentas, ¿qué probabilidades había de que una criatura mitológica hubiese puesto un huevo en nuestro patio delantero?

Observo hacia las carpas de circo del horizonte. *Qué probabilidades había, sí.* Me arde la garganta con cada respiración cuando me bombardean pensamientos acerca de los grimalkins y de los doppleganglias.

Levanto la vista hacia la luna, desesperada por orientarme. Es un error. El satélite es vidrioso e iridiscente, una bola de cristal que cuelga en el cielo, en cuyo centro se refleja la luz. Como si fuese un ojo gigantesco y mágico.

Me estremezco porque esa idea me despierta la sensación de que alguien nos está espiando. No puede ser; es mi imaginación, que intenta atar cabos porque la espesa niebla grisácea difumina la luz de la luna y emborrona su contorno. El olor a cera derretida me inunda las fosas nasales y me sugiere que, en lugar de niebla, es humo o esmog.

Cerca de donde nos encontramos, la neblina se despeja a intervalos, como si soplase el viento, aunque el aire está inmóvil y es claustrofóbico.

—Clarey… No hay viento.

—Mmm, ya. Yo también me he fijado —contesta mientras se levanta, y chasquea la lengua en dirección a Frannie cuando la perra aparece desde varios metros entre claros de humo.

Frannie trota hacia nosotros a través de la turbiedad gris, y luego se pone a desenterrar algo entre los fragmentos metálicos. El miedo me constriñe el corazón.

—¿Tío? —La palabra no es más que un débil susurro.

Clarey me agarra la mano, y nos quedamos paralizados, a la espera de que el humo se aleje para poder ver con más claridad. A medida que el objeto queda a la vista, veo un fardo arrugado y verdoso con correas.

—¿Es tu mochila? —dice Clarey, escéptico. Nos soltamos las manos y nos dirigimos hacia allí provocando una sinfonía entre las virutas metálicas—. Es como si alguien la hubiese lanzado aquí, consciente de que terminaríamos en la playa. ¿Cómo es posible?

—¿Cómo es posible nada de lo que está pasando? —respondo, y le agarro el brazo para que se detenga—. Oye. —Me armo de valor—. Tengo que contarte lo que estoy pensando, pero no me vas a creer. Sobre... este sitio. Sobre dónde estamos... —Le aprieto el codo y lo giro para que me mire a los ojos—. He visto a Jaspar en el laberinto y me ha dicho que... —Mi explicación se interrumpe al ver cómo se le ilumina el rostro por completo.

—¿Qué te ha dicho? —Clarey frunce el ceño.

Trago saliva mientras estudio las arrugas que se mueven en la frente naranja de su máscara, mientras estudio las cejas espesas, del mismo color que su pelo... Su careta antes no tenía cejas, ¿no? El fruncimiento se intensifica y resalta su cicatriz, que no debería formar parte del látex anaranjado. Es como si la muesca hubiese salido a la superficie de algún modo.

—Nix, vamos. ¿Qué te ha dicho Jaspar? —Se peina con la mano el cabello blanco y lo revuelve entre los mechones más oscuros que lo rodean. Le late la nariz naranja, y me fijo en las marcas de mordiscos y en los puntos rojizos, como si la pelea de antes con Frannie le hubiese hecho sangre. ¿En una máscara...?

En las tripas se me forman náuseas mareantes.

Los movimientos de su careta... imitan los movimientos reales de sus músculos. Igual que los pómulos altos sobresalen por encima de las protuberancias de la calabaza y se mueven cuando habla y cuando suelta un suspiro de frustración. Antes no estaban ahí. Y los bultos naranjas de la piel de la calabaza se estrechan y se difuminan en la tez marrón claro de su barbilla. Lo único que sigue igual son los agujeros triangulares de las cuencas oculares, con sus espesas pestañas y sus bonitos ojos, rodeados de maquillaje oscuro. Pero no hay costuras, no hay agujeros... No hay rebordes.

—Nix, ¿qué te pasa? —Sus labios de látex hinchados se curvan, y me fijo en que las líneas minúsculas de la carne se tuercen, como si fuese una boca real.

—Estás… frunciendo el ceño —consigo balbucir.

—Bueno, no es tan fácil de asimilar. Creo que tengo derecho a fruncir el ceño. —Hace una pausa—. Un momento. ¿Cómo sabes que estoy frunciendo el ceño? —Se toca la parte inferior de la cara—. ¿Se me ha despegado la parte de abajo de la máscara?

Un torbellino de humo lo envuelve. Cada vez que la niebla se despeja, me desconcierta la inconcebible teoría: *No, no se te ha despegado. Ahora forma parte de tu piel y de tus huesos.* Me da un vuelco el estómago, una pirueta digna de un campeón olímpico. Por eso Frannie lo ha atacado. Estaba confundida. Igual que yo ahora.

No. Me niego a creerlo. Solo tenemos que quitársela.

Me pongo a ello y me dirijo hacia la mochila que Frannie ha terminado de enterrar, en la que husmea con el hocico en un bolsillo medio abierto.

—Debemos ir a por el disolvente. Ahora. —Aparto fragmentos metálicos con decididas zancadas.

—Espera… Oigo algo, allí. —Clarey me agarra el codo para detenerme y mira hacia el cielo, pero yo no veo nada.

En cuestión de segundos aparece una sombra en el firmamento, silenciosa y furtiva, que emerge en los claros que forma la niebla, y luego desaparece donde el humo se espesa. El sistema Baha funciona a toda máquina, ya que Clarey se ha dado cuenta antes incluso que Frannie. Al cabo de un segundo, la perra empieza a ladrar mientras da círculos, enloquecida.

Clarey me echa hacia atrás. Caigo de culo sobre su regazo y me rodea con los brazos. En cualquier otro momento, mis nervios cobrarían vida ante la intimidad de la postura. Sin embargo, todas las partes de mí se cierran en banda por el miedo que siento hacia esa cosa que baja en picado hacia nosotros.

—No te muevas. —La orden de Clarey me sacude el pelo de detrás de la oreja.

La silueta atraviesa el cielo con las alas extendidas, reflejando la luz de la luna con destellos resplandecientes. Ahora lo oigo: un zumbido de engranajes, ráfagas de viento que nos revuelven el pelo.

Con un aullido triunfal, una lechuza llega volando y agarra las correas de la mochila con sus zarpas metálicas para llevársela. Frannie echa a correr y suelta una dentellada, que no alcanza las plumas oxidadas de la cola de la criatura por un palmo.

16

filigrana, plumas y espolones

Clarey y yo nos quedamos sentados boquiabiertos, observando a la ladrona mecánica que echa a volar y se aleja con mi mochila como si fuese un valioso pez que hubiese capturado en el mar.

—Ostras. Ostras, ostras, ostras —masculla Clarey entre dientes, agarrándome fuerte por la cintura para tener algo a lo que sujetarse—. Se parecía mucho a…

—A Filigrana. —Decido terminar la frase cuando parece incapaz de verbalizarlo.

—No. —Sus muslos se tensan debajo de los míos—. No puede ser.

—Era idéntica a ella —insisto. Todavía embelesada por la silueta del cielo, me enfrento a una extraña punzada, una mezcla de orgullo y de pánico—. Las alas y el cuerpo sintéticos, las plumas de verdad. ¿Qué otra ave tiene un núcleo de engranajes y pistones recubiertos por aluminio plateado y plumas blancas?

Clarey no responde, así que ruedo para salir de su regazo y me pongo de rodillas. Con un dedo dibujo la silueta de la lechuza en las virutas metálicas. Su cabeza blanquecina, que podría haber salido del estante de un taxidermista, y sus garras de acero negro. Mi dedo se mueve solo con el recuerdo, enterrado en los filamentos, mientras observo hacia arriba, donde la silueta alada traza círculos bajo la neblinosa luna, como si esperase algo. O a alguien. Se me acelera el pulso al pensarlo y dejo de mover el dedo.

—No he podido verle bien los ojos. ¿Tú sí?

En lugar de responder, Clarey me toca la muñeca y asiente hacia los dibujos que he esbozado en las virutas sin mirar. Solo entonces veo y noto los cambios: los filamentos metálicos que he tocado se vuelven granitos de sal. Bajo la pálida luz, un brillo cálido y dorado sigue los contornos. Frunzo el ceño y luego pongo las manos sobre el suelo. El metal responde primero creando huellas de mis manos y luego, extendiéndose por toda la playa: una transformación de fragmentos plateados a gránulos dorados y luminosos.

Miro a los asombrados ojos de Clarey, una vez más alterada hasta lo más hondo al ver cómo su máscara parece adoptar una nueva forma de vida.

—Arena —susurra—. Lo has convertido en arena brillante.

Estoy intentando asimilar mis frenéticos pensamientos cuando Clarey contesta a mi pregunta de antes sobre la lechuza:

—Sí, los ojos. Tienes razón. Uno parecía real, mientras que el otro soltaba chispas eléctricas. Ese pájaro es la viva imagen de la mascota de tu rey de los duendes.

El pulso se me desboca. ¿Y si Perece también existe? ¿Y si ya sabe que estamos aquí? ¿Dónde está él exactamente?

No puede ser lo que estoy pensando. No puede ser.

—Un océano interminable sin ningún color. —Clarey mira a nuestro alrededor—. No se ve ni un solo ser humano. Si decidimos seguir caminando, imagino que encontraremos una ciudad como Astoria. Con duendes y hadas y otras criaturas de tu imaginación, seres metálicos y mágicos. Nix, es como si la casa de la risa fuera una entrada a tus novelas gráficas.

Suelta con suma facilidad lo que yo no he tenido agallas de admitir para mis adentros. Clarey se parece a mi tío, es la voz de la razón. Que piense que adentrarse en Mystiquiel es lo bastante razonable como para verbalizarlo… En fin, hace que a mí me cueste muchísimo más negarlo.

—Quizá sea una deducción un poco loca, pero este sitio acaba de reaccionar a lo grande cuando lo has tocado. —Hace un gesto hacia la arena centelleante para reforzar su argumento—. Ver para creer. —Y entonces, con voz grave y tensa, pregunta—: Pero ¿cómo es posible que estemos aquí? ¿Cómo es posible que todo esto… esté aquí?

Me muerdo el aro del labio en un intento para no concentrarme en su cara. Para no comparar el estado alterado de su máscara con lo que acaba de ocurrir en la playa. Jaspar me ha dicho que me quitase los guantes y que me ensuciase las manos… Me ha dicho que podría cambiar las cosas a mi antojo. Pero yo no soy la culpable de los cambios de Clarey, ¿no? Él no es creación mía.

—Ay, por favor, por favor. —Mi voz se quiebra con la súplica—. Ojalá estemos soñando.

—¿Qué probabilidades hay de que los dos estemos soñando lo mismo? —Clarey niega con la cabeza.

Gimo y busco los guantes en los bolsillos, aterrada por si toco algo sin llevarlos puestos, pero han desaparecido.

—Un momento… —Me doy palmadas en la chaqueta y en los vaqueros—. ¿Y mis guantes? ¿Los he dejado en la cueva? ¡Necesito mis guantes!

Clarey se pone de rodillas y me agarra las mangas de cuero para que deje de buscar. Me levanta hasta que estamos cara a cara.

—Tranquilízate, Nix.

—¿Que me tranquilice? —Fuerzo una carcajada para no ponerme a chillar—. Si lo que dices es cierto, no tienes ni idea de qué clase de desastres puedo desatar con las manos.

—¿Quieres dejarlo? O sea, mira. Como todo lo que has dibujado o pintado, esto es precioso.

Clarey, siempre apoyándome, siempre amable. Me duele verlo admirar la playa, como si fuese lo único que he tocado, lo único que he alterado en mi vida.

Frannie ladra emocionada para reclamar nuestra atención y avanza con eficiencia a pesar de la inestabilidad del suelo. Su pata sigue siendo biónica, formada por fibras de carbono y acero negro, pero es innegable lo bien que camina ahora. Es innegable que la raqueta de nieve parece haberse fundido con el metal y que la extremidad mecánica corre con sigilo. Las tiras del arnés ya no interrumpen su pelaje; han desaparecido en su piel y forman parte de su cuerpo. No le he tocado la pata desde que hemos llegado aquí, pero es mi diseño, mi creación.

Le lanzo otra mirada a Clarey, que también está observando la pata de Frannie. Se frota la barbilla, ensimismado en sus pensamientos, y luego se pasa la mano por los labios de látex. La arena dorada se refleja en sus ojos, y la percepción que se forma en ellos me llena de temor.

He tenido más tiempo de digerirlo todo, así que va varios pasos por detrás de mí, pero recupera terreno deprisa. No puedo dejarle sumar dos más dos y recibir el impacto de lo que le está ocurriendo en la cara. Lo que le sucedió en Chicago fue lo bastante gordo como para que sintiese la necesidad de volver a ocultarse detrás de máscaras, pero eso no significa que quisiese convertirse en una.

Se lo contaré, pero solo cuando haya descubierto cómo arreglarlo. Cómo arreglarlo todo.

—¿Has encontrado algo, Frannie? —exclamo para distraerlo. El alivio me hunde los hombros cuando Clarey baja la mano y se arrodilla para ayudar a su perra a explorar el hueco de la arena que ha dejado la mochila.

—¿Qué hay, Sherlock? —le pregunta.

Unos fragmentos blancos sobresalen del socavón. Frannie agarra uno con los dientes y libera un trozo de tela, el mismo objeto que ha sacado de la mochila antes de que la lechuza se la llevase volando. Ha debido de quedar enterrado cuando las virutas se han convertido en arena.

Al extraerlo, un grupo de seres con cables plateados, del tamaño de una mariposa monarca, aparecen junto a la tela, aferrados al otro extremo. Pían y hablan enfadados mientras intentan arrastrar la tela hasta las profundidades.

Hadas ratoneras.

Suelto un jadeo y me pongo de pie. Como las ha identificado igual que yo, Clarey se levanta también y emite un ruido histérico, a caballo entre una tos y un resoplido.

En mis historias, son las recolectoras del rey de los duendes, quienes le llevan todo lo que termina en la playa y que no pertenece a su mundo, para que él lo pueda destruir o mandar de vuelta al lugar del que procede.

Las hadas nos fulminan con la mirada enseñándonos unos dientes del color y del tamaño de puntas de lápices. Se parecen al nido de pájaro que Lark creó hace años: cuerpo, brazos, piernas, cabeza y alas tejidas con fragmentos de cables. Varias muestran corrosión que les espolvorea las extremidades; a algunas incluso les falta una mano o un pie, cuyo muñón se ha oxidado. La melena de cables grises que tienen sobre la cabeza chisporrotea con electricidad de punta a punta, creando así un efecto globular que ilumina unos rostros aterciopelados que se parecen a las ratas; es la única parte de esas criaturas que es natural y no sintética.

Entre maldiciones y escupitajos, se rinden y le entregan la tela plegada a Frannie antes de echarse a volar. El grupo forma una nube a nuestro alrededor, dientes de león eléctricos que se han convertido en semillas y que el viento se lleva. Frannie las intenta perseguir como ha hecho cuando hemos llegado antes a la fiesta, en lo que parece otra vida...

Las hadas sisean y se coordinan para revolotear sobre Frannie sacudiéndonos a nosotros el pelo y a ella el pelaje. Cuando llegan hasta la pata, reaccionan apartándose del motor que zumba en su interior.

A continuación, se desplazan hasta Clarey. Primero vuelan junto a su máscara, pasan una ingente cantidad de tiempo sobre su oreja izquierda, como si percibieran el sistema Baha debajo del látex. Al final bajan en espiral hasta sus zapatos para contemplar su propio reflejo en las puntas de metal dorado.

Murmuran débiles susurros que me recuerdan a la brisa que sopla entre la hierba de un prado. Intercaladas con sus «oh» y «ah» oigo palabras que se parecen demasiado a «hojalatero» y «reparar».

Y entonces me toca a mí. Me revolotean por encima, algunas sacuden las cadenas de mi chaqueta, otras me enredan el pelo antes de tirar de las cremalleras falsas que llevo en la cara.

—¡Ay! —aúllo, sorprendida por el dolor que siento cuando los apósitos metálicos no se despegan. En un acto reflejo, me defiendo de mis atacantes y rozo sin querer a una con los dedos. El hada se retuerce en el aire, zumba y chisporrotea. Y luego, después de una explosión de purpurina plateada, reaparece con el cuerpo formado por ramas marrones y flores de un rosa intenso en lugar de cables. Sus alas se transforman hasta ser unas telarañas doradas y su pelo, que ya no resplandece, se vuelve mullido y suave como si de verdad estuviese formado por dientes de león. Esboza una sonrisa de roedor en el hocico con bigotes para mostrar unos dientes blancos inmaculados.

Es un ser totalmente orgánico, sin ningún resto metálico. Y eso significa que ya no encaja con sus colegas.

Grito y me meto las manos en los bolsillos cuando las otras hadas gruñen y atacan a su compañera mutante. El hada chilla con el graznido de un pajarito. Frannie ladra de nuevo mientras Clarey intenta intervenir, pero la bandada se eleva demasiado por los aires. Sin ningún tipo de compasión, las hadas metálicas rodean a su compañera y la envuelven en una red formada por un circuito electrónico con los cables de la cabeza.

—Botín para el rey, botín para el rey —cantan con sus vocecillas finas mientras arrastran a la cautiva y se alejan hacia la niebla humosa hasta que la electricidad que desprenden desaparece de la vista.

Clarey y yo nos miramos anonadados.

—Ya te lo he dicho. —Me hundo las manos en los bolsillos—. Desastres.

Arquea una ceja y veo arruguitas en su frente de calabaza.

Frannie se acerca trotando y suelta la tela que ha salvado de las hadas.

—¿Es sangre? —Clarey la alza para enseñarme unos puntitos secos de un marrón rojizo alrededor de uno de los extremos del tejido blanco.

Al reconocer los pliegues, saco las manos de la chaqueta y agarro la tela. Cuando la sacudo, forma un sombrero de cocinero. Los músculos del pecho se me tensan. Me llevo el ala a la nariz e inhalo el aroma inconfundible de mi tío Thatch. La amenaza de las lágrimas me escuece en las pestañas inferiores.

—¿Estás bien? —Clarey me toca el codo.

Aparto todas las dudas y las teorías inconcebibles que se apelotonan en mi cabeza y me concentro en la necesidad de salvar a mi tío.

—Yo no lo guardé en la mochila. Debía de llevarlo puesto cuando se dirigió a la casa de la risa. Y eso significa que alguien lo ha metido entre mis cosas, igual que nos han dejado sus gafas para que las encontrásemos. Y... Clarey, está sangrando.

Clarey aprieta la mandíbula, una acción que crea surcos en la piel naranja de debajo de sus mejillas.

—No deberías fustigarte. —Recorre las manchas del sombrero con el pulgar—. Que nosotros sepamos, podría ser cobertura de remolacha y frutos rojos. Incluso sirope de granada. Hay otras explicaciones.

—Sus gafas estaban rotas. —Me trago el nudo de la garganta—. Se parece bastante a un ataque. —Levanto la vista y me sorprende que Filigrana siga en lo alto, chirriando y volando en círculos. Lo que alcanzo a ver desde tan lejos es su único ojo eléctrico, que nos observa—. Es una pista. Nos están conduciendo hasta él. —Con las manos temblorosas, vuelvo a plegar el sombrero de mi tío, me lo guardo dentro de la chaqueta y me la abrocho.

Como si mis palabras le hubiesen dado pie, Filigrana deja de rotar y baja entre jirones de humo directa hacia la fiesta. Ajusta la trayectoria de las alas y desciende más y más, y en un abrir y cerrar de ojos planea alrededor de la carpa más próxima. Su silueta sobrevuela el interior, la confirmación de que acaba de entrar.

—¡Sigámosla! —exclamo.

Sumidos en una oleada de conmoción por los descubrimientos que hemos hecho hasta ahora, iniciamos la persecución con Frannie en cabeza. La arena dorada sale disparada bajo nuestros pies como si fuera un enjambre de luciérnagas. Cuanto más nos acercamos, más fina es la capa de humo. Por lo visto, sobresale de una protuberancia del centro del techo de la carpa, que se vuelve más espeso en el cielo cuanto más lejos llega desde la «chimenea».

Cuando nos acercamos, un tiovivo aparece delante de la puerta de la primera carpa. Se parece al que hemos visto en la fiesta del mundo real, aunque este está afuera, totalmente solo. Es imposible divisarlo bien, pues está oculto por el humo y los restos de una criatura marina colosal que está desplomada en la orilla.

Las costillas del esqueleto perforan el cielo y se curvan hacia la playa. La arena dorada, magnificada por los rayos de luna plateados, ilumina el cuerpo con tamaño de elefante como un halo macabro en cuanto lo rodeamos. La peste a carne en descomposición y a metal oxidado me abrasa la garganta. Me tapo los labios y la nariz para dejar de tener arcadas y veo de reojo que Clarey me imita.

De la parte trasera del cuerpo sobresalen ocho tentáculos, formados por cadenas de rodillos, unas versiones gigantescas de las de mi bicicleta, totalmente distintos a las dos patas delanteras, similares a las de una cebra: piel con escamas blancas y negras, y cascos oxidados. Una aleta dorsal de aluminio emerge de la cruz. A lo largo de la curva del cuello se suceden las branquias, y la cabeza a rayas es equina como un caballito de mar: aletas pectorales, púas en las mejillas y en los ojos, y las fauces abiertas en la punta de un cuello demasiado largo. Los ojos inertes reflejan la luz etérea, silenciosos y aterrorizados bajo el halo espeluznante. Incluso Frannie sabe que más vale que no ladre; se queda junto a los pies de Clarey, con la cola gacha y las orejas levantadas.

Nos fijamos en la boca y vemos hileras consecutivas de dientes de tiburón en las mandíbulas inferior y superior, pegados a músculos y tendones carcomidos. Una sustancia pegajosa de un marrón rojizo supura de la lengua, parecida a una mezcla entre óxido y saliva. Enseguida advierto la similitud con la mancha del sombrero de mi tío, pero me niego a hablar hasta que nos hayamos alejado del hedor de la bestia.

Al pisar las algas que rodean la aleta dorsal del cadáver, Clarey forma una palabra con los labios: «kelpino». Asiento porque yo también he reconocido a mi creación.

Los kelpinos están inspirados en los kelpies, un espíritu cambiaformas de la mitología que vive en el agua y que caza en la tierra. Según las leyendas, pasan de un ser humano apuesto a un caballo para atraer a las presas en las profundidades, donde los devoran. En la versión de Mystiquiel, los circuitos internos de los kelpinos se desvían y permiten que las criaturas se partan por la mitad para seguir funcionando como dos seres separados. Uno toma la forma de un caballito de mar mamífero y el otro, de un kraken. Viven y cazan en pareja, uno en la tierra y el otro en el agua, y utilizan su tamaño y sus habilidades divididas no para seducir, sino para tender trampas y desgarrar con violencia gracias a los tentáculos constrictores, los cascos afilados y los dientes puntiagudos.

Nada está a salvo en el agua ni en la orilla, ni siquiera una barca o un buque. Por lo visto, este de aquí estaba a punto de partirse en dos cuando murió.

Una punzada de remordimientos casi maternal me embarga, similar a la vez que pinté toda una viñeta y volqué una botella de agua que lo emborronó todo. Pero la angustia momentánea se esfuma cuando recuerdo el detalle más inquietante de los kelpinos: es prácticamente imposible matarlos. Por lo tanto, lo que haya causado el final trágico de este es algo que no queremos ver.

—Tenemos que salir de la playa —le digo a Clarey en cuanto dejamos atrás el cadáver apestoso. Se lleva el dedo índice a los labios para que me calle. Guardo silencio. Me quedo quieta, a la espera. No oigo lo mismo que él. Pero de pronto lo noto, un zumbido que atraviesa el aire… Y luego lo veo: el tiovivo empieza a girar a lo lejos, a nuestra izquierda.

Después de dar dos vueltas, produce las notas suaves y evocadoras de una canción que apenas recuerdo de la infancia. Al principio no es más que una melodía, una versión más lenta y distorsionada de la original, como una vieja caja de música de cuerda que se arrastra sobre una superficie de acero. Acto seguido, una voz robótica, desafinada, sin género y aterradora empieza a cantar el estribillo:

—«¿Qué será, será? Será lo que deba ser. La vida te lo dirá. ¿Qué será, será?».

Es de un viejo disco que Lark y yo solíamos escuchar cuando íbamos a quinto de primaria. Mi tío encontró un tocadiscos en un rastrillo y lo llevó a casa para que Lark lo desmontase y lo reparase. A mi hermana y a mí nos encantaba la letra de esa canción, que va sobre una chica que se pregunta cómo será cuando sea mayor: guapa o rica, una pintora o una cantante. Nuestro verso favorito siempre fue cuando la madre le respondía que eso lo decidiría el destino, porque nos parecía algo que quizá nos habría podido decir nuestra madre si la hubiésemos conocido.

La alondra que llevo tatuada en el hombro y en la clavícula izquierdos vuelve a sacudirse, como si el pájaro dibujado intentase echar a volar. Es la canción; la melodía acciona algo en lo más profundo de mi ser y hace que añore muchísimas cosas que he perdido.

¿Por qué suena aquí? Primero el recuerdo del espejo, luego las fibras metálicas, ahora esto. Es como si alguien se hubiese apoderado de mis momentos más íntimos y privados con Lark y los estuviese manipulando...

Con las vueltas del tiovivo, la neblina se despeja hasta convertirse en jirones vaporosos que dejan ver el carrusel con más claridad. No es el mismo que hemos visto antes. La plataforma y los postes son monocromáticos y, en lugar de los animales típicos de un circo pintados como si fuesen payasos, hay algo distinto por completo, aunque me resulta sorprendentemente familiar.

—Las monturas reales —susurra Clarey.

No importa que diga algo que yo ya sé, porque apenas lo oigo. La canción se me ha metido dentro y me tiene hechizada.

La música gana intensidad y la voz mecánica gana maldad a medida que el tiovivo gira más deprisa y muestra trece unicornios. El pelaje blanco y sedoso de los flancos, de los cuartos traseros y de la cabeza es muy fino en algunos puntos y tiene agujeros que dejan a la vista los engranajes internos de un reloj, los dientes y los piñones que giran. Sacuden la cola, parecida a la de un león, pero decorada con bolas de lana de acero, y agitan la crin angelical formada por plumas resplandecientes. Resultarían majestuosas si sus cuerpos no mostrasen el mismo deterioro que he visto hasta el momento: mecanismos corroídos e interiores de cables eléctricos metidos en un esqueleto formado por huesos metálicos oxidados. Los cuernos de cristal que emergen de la frente de los animales burbujean una luz líquida, como si fuesen lámparas de lava —aunque aquí la iluminación no tiene color—, a diferencia de mis dibujos terminados en casa, que irradian arcoíris. En un instante de claridad, recuerdo el mango del puñal de Jaspar. Era evidente que lo habían tallado a partir de un cuerno como ese, aunque de alguna manera mantiene el color que a estos les falta.

En la playa, todo sigue una escala de grises, un boceto inicial antes de que le añadiese cromatismo con los rotuladores. Es exactamente así como he visto el mundo a lo largo de los últimos meses, sin contar con algunos puntos salpicados de óxido rojizo.

Cuando la música se vuelve frenética, abandono la ensoñación y me giro hacia Clarey. Se lleva una mano detrás de la oreja como para amortiguar las vibraciones de su sistema Baha.

Los unicornios eligen este momento para saltar de la plataforma, lo bastante alto como para alcanzar la luna, antes de aterrizar a unos diez metros de nosotros. Los espolones, de acero puntiagudo, dan vueltas alrededor de las pezuñas hendidas como si fuesen propulsores que salpicasen arena. Clarey y yo echamos a toser e intentamos no inhalar los granitos. Frannie ladra y se coloca entre nosotros y los jinetes recortados que se materializan delante de nuestros ojos; es el regimiento biomecánico de Perece, cuyos soldados están sentados en los lomos de sus monturas mitológicas.

Las hadas ratoneras de antes aparecen en el aire. Los cabellos entrelazados destellan con luz, y, cada vez que el hada atrapada golpea un hilo, una corriente eléctrica la hace convulsionarse como si fuese un atrapamoscas eléctrico y lleva al centro del espacio a su cuerpecillo formado por ramas, flores y cabello.

—¡Soltadla! —exclamo después de que la pobre intente escapar por tercera vez, incapaz de soportar sus aullidos de dolor.

Clarey me aferra la muñeca para mandarme callar cuando uno de los jinetes avanza entre los demás para ponerse a la cabeza. Lo reconozco de inmediato; he estudiado esas líneas y ángulos tantas veces que podría dibujarlo con los ojos cerrados. Complexión musculosa, pelo espeso y ondulado recogido en una trenza que le llega hasta media espalda. Los mechones lucen un degradado de color, con unas raíces oscuras que combinan con el color borgoña inhumano de sus iris, que va emblanqueciéndose hacia las puntas, tan pálidas como la escarcha. Sus pupilas de un blanco voltaico y sus astas afiladas… No necesito verlas con claridad —tampoco su piel, iridiscente y brillante como un caparazón, ni sus facciones salvajes— para saber que se trata de Perece. La corona lo dice todo, un adorno que emite unos relámpagos en zigzag, unos rayos eléctricos que van de punta a punta.

—¿Eres la responsable del estado de esta criatura, Phoenix del reino somático? —Su voz, grave y rechinante, retumba con fuerza, luego disminuye, luego vuelve a retumbar, como un motor que se revoluciona. A nuestro alrededor todo se queda paralizado y callado como respuesta a la autoridad del rey de los duendes. Incluso la niebla parece suspendida en el tiempo.

¿El reino somático?

Sorprendida por el hecho de que me haya llamado por mi nombre, trago saliva.

—Yo… Sí.

—Pues que tu destino sea el mismo que el suyo. —Con un brillo de desdén en sus colmillos afilados, el rey levanta un brazo metálico plateado y chasquea los dedos. Los cortocircuitos de la red de las hadas y las luces abandonan las cabezas de la bandada de hadas ratoneras, impulsándolas en una espiral hacia arriba, como abejas atrapadas en un remolino. Al darse cuenta de que es libre, el hada alterada se dirige hacia mí a toda prisa en busca de refugio.

—¡Agárrala! —le ordeno a Clarey, asustada del daño que pueda hacer yo si la toco de nuevo.

Mi amigo abre la mano. El hada se posa en su piel y le abraza un dedo como agradecimiento antes de que Clarey la guarde a buen recaudo en el bolsillo de su chaleco.

Perece hace sonar una trompeta que reclama la atención de los unicornios y de sus jinetes.

—¡Asolad las almas humanas! —chilla Flagelo, el hermano y secuaz de Perece, desde las últimas filas del regimiento con una voz que ha hablado en mis sueños. Es el comandante de la caballería de alucicocos, mi propia versión del coco, el espíritu maligno que devora a los niños si no se duermen por la noche. El escuadrón alza brazos de ogro en su honor.

No necesito nada más para saber a qué «destino» se ha referido el rey de los duendes.

—Una cacería salvaje —le susurro a Clarey—. Vamos a ser las presas.

A la cabeza de la cacería se colocan las hadas ratoneras, totalmente recobradas de las vueltas que han dado por el aire y ansiosas por recuperar a su prisionera. Clarey abre los ojos como platos por el terror. Comparto su estado, pero hay otras dos emociones —el asombro y el orgullo— que me mantienen clavada en el suelo.

Lo he conseguido: mis creaciones viven, igual que las de Lark en el pasado. Son más que trazos con lápiz en un papel, son de carne y metal, mágicas y caóticas, y lo más importante de todo: son mías.

—¡Nix, apártate! —Clarey aferra el collar de Frannie con una mano y mi codo con la otra para ponernos en movimiento.

Echamos a correr, ahora impulsados por la necesidad de sobrevivir. Me duelen las piernas y me palpita la rodilla con cada zancada que dan mis huesos por la playa, pero la estampida que nos pisa los talones me anima a seguir adelante. Apenas unos segundos antes de que nos alcancen las nubes de arena, los soldados gritando, las hadas revoloteando y los cascos retumbantes, los tres entramos en la carpa sin atrevernos a mirar atrás.

17

Mystiquiel

Las hadas ratoneras, Perece y su infantería a caballo viran abruptamente detrás de nosotros en el momento en que ponemos un pie dentro de la carpa. En su lugar solo queda el viento, una ráfaga de arena y gravilla que nos empuja varios metros hacia delante.

Me permito mirar una vez por encima del hombro con precaución y veo que la entrada de la carpa se ha cerrado y que la tela ahora forma una pared sólida y sin costuras, como si la puerta no hubiese sido más que un espejismo.

Frannie gimotea y el hada alterada del bolsillo de Clarey asoma la cabeza, suelta un gemido y vuelve a esconderse.

—Tenéis razón, Totó Uno y Totó Dos —dice Clarey—. Tengo la sensación de que ya no estamos en Kansas.

Para sumarse a las cosas tan extrañas que hemos encontrado hasta ahora, la carpa no tiene techo, sino que se ve el firmamento lleno de espuma que se alza de todos los edificios y casas para emborronar el cielo. Los alrededores están iluminados con una «luz del sol» grisácea y deprimente por el astro vidrioso que aparece y desaparece encima de nuestras cabezas.

Entre las nubes humosas planean bandas de trasgos del tamaño de los pinzones con alas formadas por plumas de estaño. Los trinos y gorjeos electrónicos sustituyen a los cantos naturales. Inhalo el aroma ceroso que nos envuelve, un raro recordatorio de las velas que siempre están encendidas en la pastelería de mi tío.

Estamos en Astoria, pero en realidad no; es nuestra ciudad en un viaje mental cibernético y ceniciento: las colinas, las tiendas y las calles son idénticas a las de siempre, pero están desprovistas de árboles, hierba y follaje de cualquier tipo. La atmósfera, árida y seca, casi chisporrotea con electricidad estática… No parece probable que pueda llover. Y los habitantes no se asemejan en nada a los seres humanos que conocemos.

Las calles y el cielo están abarrotados de criaturas espirituales de brillo dorado con cascos de hierro, cuernos de alambres de aluminio o anillos eléctricos en el cuello, colas de cadenas y ojos electrificados; sus parloteos, balidos, gruñidos y siseos nos inundan el oído. Es el mismo paisaje mágico, metálico y galvanizado que he visitado en sueños desde que mi tío me curó el insomnio. Aunque los únicos colores vivos que veo ahora son los rastros rojizos de óxido en forma de polvo y de pátinas de corrosión.

Clarey no se ha movido. Está contemplando con los ojos como platos todas las criaturas biomecánicas que vuelan y caminan a nuestro alrededor. Enumera entre dientes todos los seres sobrenaturales, ya que los conoce de sobra, igual que yo, gracias a mis novelas: dríades, elfos, troles, gnomos, hadas, trasgos, duendojos y más. No vemos duendes, alucicocos ni grimalkins, pero la situación podría cambiar al doblar una esquina. Como en mis historias, las clases antropomórficas llevan ropa, mientras que las castas más silvestres están desnudas. Sin embargo, a diferencia de mis relatos, merodean en masa sin rumbo fijo, como si se hubiesen perdido o les hubieran lavado el cerebro.

Mi mente recuerda de inmediato la enoclofobia de Clarey.

—¿Estás bien? Es que… —Señalo hacia las calles y el cielo abarrotados.

—Sí. ¿Quizá porque no son personas exactamente? Y tampoco son desconocidos para mí. Gracias a tus novelas. —Me mira a los ojos y me dedica casi con timidez una sonrisa de dentadura blanca. Ni siquiera importa que tenga una máscara horripilante pegada en la cara; sigue siendo Clarey, pase lo que pase, y su gesto adorable hace que yo tenga mariposas en el estómago, como si hubiese insectos alados atrapados en mi pecho.

Le sonrío, contenta al ver que está bien, aunque no puedo ignorar la sensación de que gran parte de lo que nos rodea es distinto a mis dibujos. Mystiquiel es un reino etéreo de criaturas serpenteantes y misticismo espeluznante, pero los habitantes que vemos se mantienen a cierta distancia en lugar de atacarnos o gastarnos bromas.

—Están deambulando sin ton ni son —digo, distraída.

—¿Verdad? —me responde Clarey—. Es como si estuviesen tan ocupados caminando que ni siquiera les importase nuestra presencia.

Es justo a lo que me refiero. Algunos avanzan por nuestra izquierda y otros por la derecha en un zumbido de engranajes o un chisporroteo de motores, separándose como el mar Rojo en las aceras y las calzadas. Cada vez que una cola metálica vieja o un ala de escamas raídas se acerca demasiado, Frannie gruñe, si bien permanece junto a su amo.

Observo atentamente a todos los que nos rodean; algunos con un ojo, otros con dos y unos cuantos con muchísimos. Ya sean más altos que nosotros, de nuestra altura o incluso más bajitos, todos me devuelven la mirada, pero siguen adelante. ¿No se dan cuenta de que soy su creadora? De ser así, ¿no deberían estar tan sorprendidos de verme como yo de verlos a ellos? Aunque más desconcertante que su extraño comportamiento es el hecho mismo de que estemos aquí.

—La casa de la risa. —Las palabras escapan de mi boca—. Nos ha traído hasta la playa. La carpa… nos ha traído aquí. Y ahora los dos caminos son inaccesibles. Es como si hubiéramos aparecido de la nada. Pero ¿cómo es posible?

—Tengo una teoría —contesta Clarey—. Perece ha mencionado el reino somático.

—Sí. —Arrugo la nariz—. Creo que me salté esa palabra en el último examen de vocabulario.

—Es un sinónimo de «realidad».

—Vale… Continúa.

—Hace mucho tiempo, por Halloween… ¿No me dijiste un día que la gente pensaba que aparecía un portal o algo parecido durante unas cuantas horas?

—La víspera de Todos los Santos, sí. —Se me seca la garganta al recordar las búsquedas que he hecho en Google a lo largo de los dos últimos años para que me ayudasen a alejar la maldición familiar. Nunca habría imaginado que iba a utilizar la información que había recabado en un momento como este—. Por eso la gente empezó a disfrazarse. Estaban convencidos de que el velo que separaba el mundo de los espíritus y el nuestro se reducía, así que se escondían de los espíritus vistiéndose como ellos. Es la base de la celebración pagana.

—¿Y si fuese a la inversa? ¿Y si permitiese que algo entrase en su mundo como por una puerta?

—¿Crees que todos estos —señalo alrededor— son espíritus?

—No. —Niega con la cabeza—. Aunque no sé cómo, creo que hemos atravesado una fisura que va de nuestra vida diaria a…

—A mi imaginación —lo interrumpo.

—O a la imaginación en general —me corrige—. ¿Y si la gente del pasado no veía espíritus, sino productos de su imaginación que cobraban vida? ¿Y si fuera ese el velo que se reducía, el que separaba la fantasía de la realidad?

—Es decir —razono en voz alta—, que hemos atravesado el velo y hemos entrado al otro lado.

—Exacto. Y tendremos que encontrar el camino —Clarey señala hacia la carpa por la que hemos entrado— que nos lleve de nuevo hasta el portal. Hasta Haystack Rock.

—Después de que rescatemos a mi tío —añado mientras intento olvidar la imagen de la mancha de sangre en su sombrero de cocinero antes de que el pánico me embargue por completo.

Recuerdo lo que me ha dicho Jaspar en la casa de la risa: «Lo averiguarás en cuanto entres». En cuanto entre. Se refería a este lugar, a un mundo de fantasía... El doppleganglia ha debido de haber pasado a la realidad cuando se ha reducido el velo esta mañana para ir a buscarme, y luego se ha hecho pasar por nuestro repartidor. Pero ¿por qué?

Como necesito la opinión de Clarey, le cuento que he visto a «Jaspar» en el laberinto y todos los detalles de nuestra conversación, menos el recuerdo que he evocado.

—¿Me estás diciendo que uno de tus personajes secundarios ha cambiado de forma para adoptar la de vuestro repartidor?

—Sí, y, después de haber oído a Perece pronunciar mi nombre, creo que el doppleganglia de Jaspar está ayudando al rey de los duendes a llegar hasta nosotros.

—Qué fuerte. —Clarey niega con la cabeza.

—Pues sí. ¿Por qué me han traído aquí? —pregunto—. Y encima usando a mi tío como cebo. Había un montón de otras maneras de atraerme a este mundo.

—No sé. Pero diría que Jaspar sí. Seguro que incluso sabe cómo salir de aquí. —Clarey se pasa la mano que tiene libre por el pelo y revuelve los mechones blancos y negros unos segundos antes de que el cabello le caiga en bucles sobre la frente anaranjada.

Frunzo el ceño. Su teoría de que un portal conduce a una imaginación en general tiene algunas lagunas. Aun así, a pesar de las grietas, me muero por aceptarla porque eso significaría que no soy la responsable de la máscara. Fue Clarey quien creó la prótesis. Es parte de su imaginación.

Me toqueteo las cremalleras que antes me ha pegado en la cara y noto un doloroso escozor como cuando las ha tocado en la cueva y cuando las hadas ratoneras han intentado tirar de ellas. Es como si estuviesen conectadas a mis nervios y mi tejido. Observo la pata de Frannie y el cosquilleo emplumado de mi tatuaje vuelve a activarse.

Quizá las plumas de las alas y de la cola se estén moviendo de verdad debajo de la camiseta y la alondra esté atrapada debajo de mi piel. No fui yo la que empuñó la aguja llena de tinta, pero sí que hice el esbozo que Ebon utilizó para el contorno.

La única explicación que se me ocurre es que todo lo que Clarey y yo hemos creado se ha convertido en realidad después de que nos hayamos zambullido en el mar, siempre y cuando en cierto modo estuviese pegado a nosotros físicamente.

Me hormiguea todo el cuerpo por la emoción; ¿qué artista no desea tener la oportunidad de caminar entre sus fantasías, de respirar el mismo aire que sus creaciones? Pero entonces la lógica toma las riendas y me golpea con una idea inquietante.

—Clarey —murmuro.

—¿Sí?

—Si de verdad hemos cruzado el velo de Todos los Santos, la rendija se queda abierta solo durante un tiempo. Según todo lo que he leído, se cierra a medianoche, cuando termina Halloween. No estoy segura de cuánto tiempo disponemos. Y, aunque tuviésemos con nosotros nuestros móviles, es imposible que aquí hubiese cobertura como para indicar la hora correcta.

—La hora —repite Clarey, pensativo, mientras se toca con un dedo la máscara por encima del lugar donde se oculta su Baha—. He notado una especie de tictac desde que hemos entrado en la carpa. Es como un reloj. En algún sitio hay uno. ¿Oyes algo?

Niego con la cabeza. Lo único que percibo son los zumbidos mecánicos de los cascos y de las alas de las criaturas. Es impresionante que el dispositivo que ayuda a Clarey a oír mejor en el mundo real ahora se haya transformado en su superpoder.

Agarrado al collar de Frannie, mira alrededor; la máscara de calabaza se arruga al fruncir el ceño hacia una dirección. Me pregunto si ya ha empezado a darse cuenta del motivo irracionalmente racional por el cual tiene tan ceñida la careta...

—Una nueva razón para darnos prisa —prosigo, reacia a dejar que abra la lata llena de entrañas de calabaza—. Los dos sabemos cómo son mis personajes y mis criaturas. De qué son capaces cuando deciden portarse mal. Que estén demasiado distraídos como para fijarse en nosotros no significa que hayan reaccionado igual al ver a mi tío.

—Entendido —asiente Clarey, y apunta hacia un grupo de troles y hacia unas cuantas dríades voladoras—. Allí. Al otro lado de la multitud. Por ahí suena el tictac.

Los dos oímos un ruido que nos resulta familiar, el sonido que hace un tranvía al cruzar un paso de peatones y abrirse camino entre los troles. Aunque los seres solo nos lleguen por las rodillas, intimidan con esa cara de aluminio arrugado y esos dientes de un brillo maligno que destellan como si fuesen esquirlas de cristal. Por suerte, como todos los demás, no parecen estar en absoluto interesados en nosotros.

Clarey y yo llegamos a varios metros de las vías y nos detenemos, precavidos y nerviosos por ver la mazmorra móvil de Perece, mitad serpiente y mitad tren, que llevo años dibujando.

Primero nos golpea el calor, lenguas de fuego —rojas, naranjas, amarillas y azules, dominadas por dedos de hollín y vapor ennegrecido— que recorren las vías electrificadas. Antes de que podamos reaccionar, la muchedumbre de criaturas que pasea a nuestro alrededor se echa a ladrar, gritar, chillar y chirriar para apartarse.

Por el vacío que dejan, el tranvía culebrea sobre las vías. Una cabeza de serpiente gigantesca y escamosa gira a la derecha, dispuesta a capturar a dos gnomos que llevan ropa carcelaria. Dos fauces metálicas y con colmillos se abren de par en par antes de devorar a los desgraciados huidos, a pocos palmos de nosotros.

El hada que se esconde en el bolsillo de Clarey suelta una exclamación cuando unas ráfagas que huelen a aceite y a cobre nos revuelven el pelo. Reprimo una arcada al ver cómo se deterioran los cuerpos de los gnomos, ya que el veneno ácido y mortal de la serpiente los desintegra de dentro afuera en cuestión de segundos, dejando tras de sí ningún resto de carne ni de metal, tan solo una montaña de polvo y escombros.

Aferro a Clarey, que sigue agarrando a Frannie, y nos apartamos del camino cuando el tranvía cambia de trayectoria y regresa a las vías llameantes, pasando por delante de nosotros como si no sucediese nada extraño.

Clarey y yo nos quedamos boquiabiertos al presenciar el avance del cuerpo alargado de escamas negras. Unos agujeros dejan a la vista los tendones y cartílagos que envuelven un esqueleto de metal oxidado, desde cuyas costillas observan los prisioneros del rey. Estudio a todos los pasajeros para asegurarme de que mi tío no esté a bordo, histérica hasta que veo que nadie se le parece. Cerca del final descubro a las dos turistas de ayer; su pelo de color limón y rosa de pronto brillan con fuerza ante mi despertada visión. Las dos chicas se sujetan a un hueso curvo a ambos lados de la cabeza y nos observan. Solo un destello de sus ojos, una chispa eléctrica, me impide ponerme a sudar. No pertenecen más al mundo «real» que todo lo demás. Debe de ser que, en el momento en que las dibujé en el tranvía, pasaron a formar parte de Mystiquiel. Estoy más agradecida que nunca por haber borrado a Lark de la escena. Ver otra representación falsa de mi hermana como la del laberinto me habría destrozado.

A medida que la cola del tranvía se aleja, las llamas de las vías se extinguen y nos permiten ver el resto de la ciudad. Ya estamos en la calle Once sin haber tenido que caminar demasiado. Tras intercambiar una mirada de confusión, cruzamos las vías y, en lugar de ver una señal de advertencia, me encuentro cara a cara con la placa metálica con la que he soñado tantísimas veces.

Varias hileras de bombillas diminutas recorren el contorno; brillan e iluminan la palabra «Mystiquiel», escrita con bonitas letras. La purpurina negra hace que las letras resplandezcan y llamen la atención. Y entonces la veo: allí, cerca de la ele, está colgada mi mochila, cuyas correas penden del extremo superior derecho de la señal.

Clarey levanta el brazo para contemplar el reloj de bolsillo.

—Pues claro que era este el tictac que oía. Nuestro único vínculo con el exterior es un reloj roto. Ahora ya es imposible que sepamos cuánto tiempo llevamos aquí.

Quizá él esté decepcionado, pero yo no comparto esa sensación. Con un grito de alegría, agarro la mochila. Cómo no la voy a abrazar, cómo no voy a enterrar la nariz en la tela como hacía cuando era pequeña para fingir que el débil olor a salmuera y a pescado está en cierto modo relacionado con las excursiones a la costa que hicimos Lark y yo con nuestros padres. Doy la vuelta al reloj de bolsillo y veo que indica las 20:15.

Me quedo sin aliento.

—¿Qué pasa? —Clarey me da un golpe.

Incapaz de creer lo que veo, que por primera vez en toda mi vida las manecillas se mueven en el sentido correcto, se lo muestro.

—No puede ser. —Se inclina hacia el reloj.

Clarey conoce la historia, sabe que la obsesión de Lark con las reparaciones empezó cuando intentó restaurar un reloj que nadie conseguía arreglar; pero daba igual cuántas veces lo desmontase y volviese a montar, no lo logró. Esos fracasos la llevaron a practicar sin descanso hasta que desarrolló un talento para reconstruir casi cualquier máquina y para diseñar las suyas propias desde cero.

—¿Crees que es probable? —pregunta Clarey—. Hemos llegado a la fiesta poco antes de las siete. Parece que llevemos más de una hora por aquí. Pero en el laberinto todo ha ocurrido muy deprisa, ¿sabes?

—El laberinto. —Me muerdo el *piercing* del labio—. Jaspar. Me ha comentado algo, que el reloj «ya ha empezado a contar». Y que aquí el tiempo pasa rápido. A lo mejor el reloj de mi padre se ha activado en cuanto la mochila ha atravesado el portal. Podría haber cobrado vida porque técnicamente es un diseño de Lark.

Me sorprende que en realidad quiera que sea cierto, teniendo en cuenta que me he esforzado muchísimo para mantener a mi hermana alejada de este mundo.

—¿Por qué no iban a terminar en un mundo imaginado todas las interminables horas que invirtió para desmontar y montar el reloj? —Acabo ese inesperado pensamiento.

—Es una idea increíble, Nix —dice Clarey mientras me da un codazo—. Pero, como has dicho, Jaspar ha mencionado el tiempo. Es más plausible que sea Perece, que a través de su secuaz nos proporciona las reglas de un juego. Creaste al rey para que fuese manipulador y astuto, pero él también sigue sus normas y deja pistas para poder «aparecer» y echar una mano durante la historia.

—Volumen número diez —añado—. Cuando su primer caballero, Autómata, lo traicionó y le suplicó una segunda oportunidad para demostrar su lealtad.

—Un ejemplo perfecto. En lugar de matar al alucicoco sin más, Perece le dio la vela en la que estaba apresado su último aliento, y luego invocó un huracán y se rio mientras el alucicoco intentaba evitar que se apagase la llama. Esa es su idea de la justicia… La idea de un ser feérico.

—Como arreglar un reloj que mi hermana y yo siempre quisimos ver funcionar únicamente para burlarse de mí al decirme que solo queda algo más de tres horas para huir de nuestro mundo inventado en el que estamos atrapados. —La ansiedad me forma un nudo en el estómago. La ansiedad y la desilusión por que se haga añicos cualquier posible conexión *post mortem* con Lark. Gruño y me paso los dedos por el pelo—. ¿Por qué tuve que inventarlo tan listo y despiadado?

—Dime qué duende no lo es. Entonces, los dos estamos de acuerdo: Perece nos ha traído hasta aquí, para que acabásemos en este preciso lugar.

Asiento. La hipótesis de Clarey tiene mucho sentido; de lo contrario, seguirían persiguiéndonos. El rey de los duendes no renuncia a una cacería salvaje a no ser que haya atrapado a su presa.

Clarey retiene a Frannie con una pierna cuando una criatura del tamaño de una lagartija pasa entre sus patas antes de trepar por el poste de la señal y desaparecer en un agujero de lo más alto.

—Y Filigrana ha dejado la mochila aquí a propósito para que la encontrásemos...

—Porque nos está dejando un rastro de migajas. —Extraigo el sombrero de cocinero del interior de la chaqueta—. Que nos llevará hasta la pastelería.

Clarey se saca unas cuantas galletitas para perros del bolsillo y las lanza al suelo para Frannie.

—Bueno, por lo menos iremos a un sitio donde sirven comida. Me muero de hambre.

—Ya sabes cómo son las hadas. Hay normas sobre su comida.

—¿Y entonces? ¿Compartimos algunas de las galletas de Frannie?

Frannie levanta la vista para mirarnos y agita la cola antes de agacharse con alegría.

Suspiro al darme cuenta de lo vacía que tengo la barriga.

—Habrá que racionarlas.

Abro la mochila y extraigo la bolsita con las tres últimas galletas de jengibre de Juniper, y le doy un mordisco a una antes de entregarle otra a Clarey. Es obvio que alguien ha hurgado en la mochila, porque el frasco de tinta de calamar ahora está en el compartimento principal junto a todo lo demás. Miro a ver si encuentro más «pistas», pero solamente hay lo que guardamos nosotros: los móviles que no se encienden, el abrigo de Clarey, el libro de mi madre. Otra oleada de alivio me atraviesa al ver que las páginas están intactas.

Meto el sombrero de cocinero al lado de las gafas rotas de mi tío y luego agarro el par de guantes ramificados que Clarey compró para completar su disfraz. Con una de las esquinas de la galleta en la boca, me los coloco. En cuanto me vuelvo a poner la mochila encima de los hombros, continuamos comiendo.

—¿Qué me dices? —Hago una pausa para desatascar con la lengua un pedacito que se me ha quedado pegado en una muela—. ¿Estás preparado para seguir esas migajas?

—Si tú lo estás, yo también.

Me obligo a soltar una carcajada con la esperanza de ocultar mis reservas. Mi instinto artisticomaternal hace acto de presencia y le doy una palmada a Clarey en el chaleco para pedirle a nuestra diminuta refugiada que asome el hocico ratonero. Hambrienta, el hada parpadea unos ojos enormes y rosas en dirección a mi galleta. Le ofrezco un pedazo del tamaño de un guisante. Con las ramas, flores y vides que forman sus brazos y dedos, agarra el fragmento y lo mordisquea un poco antes de tragárselo.

Mientras mastica la suya, Clarey chasquea los dedos para avisar a Frannie y luego tira de mí como si emprendiésemos el camino normal por la calle Once. Como si esta noche hubiese algo normal.

Lanzo una mirada hacia los escaparates de todas las tiendas por las que pasamos: una peluquería, una cafetería, una tienda de bicis, una bodega y una librería. Desde dentro me observan unas réplicas humanoides de los propietarios de los establecimientos de Astoria, en parte metal, en parte motor y en parte carne y huesos. Aunque a ellos nunca los he dibujado en mis cuadernos, ahí están. Es como si el hecho de verlos día tras día los hubiera dejado grabados en mi cabeza, que a su vez los ha conjurado hasta darles vida en Mystiquiel. Sin embargo, varias criaturas imaginadas sustituyen a algunos de los propietarios, a los más recientes a los que apenas conozco, como si sus rostros no hubiesen estado suficiente tiempo en mi mente como para crear una impresión.

Como todo lo demás, están cubiertos de óxido; algunos han perdido la nariz, las orejas o algunos dedos. Los establecimientos también sufren un serio deterioro: en las paredes faltan azulejos, las puertas no tienen bisagras, los ladrillos se caen a pedazos y el revestimiento está mordido y me recuerda a la página con marcas de mi libro de *El mercado de los duendes*.

Me he concentrado tanto en los desperfectos que estoy a punto de tropezar donde la acera se hunde de repente, dejando a la vista más corrosión debajo del cemento. En lugar de terrones compactos, zonas de hierba o matojos, hay un moho negro con matices color marrón rojizo, humedecido para formar una pasta burbujeante y viscosa. No tengo idea de cómo habrá aparecido sin que haya llovido, pero es como si una montaña de abono se hubiese vuelto barro. Quizá el agua se ha filtrado desde el océano, no sé.

Percibo un secundario hedor a marga y a minerales que reconozco con una apabullante intensidad. Al inhalar, un conocido hormigueo de nostalgia me atraviesa el cuerpo; si me estuviese mirando en un espejo, me encontraría ante la mirada acusadora de Lark. Aunque el olor predominante, la peste a salado y a agrio del óxido, es lo bastante diferente como para devolverme al presente.

Da la sensación de que el lodo lo ha absorbido la acera, evidente solo por las vetas que recorren la superficie dentada del socavón, apenas perceptible si se observa desde arriba. Sin embargo, ahora que sé dónde buscar, lo detecto: unos hilos de un rojo muy tenue cruzan el cemento en todas las direcciones y se encaminan hacia las tiendas para entrar en contacto con todo lo que camine por encima. Por lo visto, el óxido es contagioso y se extiende si se toca una sola vez, una pandemia en el corazón de esta tierra, que absorbe el color y el brillo de cualquier criatura y personaje que yo haya llegado a pintar o a conjurar.

Es como si los estuviesen erradicando…

Quizá por eso algunos de los habitantes ya no están siguiendo el papel que les escribí, quizá por eso están tan distraídos.

Al examinar los trazos lodosos de las aceras, me acuerdo de las vides que vende Juniper en su *boutique*, plantas inocuas como las glicinas y la madreselva, que llevan consigo el aviso de plantarlas en una zona aislada, ya que tienen tendencia a apoderarse de todo un jardín.

Jaspar me ha dicho que la imaginación es como un jardín. ¿El óxido y la corrosión que veo son las malas hierbas a las que se refería?

—Tal vez ellos también estén huyendo. —Clarey señala a las criaturas que se alejan de nuestro camino como si intentase sacarme de mi trance silencioso—. Si no, ¿por qué se apartarían de esta forma?

—Perece nunca le pediría ayuda al populacho. —Frunzo el ceño—. Puede que piensen que somos de aquí.

Conforme caminamos, un par de criaturas de tamaño humano con torso metálico conectado a brazos y piernas orgánicos, largos y con goznes como los de un grillo, se hacen a un lado.

—Tenemos partes de metal. —Para demostrárselo, levanto la barbilla hacia las criaturas y ellas me devuelven el saludo—. La pata de Frannie, mis cremalleras y *piercings*, tu Baha. Hasta tus zapatos. Al ver las puntas de tus zapatos, las hadas ratoneras te han llamado «hojalatero».

—Ah, sí. —Clarey asiente—. No había atado cabos. Los gnomos herreros se llaman «hojalateros» en tus historias.

—Exacto. Así que todo el mundo cree que somos de este mundo. Pero esta pequeñina —señalo al bulto con forma de hada ratonera que se mueve en su bolsillo— sabe que no.

—Claro. —Clarey chasquea los dedos—. Porque es buena.

—Bombón. —La vocecilla del hada emerge del otro lado de la tela. Temblorosa, la punta de sus alas se asoma—. ¡Yo soy Bombón!

Clarey y yo intercambiamos una sonrisa insegura.

—Ahora ya tiene nombre —dice.

Meto el último trocito de galleta en el bolsillo, y el hada parlotea encantada.

—A mí no se me habría ocurrido un nombre mejor.

—Y para que nos parezcamos a los demás —prosigue Clarey mientras engulle el resto de su galleta—, supongo que mi máscara también ayuda. Hace que me vean fragmentado como son ellos. Pero cuando se pase el efecto del pegamento de tus cremalleras o yo utilice el disolvente para quitarme la máscara, se acabó lo que se daba. ¿Tendremos que dejarnos puestos los disfraces todo el tiempo que estemos aquí, pues? —Levanta las cejas oscuras y la piel de látex se arruga alrededor.

Me da un vuelco el estómago. Ya es suficiente. Debo contárselo… aunque se desmorone totalmente por la conmoción.

Nuestro cuarteto llega a la calle Eveningside. Solo hay dos tiendas en la acera, a diferencia de la Astoria real. Las dos, Delicias Encantadas y El Ascenso de Glicina, son tres veces más grandes y altas que las de nuestra ciudad, y menos bonitas por culpa del líquido que desprenden los paneles de madera y los ladrillos, semejante a una savia de un marrón rojizo. Es la misma sustancia que fluye debajo de las aceras y las calles.

Clarey se encamina hacia la puerta de la pastelería.

—Espera. —Lo arrastro hasta las sombras del final del callejón al otro lado del edificio y lo empujo contra la pared de ladrillos para quedar cara a cara. Con los guantes sobre sus hombros, me inclino para mirarlo a los ojos—. Hay algo que debo hacer ahora porque no sé cuándo tendré otra oportunidad de intentarlo.

Una comisura de su labio prostético se curva, sorprendida, y se le llenan los ojos con el brillo travieso y provocador que siempre me acelera el pulso.

—¿En serio? ¿Ahora? —Se encoge de hombros—. Bueno, supongo que no hay tiempo que perder, ¿no? —Me agarra los codos y me estrecha tan cerca que huelo en su aliento el jengibre de la galleta—. Como le he dicho a Frannie antes, deja que primero me quite la máscara para que podamos hacerlo como es debido.

—Ay, Clarey. —Gruño y dejo espacio entre ambos para extraer el disolvente de pegamento de la mochila—. Es justo lo que espero que haga esto. —Estrujo el tubo y coloco la boquilla en los lugares donde estaban los extremos de la máscara, en su barbilla y su mandíbula.

No sucede nada. Al observarlo, lo sé. Sigue siendo una parte de él. Vencida, me echo hacia atrás y dejo que sea Clarey quien se tire de la máscara.

—¡Ay! —chilla cuando no consigue quitársela—. ¿Qué le pasa a esta cosa? —Sus manos se quedan paralizadas, y entonces se le enciende una bombilla y se recorre las facciones con la punta de los dedos, como si fuese un invidente que avanza a tientas hacia la luz—. No. ¡Oh, Dios, no!

la Matriarca

speramos. Observamos. Y nos asombramos. Movemos los oídos para escuchar, acogemos con entusiasmo los aullidos del chico, nos atiborramos del dolor de ella. Engullimos sus emociones, nos llenamos la barriga hasta los topes sorbiendo el sabor de la vida. La incertidumbre se acrecienta cuanto más se aproximan: no hay óxido en la punta de los zapatos de él, tampoco hay chispas en sus ojos. Parece conocido, como uno de los nuestros, aunque su rostro no nos resulta familiar. Es un engaño, y su lugar está aquí precisamente porque lo es. Nos engaña a nosotros y la engaña a ella. Tiene un papel que representar. Pondrá a prueba su propia entereza, la obligará a hacer algo. Ella imprimió suave arena de verano en nuestro mundo, que ahora nos bautice con una tormenta de otoño. Que aúllen los cielos y sellen los destinos de los desalmados. Puesto que, si el reloj da la medianoche y el mundo sigue en pie, habremos perdido la batalla.

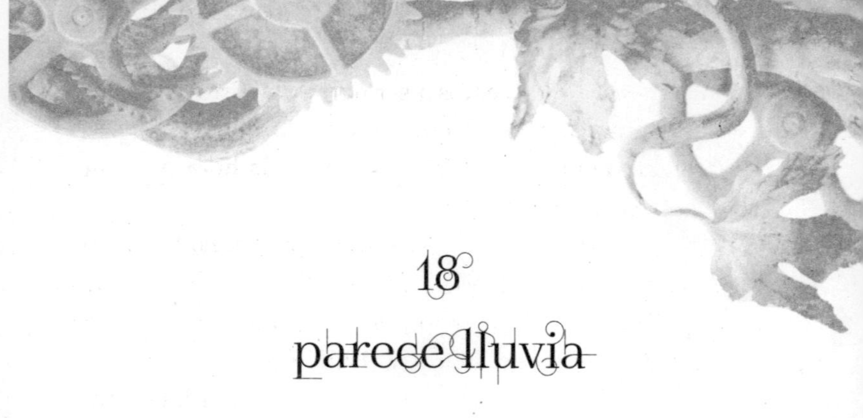

18

parece lluvia

Frannie gimotea y Bombón sale del bolsillo del chaleco de Clarey para revolotear junto a mí, y frunce el ceño al oír los chillidos agudos de mi amigo.

—Clarey. —Le agarro las manos con las que ha empezado a tirarse de la máscara otra vez—. No solo te ha pasado a ti, ¿vale? Tú… observa. —Trago saliva con dificultad y luego aferro la cremallera de mi frente. Es algo que me ha dado miedo intentar, pero, si lo que sospecho es cierto, quizá ayude a suavizar el golpe que se ha llevado. Los guantes me aprietan y mis dedos se curvan como si fuesen las ramas de un árbol al mover la manecilla metálica. Me encojo al notar cómo el aire me abrasa la carne húmeda y tierna.

La expresión anonadada de Clarey confirma mis temores: debajo del apósito aparece una herida abierta que rezuma sangre. Y eso significa que con las otras dos cremalleras de mi cara pasará lo mismo. La cierro de nuevo y me estremezco al sentir una oleada de náuseas.

Las emociones atraviesan los rasgos esculpidos de Clarey, sentimientos a los que yo también me he enfrentado ya: incredulidad, repulsa y, finalmente, terror.

—Lo arreglaremos. Te lo prometo. Cuando encontremos a mi tío, cruzaremos el portal antes de que desaparezca, y todo volverá a ser real… Volveremos a ser normales. Estoy convencida. —Espero sonar más convincente de lo que siento por dentro. El reloj de mi padre sigue marcando la hora como si quisiese mofarse de mí.

—Vale. Sí. —Clarey respira hondo varias veces, luego se inclina hacia delante y se pone las manos sobre los muslos para tranquilizarse—. Hasta entonces, tú eres una maleta con patas y mi cabeza es una calabaza de Halloween.

En cuanto suelta esas sarcásticas palabras, el látex naranja palidece y Clarey recuesta la espalda en la pared. Y entonces se desliza hasta el suelo y se lleva las rodillas al pecho al romper a reír. Al principio, me sorprende lo bien que se está tomando la noticia. Muchísimo mejor de lo que me esperaba.

Y al final me doy cuenta de que no está riendo. Se aferra los botones del chaleco, abre y cierra los gruesos labios de látex como un pez que boquea fuera del agua. Le está costando respirar.

El sudor le perla la frente.

—Mi… corazón… —Rueda sobre la pared y se tumba de espaldas en el suelo sin dejar de sujetarse el pecho.

Me pongo de rodillas y me quito los guantes. Nunca he presenciado un ataque de pánico; desde que volvió, ha conseguido mantener la compostura a las mil maravillas. Ahora entiendo por qué se siente tan vulnerable al tener uno.

He investigado para así estar preparada. Sé cuáles son los síntomas: cree que se le detiene el corazón, empieza a sudar, se queda sin aliento, tiene escalofríos y muchas más cosas. Lo que no sé es cómo ayudarlo, porque todo el mundo es diferente. ¿Por qué no se lo he preguntado nunca?

¿Debería tocarlo? ¿O eso solo lo empeorará?

—Clarey, dime qué debo hacer —murmuro, agarrada a los agujeros deshilachados de mis vaqueros para no tender los brazos hacia él y equivocarme—. ¿Qué hago?

Bombón revolotea a nuestro alrededor con los bigotes diminutos temblando por la preocupación. Frannie es la única que reacciona. Se coloca encima de él y se tumba sobre su cuerpo con las patas delanteras en las manos de él, en el esternón, y con las barrigas alineadas. A continuación, le pone el frío y húmedo hocico en el cuello y gimotea una melodía reconfortante.

Espero, tensa y nerviosa. Debemos ir a buscar a mi tío y salir de aquí antes de que nos quedemos encerrados. Cada minuto que pasa se prolonga demasiado, como si se extendiese a nuestro alrededor y se alargase, una incomodidad pegajosa que hace que apriete las mandíbulas y que me duelan los dientes.

Por lo menos, Clarey vuelve a ser él mismo mientras le acaricia las orejas a Frannie y le da las gracias. Lo que le han enseñado a hacer a la perra, lo que ha recordado sin vacilar… Ha sido increíble y precioso. Y, lo más importante de todo, efectivo.

Aliviada, suelto un suspiro.

—Siento no haber podido ayudar.

—No… no sabías cómo hacerlo. —Clarey niega con la cabeza.

—Entonces, ¿es eso lo que necesitas? ¿Que te abracen? —Estoy decidida a aprender en caso de que suceda cuando Frannie no esté con nosotros.

Clarey se incorpora y le revuelve el pelaje a Frannie con cariño mientras esta agita la cola.

—No siempre quiero que me toquen. Ella sabe cuándo lo necesito; intuición animal o como quieras llamarlo. Pero su hocico, la frialdad… Eso siempre ayuda. Mi terapeuta me sugería que me pusiese una bolsa de hielo encima del pecho. Así los pensamientos malos no llegan a asaltarme. Así me quedo en el aquí y en el ahora, ¿sabes?

—Vale. Algo frío. —Hago una pausa para intentar ocultar mi extraña ineptitud—. O sea, ¿todas esas veces que te he bombardeado con bolas de nieve en realidad te estaba haciendo un favor?

Se echa a reír. Sus carcajadas dan paso a un fantástico momento de aceptación entre los dos... y a una calma que, por desgracia, es demasiado corta. Porque es entonces cuando noto que Clarey se tensa al mirar por encima de mi hombro hacia las criaturas que antes nos estaban ignorando.

Me giro para encararme a ellas. Atraídas por nuestros estallidos emocionales o por el nervioso revoloteo de Bombón, se han detenido en la calle y en las aceras. Miran hacia nosotros y mascullan entre sí. Las bandadas del cielo bajan en picado como si lloviese ceniza y se posan sobre los hombros retorcidos de madera y sobre los cuernos metálicos de las hadas más altas, las dríades. Y allí se quedan, como buitres que se congregan en los árboles desnudos del invierno a la espera de encontrar comida. Un ruido colectivo empieza a emanar de la masa, un zumbido en forma de cántico que evoluciona hasta ser algo estruendoso e indomable, siniestro y parecido a las risillas de las hienas, aunque sintético y robótico.

Bajo los dedos y le tiendo el brazo a Clarey.

—¿Te puedes levantar?

Me agarra una mano mientras con la otra sujeta el espeso pelaje de Frannie. Se pone en pie, tembloroso.

—No pinta bien —dice con voz firme teniendo en cuenta lo que acaba de suceder—. Ya sabes qué les pasa a las calabazas cuando salen los bromistas. —Pone una mueca al oír la risotada maníaca—. Las aplastan.

—¡Vámonos! —grito.

Antes de que podamos echar a correr para doblar la esquina y entrar en la pastelería, dos troles se dirigen hacia nosotros a toda prisa. Con dientes afilados con que podrían destrozar el cristal, nos acorralan en el callejón. Detrás de ellos, más criaturas llegan desde todas las direcciones. Ya no hay ningún sitio por el que huir corriendo.

Y entonces lo recuerdo: no son criaturas sin más. Son mis criaturas. Intento relajar los nudos que tengo en el estómago al recordarme que todo esto lo he soñado, que yo he dibujado a estos seres y les he dado vida con lápices, tinta y rotuladores. Les he proporcionado aliento. Seguro que hay alguna forma de controlarlos.

Levanto una mano desnuda y me fío del poder que surja de ella.

—¡No os acerquéis! —Cuando dejan de moverse, me pongo en cuclillas y apoyo la palma donde el cemento se une con el asfalto para iluminar el mundo que tienen a los pies y hacerles perder nuestro rastro.

—¿Qué estás haciendo? —balbucea Clarey, nervioso, al ver que no sucede nada. Las criaturas siguen aproximándose con la cabeza ladeada y los dientes apretados.

—Estaba probando una distracción mágica. —Aparto la mano del hormigón. Lo único que queda es una huella arcoíris, como un pegote de grafiti de neón. El efecto no se ha extendido como con la arena de la playa. Tan solo he conseguido aplicar un poquito de color.

No sé qué normas rigen este lugar.

Las risotadas espeluznantes ganan intensidad conforme las criaturas abarrotan este lado de la calle. Se me desboca el pulso. Cuando den unos pocos pasos más, la avanzadilla estará cruzando la acera hacia nuestro callejón.

—Siento mucho aguarte la fiesta, Gandalf —Clarey me agarra el codo y me obliga a levantarme—, pero tu magia no está funcionando.

—Eso ya lo veo, genio. —Arrugo la nariz; a estas alturas, ni siquiera el conocido tirón del *piercing* me consuela.

Detrás de nosotros, Frannie gruñe. Los dos troles se aferran a su pelaje y la mantienen inmóvil mientras ella se retuerce y se contonea para intentar golpearles.

—¡Largaos, espíritus asquerosos! —chilla Clarey.

Utilizo las manos para apartar a uno. Tras perder el equilibrio, cae al suelo delante de mí y aúlla como si estuviese agonizando. Al cabo de unos instantes, mi contacto lo transforma como ha pasado con Bombón: la piel de aluminio arrugado se convierte en unas plaquetas óseas coloridas. Las escamas irradian destellos rojos, naranjas y azules, tan intensos como un banco de peces arcoíris al saltar por el agua y recibir la luz del sol sobre las aletas. El trol de carne y hueso consigue ponerse en pie en el instante en que su compañero biomecánico avanza en su dirección. Es un tanto inquietante y triste ver cómo se miran, reflejos perfectos e imperfectos. Se parece mucho a lo que siento cuando me miro en el espejo y veo a Lark.

La versión metálica y oxidada lo golpea en el pecho, como si fuese un gorila que se enfrenta a un intruso. El metamorfoseado enseña unos dientes blancos y puntiagudos. Bombón vuela hacia ellos con la intención de mediar, pero la espantan como si fuese una abeja pesada antes de que el trol cíborg agarre por el cuello a su colega transformado. Los dos caen al suelo y forcejean, impidiéndonos abrirnos paso para encaminarnos hacia la puerta de la pastelería.

Justo entonces, la risa de hiena que nos rodea se convierte en algo mucho más aterrador: en un silencio sepulcral. Un destello salvaje se ilumina en los ojos de todas las criaturas que nos acechan, unas chispas eléctricas fragmentadas que se concentran en el trol transformado y en Bombón. No sé si desean capturarlos, devorarlos o castigarme a mí por haberlos alterado. Sea como sea, Clarey y yo estamos atrapados en medio y no parece un buen augurio estar en su camino cuando marchan hacia delante sincronizados como un horripilante desfile.

Miro hacia el cielo y veo el orbe a través de las cortinas de humo. Durante unos segundos, me da la sensación de que me devuelve la mirada; y entonces se me ocurre una idea.

—Un desfile… Una fiesta… Necesitamos lluvia para aguarla —digo, inspirándome en el comentario de antes de Clarey.

Miro de reojo hacia él mientras nos apretamos, con Frannie a salvo entre ambos—. Ha llegado la hora de usar tu magia, Merlín.

—¿A qué te refieres? —Clarey da otro paso atrás hacia el callejón sin salida y yo lo sigo.

—No soy la única que tiene poder aquí. —Señalo hacia mis cremalleras y le recuerdo que sus creaciones son tan reales como las mías. Debe de ser porque su imaginación funciona como la mía—. No solo creas máscaras y disfraces. Creas música. Utiliza la armónica.

—No son ratones. —Frunce el ceño—. No van a seguirme como si fuese el flautista de Hamelín.

—Tienes razón. Y por eso harás que se ponga a llover. El metal y el agua no casan demasiado bien. Ponte a tocar la armónica.

Después de haber sacado el instrumento musical de debajo de la camiseta, lo levanta por el cordón. Está nerviosísimo, ya que a pocos pasos las criaturas que nos acechan empiezan a cruzar el paso de peatones. Un resplandor metálico de colmillos y dientes cruje acompasado con el chasquido y el zumbido de los motores que impulsan los cascos y las garras de estos seres. Las criaturas aladas baten los apéndices, todavía posadas sobre las dríades, pero amenazan con echar a volar en cualquier momento. El tatuaje de mi hombro se sacude frenético, como si la alondra de tinta estuviese desesperada por escapar de las cadenas de mi piel y unirse a ellos.

Frannie emite graves gruñidos al ver a la masa que se acerca y Clarey sigue ahí, observando la armónica, desconcertado.

—¿Alguna petición?

—Toca la del Bud ese. El guitarrista de *blues*. La canción que va sobre la lluvia.

Clarey tiene el valor de exasperarse. Como si yo fuese lo más irritante que ha visto hoy.

—Querrás decir la de Buddy Guy.

—¿En serio? Estamos a punto de ser carne de cañón para las hadas y ¿me vas a regañar por un nombre que no recuerdo?

—Es que es Buddy Guy.

—Sí, ese.

—En fin. —Clarey gime—. Quieres que toque «Feels Like Rain».

—¡Sí, esa! —gruño—. La que dice que parece lluvia.

—Vale, vale. Lo voy a intentar.

No sé qué querrá decir con que lo va a intentar. A lo largo de los dos últimos años, me ha interrogado tocándome esa canción muchísimas veces. Nunca falla ni una sola nota. Es un virtuoso con la boca.

Y entonces lo veo mover los labios arriba y abajo, y lo comprendo. Es algo en lo que no había pensado: su necesidad de adaptarse a su nueva forma de látex, como si yo intentase dibujar con guantes o con los dedos hinchados.

—Tócala para tu madre, Clarey —susurro. Estamos en el fondo del callejón con la espalda contra la pared de ladrillos y delante de criaturas que cruzan la calle en nuestra dirección.

Se lleva la armónica a la boca y sopla. El primer esfuerzo es estridente y desafinado; tiene demasiado aire como para ser música, pero consigue que nuestros atacantes se detengan.

Aprovechándose de la pausa, Clarey reajusta los labios alrededor de los agujeros de la armónica y comienza a aprender cómo encaja el metal en su nueva boca. Unos segundos más tarde, recorre la superficie del instrumento con los dedos, inhala y exhala para producir la melodía con las lengüetas de latón, esta vez afinada a la perfección.

Da golpecitos con un zapato con punta de metal, ensimismado en la melodía, como hace siempre, como yo esperaba que hiciese. Está en el extremo del callejón, con los ojos cerrados, la cabeza ladeada y sujetando la armónica con devoción. Toca la canción hacia el cielo, como si se la mandase a su madre. Las notas, rítmicas y palpitantes, se rinden a su maestría;

suenan y se elevan, imitan el patrón de gotas de lluvia que repiquetean sobre un tejado, que acribillan las suaves hojas y que patinan por los paraguas.

Y es entonces cuando sucede: cada arpegio y cada octava tranquila se convierten en fragmentos diminutos, como mariposas transparentes que desaparecen hacia la neblina humosa que cubre el cielo. Allí, las notas se vuelven líquidas y caen, al principio claras como el agua, hasta que golpean el suelo y dejan rastros brillantes y coloridos tras de sí.

Las gotas sisean al bombardear a los habitantes de Mystiquiel con trazos policromáticos que burbujean sobre las partes metálicas de las criaturas. La multitud retrocede asustada entre lamentos. Algunos seres se cubren la cabeza con las garras, otros extienden las alas o despliegan las colas emplumadas que hacen las veces de doseles improvisados, pero nada de eso evita que se mojen. Varios caen al suelo, tullidos por apéndices y extremidades que se han oxidado por completo, y, aunque doy gracias por que ya no sean una amenaza, no puedo evitar sentirme un poco triste por su estado.

Otros, los que todavía se pueden mover, se alejan para abandonar la persecución y encontrar cobijo en las casas o en las tiendas de la calle Once, fuera de nuestra vista. Por lo menos estamos solos y en el aire no hay nada más que el humo y la lluvia de arcoíris; en la calle, en las aceras y en el callejón solo quedan las criaturas impedidas, con los ojos cerrados como si estuviesen sumidas en una especie de sueño embrujado.

Suelto un grito de alegría e inhalo el glorioso petricor, y luego echo la cabeza hacia atrás para que las gotas de lluvia de Clarey me recorran los labios y las mejillas para calmar las cremalleras en los puntos en que me escuecen la piel. Mareada por el alivio, rompo a reír. Clarey pone fin a la melodía y se me une, y los dos nos agarramos de la mano y damos vueltas bajo el agradable aguacero. Bombón y su nuevo amigo trol chapotean en los charcos vibrantes que se acumulan junto a los bordillos en su propia danza.

Frannie levanta las patas delanteras y me las pone en la parte baja de la espalda, y luego en la de Clarey, para bailar con nosotros. La humedad sabe a dulce, como la lluvia de verdad, pero teñida con el regusto salado de las lágrimas. De la pérdida. Por eso Clarey siempre se pone tan contento al tocar; esa música, nacida en las profundidades de su alma, lo aleja de la pena, lo despoja de la tristeza, durante un rato.

Él y yo dejamos de girar y nos sonreímos. Las líneas y las curvas de su máscara se comban de modo encantador. Dejo de mirarlo a los ojos, me agacho y hago un cuenco con las manos para recoger agua y beber un sorbo. Clarey me imita y se relame los labios al notar el sabor.

—Ahora ya solo nos queda ir a por unos barquitos de papel —dice al observar los charcos profundos que salpican las calles y las grietas de las aceras, refiriéndose a cómo solíamos hacer carreras con ellos cuando éramos pequeños.

—Esos tiempos fueron los mejores. —El palmoteo de la lluvia me transporta a un estado momentáneo de nostalgia.

—¿Recuerdas ese verano cuando por fin ganamos a Griffin, Spence y Tanner? —me pregunta. Eran tres hermanos que vivían en nuestro edificio. Lark, Clarey y yo siempre los retábamos, ya fuese jugando a un videojuego, yendo en bici por la montaña o recaudando fondos para la escuela—. Pintaste caras de lobo en las banderas de nuestra armada, con colmillos que parecían lo bastante realistas como para devorar sus endebles canoas hechas con la bolsa de papel de la comida.

Me sorprende que se acuerde de ese detalle. Me muerdo la mejilla por dentro, pensativa.

—Sí, pero ganamos gracias al remo de goma elástica que Lark pegó a los barquitos. —Cuando los terminó y los soltamos, navegaron tan deprisa que parecían chinches de agua lobunas avanzando por las alcantarillas.

La lluvia deja paso a la neblina, y con el dorso de la mano Clarey me recoge unas gotas de agua que me cruzan la mejilla. Mi piel responde con un hormigueo de placer.

—¿Por eso te iniciaste en la mecánica? ¿Era una forma de que tu hermana siguiese contigo? He querido preguntártelo muchísimas veces desde que he vuelto. Pero parecía un tema delicado para ti y para tu tío. Y entonces vi tus novelas gráficas y... Madre mía. No entendía por qué te dedicabas a algo que no fuese eso. Conseguir que las historias cobren vida en la cabeza de la gente es lo más cercano a la magia que he visto. Bueno, hasta ahora.

Aunque se refiere a lo que nos rodea, no puedo dejar de admirar las gotas coloridas que se aferran a sus bucles blanquecinos, que resplandecen como la peluca de fibra óptica que fabricó.

—Durante la mayor parte de mi vida, nunca me ha parecido que mis historias estuviesen lo bastante vivas, si es que eso tiene algún sentido —respondo—. Y entonces me abandonaron del todo las ganas de dibujar cuando me perdí.

—Lo entiendo. Por eso te ocupaste de las invenciones de Lark. ¿Esperabas encontrarte a través de ella?

—Sí —murmuro, sintiéndome demasiado expuesta—. Pero esta noche... Al estar en este mundo de tonos grises y crear arcoíris con los dedos, por fin me doy cuenta de que así es como le doy vida a mi arte. Con los colores.

Clarey se frota los dedos, mojados por la lluvia, y baja la vista hacia la armónica que le cuelga del cuello.

—¿Sabes? Yo tampoco pensaba que mi música pudiese hacer algo tan increíble.

Miro hacia Frannie, que está bebiendo del charco de agua que se ha formado a nuestros pies.

—¿En serio? Yo nunca lo he dudado. Cada vez que tocas, es mágico. Y ahora comprendo por qué.

—¿El qué? —Frunce el ceño antes de levantar una mano y tocarse las cejas, como si acabase de percatarse de que ahora el vello le atraviesa el látex. La máscara naranja empieza a palidecer de nuevo.

Le aparto la mano y la tomo entre las mías.

—Por qué te gusta el *blues*, por qué tocas la armónica. —Mi sonrisa se ensancha cuando veo que se relaja.

—¿Cuántas veces tengo que decírtelo? Es obvio por qué. Y si no estuviese atrapado en esta pesadilla de calabaza, te enseñaría que sé hacer muchas más cosas con la boca, no solo tocar música.

Se me acelera el pulso. Estoy a punto de decirle que me da igual lo que le esté pasando en la cara. Que sigue siendo Clarence Eugene Darden y que he querido besarlo desde el día que les di un puñetazo a dos chicos en la cara para defenderlo. Con máscara o sin ella, no dudaría en aprovechar la oportunidad. Pero, antes de que pueda sentirme culpable por traicionar a Lark, su mirada se aparta de la mía y percibo un extraño abismo entre nosotros. He esperado demasiado y ahora cree que lo estoy alejando nuevamente.

—En fin… —Entierra los dedos en el pelaje de Frannie—. ¿Cómo has sabido que la lluvia los detendría? No es una regla oficial de Mystiquiel.

—No. —Me contemplo las botas, sonrojada al ver cómo me observa los labios con los ojos al hablar, como si se aferrase a cada una de mis palabras—. En el camino hasta aquí me he dado cuenta de que todo está cubierto de una rara corrosión. —Una inesperada punzada me atraviesa, demasiado cercana a la empatía para mi tranquilidad, así que me concentro en Clarey y evito mirar hacia las hadas caídas tras él—. El óxido mató al kelpino de la playa y está haciendo enfermar a los animales marinos. Lógicamente, tenía sentido. El océano los está oxidando más deprisa que a los que viven aquí.

Me detengo y miro hacia el orbe del cielo, y añado:

—Mi instinto me ha dicho que si hacíamos llover no tendrían más remedio que buscar cobijo. Soy una artista; mi mano afecta de distintas formas a lo que ya existe, pero no crea algo de la nada, no sin pinturas, lápices ni rotuladores. Así que he pensado que valía la pena poner a prueba tu teoría: que este sitio es tanto producto de tu imaginación como de la mía. Porque tú eres capaz de hacer música de la nada. Una música increíble que hace que los demás te acompañen en esa experiencia.

Sus ojos se clavan otra vez en los míos, y ahora los iris azul y ámbar no vacilan.

—Nadie me entiende como tú, Nix. No creo que nadie me haya entendido tan bien.

¿Ni siquiera Lark? Contengo la inoportuna pregunta y opto por añadirle ligereza al asunto para apartar mi mente de mi hermana.

—Bueno, pero es porque la gente es estúpida.

Resopla, y luego se pone serio.

—Cuando todo esto haya terminado, tenemos que hablar. Hablar de verdad. Estoy cansado de huir de lo que tenemos delante de nuestras narices. ¿Tú no?

Su firmeza me lleva a flexionar los dedos de los pies, tanto por la anticipación como por la aprensión. Hace tiempo que sospecho que su paciencia llegaría a un límite, pero ¿estoy preparada para admitírselo todo? El arrepentimiento que siento hacia Lark y el porqué.

¿Y él? ¿Por fin está dispuesto a contarme lo que sucedió en Chicago? Porque, si yo debo sacar a la luz mis miedos y vergüenzas más sagrados para que podamos pasar página, es justo que él también.

—Cuando todo esto haya terminado —repito, y luego aparto la mirada de la suya y la desplazo al reloj de la mochila. Son las 20:40. Está claro que aquí el tiempo pasa más lento, pero sigue pasando. Hasta que encontremos a mi tío y regresemos a Astoria, debemos elegir los momentos con inteligencia.

Con eso en mente, agarro la mochila y guío a Clarey y a Frannie hasta doblar la esquina, dejando tras de nosotros a nuestros nuevos compañeros orgánicos, que siguen jugando de charco en charco.

—¿No es ese tu…? —pregunta Clarey señalando hacia la pastelería.

Alargo el cuello para ver mejor cuando un hombre cruza la puerta con cristalera. Aunque solo lo veo de espaldas, tiene el mismo pelo oscuro, el mismo cuerpo alto y el mismo andar desgarbado. Lleva un delantal blanco alrededor de la cintura y en el cuello, pero le falta el accesorio más importante de su uniforme, porque lo tengo en la mochila.

—¡Tío Thatch! —Sin esperar a que Clarey y Frannie me alcancen, echo a correr hacia la entrada a pesar de la rodilla dolorida, y saco el sombrero de cocinero de la mochila. Ahora que por fin lo hemos encontrado, podremos vencer a Perece y la maldición de Halloween. Podremos volver a casa, sanos y salvos, y hasta nos habrán sobrado unas horas.

19

la verdad es como el fuego
y las mentiras, como la miel

—¡Nix, espera! —me llama Clarey desde detrás—. Hemos olvidado los guantes en el callejón...

Sus palabras me paralizan. La puerta ya se ha cerrado detrás de mi tío, así que me detengo debajo del toldo y estrujo el sombrero de cocinero para evitar tocar cualquier otra cosa. Todo mi cuerpo se tensa con el deseo de entrar; aun así, me obligo a esperar.

Entorno los ojos hacia las luces del cartel, que deberían ser de neón, pero que brillan blancas y negras, y luego miro entre las manchas de las cristaleras para no perder de vista a mi tío. El humo se cuela entre el marco de la puerta y llena el aire a mi lado. El aroma ceroso es todavía más perceptible ante la ausencia de pastas recién horneadas y de mechas encendidas. Es extraño... Debería ver las velas prendidas, pero no hay ningún destello de fuego por ninguna parte. Entonces, ¿qué es lo que provoca el humo que se adueña de la pastelería y que cubre el cielo por encima de todas las tiendas y casas de esta pseudociudad?

—¡Tío Thatch! —vuelvo a gritar, aferrando con los dedos la tela blanca y ensangrentada como si fuese un salvavidas cuando se detiene para hablar con alguien en una mesa junto a la puerta. No presto ninguna atención a los clientes sobrenaturales. Ni siquiera reparo en que todas las mesas y paredes arcoíris no son más que copias sin color de las originales, como las veía yo en el mundo real después de que se me estropeasen las retinas.

Estoy demasiado ocupada anticipando su reacción, lo agradecido que estará por vernos aquí, por que lo hayamos encontrado. Saldrá de la tienda y me envolverá en un abrazo. Anticipo el olor a hogar y a seguridad que siempre va con él, a frutas cocidas y a detergente de limón en sus manos y ropas, y una feliz efervescencia nace en mi pecho cuando empieza a darse la vuelta.

En este momento, todos mis músculos se agarrotan. Como todos los demás propietarios de establecimientos que hemos visto al llegar aquí, no es mi verdadero tío Thatch. Tiene los brazos demasiado largos, con manos y dedos carnosos más pálidos que la nieve. Su rostro desprende un brillo artificial, con rasgos ahora metálicos y plateados. No tiene nariz ni oreja izquierda. Un óxido rojo sangre cubre el lugar que ocuparían. Levanto el sombrero de cocinero y me fijo en las manchas del ala, que se parecen a la saliva oxidada del kelpino; me fijo en que lucen el mismo color que la pátina que recubría a las criaturas a las que hemos visto de camino hasta aquí.

Cuando vuelvo a observarlo, el clon de mi tío me devuelve la mirada, una imagen mental deformada de lo que veo todos los días, moldeada por mi subconsciente para que encaje en este mundo alternativo y cibernético. Sin que demuestre haberme reconocido, se gira y se dirige hacia el mostrador.

Me arden las mejillas, como si tuviese fiebre. ¿Dónde está mi auténtico tío Thatch?

Perece no nos había dejado un rastro de migas. Nos ha distraído. Para que gastásemos más de nuestro limitado tiempo. He vuelto al principio de todo: mi tío está perdido y corre peligro, y yo no tengo ni idea de cómo encontrarlo. Además, me da la sensación de que los minutos y las horas se me escurren entre los dedos.

Con un gruñido, lanzo el sucio sombrero de cocinero a la acera y doy media vuelta para escapar de mi mezcla de emociones. Me detengo en seco al ver los cabellos rojizos que sobresalen del sombrero de un maestro de ceremonias que me dedica una sonrisilla.

Filigrana está posada en el hombro derecho de Jaspar y sacude las plumas binarias, un áspero crujido en que el metal roza el plumaje, la prueba de que es evidente que el «repartidor» está trabajando para el rey. Con un ululato espeluznante, la lechuza echa hacia atrás las orejillas, como un gato rabioso. Parpadea con su único ojo real, mientras que el otro se pone a dar vueltas para contemplarme mejor.

Jaspar está en pie como si fuese una pintura al óleo, con ese traje brillante rosado, dorado y esmeralda, y su capa cobriza, un conjunto tan potente que parece prender fuego al pájaro y al fondo grisáceos. Qué interesante que él haya conservado el color cuando todo lo demás se ha apagado…

—Sabes qué es lo que quiere Perece de mí, ¿verdad? —lo provoco mientras bajo la mirada para que el reflejo de sus gafas centelleantes no me abrase.

—Para ti, es Su Alteza Real —me regaña Jaspar con esa voz sibilante de hojas muertas. Estando tan cerca de mí, su aliento también me recuerda a hojas muertas. Frío, terroso y pasado. Me encojo. A pesar de su aspecto atractivo y juvenil, debajo de la superficie hay algo podrido. Y eso significa que no es tan fuerte como parece.

Esa observación incendia mis entrañas.

—Es Perece. Yo lo creé, yo lo bauticé. Puedo llamarlo como me dé la gana.

Jaspar se quita las gafas y las balancea sobre un pulgar. Acto seguido, sin avisar, me corre la cremallera de la barbilla. El duro tirón sobre el metal me obliga a levantar la vista hacia las chispas que relampaguean en sus cuatro pupilas. De las tuberías de su sombrero salen columnas de humo blanco.

—Si de verdad eres la creadora, ¿dónde está tu amor por estas criaturas y por este lugar? ¿Dónde está tu respeto? Y lo más importante de todo: ¿dónde está tu compasión? ¿Acaso no merecen por lo menos eso? —Su mirada se desplaza de mí a los cuerpos tumbados en las calles.

Aprieto los dientes contra el nudo que se me forma en el pecho y me repito que no es más que un dolor fantasma, una respuesta a la tensión sufrida en la cremallera de la barbilla. Pero sé que hay más; la ternura protectora contra la que me he peleado desde que llegamos aquí —sinceramente, desde que empecé a dibujar Mystiquiel— se ha vuelto más intensa al ver cómo mi creación parece estar desintegrándose, sufriendo... Pongo un mohín, de pronto avergonzada por haberme regodeado en su dolor al insistirle a Clarey que provocase la lluvia. Mi tatuaje aletea debajo de mi camiseta como para recordarme que lo he hecho para protegernos.

Me armo de valor y endurezco la expresión, decidida a no permitir que Jaspar vea lo profundamente conectada que estoy con este sitio.

—Dile al rey que ya he visto suficiente. Estoy preparada para negociar y marcharnos.

—Oh, pero es que no hay nada que negociar. Tan solo debes seguir su juego hasta el final y terminar con la mano ganadora. —Jaspar me suelta la cremallera y vuelve a colocarse las gafas encima de los ojos.

Desplazo la vista hasta su nariz, larga y recta.

—Pues dile que se presente ante mí y me cuente las normas. Empecemos.

—Todavía no has demostrado ser merecedora de estar ante su real rostro. Y ya has empezado a jugar. En cuanto has agarrado los alicates en la fiesta y has entrado en la casa de los espejos. De hecho, ahora estás muy cerca del final.

Me quedo mirándolo, perpleja por su mención a los alicates de Lark.

—Un momento. O sea, no solo tú o tu secuaz habéis entrado en mi casa y habéis dado vida a la muñeca de mi hermana, sino que ¿también habéis subido al ático y habéis hurgado en su caja de herramientas? —Frunzo el ceño tan fuerte que las tres cremalleras me tensan la piel, y entonces él levanta una mano para pedirme silencio.

—El tiempo se acaba. Más vale que no lo pierdas intentando repasar detalles irrelevantes. No importa cómo hayas llegado hasta aquí. Lo que importa es cómo terminarás la partida. Y te voy a dar un consejito: hay alguien que lleva más tiempo jugando que tú. Años, incluso. A fin de entender cómo ganar, necesitas saber cuán estrepitosamente ha fracasado el otro jugador, para no repetir, quizá, los mismos errores. —Se golpea el hombro dos veces y Filigrana echa a volar—. Reúne al chico y al perro —le indica al pájaro. Antes de que pueda advertir a Clarey, mi amigo dobla la esquina y suelta los guantes al ver al ave aullando.

El repartidor me aferra el codo y me obliga a observar a través del escaparate de la pastelería. Me aprieta el omóplato con unas uñas largas y retorcidas, y me las hunde lo suficiente como para avisarme de que, si me giro al oír los gritos de Clarey, me arriesgo a que me perfore la piel.

—¿Crees que ha sido una mera coincidencia que aparecieses justo cuando íbamos a dar de comer a las hadas?

Clarey y Frannie llegan junto a mí guiados por Filigrana. Jaspar vuelve a ordenarle al pájaro que se marche con instrucciones de capturar a las criaturas alteradas y llevarlas hasta el palacio del rey. Una punzada de preocupación me recorre al pensar en Bombón y en el trol, pero no puedo ayudarlos. Es como si me hubiese fundido con la acera, cemento sobre cemento, por la firmeza con que me mantiene cautiva la escena que se desarrolla en la pastelería.

El humo, que antes era gris, ahora se eleva de todas las mesas con distintas tonalidades. Los clientes biomecánicos aparecen entre jirones de niebla. En lugar de dulces con frutas, las mesas contienen una vela humeante encendida no por una llama, sino por la magia. Una oleada de intranquilidad me cruza la columna al reconocer las velas usadas que empaqueté y reciclé meticulosamente. Las hadas se inclinan sobre sus platos e inhalan el humo colorido. A continuación, algunas ríen, otras lloran, otras discuten y otras tantas se abrazan y se besan, como motivadas por la cera.

—Nix, ¿te encuentras bien? —me pregunta Clarey desde detrás.

—Silencio. La estamos poniendo al corriente. —Jaspar da un paso atrás y deja espacio a mis compañeros para que se coloquen a mi lado y miren a través del escaparate como yo.

Ni siquiera me percato de su llegada. Se me ha pegado la lengua al paladar.

Como en nuestro restaurante, puedo leer los colores y predecir las reacciones de cada hada. Si el humo de la mesa es rosa, las criaturas están inseguras, confundidas. Si la nube es verde, vierten lágrimas. Cuando se alza una columna azulada de un cuenco, el hada levanta un puño sintiéndose invencible. El turquesa provoca sonrisas, el rojo las hace chillar y gruñir, y el naranja intenso las lleva a levantarse de la mesa y dar vueltas por el local, animadas como si fuesen muñecas de cuerda, con llaves atornilladas con fuerza en la espalda.

En cuanto se despeja el humo, hay una consecuencia final, común en todas ellas, ya tengan alas, cuernos, garras o cascos. Están más alegres, sus ojos brillan más, sus movimientos son más suaves y menos mecánicos y abruptos, como si la cera derretida fuese una toma de corriente y se hubiesen enchufado para recargarse.

Unas cuantas hadas miran hacia nosotros con ojos eléctricos chispeantes y arrojan luz con la que nos repasan de arriba abajo. Es lo que hacen mis personajes para determinar si alguien supone una amenaza. Sus miradas de rayo láser se detienen en mis cremalleras y en la máscara de Clarey, y al final, tras valorarnos como inofensivos, los clientes se dirigen al mostrador, donde mi tío Thatch en versión cíborg espera que paguen. Se arrancan las piezas metálicas corroídas: una nariz por aquí, un pulgar por allá, una oreja o incluso un diente. A cambio, él les da un reemplazo plateado, brillante y nuevo.

Es un intercambio extraño y confuso, y no puedo evitar preguntarme de dónde han salido esas impecables sustituciones, teniendo en cuenta que parece haber escasez de metal impoluto.

Me giro antes de ver más cosas.

Después de bajarme la mochila hasta el codo, por fin me concentro en Clarey.

—Son de nuestro restaurante de Astoria. Es la cera de nuestras velas de estado de ánimo que utiliza mi tío.

—¿Velas de estado de ánimo?

—Me dijo que las llamas emiten colores conforme al estado de ánimo de la gente. —Me reprendo a mí misma por haber incumplido la promesa de guardar el secreto, pero las circunstancias son especiales—. Parece una locura, ¿eh?

—¿En serio? —Clarey arquea las cejas—. ¿No ves dónde estamos ahora? ¿No ves esos charcos? ¿Ni a este farsante que puede cambiar la cara y fingir ser vuestro repartidor?

—¿Quién dice que estoy fingiendo? —se ríe Jaspar—. Yo por lo menos no me he quedado atrapado dentro de una de mis máscaras, listillo.

Una expresión de angustia atraviesa los ojos de Clarey al recordar cuál es su estado. Contemplo de nuevo la barbilla de Jaspar para evitar la superficie reflectante de sus gafas.

—Ya basta. Hemos visto lo que querías que viésemos. Gracias a la cláusula de reciclaje que firmamos contigo, hemos estado proporcionándote la cera para este sitio.

—Pero ¿por qué iban a quererla aquí? —pregunta Clarey, reclamando de nuevo mi atención.

—Debe de funcionar diferente a lo que creía mi tío. El estado de ánimo de la gente, sus emociones, se absorbe a través de las mechas y se almacena en la cera. Y las hadas, mis creaciones... No sé cómo, pero se alimentan de esa esencia. Se han alimentado de ella desde que abrió la pastelería. —Es peligroso contarlo en voz alta, pero, como ha dicho Clarey, no hay más que ver dónde estamos.

—Pero entonces significa que tu tío... —Clarey frunce el ceño.

—¿Conoce la existencia del portal? ¿Ha estado en contacto con mi escenario onírico durante dos años y medio? Imposible. No me ocultaría una cosa así.

—Por lo tanto, no sabe que ha hecho un trato con tus personajes y también desconoce para qué sirven las velas.

—Y qué le ha estado dando de comer a la gente de nuestra ciudad. Los ingredientes que nos proveéis no son de nuestro mundo, ¿verdad? —Me giro hacia el repartidor con una mirada acusadora. Tal es mi rabia que esta vez me olvido de evitar las gafas. Intento cerrar los párpados antes de quedarme atrapada en el reflejo de las lentes, pero es demasiado tarde.

El hedor a marga y a minerales que está enterrado debajo de las aceras consigue adentrarse en mis fosas nasales. Un hormigueo familiar me asalta, seguido por un destello momentáneo cuando las cremalleras y los *piercings* de mi cara desaparecen para mostrar la piel lisa y tersa de Lark en los espejos de las gafas. Su imagen gruñe las palabras: «¡A los duendes no hemos de mirar, sus frutos no hemos de comprar!».

El tatuaje de mi hombro bate las alas frenético al oír la clarísima advertencia de los labios de mi hermana. Me da un vuelco el estómago, donde la galleta que he comido antes se instala como si fuese una piedra. Aparto la mirada y me libero de la ilusión.

—Ey. —Clarey me agarra el brazo y me obliga a centrarme en él—. Estás temblando. ¿A dónde has ido?

—No puedo dejar de verla. Ni siquiera aquí.

—¿A quién? —pregunta Clarey.

—A Lark. —Con el cerebro todavía confuso, me olvido de no pensar en voz alta—. Supongo que ha sido por la canción del tiovivo… o porque es Halloween. O por la muñeca que creó, incluso por el reloj de bolsillo. No es solo hoy. Son todos los días.

—¿A qué te refieres? —se extraña Clarey.

Su pregunta queda sin respuesta porque la interrumpe la malvada carcajada de Jaspar.

—Tú me la has metido en la cabeza —le espeto—. Igual que en el laberinto. ¿Llevas todos estos años haciéndolo? ¿Forma parte del juego?

—No. —Contesta con un suspiro—. Has estado despistada y distraída por tu cuenta, porque te sientes culpable y demás. Pero regresemos al juego. El hombre del que te fías tantísimo, a quien buscas con tanto ahínco mientras te pones en peligro… ¿No quieres saber qué papel representa él? ¿No quieres saber por qué hace tanto tiempo que trata con una rata como yo? Qué dilema tan maravilloso. Uno que, por más que intentes evitarlo, se ha enterrado debajo de tu piel y te pica. Quieres rascarte, pero te da miedo lo que puedas encontrar debajo. ¿Yo estoy engañando a tu tío o él te está engañando a ti? —Jaspar me pasa una uña por la chaqueta, agarra una de las cadenas y la hace rechinar para provocarme—. Que sepas que en tus conjeturas acerca de las velas y los contratos has descubierto la mitad de la verdad. Pero ¿qué mitad?

Yergo los hombros. Una de las tretas preferidas de Perece es poner a los jugadores unos contra otros; es evidente que Jaspar conoce bien las estrategias del rey.

—Es imposible que mi tío haya participado a conciencia. Él nunca vendería frutos de los duendes en nuestro mundo. Son adictivos para los humanos, absorben la vida de... —Me callo a media frase porque de repente me doy cuenta del paralelismo entre el poema de *El mercado de los duendes* y lo peligrosos que mi tío siempre ha creído que eran nuestros productos sin cocinar. Según él, se debía a que los frutos eran ecológicos, por los fertilizantes especiales que se usaban...

—Ah. —Jaspar sonríe—. Ahora lo ves con más claridad, ¿eh? Algunos cabos sueltos se están uniendo. Deja que te ayude a atar unos cuantos más.

Con una uña, abre la cremallera de la mochila que tengo en el codo para hurgar en el contenido. Clarey y yo observamos, demasiado intrigados como para detenerlo.

El repartidor extrae el frasco con tinta de calamar y lo sujeta entre el pulgar y el índice.

—Ahí va. —Clarey abre los ojos como platos—. ¿Has conseguido un poco para mis...?

—Máscaras —contesto en voz baja antes de que él termine la pregunta. Es como si hubiese pasado una eternidad desde entonces, y nuestros problemas eran irrisorios comparados con el lío al que debemos enfrentarnos ahora.

Jaspar arquea las cejas por encima de las gafas, interesado.

—Lo único que esto enmascara es el poder adictivo de los frutos de los duendes. Sabes tan bien como yo que hay una cura para esos alimentos. Si un ser humano bebe ese remedio, puede comer sin quedar atrapado en el hechizo.

—La sangre real del rey. —La bilis asciende por mi garganta. Si es verdad, el ingrediente secreto de mi tío nunca ha sido tinta de calamar. Y ¿acaso no explicaría eso por qué el líquido cuenta con propiedades tan extrañas, casi mágicas? ¿No explicaría que pasase de oscuro a claro y luego de vuelta a oscuro?

Jaspar abre el frasco y olisquea el líquido aceitoso, que palidece como de costumbre, como si quisiese dar validez al argumento que no he verbalizado. Luego lo tapa y lo mete nuevamente en la mochila.

—A mí me parece que tenéis suficiente para el tiempo que estaréis aquí. Bastará con una o dos gotas.

Clavo los ojos en los de Clarey y reprimo el ardor que siento en las pestañas, porque los dos hemos oído esa misma frase muchísimas veces.

—¡Esto no demuestra nada! —Recupero la voz de golpe y me abalanzo sobre Jaspar—. Eran tus indicaciones. Tus instrucciones. Seguro que incluso le diste tú las recetas y le contaste cómo preparar los dulces. ¡Mi tío no tenía ni idea de nada!

Clarey me agarra de los codos para impedir que yo le arrebate la daga irisada a Jaspar y le dé un golpe al rostro tan bonito como falso del doppleganglia.

—Ay, cuánta fe. Cuánta fe ciega, triste y humana. Supongo que habrá que hacerlo por las malas, pues. —Jaspar se desabrocha la solapa del bolsillo de la americana y una criatura pequeña como un grillo sale volando con unas alas brillantes y enrejadas.

—¿Ting? —Clarey se atraganta con el nombre del hada.

Una extraña sensación de familiaridad me inunda. No puedo sacudirme la impresión de que ya he estado allí, que ya he experimentado este momento antes incluso de llegar a Mystiquiel. Pero no puede ser. Debo de estar pensando en una imagen que he imaginado y no he escrito todavía.

Revoloteando en el aire, Ting ladea la barbilla primero hacia Clarey y luego hacia mí. La parte superior metálica de su rostro muestra una expresión infantil y cariñosa. La parte inferior de carne y piel sonríe con dulzura para mostrar unos dientes tan finos y afilados como agujas plateadas.

—¿Extirpar? —pregunta con una vocecilla que repiquetea como si unas peladillas plateadas se golpeasen con una bandeja de horno de aluminio.

—No. En nuestro reino ya se están erradicando suficientes cosas, ¿no te parece? —responde crípticamente Jaspar a la criatura diminuta, que contesta con un asentimiento entusiasmado y tintineante—. Bien. Pues vamos a probar algo nuevo. A reconstruir algo que se ha perdido.

El hada dorada empieza a dar vueltas antes de detenerse en el aire.

—¡Reivindicar! —canturrea antes de revertir sus rotaciones. Del pelo de plumas blancas y cables negros le surgen engranajes y dientes, y los engranajes giran en el sentido de las agujas del reloj hasta que los cables adquieren un tono rojizo y chisporrotean ardientes. El hada desaparece en una explosión de humo negro y de ascuas titilantes.

Jaspar me empuja para obligar a Clarey a soltarme. Sobresaltada, me quedo sin aliento e inhalo las cenizas voladoras. Me abrasan los pulmones. Me inclino hacia delante, tosiendo, sin poder respirar. Clarey me da golpes en la espalda, pero no consigue detener las llamaradas que me nacen en el pecho y que me dejan un rastro que me chamusca de la garganta a la cabeza. Allí, en mi cabeza, los recuerdos de anoche, reducidos a astillas, reciben el brillo de las llamas a la espera de prender de nuevo: Jaspar y mi tío discutiendo en el callejón; el grimalkin detrás de la manta de la camioneta del repartidor; mi tío dándome agua contaminada, desviando todas mis preguntas antes de liberar a Ting en el almacén; y, en medio de todo eso, yo viendo de nuevo los colores por primera vez en meses.

Una mezcla de interrogantes me asalta: ¿cuántas veces ha cruzado mi tío el velo hasta este mundo? ¿Cuántas veces ha visto a mis personajes, ha interactuado con ellos? ¿Qué otros recuerdos míos está tapando? ¿Cómo voy a volver a confiar en él?

Por fin logro tragar una bocanada de aire para llenarme los quemados pulmones.

—Me mintió. —La áspera revelación se alza en un jirón de humo que me deja la lengua seca—. No me resbalé con una ciruela. Vi demasiadas cosas y me obligó a olvidarlas. Me ha mentido desde el principio.

—¿Quién? —pregunta Clarey.

—Mi tío Thatch. —Intento contener un sollozo.

—Imposible —protesta—. Este chivato te ha llenado la cabeza de toda clase de alucinaciones. Es él quien miente.

Pero los espíritus no mienten… Soy incapaz de replicar con ese detalle del acervo popular, que de todos modos Clarey ya conoce; la cabeza me da vueltas demasiado deprisa. Apenas se fija en que Frannie ha decidido colocarse a mi lado, como si percibiese mi estado mental. Con un gimoteo, me lame la muñeca, de la que me cuelga la mochila, abierta de par en par.

Jaspar le chasquea la lengua al hada, que se posa en la cima de su sombrero.

—A ver, eso es lo paradójico. Los seres humanos contáis falsedades. De hecho, lo habéis convertido en un arte, parecido a las exquisiteces que prepara tu tío. Vuestras mentiras son como la miel, lo bastante dulces como para atraer y lo bastante pegajosas como para atrapar. Los míos, en cambio, se deben a un canon de franqueza que pocos de vosotros comprenderíais. Así pues, ¿cómo es posible que nosotros tengamos la fama de ser unos embaucadores, cuando sois vosotros los mentirosos?

—¡Venga ya! —Clarey se pone entre el repartidor y yo—. Nos habéis tendido caminos que nos han desviado y atraído hasta aquí. Es cosa vuestra, y es mucho peor que mentir porque hay demasiados senderos, demasiados hilos de los que tirar… Y está más claro que el agua que nos estás llevando por uno. Por uno equivocado.

—Me alegra ver que, después de todo, cuentas con algo de fuerza de voluntad, muchacho. —Jaspar se ríe—. Es una pena que no la tuvieses en Chicago.

Clarey se encoge cuando un extraño sonido, un gruñido y un gemido al mismo tiempo, sale de su boca.

—¿Cómo lo…? —Pero no puede terminar la pregunta.

Jaspar suelta una risita. Ha llevado a cabo el ataque a la perfección y ha dejado fuera de combate a Clarey con algo tan íntimo cuyos detalles ni siquiera yo sé. Igual que el hada se ha escabullido de mis pensamientos y recuerdos. En cierto modo, nos ha vuelto del revés para que nos enfrentemos a todos nuestros secretos.

Unas columnillas de vapor brotan de las tuberías minúsculas que se alzan detrás del sombrero de Jaspar, que hacen que el hada tosa y eche a volar con sus alas zumbantes.

—Supongo que pronto sabréis quién os lleva a qué lugar —dice Jaspar mientras se toca el sombrero—. Siempre y cuando encontréis la siguiente pista y lleguéis a la parte final del juego con vida, claro.

Mientras sigo intentando asimilar el engaño de mi tío y las cosas de las que me he enterado, Jaspar esquiva a Clarey y me arrebata las correas de la mochila de la mano. Frannie empieza a gruñir, pero el hada revolotea junto a sus orejas para distraerla. Jaspar me da un buen empujón y me obliga a apoyarme en el cristal del escaparate, con las palmas bien abiertas sobre la superficie de vidrio, al lado de mis mejillas.

Antes de que me pueda mover, el cristal se hace añicos donde mi piel lo toca, y lentamente se recompone como si fuese un rompecabezas. Veo movimiento cuando los clientes sobrenaturales se pisan unos a otros, derribando mesas y sillas para correr hasta la puerta de la tienda. Me echo hacia atrás y todos observamos, fascinados y anonadados —yo fuera de la pastelería y ellos dentro—, cómo toma forma mi silueta en el cristal. Apenas tengo tiempo de mirarla antes de que las hadas me claven los ojos, asombradas.

—Ay, ay, ay —murmuro con el pulso desbocado.

Clarey se abalanza hacia Jaspar para recuperar la mochila. El repartidor vuelca el contenido y lanza la bolsa al suelo. Riéndose por el desastre que nos acaba de dejar, tanto emocional como físico, Jaspar desaparece junto al hada en una explosión de cuentas metálicas más pequeñas que los balines, que caen sobre la acera y ruedan a nuestro alrededor.

La puerta de la pastelería se zarandea y traquetea entre las hadas, desesperadas por salir de allí, y yo. Algo la mantiene cerrada. Quizá Jaspar la haya hechizado, pero… ¿por qué iba a querer ayudarnos?

—¡Debemos marcharnos ahora mismo! —exclama Clarey mientras guarda los objetos dentro de la mochila—. Ve a por eso —dice señalando hacia la puerta. Junto a la base se encuentran el frasco de la tinta de calamar y el libro *El mercado de los duendes* de mi madre, abierto a poca distancia. Consigo agarrar el libro, pero me aparto antes de recuperar el frasco cuando una onda recorre los paneles de cristal y de madera, una silueta que da un paso adelante pero reteniendo el aspecto de la entrada, como si una parte de la puerta hubiese cobrado vida.

Entorno los ojos, perpleja, porque sé qué es antes incluso de que se materialice. Su camuflaje se esfuma y aparece la verdadera forma de la duendoja. Dos ojos rojos con una placa base que me observan con curiosidad y una sonrisa de cabra que muestra unos dientes afilados que rezuman un líquido marrón rojizo. Una garra, que rodea el pomo de la puerta de la pastelería, se ha transformado hasta ser un candado. La otra está en su costado y adopta la silueta de una hoz.

—Angorla —susurro, sin saber si la duendoja ha venido a salvarnos o a hacernos trizas.

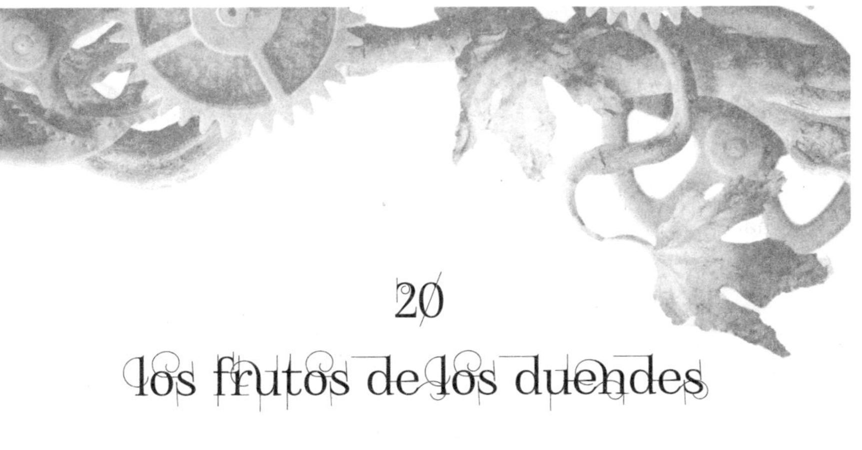

20

los frutos de los duendes

—Historia… ser prohibida, ¿sí? —dice Angorla mientras sujeta la puerta de la pastelería para que los clientes furibundos no puedan salir. Habla con la misma voz de ruido blanco distorsionada con que siempre la he soñado. Por el movimiento de sus ojos, supongo que se refiere al libro de imágenes que tengo en las manos.

—¿La historia? —pregunto fijándome en la ilustración antes de cerrar el volumen.

—No ser nada como nosotros, ¿sí? Haber razón para eso. Escritores. Palabras ser peor enemigo de yo y de míos. Pero sueños hacer patio de recreo. ¿Sí? Por eso callar a ellos. Agarrar lengua e hincharla. Sellar labios y coser fuerte. Cuando poseer parásito, nosotros esculpir sueños de noche.

Clarey y yo intercambiamos un fruncimiento de intranquilidad.

—No lo entiendo —le digo a la duendoja.

—Oh, tú entender bien, tú sí. Por Halloween nosotros siempre bailar y jugar en hojas que mover. Y aquí estar ahora, con él y con yo. Pero ¿dónde ir peludo?

¿Peludo?

—¿Te refieres a mi tío? No es tan peludo…

Angorla se ríe.

—Yo tener puerta, pero ellos tener perro. Pum y marchar. Mirar alrededor.

Me giro para observar tras de mí; Clarey ya lo ha comprendido y está silbando y gritando, desesperado, pero Frannie no acude a sus llamadas.

Se me cae el alma a los pies cuando encuentra su collar tirado en la acera al lado de las cuentas resplandecientes.

—Ay, Clarey.

Mi amigo se agacha para recoger la banda de cuero y la acaricia con ternura. Acto seguido, da un puntapié a las bolitas plateadas y chilla el nombre de Jaspar como si fuese una maldición.

—Por eso nos ha tirado las cosas al suelo. —Sus labios moldeados se arrugan en un gruñido furioso cuando mete el collar en la mochila y la cierra—. Me he girado solo un segundo… y ha desaparecido con ella.

Al pensar en lo desconsolada que estaba yo al descubrir las gafas rotas de mi tío, me debato para no abrazarlo, para no tranquilizarlo; es mejor que esté enfadado que preocupado. Así tendrá la cabeza despejada. Estará más atento, bien equipado para la pelea.

—Es la siguiente pantalla del juego —conjeturo en voz alta mientras reprimo mi propia rabia para pensar con claridad—. Jaspar le ha indicado a Filigrana que llevase a Bombón y al trol hasta el palacio. Me apuesto lo que quieras a que es allí donde tiene a mi tío, y ahora a Frannie. ¿Qué pista nos ha dejado el idiota del repartidor?

—Solo esto… —Clarey patea nuevamente las cuentas diminutas y manda unas cuantas por los aires—. Son peladillas de decoración, como las que utiliza tu tío. Pero ya estamos en la pastelería, así que es un callejón sin salida.

Le lanzo una mirada a Angorla, que está tarareando un ritmo sin sentido en tanto bloquea la entrada de la tienda. No parece demasiado dispuesta a ofrecer algún otro tipo de ayuda. Le paso el libro a Clarey y me agacho para agarrar un puñado de peladillas plateadas con la mano. Tras dar vueltas sobre mi piel, se vuelven duras, granulosas y del color de la paja.

Angorla me observa con suma atención.

—Verdadera Arquitecta —murmura.

—Por san Shiznet. ¿Son… semillas? —pregunta Clarey tocando los granos de mi mano.

Frunzo el ceño, distraída por el comentario de Angorla, pero me concentro en la pregunta para la que necesitamos desesperadamente una respuesta.

—Dinos, ¿son semillas o no?

Los ojos eléctricos de la duendoja pasan de tenues a brillantes.

—Sí y no; algunas buenas, otras malas —contesta—. Corazones oscuros cosechar semillas oscuras… Frutos oxidados tener semillas metálicas.

—Frutos —dice Clarey—. Los frutos de los duendes.

Solo escucho a medias. Estoy ensimismada en mi propia tortura mental, en el recuerdo de la víspera de Todos los Santos cuando Lark dio vida a la muñeca robótica; me puso en un aprieto al hablar del corazón defectuoso que coloqué en su proyecto para el concurso de jóvenes inventores y que pudrió el mecanismo desde el interior. Curiosamente, sus palabras resuenan a lo que nos está diciendo Angorla ahora mismo.

Con una angustiosa claridad, por fin comprendo por qué aquí todo contiene pedazos de mi hermana: este mundo se construyó por completo sobre la culpa que sentía yo por vivir cuando ella murió, con lo cual su corazón, sus mismos cimientos, es defectuoso, incorrecto, feo…

Esa fealdad no solo está matando Mystiquiel, sino que también ha terminado asomándose a mi vida real, ha atraído a mi tío y lo ha atrapado aquí. Y ahora Clarey y Frannie también están en peligro.

Se me constriñen las entrañas porque solo yo puedo detenerlo. Y para lograrlo debo mover la última pieza del juego y llegar donde nos espera Perece.

—¿Hay algún huerto por aquí? —Examino las semillas de mi mano y luego empiezo a lanzarlas al suelo.

—Semillas ser muy valiosas. Mejor guardar algunas por si necesitar planta o dos.

Niego con la cabeza al oír la provocación sin sentido de Angorla, pero me las meto en el bolsillo de los vaqueros por si acaso.

Satisfecha, la duendoja aparta un poco el cuerpo de la puerta y se coloca cara a cara con las criaturas que están en el interior. Suelta una carcajada bovina y se burla de ellas como si fuesen animales en un zoo.

—Bueno, ¿dónde está el huerto? —Cuando Clarey repite mi pregunta, las orejas puntiagudas y peludas de Angorla se giran hacia nosotros.

—Colinas de cemento y paredes de piedra. Nubes de humo y ojos que vagar. Nada de eso hacer jardín. —Levanta los ojos hacia el orbe celestial, una tácita confirmación de que es así como el rey vigila nuestros avances—. Solo haber lugar donde semillas crecer, donde óxido y putrefacción no expulsar. Lugar donde cosas brotar; potaje de cosechas, de sol y de nieve. —Señala con los cuernos de carnero hacia El Ascenso de Glicina—. Como vosotros ser criaturas ciegas a magia, no poder encontrar forma de entrar. Solo si comer vides.

—¿Qué vides? —pregunta Clarey mientras mira hacia la *boutique* de la esquina.

—Guardiana de huerto. Suya no ser puerta fácil de abrir. Ella ser frágil y vengativa. Si herir sentimientos, vuestras pieles picar, vuestros ojos sangrar, vuestras orejas llamear y vuestras barrigas revolver. Elegir bien dónde morder para no quemar.

—¿Cómo lo hacemos? —pregunto.

—Guardiana querer como todos. Aceptación. No por sus poderes; amar sus imperfecciones y dejar desarmada.

Clarey me lanza una mirada dudosa.

—Vale… —digo—. Pero no vamos a comer nada sin eso. —Señalo hacia el frasco de sangre de duende que tiene junto a los pies disparejos y no sé si nos dejará recuperarlo.

—Querer cura, ¿eh? —La mano libre de Angorla pasa de su forma normal (como si unos dedos finos, metálicos y curvados como un arado pudiesen considerarse normales) a ser una pala. Nos alarga el frasco—. Ser vuestro si hacer favor a yo.

Una advertencia resuena en el interior de mi mente: *Nunca hay que hacer tratos con las hadas.* Son crípticas, astutas y tramposas. Es una de las normas que no solo rigen Mystiquiel, sino cualquier otra clase de mitología sobrenatural. Como que nunca hay que comer sus alimentos. Pero no tenemos alternativa ni para lo primero ni para lo segundo si queremos ganar este juego y rescatar a nuestros seres queridos antes de que se cierre el portal.

Como si me hubiese leído la mente, Clarey aleja el reloj de la mochila.

—¿Y bien? —le pregunto.

—Las nueve menos diez.

Me sostiene la mirada. Sé que compartimos los mismos recelos. ¿Y si la duendoja no es más que otra distracción para que vayamos más lentos?

—Si aceptamos el pacto, ¿prometes no volver a entrometerte en nuestro camino? —Aprieto la mandíbula.

—Cuando pacto hacer —responde—, yo fundir con fondo, alta como árbol, quieta como pared. No aparecer entre vosotros y puertas nunca más.

—A excepción de esa —digo señalando la entrada de la pastelería, la única barrera entre las criaturas encolerizadas y yo. No pienso permitir que les deje vía libre para atacarnos por el mero hecho de estar aceptando sus ambiguos términos—. Los contendrás hasta que nos hayamos ido.

La duendoja sonríe y muestra unos dientes cubiertos de óxido.

—Ah, pájaro terrenal que conocer poder de palabras. Yo estar impresionada. Bloquear puerta hasta que vosotros poder marchar.

—Trato hecho —respondo, a pesar del incoherente intento de Clarey por detenerme—. ¿Qué quieres a cambio?

Angorla transforma su mano de pala en una cajita en que guarda el frasquito. Tiende el brazo hacia mí hasta que la caja solo queda a unos centímetros de mi mano.

—Yo solo pedir que abrir tapa. Único favor que pedir jamás.

Empiezo a alargar los dedos hacia ella.

—Nix, no llevas los guantes —me recuerda Clarey, aunque ya se me había ocurrido, y también sé que es el motivo del favor que me pide la duendoja. Me ha visto cambiar las semillas, ha visto el cristal adueñarse del escaparate. Es posible que incluso me haya visto alterar al trol. Ha dicho que soy un pájaro terrenal, así que es evidente que sabe que no soy de aquí. Y aunque no supiese que soy su creadora, es consciente del poder de mis manos y lo anhela.

Angorla quiere ser real, como yo y como Clarey. La pregunta es esta: ¿para nosotros sería más peligrosa, o menos, si fuese de carne y hueso?

Al oír el tictac del reloj de mi padre, me rindo y pongo los dedos sobre el extremo de la caja. Con un parpadeo de metal, pelo y huesos, Angorla se transforma. Sus dientes y cuernos metálicos se vuelven blanquecinos y calcificados, libres de óxido. Un corazón palpitante sustituye su zumbido mecánico interno. De la cabeza a los tobillos, todo lo metálico desaparece y su lugar lo ocupa un pelaje marrón y una piel rosa como la de la cría de un ratón. Sus ojos pasan de luces titilantes a iris de gamo con sendas rendijas blancas como lunas crecientes en forma de pupilas. Ya no es una caricatura cibernética, sino un ser verdaderamente orgánico.

Durante la perturbadora conversión, gruñe y ruge sin soltar en ningún momento el pomo de la puerta. La garra que antes formaba el candado se vuelve una pezuña hendida con dedo esquelético y pulgar que se curvan en el extremo, con los cuales mantiene a raya a las hadas, que, después de ver su metamorfosis, gimen y aúllan más fuerte todavía.

—Agradecida a tú, cura ser vuestra. —Angorla abre el puño de la pezuña libre para lanzar el frasco en mi dirección.

Lo atrapo en el aire.

—Cuando dar bocado —prosigue—, mejor no tragar semillas. Si no querer que musgo crecer a tu alrededor y marcar a tú como nosotros, como buen árbol de huerto.

En todo momento, su advertencia es un recuerdo de la insistencia de mi tío: que nunca comamos la fruta hasta que él la haya limpiado y preparado. ¿Esa será la razón? ¿Estará siendo literal la duendoja? ¿Será verdad que una semilla, mezclada con la tinta de calamar —la sangre del rey—, puede invocar plantas y hacer que crezcan alrededor de ese ser humano? No puedo permitirme que me distraigan la traición de mi tío o el peligro en el que al parecer ha puesto a nuestros clientes. Lo conozco, y debe de haber un motivo que explique lo que hizo. Me lo contará en cuanto lo encontremos.

—Entonces, ¿estamos en paz? —le pregunto a la duendoja, totalmente consciente del peligro que supone dejar cabos sueltos en este mundo.

Su boca barbuda y babosa se alza en una sonrisa de pura socarronería mientras sigue aferrando la puerta de la pastelería con la pezuña.

—Sí, nuestra historia ir junta, tú y tú. —Intenta guiñarnos el ojo primero a mí y luego a Clarey—. Y yo ser fiel a palabra. —La puerta ha dejado de traquetearse a su lado—. Mejor vosotros ir ahora. Antes de partir cara ellos.

Angorla hace un gesto hacia donde brilla mi silueta en el cristal, centelleante y colorida, antes de camuflarse una vez más con la fachada de la tienda para que vea a través de ella lo que ocurre dentro de la pastelería. Varias de las hadas atrapadas arrojan sillas contra la ventana, causando que mi imagen se agriete.

Clarey guarda el collar y el libro de mi madre en la mochila, la cierra con cremallera y asiente en mi dirección, tan precavido como me siento yo.

—Espero que no vuelva para mordernos —exclama cuando echamos a correr hacia la *boutique* invernadero.

—Bueno, ahora por lo menos no nos contagiará el tétanos.

Mi amigo frunce el ceño.

—Por los dientes de metal —murmuro.

Llegamos a la *boutique* antes de que él pueda dejar de componer una expresión de fastidio. Por suerte, el escaparate de cristal de la tienda no nos devuelve ningún reflejo. Aunque eso es bueno y malo al mismo tiempo, porque, ya sea por el hielo —Angorla ha dicho algo sobre la nieve— o por el embrujo que reviste el interior, ahora es imposible que podamos prepararnos para lo que nos aguarda ahí dentro.

No veo a la guardiana de las vides por ninguna parte. Solo hay un pomo blanco y metálico en forma de «S». Me dispongo a agarrarlo, pero Clarey me aparta.

—Esa cosa está respirando. —Apunta hacia el pomo y luego se toca sin pensar en el lugar cerca de la oreja izquierda donde su sistema Baha está bajo el látex.

Espera un segundo o dos antes de colocarse entre la puerta y yo. Un tenue resplandor sobresale de la superficie congelada del cristal, un guiño a las luces tranquilizadoras de Juniper en su tienda de Astoria. Clarey agarra el pomo, pero se aparta cuando el metal cambia y forma una vid blanca y serpenteante. Ahora sí que oigo las respiraciones. También veo cómo el tallo de la planta sube y baja en lo que parecen ser las costillas debajo de una fina capa de carne.

A continuación, la planta se despliega con hojas opacas y un fruto del tamaño y de la forma de un huevo cuelga del extremo. Es horrendo: velloso y marrón con unas protuberancias que parecen uvas albinas. Si lo estuviese dibujando como un personaje en una viñeta, lo diseñaría como un kiwi con un grave caso de acné.

—Puaj —exclamo.

—Justo lo que pensaba yo —responde Clarey—. Además, ¿cómo se supone que vamos a tomar una decisión sabia si solo hay un fruto?

Aprieto los labios, pensativa. No se parece a nada que haya dibujado o imaginado.

—Tócalo o algo —propongo—. A lo mejor se multiplica.

Clarey obedece mi sugerencia, pero sigue habiendo un único fruto. Sin embargo, ocurren dos cosas importantes: primero, las protuberancias estallan con un siseo burbujeante y nauseabundo. Una niebla surge de las ampollas estalladas y desprende una peste a marihuana y a ciénaga estancada.

Con arcadas simultáneas, Clarey y yo damos un paso atrás y nos cubrimos la nariz. Al cabo de unos instantes, la cáscara de pelo marrón supurante se abre y muestra una piel brillante y suave que cambia del rojo al morado y al naranja.

Me fijo en la intensidad de esos colores, que contrastan con la escala de grises que hemos visto por todas partes. La vid y el fruto son orgánicos, no hay nada metálico ni oxidado a la vista. Me aparto las manos de la cara para compartir la observación con Clarey, pero me distrae un nuevo aroma. Con cada fluctuación de color, el olor también cambia: mientras que el fruto marrón desprendía un hedor intenso y desagradable, el del rojo es un perfume refrescante, como una salpicadura de vino espumoso; le sigue el morado, que produce una esencia dulce y terrosa que recuerda a una tarta de ciruelas al horno espolvoreadas con azúcar moreno; y, por último, el naranja desprende una nota deliciosa a caramelo y a cítrico.

Cuando el ciclo pasa por los tres colores intensos, empieza de cero con el marrón. Regresa la cáscara peluda con nuevos forúnculos que estallan y emiten un hedor más insoportable que el de antes, y entonces se repite el proceso de muda. Las pieles con lustre de joyas se suceden y las fragancias atrayentes siguen una fiel secuencia. Y luego volvemos al kiwi con granos. Una y otra vez, sin que el ciclo parezca tener fin.

—Es una trampa que pretende jugar con nuestro instinto natural —opina Clarey.

Me aprieto la nariz cuando está a punto de aparecer el fruto marrón.

—Así que, si utilizamos el sentido común y nos lo comemos cuando esté en fase madura y apetitosa, vamos a sufrir la ira de la vid.

—Aunque ojos que sangran y piel que pica no suenan tan mal comparados con tener que meternos eso en la boca, la verdad. —Clarey se cubre los labios y la nariz con la mano cuando reaparece la piel peluda e imperfecta con la peste pútrida que la acompaña.

Cuando el fruto pasa a ser rojo, me destapo la nariz para oler a vino dulce.

—De eso se trata precisamente. Debemos comérnoslo cuando esté en el estado correcto… O, mejor dicho, en el incorrecto. Cuando esté podrido, cuando no apetezca, cuando repela más a todos nuestros sentidos.

—Qué maravilla las vides, las verrugas y demás. ¿Aquí todo tiene que ser tan literal? —se queja Clarey mientras se aparta la mano de la máscara durante nuestro descanso momentáneo. Sin duda, que deba taparse la cara es un constante recordatorio de cómo le han cambiado las facciones y el rostro. Ahora que lo pienso, todo este proceso es una cruel e inusual pantomima de lo que le está sucediendo a él. Casi como si estuviese diseñado con ese mismo propósito: para atormentar y fastidiar.

Y me apuesto a que es justamente lo que Perece tenía en mente.

Si nos sobrase el tiempo, convencería a Clarey de que en absoluto se ha vuelto tan horripilante como ese fruto repugnante. Sigue siendo el mismo chico irresistible de siempre, aun teniendo una calabaza en el lugar de la cara.

El ciclo marrón despide vapor una vez más. Hago un mohín; la idea de comer algo que huele a pantano y a putrefacción me revuelve el estómago. Por no hablar de la idea de que las pústulas estallen en nuestra lengua. Pero cuando el cristal se hace añicos en la pastelería y nos queda claro que las criaturas han conseguido liberarse, debo armarme de valor.

—Arráncalo —le digo a Clarey, porque tengo miedo a tocarlo sin los guantes—. En cuanto se vuelva marrón y peludo.

Clarey arruga la nariz bulbosa cuando el morado intenso ilumina el tallo con un tono azulado; luego un matiz naranja, cálido como el sol, se extiende sobre la piel centelleante. Tan pronto como le sale pelo y se oscurece, Clarey lo arranca y lo sujeta por el tallo. Mira hacia atrás, donde los gruñidos y los rugidos cada vez son más intensos y están más cerca.

—Recuerda no tragarte ninguna semilla, ¿vale? —Aferro el frasco de tinta que acabo de destapar. Clarey se coloca las correas de la mochila sobre los hombros, como si fuese un soldado que se prepara para irse a la guerra; su máscara carnosa casi se vuelve gris por el miedo a que aparezcan protuberancias sobre el fruto.

Me aprieto la nariz para suprimir la oleada de bilis que me sube por la garganta, vuelco el frasco y me vierto una gota en la lengua, y luego hago lo mismo con Clarey. Veo cómo el negro pasa a ser blanco, y enseguida lo tapo para no volcarlo todo. Clarey me devuelve el favor con el fruto, me lo sujeta para que le dé un bocado, evitando el corazón, donde hay una semilla muy grande. Mastico mientras intento no prestar atención a los bultos supurantes y a las fibras alargadas que se me pegan a los dientes. Sin esperar a ver mi reacción, Clarey se mete el resto en la boca, sin la semilla.

Las protuberancias se disuelven sobre mi lengua, pero la peste y el sabor horribles que creía que me inundarían no aparecen. De hecho, se me ilumina el paladar, aunque no como reacción a un sabor. Es como si unos trazos de color mancharan todos mis receptores sensoriales. Me abruma una variedad de emociones, que me llevan por una montaña rusa: doy brincos en una burbuja rosa de felicidad que explota para dar paso a una rabia negra que luego se enrolla como una esponja para apresarme en una almohada amarilla de pena. La suave tristeza se transforma en entusiasmo carmesí, que al poco se convierte en una marea, que me impulsa por corrientes azules y tranquilizadoras que terminan en una cascada plateada, una depuración solitaria.

Es entonces cuando me percato de que la sangre del rey se ha extendido por encima de mi lengua con un calor infinito y me ha recorrido las papilas gustativas y la garganta para formar una capa salada y aceitosa que repele cualquier sabor convencional. No solo eso: también junta todas las emociones hasta formar un único color y sentimiento prístino, el blanco inexpresivo del deseo. Es un lienzo tan amplio y profundo que, de no haber sido por las cualidades disipantes de la sangre real, necesitaría volver a experimentarlo —a pesar del aspecto repugnante del fruto, con verrugas chisporroteantes, pelo lanudo y hedor asqueroso— para atiborrarme del sabor interminable, para sobrevivir.

Ahora entiendo la atracción de los frutos de los duendes y el peligro que representan: magnifican los sentimientos humanos hasta tal punto que es lo más cercano a la magia que la gente llegará a experimentar nunca. El desborde emocional alcanza tal altura que es suficiente para que uno se zambulla en las oscuras profundidades de sí mismo, a no ser que cuente con la cura del rey. Las llamas embrujadas canalizan esas emociones.

Tiene sentido incluso en el contexto del poema ficticio de Christina Rossetti. Laura anhelaba tanto los frutos de los duendes que llega a morir porque los seres humanos se vuelven adictos a esa versión mejorada de lo que los convierte en humanos. Pero las gotas de sangre de duende de los productos de la pastelería de mi tío protegen a nuestros clientes de toda su potencia. Por eso regresan una y otra vez a la tienda, porque se ven atraídos por ese peculiar recordatorio de su humanidad, en lugar de terminar sumidos en una cobarde locura por culpa de un apetito voraz que solo puede saciar la irrupción de cada una de sus emociones.

Regresan para sentirse vivos, no para seguir vivos.

De nuevo en mí, saboreo el regusto ahumado y picante que me ha quedado en la lengua, como si hubiese mezclado clavo con canela y cardamomo; son los restos de la sangre del rey de los duendes. Miro a Clarey, que ya me está observando.

—Alucinante —dice.

—¿Verdad? —respondo, sin aliento.

Antes de que nuestra conversación con una sola palabra dé paso a la preocupación por que la puerta no se haya abierto aún, la vid crece hasta adoptar el tamaño de una anaconda y nos envuelve en un remolino de tallos y hojas que nos levanta del suelo justo cuando las hadas doblan la esquina corriendo. La presión que me rodea el pecho y la cintura no es constrictora ni amenazante. Es amable y protectora. Y cuando los ojos de Clarey se abren como platos por el asombro y no por el miedo ni por el dolor, sé que para él es igual.

La planta sigue creciendo y alcanza una altura en la que nuestros atacantes empiezan a parecer hormigas metálicas.

—Si tienes intención de escribir una historia sobre esto, se me ha ocurrido un título estupendo —comenta Clarey con las manos alrededor del tallo blanco que le rodea el torso.

—¿Ah, sí?

—Juan Calabaza y las habichuelas mágicas. —Mueve las cejas arriba y abajo.

—Qué malo, Clarey —me río—. Y yo que pensaba que lo triste era nuestra situación.

Si no fuera porque la eufórica consecuencia de haber dado un mordisco al fruto me tiene embelesada, me preguntaría cómo es posible que mi amigo esté gestionando tan bien lo que ocurre. Verlo bromear me da esperanzas de que pueda sobrevivir a lo que nos pase sin sufrir ningún otro ataque. Sabe que, cuando regresemos sanos y salvos a casa, todo volverá a ser normal.

Por lo menos para nosotros.

Mi estado de ánimo se desploma al pensarlo, en una trayectoria contraria a la vid, que sigue subiendo tanto que la torre de caída de la fiesta parece un juguete en comparación. Respiro hondo. Estando aquí, entre las nubes humosas, no puedo dejar de observar las vistas: la ciudad se parece mucho a la nuestra, aunque es muy diferente. Echando un vistazo entre los jirones de niebla, veo que los únicos estallidos de color —manchas y puntos rojizos— se asemejan no tanto al óxido como a heridas supurantes.

Mystiquiel está sangrando… Está muriendo.

Al tomar aire de nuevo, percibo el olor a cera derretida que nos envuelve, un recordatorio de mi tío y de todo lo que nos está ocultando. ¿Él sabrá cuál es el origen de ese mal? ¿Habrá estado intentando ayudar a tratarlo de alguna forma con las velas que absorben emociones?

Todas las conjeturas quedan en un segundo plano cuando la vid se balancea a la derecha. Me da un vuelco el estómago cuando comenzamos a descender hacia el tejado del invernadero de la *boutique*. Sigo estando demasiado arriba como para saber si la sólida superficie blanquecina está revestida de ladrillos o de aluminio.

Ganamos velocidad. Mi aullido nervioso se une al de Clarey y debo esforzarme para mantener los ojos abiertos contra el humo y el viento que me los seca. Si no reducimos el ritmo, vamos a estamparnos contra la superficie como dos insectos en un parabrisas. Clarey debe de pensar lo mismo, porque se está removiendo con la misma desesperación que yo contra los tallos que nos aprietan.

Como si nuestros esfuerzos la hubiesen ofendido, la vid nos suelta, y emprendemos una caída libre… rumbo a la colisión contra el tejado.

Nuestro ojo se tensa, frustrado y furioso. ¡No podemos perderla de vista! Pero dejaremos de verla, y también al muchacho, en cuanto el huerto los engulla por completo. Es una despedida momentánea. Como no tenemos pies ni manos para caminar ni agarrar, contamos con una mente avariciosa que cede a nuestros antojos. Hacen lo que les pedimos, cumplen lo que les obedecemos. Ha sido demasiado fácil atraerlos, embaucarlos. Pronto la victoria será nuestra. Infestaremos todo lo que está en pie y haremos que Mystiquiel se arrodille ante nosotros. Polvo somos y en polvo nos convertiremos. Cuando el reloj marque el último segundo, el reino no será más que una montaña de escombros.

21.

magia

Mi grito me envuelve por todos los costados mientras Clarey y yo bajamos en picado más deprisa que en una caída gigantesca de una montaña rusa. Nuestra ropa y nuestro pelo ondean a nuestro alrededor. La gravedad no consigue comprimir mis órganos y mantenerlos en su sitio, sino que les permite flotar en mi interior como si fuesen globos a la espera de que los hagan estallar.

A pocos centímetros del tejado, los listones empiezan a moverse y se manifiestan como un ente vivo y enrevesado. El humo ceroso se despeja y unas gigantescas vides blancas, un calco de la de la puerta, se abren como si fuesen una cortina. Deben de formar parte de la misma planta —o criatura— que custodiaba la entrada.

Justo antes de que atravesemos la abertura, un listón largo y sinuoso forma una especie de paracaídas debajo de nosotros. Nos desplomamos, primero Clarey y yo tras él. Nos golpeamos el culo con escamas y hojas en una progresión que nos lleva a las profundidades del huerto.

Veo destellos de árboles, en cuyas ramas crecen al mismo tiempo la escarcha y las flores. Reconozco frutos que me resultan familiares de los envíos que recibimos en la pastelería y que me hacen la boca agua. En el espeso dosel arbóreo se crea una abertura y nuestro paracaídas nos impulsa hacia abajo como si fuese una especie de tobogán. La imagen de los árboles desaparece, tapada por una sucesión de tallos blancos y de hojas nacaradas.

Descendemos hacia la hierba y el barro. Clarey cae al suelo, suelta la mochila y se pone de rodillas para intentar agarrarme. Incapaz de ralentizar el ritmo, me estampo contra su pecho. Aferrado a mis muñecas, se desploma de espaldas y me arrastra con él.

Unas lucecitas diminutas se iluminan a nuestro alrededor. Durante unos instantes, me preocupa que nos ataquen trasgos microscópicos. Sin embargo, son semillas flotantes, apenas más grandes que motas de polvo, incandescentes y titilantes con suaves tonos azules y naranjas. En la penumbra, su efecto es tan mágico como desorientador, como si estuviésemos encerrados en una bola de nieve de fibra óptica y alguien nos hubiese agitado.

Un mareo me da vueltas en la cabeza, como si siguiese bajando por el tobogán. En este momento, Clarey se retuerce y me recuerda que está aplastado debajo de mí. Todos mis sentidos se detienen y se concentran solamente en nosotros: mi cuerpo contra el suyo, pecho sobre pecho, barriga sobre barriga, pierna sobre pierna, igual que ha hecho antes con Frannie, aunque yo no estoy recibiendo el efecto tranquilizador de la perra.

La tensión que siempre he dejado entre ambos para mantenernos a cierta distancia ahora nos constriñe y nos aprieta, con más fuerza que las vides que nos han soltado aquí. Nuestras caras casi se tocan, mi nariz está a apenas unos dedos de la punta esculpida de una máscara que en su mayoría ya se ha convertido en carne.

Mi flequillo se mueve cada vez que él inhala y exhala, y sus bucles blanquinegros hacen lo mismo debajo de mi propia respiración sibilante y entrecortada.

—¿Te has roto algo? —Jadea la pregunta y manda varias semillas flotantes en dirección hacia mi rostro.

—No. ¿Tú? —Mi respuesta, igual de áspera y sin aire, le devuelve las bombillitas minúsculas.

—Tampoco.

—Bien. —Apoyada en los codos, se me ocurre que debería rodar, pero todos los músculos de mi cuerpo se agarrotan para negarse. Clarey me tiene agarradas las costillas, y no me atrevo a moverme y romper el hechizo. El silencio expectante se prolonga, interrumpido solo por las hojas que nos confinan en un especie de carpa, y que crujen bajo la misma brisa que transporta olores que recuerdan a las frutas que cortaba mi tío al preparar una receta. Pero en algún punto, detrás de todo eso, hay algo tan frío que resulta abrasador.

No me apetece nada descubrir las raíces de este lugar, ni siquiera ver el huerto que se alza al otro lado… Estoy muy agradecida por estar a cobijo de todo, por fin alejada del orbe del cielo, en silencio, sin que nadie ni nada nos vigile, ya que este instante de embrujada privacidad debería pertenecernos únicamente a Clarey y a mí.

Nadie más necesita saber cómo reacciona su cuerpo al mío, la atracción que siempre he evitado —innegable por los cambios que experimentamos los dos—, la tensión de sus músculos y el calor que irradiamos en todos los lugares en que nos tocamos.

La mirada de Clarey, aún más deslumbrante que las mágicas semillas voladoras, me mantiene paralizada con un brillo que ya he visto en el pasado pero que jamás me he atrevido a interpretar. Sus dedos avanzan debajo de mi camiseta y me recorren los bultos de las costillas antes de colocarse encima de mi chaqueta de cuero y viajar a mi cuello desnudo, donde se detienen para apartarme el pelo de la cara.

Un jadeo brota entre mis labios. Me encojo ante la ineptitud del sonido y me empiezan a arder las mejillas.

¿Qué diablos me pasa? No soy una inocente reina del baile de graduación en mi primera posfiesta. Ya he coqueteado con la emoción y la lujuria superficiales. Ebon me enseñó muchas cosas, no solo a ensamblar componentes mecánicos y a diagnosticar la aparición de la luz de control de un motor. Pero a él no lo conocía de principio a fin. Nunca he sentido esto con ningún otro chico, un deseo atemperado por el respeto, una sensación de pertenencia tan intensa y real, tan pura y encantadora —un cariño muy reconfortante, aunque a veces muy salvaje—, que me aterra hacer algo que pueda echarlo a perder o alterarlo.

Tal vez Clarey también esté asustado, a juzgar por cómo le late el corazón contra el mío.

—Íbamos a esperar para hablar, ¿no? —consigo murmurar.

—Ya no estoy tan seguro —responde con un tic en la mandíbula que produce ondas anaranjadas—. «Cuando todo esto haya terminado» me parece superlejos. Quizá deberíamos esperar para hablar y pasar directamente a… —Se detiene en seco y se tensa—. Una máscara sienta un raro precedente para un primer beso.

Tengo que sonreír porque solo Clarey utilizaría una palabra como «precedente» en una situación como esta.

—Cállate. Solo podemos desperdiciar un minuto, así que o lo haces ya o te voy a dejar el labio más hinchado aún.

—Vas a acosar a una calabaza —se ríe—. Seguro que en algún lado hay una ley que lo prohíbe.

—Buf. —Empiezo a moverme, pero Clarey me agarra el bíceps con amabilidad para invitarme a esperar.

—No haré más bromas, te lo prometo. —Se pone serio. Coloca las manos sobre mi cara para agarrarme ambas mejillas.

Las yemas de sus dedos me raspan la piel, con más aspereza de la habitual, puesto que todavía tienen pegadas algunas hojas y hierba de la caída. Pero me da igual porque estoy demasiado ensimismada con otras sensaciones, con otros puntos de contacto, como para darle importancia. Cada curva y cada hueco debajo de mi ropa arde y se suaviza para adaptarse a las formas esbeltas y angulares de él. Es como si estuviera hecha de cera y Clarey de fuego, con el que me derrite las barreras para dejar a la vista todo lo que mantengo oculto debajo de la superficie.

Le acaricio los lados de la cabeza con las manos y paso el pulgar por el punto en que su oreja izquierda ha empezado a fusionarse con la prótesis, deseando más que nunca poder tocar esos bucles suaves junto a su Baha, en lugar de una capa de látex.

Me molesta no poder ver su cara verdadera, esa piel suave y esas facciones familiares. La máscara se alza entre las zonas maravillosas del chico que me gusta desde parvulario y yo. Aun así, esta creación también forma parte de él, del increíble talento que le he visto demostrar y pulir a lo largo de los años, así que ni siquiera titubeo cuando acerca los labios a los míos.

Sus ojos aletean, unas pestañas espesas que enmarcan un ligero resplandor de azul helado y ámbar caliente. Dejo que me guíe, que me ladee la cabeza, dispuesta a aprovechar la oportunidad y dejando a un lado todo lo demás —a Lark, a Jaspar, al rey de los duendes, las máscaras y el tiempo mismo—. Solo durante un segundo. Solo durante un beso.

Cierro los ojos. Un momentáneo estallido de aliento a canela y especias precede a sus labios suaves y carnosos. Cuando rozan los míos, suelto un gemido, lista para tomar las riendas y buscar su lengua, esa parte de su boca que el disfraz no puede ocultar, pero de pronto me aparta al echarse hacia atrás y rodar para salir de debajo de mí.

Me golpeo la espalda al caerme al suelo y la hierba se me clava en la nuca, tan incómoda y acuciante como las preguntas que me asaltan. ¿Me apestará el aliento? ¿Apestaré yo? Es que… una zambullida en el océano es lo más parecido a un baño que me he dado desde esta mañana.

Y entonces el interrogante más cruel eclipsa a todos los demás: ¿Clarey habrá recuperado la cordura y se habrá dado cuenta de que no soy más que una sustituta de Lark?

Aturdida, con las especias de su aliento alrededor de los labios, me lo quedo mirando fijamente. Clarey se arrodilla con los brazos levantados y las manos abiertas, moviendo los dedos hacia delante y hacia atrás, mientras canturrea entre dientes:

—No, no, no. No puede ser. No puedo.

Las semillas brillantes revolotean hasta rodearlo; su serena suspensión contrasta con el tono agitado de él.

Me libero del trance, extingo las llamitas diminutas de mi cuerpo y me desprendo de las inseguridades para concentrarme. Da la sensación de que en las manos lleva los guantes del disfraz: marrones y curtidas, con dedos nudosos como vides que se retuercen. En los extremos, donde debería tener las uñas, le empiezan a brotar hojas.

Reprimo un grito de sorpresa. No puede ser. Ha dejado los guantes en la acera junto a la pastelería, en la esquina del callejón, cuando Filigrana los ha guiado a Frannie y a él hacia mí por orden de Jaspar.

Esos son sus dedos. Esas son sus manos.

Me agacho a su lado. Le está costando no perder los nervios, pero conozco la expresión de sus ojos, el modo en que se agarra el pecho y en que le resulta complicado respirar... También sé cómo ayudarlo. Lo que necesita es frío; el frío le devolverá la calma.

La nieve. La escarcha blanca que he visto cubriendo las ramas al descender... Angorla ha mencionado el sol y la nieve. Desplazo mi atención hacia el entorno y retiro varias hojas nacaradas para ver alrededor. Las semillas luminosas se apartan por una corriente de aire que las envía hacia un dosel de colores de otoño y de ramas marrones. Las copas son lo bastante espesas como para no permitirme ver el cielo ni el sol. Sin embargo, unos rayos de potente calidez amarilla se filtran e imprimen un patrón veteado en el suelo que lleva hacia un camino cubierto de nieve a unos pocos metros de aquí.

Me giro hacia Clarey, que ha recostado la espalda en un tronco.

—No me marcho, solo necesito ir a buscar algo para ayudarte.

Se coloca la barbilla sobre el pecho, se rodea las rodillas y jadea. Con la esperanza de que me haya oído, agacho la cabeza para entrar por la abertura donde varias ramas se separan y sueltan suaves copos de nieve que caen al suelo como si fuese azúcar glas. La blancura cubre las ramas, los frutos y las hojas, que ya resplandecen con un hielo brillante, y salpican las bayas rojizas que crecen en mal estado en unos arbustos verdes con espinas.

Al observar la rareza del paisaje, todo empieza a cobrar un extraño sentido.

Sin apartar a Clarey de mi vista, me prometo resolverlo más tarde en mi cabeza. Solo debo agacharme un poco para recoger un puñado de nieve, y siento alivio al ver que no se transforma cuando la toco. Regreso junto a Clarey. Se me entumece la palma por el frío al agarrarle las manos y, tras darles la vuelta, colocarle los pedazos de hielo. Él aprieta los puños.

Se le tensan los nudillos; la nieve empieza a derretirse entre las vetas de sus dedos frondosos hasta gotear sobre el regazo de sus estrechos pantalones a rayas. La respiración se le tranquiliza, acompasada y regular. Sin hablar, se contempla las hojas de las puntas de los dedos y ve cómo están moteadas con trocitos de escarcha. Acto seguido, dirige los ojos hacia mí y murmura la palabra «gracias».

Y entonces se acerca la mochila y se detiene a observar el reloj, que ahora marca las 21:20. Nos quedan menos de tres horas para salir de aquí.

Tic, tac. Tic, tac.

22

el peso de las máscaras

Clarey gruñe.

—Siento haber hecho que perdiésemos tiempo… y nuestro momento. Buf. Es que… No soy un caso perdido, te lo prometo.

—¡Pues claro que no! —Me arrodillo a su lado—. ¿A quién no le estallaría la cabeza en estas circunstancias? —Agarro sus frías manos entre las mías. Las vides y las hojas que le rematan los dedos se alargan para rozarme las muñecas.

—Ya. —Niega con la cabeza—. Tú apenas te inmutaste al ver las cremalleras de tu cara. Eres tremenda. Una digna heroína.

—No siempre soy tremenda. Y soy lo menos parecido a una heroína que hay.

—Lo eres mucho más que yo. —Y suspira, una inhalación y exhalación tan profunda que acarrea el peso de este otro mundo extraño y salvaje en el que estamos atrapados—. Lo que ha dicho Jaspar, lo de que en Chicago no tuve agallas… No sé cómo lo sabe, a no ser que haya entrado en mis recuerdos en el laberinto cuando lo he visto en un espejo. Ha sido como si literalmente estuviese allí, reviviéndolo todo.

Se me acelera el pulso. Por lo tanto, Clarey ha experimentado lo mismo que yo, ha visto cómo uno de sus recuerdos más dolorosos ha escapado de su mente y se ha reproducido como un entretenimiento para un hada vengativa.

—Hace mucho tiempo que quiero contártelo —prosigue con voz temblorosa—. Pero... me preocupaba que pensases que era un gallina.

—En primer lugar, tú odias la palabra «gallina» tanto como yo. Digamos más bien que un pollito, ¿vale?

Se ríe y luego extiende las piernas para levantarse.

—Ahora no podemos perder el tiempo. Ya nos queda muy poco.

Tiene razón. No es el mejor momento ni el mejor lugar, pero jamás se me ocurriría detenerlo. Debe soltarlo para pasar página y estar totalmente alerta para lo que suceda en la siguiente fase del juego.

Le pongo una mano en el pecho para que no se mueva.

—Te he dicho que para eso están los amigos. Esperan hasta que estás preparado y luego están allí para escuchar. Tenemos tiempo. —Me desplomo, recuesto la espalda en el tronco a su lado y le doy un golpecito en el hombro.

Hincha las mejillas hasta que se asemeja a un pez globo y termina asintiendo.

—Vale, te haré un resumen rápido. En mi instituto había una chica. Se llamaba Kendra. Estaba obsesionada conmigo, pero no parecía darse cuenta, si es que eso es posible. Siempre quería tocarme el pelo y las pestañas. No salíamos juntos ni nada, y se me acercaba durante el recreo o la hora de comer para pasarme una mano por el cabello blanco y recorrerme la frente con un dedo. Tenía novio, un tal Jackson, un as del equipo de baloncesto de la universidad, y ni siquiera veía cuánto lo molestaba a él que siempre estuviese encima de mí. Me enviaba mensajes de texto. Muy raros. Me decía que mi frente era suave como la barriga de un cachorro. Me preguntaba si debajo de la ropa tenía ocultas zonas igual de suaves.

—Hostia puta. —Aprieto el puño en un acto reflejo—. Para esa guarra eras un fetiche. —Me muerdo el aro del labio para reprimir el millón de palabrotas que quiero espetar.

—Sí. Y luego el raro soy yo, ¿eh? —Clarey se ríe a medias, pero interpreto el gesto como el mecanismo de defensa que es.

Se me revuelven las tripas, una oleada de malestar por el intrusismo, por la insensibilidad… Me imagino cómo sería saber que a alguien no le importa cómo seas por dentro. Que ese alguien te trate como una mascota o un juguete de cuerda. Como algo que puede llegar a poseer. Y me resulta totalmente imposible entender cómo una persona podría tratar a otra persona así. Yo ni siquiera trataría así a un hada.

—En fin, pasemos a un par de semanas después de que terminaran las clases. En las vacaciones de verano. Era junio, cuando mi madre estaba en el peor momento. En cuidados paliativos, ¿sabes? —Sorbe antes de proseguir—: Siempre había querido ir conmigo al festival anual de *blues* de Millenium Park. Como ella no podía ir, le prometí que le llevaría un programa firmado por los artistas. Solo esperaba que tuviésemos suficiente tiempo, quizá incluso la oportunidad de enmarcarlo y colgarlo en su habitación. Así que fui la noche del estreno. Un par de amigos míos iban a encontrarse conmigo en el anfiteatro al aire libre.

Eleva los hombros con otro suspiro antes de pasarse el dedo frondoso por los surcos de su frente. Ahora me doy cuenta de que sigue luciendo la cicatriz, y siento náuseas porque la historia tan fea que me está contando se va a poner violenta, y no sé si podré reprimir el alma de justiciera que querré emplear.

—El último día de clases, bloqueé a Kendra en el móvil. Era tan estupendo no tenerla alrededor día tras día que casi me había olvidado de su retorcido encaprichamiento. Por desgracia, ella no lo había olvidado, y Jackson tampoco. Como no podía llamarme ni nada, no supe que habían roto por mi culpa y que él iba a por mí. Kendra me había acosado lo suficiente como para saber que me gustaba el *blues*, pero yo no sabía que se lo había mencionado a Jackson. Por eso no esperaba que nadie me siguiese cuando me metí en un tranquilo caminito entre los árboles para encontrarme con mis amigos en el festival.

Oigo un crujido de hojas cuando a Clarey le tiembla la palma. Le agarro la mano para que tenga un punto de apoyo.

—Alguien me empujó por detrás. Me arrastró hasta un matorral abandonado y me lanzó al suelo, me dio puñetazos, me clavó puntapiés. Me llamó «bicho raro» y muchas cosas peores... —Traga saliva—. Se me rompió el Baha, me dolían las costillas, me palpitaba la mandíbula, me entraron ganas de vomitar. Quería defenderme, pero no se me ocurría cómo. Ya sabes que mi padre odiaba eso de mí. Que fuese demasiado enclenque, demasiado pacífico. El único maquillaje que habría aprobado ver en mí era el contorno negro de los jugadores de fútbol americano. —Otra risotada a medias.

Le apreté la mano para darle ánimos. Me acuerdo de cuando vivió en Astoria hace años. De que su padre no aprobaba ninguna de sus aficiones. El señor Darden no comprendía lo que nosotros ya sabíamos cuando éramos pequeños: que la ropa, el maquillaje, los *piercings*, los tatuajes, todo lo exterior... no define a una persona. No es más que una pequeña fracción de su ser.

—En fin, me estaba dando una buena paliza. Me quedé ahí tumbado, como un fardo, con la esperanza de que terminase pronto, que Jackson se cansase. Era evidente que estaba borracho porque arrastraba las palabras. Y entonces sacó un cuchillo y me dijo que le iba a enviar a Kendra un trozo de mi piel como regalo. —Todo el cuerpo de Clarey se convulsiona.

Lo rodeo con el brazo en solidaridad.

—Chillé para pedir ayuda, pero la música ya había comenzado y nadie me oyó. Me hizo un corte. —Clarey se roza la cicatriz—. Fue entonces cuando sentí el impulso de la adrenalina. Agarré una rama del suelo y lo golpeé en la pierna. Oí cómo le crujió la rodilla, y se desplomó. Había voces que se acercaban, y supe que alguien lo iba a encontrar. Así que lo dejé ahí, en el suelo…, y me fui a por el programa para mi madre. Estaba en *shock*, está claro. Sangraba, me dolía respirar, mi dispositivo de audición zumbaba como si fuese una radio mal sintonizada y tenía la ropa desgarrada, pero en lo único en lo que pensaba era en que le había hecho una promesa a mi madre y que pretendía cumplir con mi palabra, porque probablemente fuese la última que le podía hacer. No le conté a nadie lo que ocurrió. Cuando mis abuelos pusieron el grito en el cielo al ver mi Baha roto y el corte que necesitaba varios puntos, dije que había bebido demasiado, había intentado subir al escenario y me había caído. Que me castigasen por haber bebido siendo menor era mejor que confesar la verdad. Tampoco era que Jackson me hubiese atacado en grupo. Éramos uno contra uno. Debería haber podido reaccionar. Quizá mi padre tenía razón. Me habría ayudado saber cómo defenderme.

—Pero sí que te defendiste.

—Sí, pero si hubiese aprendido a dar un par de puñetazos, a lo mejor no le habría destrozado la pierna a Jackson. Después de eso ya no pudo volver al baloncesto. Perdió cualquier posibilidad de obtener una beca. Él tampoco se lo contó a nadie, claro. Fue un pacto tácito. Pero Kendra lo descubrió. Es lo bueno que saqué de todo eso. A partir de entonces, me evitó por completo porque estaba muy avergonzada.

—Me alegro de saber que podía medio actuar como una persona.

Clarey resopla.

—Después de aquello, si alguien me miraba demasiado rato o parecía ligeramente interesado en mí, recordaba la obsesión de Kendra y los porrazos del parque. Sobre todo cuando estaba rodeado de mucha gente; era entonces cuando empezaban los ataques de pánico. Mis abuelos me mandaron al psiquiatra. Le solté la mentira de haberme caído delante de cientos de personas. Por eso solo me sentía seguro si me ponía una máscara. Porque así los demás no veían mi verdadero yo. Quizá no tendría que haber mentido, pero… —Su voz se va apagando.

—Lo entiendo. —Le levanto la muñeca y aprieto la mejilla contra el dorso de su mano nudosa. Como él, yo tampoco fui del todo sincera con mi terapeuta. Clarey aparta la mirada, una clara señal de que debo redirigir el tema de conversación. Darle la vuelta con algo positivo—. Bueno, y ¿al final tu madre consiguió el programa firmado?

Me mira a los ojos con una expresión que solo puede describirse como orgullo.

—Sí. Con cinco autógrafos personalizados para ella. Hasta Toni Price lo firmó.

No hace falta que Clarey me interrogue sobre ese nombre. Toni era una de las cantantes preferidas de Breonna. La conozco muy bien porque uno de sus discos tiene una portada muy de Halloween que siempre me pone nerviosa cuando Clarey lo reproduce para escucharlo: una modelo con un vestido naranja que se funde con la calabaza que lleva en las manos, mientras a sus pies deambulan gatitos negros.

—Una mujer inspiradora. Con sesenta años, sigue haciendo lo que le encanta hacer. —Clarey sonríe—. Mi madre me dedicó la sonrisa más bonita del mundo. Dijo que quería que la enterraran con el programa. Y respetamos su voluntad.

El silencio que le sigue durante un segundo es insoportable, hasta que se pone a sollozar. Su vulnerabilidad me toca la fibra sensible como si fuese un violín. Debe de ser el músico que hay en él.

Lo estrecho para que no vea que a mí también se me han llenado los ojos de lágrimas.

—Clarey, estuviste con ella en todo momento, la hiciste sonreír. Pasasteis tiempo juntos. Compartisteis vuestro amor por la música. Eso significa que para ella fuiste un héroe. No solo ese día, sino todos los días.

Me abraza y me apoya la boca en la sien. Al cabo de un par de sollozos, sus labios se curvan en una sonrisa.

—Gracias, Nix. —Me da un beso en la frente y luego nos separamos, pero sigue rodeándome la cintura con un brazo—. Madre mía. No te imaginas qué bien sienta confesar por fin la verdad. Tal vez era lo que me impedía avanzar. No he podido mejorar con los ataques de pánico porque no he sido sincero con los doctores. Tengo que dejar de sentirme avergonzado y abrirme para que puedan ayudarme de verdad. Pero es una mierda. Estar listo para dejar de esconderme… y así quitarme un peso de encima y hacer frente a mis monstruos. Pero ahora el monstruo soy yo. —Se toca la barbilla y baja los hombros.

Su frustración aviva la llama que ya arde en mi interior. No solo porque se viese obligado a vivir una experiencia tan espantosa por culpa de una imbécil y de su ex vengativo, sino porque se ha visto obligado a revivirlo con Jaspar antes de estar preparado; era lo que acechaba a Clarey detrás del látex que ahora tiene adherido a la piel. Y en este momento de triunfo en que quiere librarse del pasado y quitarse la máscara en un gesto simbólico de valentía, no puede hacerlo.

—Voy a estrangular a Jaspar —murmuro antes de poder evitarlo.

—No lo dudo. Igual que les diste un puñetazo a esos dos chicos cuando íbamos a la escuela para defender mi honor. Igual que ibas a abalanzarte sobre Jaspar antes por tu tío. Y supongo que tienes intención de atacar al rey por todos nosotros. A no ser que yo consiga convencerte de lo contrario.

—Eres el único que podría conseguirlo. —Sonrío—. ¿Sabes? Está guay que tengamos habilidades distintas. A mí se me da genial pegar con los puños y tú eres un maestro del maquillaje. Tú eres una persona lógica y centrada, y yo no. Cuando no consigo arreglar algo con las manos, me frustro. No podría haber llegado tan lejos sin ti. Me habría quedado destrozada nada más encontrar las gafas de mi tío, convencida de que nuestra maldición de Halloween había ganado y lo había perdido para siempre. Tú me has dado el sentido común y me has devuelto las ganas de luchar.

—Sí, formamos un equipo estupendo. —Se coloca las correas de la mochila sobre los hombros—. Cuando volvamos a casa, tendríamos que inventar un logo e imprimir unas cuantas camisetas. Hacer oficial nuestra colaboración. —Me lanza una sonrisa pícara, pero es imposible ocultar la esperanza sincera que hay detrás. Está preparado para que exista un «nosotros».

Me obligo a no observar durante demasiado tiempo esos labios, porque hace que quiera hablar del beso que nos hemos dado o incluso confesar mi propia culpa y vergüenza secreta, para que así empecemos lo nuestro con todas las cartas encima de la mesa, sin máscara de ningún tipo...

Luego. Siempre es luego.

—Hablando de trabajo en equipo —digo después de aclararme la garganta mientras le doy golpecitos al reloj de bolsillo de mi padre—, pongamos en común lo que pensamos. No consigo saber cómo funciona nuestra «magia» aquí. Si tuvieses que darle un razonamiento lógico, ¿qué crees que te está pasando en las manos? No puede estar relacionado con las semillas que flotaban por los aires porque a mí no me han afectado.

Clarey se encoge de hombros y la mochila se mueve con el gesto.

—Quizá, como es una parte de mi disfraz completo cuando lo imaginé, sigue cambiándome para encajar con esa idea, ¿no?

—Una deducción tan buena como otra cualquiera.

—Y eso significaría que voy a seguir transformándome hasta que salgamos de aquí.

—No podemos permitir que pase eso. —Reprimo un gemido—. No puedes convertirte en un duende de verdad. —Mi mente se atora en ese pensamiento al intentar agarrar algo que no alcanza—. Un *déjà vu*.

—¿A qué te refieres? —me pregunta.

—Esto lo hablamos anoche… cuando nos dirigíamos a Delicias Encantadas. Cuando debatíamos cómo mejorar tu disfraz, cómo lograr que fuese más realista. Dijiste que…

—La única forma de ser un duende más realista sería transformándome en uno de verdad. —Traga saliva; un bulto aparece debajo del extremo inferior de la máscara, recorre todo su cuello y desaparece debajo del primer botón de su camisa—. Me advertiste que no lo dijese en voz alta. Que el rey de los duendes nos arrastraría a su reino y haría realidad mi deseo. Pero estábamos de broma, ¿no?

Me llevo la lengua al paladar, seca como una lija.

—A no ser que nos haya oído. A no ser que Perece se haya tomado nuestra broma como un desafío y que eso haya sido lo que lo empezó todo.

Clarey entorna los ojos sin aceptar del todo mi deducción.

—Pero el portal no se había abierto todavía cuando hablábamos anoche. ¿Cómo es posible que Perece nos haya oído?

—Ya me he cansado de jugar a las preguntas. —Gruño, frustrada—. Y estoy harta de entretener a Jaspar con nuestros titubeos. Ya va siendo hora de que consigamos respuestas del mismísimo rey. —Tiro de Clarey y señalo hacia el límite que separa el otoño del invierno. Se levanta a mi lado y barre el paisaje con la mirada.

—Venga ya. —Me suelta la mano y recoge un puñado de nieve. A horcajadas entre el invierno y el otoño, espolvorea la blanca levadura sobre su zapato derecho, donde la hierba muerta y descolorida se transforma en briznas de un amarillo verdoso entremezcladas con hojas otoñales. La nieve se derrite en cuanto cae sobre una tierra más caliente—. Este sitio es increíble.

—Sí. —Apunto hacia la derecha—. El castillo de Perece está por allí, donde el verano cruza la primavera.

—¿Lo has visto? ¿Has visto todo esto? —Me señala el dosel formado por las copas de los árboles.

—No. Lo sé porque así es como lo dibujé… hace años.

Motivada por la expresión anonadada de Clarey, le explico todo lo que recuerdo y por qué este huerto me resulta tan familiar: en mis primeros esbozos, había cuatro cortes de hadas medievales —primavera, verano, otoño e invierno— que estaban habitadas por un rey de los duendes totalmente orgánico y sus súbditos. Cuando intenté reestructurar el mapa de mi mundo imaginario para que encajase en un modelo más conservador que el que había visto en mis sueños, no había metal, niebla humosa ni electrónica.

Dentro del huerto, los árboles están divididos en homenaje a esas cuatro cortes estacionales, a mi abandonado concepto natural sin artificios. Sin saber cómo, hemos aterrizado en la linde que separa el otoño —hojas coloridas y manzanas, arándanos e higos que florecen en los arbustos y en las ramas— del invierno —con caquis, granadas, cerezas y frambuesas que atraviesan capas de hielo y de escarcha—.

Tiene sentido que el palacio del rey esté aislado aquí, debajo de vides y doseles arbóreos, protegido de visitantes indeseados, ya sean trasgos voladores o los pasos gigantescos y destructivos de las dríades.

—Son viñetas que no has visto nunca —termino de contarle— porque descarté la idea. Pero supongo que bastó con que lo imaginara, como tantas otras cosas de por aquí. Lo bueno es que Perece no nos observa ahora, no sabe con exactitud dónde estamos… Eso nos da cierta ventaja. ¿Estás conmigo?

—Cómo no voy a estarlo. Ojalá supiese durante cuánto tiempo seguiré siendo yo. —Clarey chasquea los dedos mojados y emite un ruido que parece el de una rana al saltar encima de cemento. Con el ceño fruncido por la preocupación, se pasa las palmas de las manos por los pantalones para secárselas—. Una calabaza que derrota a un rey duende. Es un argumento estupendo para un especial de animación de Halloween, ¿no?

Sonrío, impresionada por el certero sarcasmo que oculta el temblor de su voz. No solo eso, sino que a mí también me anima, porque es la primera vez, desde que perdí a Lark, que la mención de Halloween no hace que me estremezca ni me transporta a lugares mentales horribles. Ahora tengo una nueva confianza para contárselo todo a Clarey en cuanto hayamos superado esta noche de locos. En cuanto la vida vuelva a la normalidad.

—Muy bien. —Clarey se recoloca la mochila sobre los hombros y me hace un gesto para que lidere la comitiva—. Vamos a vencer al chivato los dos juntos. Todo su reino quedará reducido a una montaña de escombros.

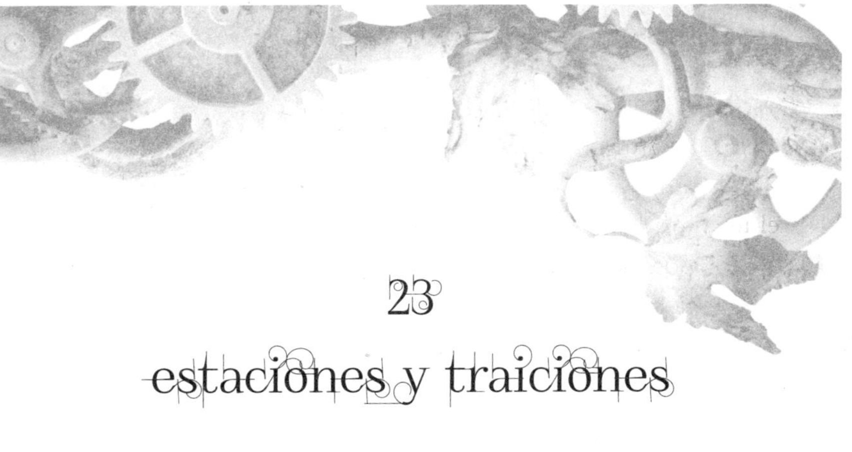

23

estaciones y traiciones

No puedo confesarle a Clarey que mi corazón no comparte por completo su deseo de destrozar este mundo. Por lo que he visto fuera del huerto, todo está encaminado ya hacia la podredumbre porque lo construí mal; le di un mal corazón. Por no hablar de las criaturas descompuestas que he dejado en las calles y en las aceras, rodeadas de charcos de arcoíris que los están corroyendo.

¿Y si hay una manera de rescatar a mi tío y a Frannie, y luego huir de este lugar antes de que se cierre el portal pero también habiendo curado Mystiquiel?

Todo lo que hemos visto hasta ahora —las criaturas marinas deterioradas en la cueva, el kelpino muerto en la playa— confirma que la plaga afecta a las piezas metálicas de los habitantes de este mundo. Como esas piezas forman parte de su propia esencia, pueden llegar a matarlos.

Clarey, mi tío, Frannie y yo somos totalmente orgánicos: con plasma, calcio, carne y huesos. No necesitamos ninguna parte metálica para vivir, solo para funcionar con más facilidad. Nuestra corporeidad es nuestra inmunidad. Una inmunidad como la que ahora comparten Bombón, el trol y Angorla, teniendo en cuenta que todo lo metálico u oxidado ha desaparecido en ellos en cuanto se han transformado.

Debe de haber alguna forma de utilizar ese poder para ayudar al reino, quizá incluso para negociar con Perece.

Clarey y yo trepamos y rodeamos las raíces de los árboles que se alzan por la tierra como si fuesen nidos gigantescos. Este lugar no se parece en nada a la *boutique* de Juniper, pero está tan vivo y es tan maravilloso como sus plantas y hiedras. Por todas partes hay frutos: en los árboles salpicados de moho, en los arbustos y hasta en el suelo. Este paisaje parece abarcar muchísimos acres, aunque se puede atravesar sin problemas. Hay lugares en que las raíces se hunden bajo tierra y el terreno verde se curva para impulsarnos hacia delante. Mantenemos el equilibrio sujetándonos. En los instantes en que vemos a través del dosel arbóreo, el techo se abre a un firmamento de retales, azul y soleado en algunos puntos y grisáceo y nevado o lluvioso en otros. Además de carecer del orbe que vigila todos nuestros movimientos, este cielo no está cubierto de nubes humosas. Aquí el cielo parece real, como en Astoria.

Sin embargo, sospecho que, igual que las carpas que hemos visto al entrar en Mystiquiel, se trata de un espejismo de algún tipo, teniendo en cuenta que las vides forman el techo de verdad. Pero falso o no, da sensación de realidad. Entorno los ojos ante el intenso brillo del sol y luego parpadeo cuando los copos de nieve se pegan a mis pestañas. Por mi rostro pasan tanto el calor como el frío entre unas ramas y otras.

Por el camino, vemos al trol transformado y a Bombón. Brincan por las hojas y las ramas mientras persiguen a Filigrana, que ulula una canción provocadora, los tres jugando como si fueran niños pequeños. Bombón nos ve y nos saluda, pero sigue avanzando con sus compañeros de juego. Parecen tan felices que empiezo a preguntarme si los habrán traído hasta aquí para que el rey los protegiera, no para que sean encarcelados.

Esa posibilidad me confunde y me inquieta, porque Perece no es de los que miman al pueblo.

Por fin llegamos al verano, donde crecen albaricoques, sandías, melocotones, ciruelas y grosellas. Por los agujeros entre las copas de los árboles, hacen acto de presencia los cuatro chapiteles negros y resplandecientes del castillo. Clarey y yo nos agachamos detrás de unos matorrales con arbustos de grosellas. La primavera aguarda en algún punto, a lo lejos; en el aire percibo el olor a mangos, piñas, fresas y melones de piel lisa.

Aparto unas cuantas ramas, con cuidado para evitar las espinas, a fin de ver mejor. Los chapiteles son los únicos elementos angulares de la arquitectura del palacio. Se yerguen en intervalos medidos alrededor de una muralla circular y altísima tallada en tungsteno; el resultado es una superficie de piedra metálica dentada, de un negro plateado y con bordes escarpados para que nadie pueda escalarla.

Unas bobinas de Tesla arrojan luz blanquecina sobre las cimas de los chapiteles, cuyas corrientes eléctricas alternas chisporrotean para conectarse unos con otros y formar una cúpula de iluminación por encima del castillo esférico y altísimo. La superficie del castillo, hecha con cristal negro reflectante, centellea gracia a la luz de los chapiteles y muestra reflejos mientras al mismo tiempo oculta a los ocupantes y las cámaras del interior.

En el medio de la muralla de tungsteno, un puente levadizo es la única entrada. La obstrucción circular, una espiral plana que gira sobre sí misma para crear un círculo, me recuerda a unos gigantescos hornillos de unos fogones eléctricos. Incluso brilla rojiza y desprende un calor que noto desde nuestro escondrijo.

Me giro hacia Clarey para intentar encontrar el modo de entrar cuando un potente chirrido restalla en el aire en el momento en que el puente levadizo desciende y el resplandor rojizo se vuelve negro. Cinco caballeros reales devorados por el óxido galopan montados sobre los mismos unicornios corroídos y rechinantes que nos han perseguido hace un rato.

Su líder, Flagelo, lleva un casco metálico encima de una cabellera blanca que brilla como si fuesen cables de fibra óptica. Su rostro fantasmal —nariz aguileña enorme, orejas puntiagudas y labios babosos— tiene la tez amarillenta de los huesos palidecidos por el sol. Al gruñir, muestra unos dientes metálicos afilados. En el cuello y en las mejillas se le marcan las venas cuando da la vuelta con su montura para ponerse frente a los demás y levanta un brazo fino de aluminio encajado en una mano a la que le faltan dos dedos. Unas láminas rojas cubren las extremidades inexistentes y se dirigen al suelo cuando aprieta el puño.

Clarey y yo nos inclinamos hacia delante; procuramos no hacer ni un solo ruido mientras el hermano del rey vocifera órdenes al pequeño regimiento.

—Dispersaos, barred los huertos. —Su laringe traquetea, menos impresionante que el rugido motorizado del rey; más bien parece una batidora eléctrica a toda velocidad cuya varilla golpea un cuenco vacío. Por el regimiento se extienden los murmullos. Se asignan las rutas y se racionan las armas. Hachas, espadas y puñales pasan entre ellos—. Si encontráis alguna presa, traedla —prosigue Flagelo con las instrucciones—. Viva o muerta, poco importa. Pero no le destrocéis la piel para que él pueda colgarla en la pared de la sala de juegos. Ya sabéis cuánto le gustan sus trofeos.

Clarey abre los ojos como platos y yo reprimo un jadeo al oír la horripilante amenaza. ¿Nosotros somos una presa? Durante todo el tiempo, he pensado que el rey nos había preparado un juego, que no quería hacernos daño, sino entretenerse con nosotros... ¿Y si lo he interpretado todo mal desde el principio? ¿Y si está dispuesto a matarnos a Clarey y a mí, y a arrancarnos la piel, lo que ya les habrá hecho a Frannie y a mi tío?

El calor me abrasa las orejas, seguido por una oleada de náuseas. No, debo pensar que están bien o perderé la cabeza. Y no se me escapa que el hecho de que nos despellejen y nos exhiban se parece demasiado a lo que vivió Clarey en Chicago. No voy a ponerlo a él en peligro exponiéndonos los dos.

Si me adelanto yo sola, podré tocar a todos los jinetes y darles el don de la realidad, del bienestar. Ha funcionado con Angorla, con eso me he ganado su lealtad. En cuanto los haya transformado, estarán dispuestos a formar nuestra guardia personal. Nos ayudarán a irrumpir en el castillo y descubrir qué está pasando realmente.

Tenso los músculos, a punto de levantarme.

—¿Qué pretendes hacer? —Clarey me agarra la muñeca. Habla en voz más baja que el zumbido de las bobinas de Tesla.

—Tú espera aquí. —Me muerdo el aro del labio y lo fulmino con la mirada.

En mi cara deben de leerse claramente mis intenciones, porque lo veo negar con la cabeza tan fuerte que me parece oír el traqueteo de semillas de calabaza en el interior.

—Ni hablar —murmura. Percibo aspereza en su tono; intenta ser fuerte a pesar de la amenaza que se cierne sobre nosotros y también sobre mi tío y Frannie—. No vas a ir ahí sola. Es un suicidio.

—¡Ya basta de cháchara! —La orden de Flagelo al regimiento interrumpe nuestra susurrada conversación—. No falta demasiado para que se cierre el velo. ¡En marcha!

El velo… Deben de buscarnos a nosotros.

Clarey enlaza un brazo con el mío para mantenerme agachada a su lado.

Los unicornios trotan hacia los árboles y los engranajes chasquean en los caminos que quedan a ambos lados de nuestro escondite. Sus movimientos sobre la hierba provocan un extraño silbido desde el árbol que está más cerca de nuestros arbustos de grosella. Clarey es el primero en darse cuenta, y me giro justo a tiempo de ver cómo el tronco se mueve y da un tambaleante paso adelante.

Angorla.

Ya ante nosotros, la duendoja esboza una sonrisa rancia antes de agarrarnos a Clarey y a mí por el cuello y obligarnos a ponernos de puntillas al ganar altura delante de nosotros.

Mis pies se despegan del suelo y forcejeo contra su pezuña para intentar liberarme.

—Nos has dicho que estabas de nuestro lado —la acuso con un murmullo—. Y las hadas no mienten.

—Mi palabra ser verdad. —Su aliento huele a frutos del bosque y a bálsamo cálido, un extraño complemento para la podredumbre de su personalidad—. Alta como árbol, quieta como pared. Yo decir que nuestra historia ir junta, y ser claro que ser así. Yo jurar no aparecer entre vosotros y puertas nunca más. Eso incluir puentes levadizos también.

Dicho esto, nos saca de nuestro escondite y nos deja en el camino de Flagelo. Su unicornio se sobresalta y da media vuelta, y está a punto de lanzarlo de la silla. Despatarrados junto a los cascos traseros de la montura, Clarey me arrastra. Nos tumbamos al máximo posible sobre el suelo con los brazos encima de la cabeza para protegernos de las hojas afiladas que zumban al final del lomo del unicornio.

Mis nervios se retuercen por el agotamiento; el estrés que llevo horas sintiendo por fin me ha alcanzado. Miro entre los brazos cuando Flagelo desmonta, aliviada por que todavía no haya reparado en nosotros. Está totalmente concentrado en Angorla.

—Tenemos órdenes de descuartizarte si te vemos, ladronzuela —gruñe mientras desenvaina una espada, que coloca en el cuello del hada con un gesto para clavársela en la piel rosada que tiene debajo del pelaje—. Será muchísimo más fácil ahora que eres de carne y hueso. Te dije que no volvieras a aparecer por aquí.

Me martillea el corazón contra un terrón de barro que me separa el pecho del suelo. Clarey me da un golpecito. Nos apartamos los brazos de la cabeza y nos arrastramos hacia la linde del huerto, como unos gusanos marcha atrás.

Angorla sisea en nuestra dirección, inmovilizada por la espada que le apunta al cuello.

—¿Dónde creéis que vais?

Flagelo mira hacia atrás. Sus labios furiosos esbozan una sonrisa maliciosa y baja la espada. Da la vuelta a su montura.

—¿Y esto, Jardinera? ¿Es una ofrenda de paz?

Jardinera. La verdad me golpea: garras que cambian para formar herramientas de labranza; lo bien que conoce la vid que custodia la puerta; cómo se parece a Juniper en los cuernos, la risa y los ojos. Angorla es la guardiana del huerto a imitación de la tía de Clarey, la propietaria de la *boutique* verdadera de Astoria. Al dibujarla, no he llegado a atar cabos. Por lo visto, mi subconsciente sí que tiene voluntad propia.

—Sí. Una ofrenda. —Angorla me agarra por el hombro. Me giro con la intención de soltarme, pero me da un golpe en la barriga con los cuernos y me lanza al suelo. Me quedo sin aliento y se me vacían los magullados pulmones.

—¡Eh! —grita Clarey para distraer a la duendoja.

Me sacudo el dolor de encima, paso una pierna por debajo de los pies desiguales de Angorla y la derribo. La clavo en el suelo con la rodilla sana y aprieto un puño dispuesta a golpearle la cara, pero me detengo al instante cuando Flagelo coloca la punta de la espada sobre la mejilla de Clarey.

—A nuestro rey vuestras tradiciones mortales en la víspera de Todos los Santos le resultan curiosas y encantadoras. Siempre ha querido vaciar una calabaza. Te pediría que no me obligases a darte una paliza.

Vuelvo a quedarme sin aire, tanto aterrada como pensativa. ¿No son las palabras exactas de Jaspar? ¿Que la celebración era curiosa y encantadora?

Con una risilla, Angorla se levanta y me da la vuelta, interrumpiendo así mis pensamientos. Me rodea las manos a la espalda con vides, con lo cual mis puños y mi piel quedan inservibles.

—Dile a Su Majestad que he cumplido sus órdenes y he guiado a la muchacha para que dejase de estar a cielo abierto. Exijo un indulto para mis delitos… como recompensa por haberla atrapado.

—De acuerdo, vete. —Flagelo asiente con la cabeza—. Pero deja de parlotear o te rebanaré la lengua yo mismo. —Hay cierta forzada tensión entre ambos que no consigo comprender. El hada gruñe antes de huir hacia los árboles. Los demás jinetes, atraídos por el alboroto, han regresado junto a su líder.

Intento desatarme las manos.

—Idiotas, ¿no sabéis quién soy? ¿No sabéis lo que puedo hacer por vosotros? Yo os he creado a todos… ¡Yo lo he creado todo!

—De ser así, no debería tomarte por sorpresa la naturaleza voluble de todo esto —se burla Flagelo—. De este mundo y de estos idiotas.

El regimiento oxidado se echa a reír, como si compartiesen alguna broma interna. Sin pronunciar más palabra, Flagelo empuja a Clarey y yo lo sigo, atenta a alguna señal de pánico, pero mi amigo parece estar anestesiado, procesándolo todo en silencio mientras nos dirigimos hacia las fauces abiertas del castillo.

Empezamos a cruzar el puente y clavo la mirada en el espejo esférico, por una vez deseando ver el reflejo de Lark, un último vistazo a mi hermana antes de que todo haya terminado, aunque me chille para echarme en cara mis fracasos. Pero la imagen que me devuelve la mirada está distorsionada y desproporcionada bajo el efecto del espejo curvo. Es como si volviese a ver a Lark aquella noche, pero esta vez soy yo: con cremalleras, *piercings*, triángulos negros alrededor de los ojos y deformadísimos labios pintados de rojo; la obra maestra de Clarey está a punto de convertirse en mi cara para siempre.

Nunca habría imaginado que los duendes que un día me salvaron iban a ofrecernos a mi tío y a mí en bandeja de plata en la fiesta de Halloween para que la maldición de mi familia se cumpliera del todo. Lo peor es que nunca habría imaginado que arrastraría a Clarey y a Frannie con nosotros.

Mientras camino, intento no tropezar con mis cansados pies en tanto anticipo los horrores que nos esperan al otro lado del puente levadizo: la muerte y la piel de mis seres queridos, dispuesta como un trofeo en la pared del rey de los duendes.

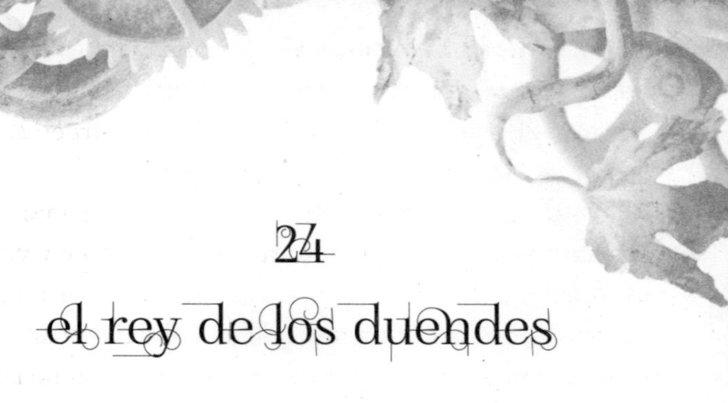

24

el rey de los duendes

Me despierto, colgando boca abajo del techo por los tobillos en una húmeda mazmorra. Por lo menos, es lo que me cuentan los sentidos, que detectan unas paredes resbaladizas y frías que me rozan las manos y la cara mientras me balanceo de un extremo al otro, un olor rancio a madera podrida y a fruta descompuesta.

Me duele el cuerpo, y me caen las manos por debajo de la cabeza en tanto alrededor suena el ruido de un líquido que gotea. Me acuerdo de las órdenes crueles de Flagelo de atraparnos vivos o muertos y la predilección del rey por tener trofeos de piel desollada en su sala de juegos. Mi primer pensamiento está dirigido al desangramiento; me van a secar el cuerpo para despellejarme. Pero no tengo puntos de fuga ni heridas abiertas. La sangre todavía me circula por las venas. Se acumula en el interior de la punta de mis dedos y me abotarga la cabeza volviendo pesadas y cálidas mis extremidades. Debajo de la piel de las palmas me late el pulso, como si mi corazón estuviese a punto de deslizarse y desplomarse por el vacío.

En cuanto se me empieza a despejar la mente, el goteo resulta ser un tictac, un ritmo que me arrastra de lado a lado hasta que siento náuseas. Me enfrento a la rigidez de mis codos y levanto las manos, una cada vez, para registrarme la ropa, buscando instintivamente el reloj de mi padre. Y entonces me doy cuenta de que el tictac es más estruendoso. Demasiado, y me aporrea la cabeza por detrás.

Intento acordarme de cómo he llegado hasta aquí, pero no recuerdo nada más que el momento en que Clarey y yo hemos cruzado el puente levadizo y hemos entrado en el castillo. He visto de reojo escaleras metálicas que se interconectaban y que ascendían por delante y por los lados, y que conducían hacia puertas de cristal negro que adoptaban distintas formas —circulares, luego octogonales, luego cuadradas y rectangulares, para dar paso a estancias diferentes cada vez— antes de que alguna suerte de hechizo nos envolviese.

Flotaba a nuestro alrededor, una nube rosa y especiada que nos envolvía con fibras cálidas y dulces. Ha sido como si entrase en un túnel de lavado para coches con algodón de azúcar con olor a lavanda y a vainilla; mis ropas y mi piel siguen desprendiendo ese aroma, y me noto limpia. Es lo último que recuerdo antes de haberme despertado a solas... ¿O no lo estoy?

—Clarey —murmuro. La falta de respuesta provoca una nueva chispa de temor. Me retuerzo y me doblo por la cintura para tocarme con los dedos los grilletes de los tobillos. Y entonces me detengo y vuelvo a la posición vertical invertida; está tan oscuro a mi alrededor que no sé de cuántos metros sería la caída si me liberase.

Al acordarme de las semillas del bolsillo, agarro unas cuantas y las suelto. Golpean el suelo cuando cuento hasta dos. Con renovada confianza, retomo la tarea de intentar abrir los grilletes. El plan es liberarme, rodar al caer y protegerme la cabeza. Necesito tener los pies en suelo firme para poder ir a buscar a Clarey, a mi tío y a Frannie.

Gruño con el esfuerzo, forcejeo durante el suficiente tiempo como para que me duelan los dedos antes de aceptar que las correas de cuero cuentan con cerrojos cuya llave no tengo. Bajo las manos y enderezo la columna para regresar a la posición boca abajo. Helada y resignada, me balanceo de un lado a otro como si fuera un andamio abandonado en una obra cualquiera.

No tengo ni idea de cuánto tiempo he estado inconsciente, y me aterra pensar en cuántas cosas pueden haber ocurrido durante ese lapso.

¿Y si Perece ya ha matado a mis seres queridos? ¿Y si lo he perdido todo y a todo el mundo? Eso significaría que, por mi culpa, no solo ha ganado la maldición de Halloween, sino también el rey de los duendes…

Quizá los dos han estado «compinchados» desde el principio, como diría Carl.

Carl y Dahlia y su hija, otro recordatorio de una vida vivida solo a medias; la pastelería, el instituto, los amigos…, todo lo del mundo real que di por sentado.

La presión de la sangre acumulándose en mi cabeza no es nada comparada con el peso que siento detrás de los ojos, donde se agolpan las lágrimas que no puedo verter.

¿Cómo es posible que haya sido tan inútil? En lugar de lamentar la posibilidad de tener un futuro, embargada por la culpabilidad de vivir cuando Lark murió, debería haberme alegrado de mi suerte, como mi tío ha intentado decirme tantas veces. En lugar de obsesionarme con un mundo imaginario, debería haber exprimido la vida al máximo con la gente maravillosa que estuvo a mi lado en la realidad, que me apoyó y me quiso. Debería haberles devuelto el amor sin reservas ni arrepentimiento.

Ahora es demasiado tarde.

Todos los ápices de esperanza me abandonan el pecho y se dirigen hacia mis dedos palpitantes, y luego se marchan hacia la honda oscuridad que me rodea, un desangramiento espiritual que es incluso más atroz de lo que habría sido la versión física.

Mis obsesiones mentales se hacen añicos con un fuerte ruido que zarandea mi entorno y que me traquetea los huesos. Me tapo los oídos con las manos y chillo, pero ni siquiera oigo mis aullidos por encima de la cacofonía.

POM, POM, POM.

Cuatro veces, cinco…, una y otra vez, hasta llegar a las diez.

Hasta con esa sobrecarga sensorial me doy cuenta de dónde estoy y qué está pasando: estoy encerrada en un reloj gigantesco, atada boca abajo en un péndulo, y solo quedan dos horas para que se cierre el velo.

Aunque ya da igual. No puedo regresar sin mis seres queridos. No pienso hacerlo. Debo utilizar el tiempo que me queda para asegurarme de que esto no vuelva a suceder. Que nadie vuelva a adentrarse en la locura que he imaginado yo. Y que la entrada permanezca cerrada para siempre.

De mí depende terminar lo que empezaron el óxido y los escombros.

En cuanto dejan de pitarme los oídos y deja de palpitarme la cabeza, en algún punto delante de mí oigo el crujido de cortinas sobre ganchos metálicos, y de pronto un rayo de luz suave se derrama sobre el espacio y me ilumina justo delante de una puerta de cristal.

Unos engranajes y unas poleas enormes conforman el suelo a pocos centímetros del lugar al que casi rozan los mechones de pelo de mi nuca. El funcionamiento interno se mueve y cruje, destrozando frutos y aplastando las semillas. A los dientes de metal se les quedan pegadas la pulpa y las cáscaras, pero aun así siguen moviéndose. La sustancia parece funcionar como aceite de engrasar y lubrica los engranajes. Alargo el cuello hacia arriba y veo unos números romanos negros del tamaño de tapacubos que decoran la fachada de latón del reloj, tan grande como un globo aerostático, que se alza encima de mí. Los frutos caen de unas vides marchitas que sobresalen del punto en que la madera descompuesta de la estructura se separa, como matas de hierba que se abren paso en las grietas del cemento.

Relajo el cuello y dirijo mi atención hacia delante mientras sigo balanceándome. El incesante movimiento invertido hace que sea complicado concentrarse, pero a través del cristal, al otro lado, veo una farola de hierro negro, al estilo victoriano, anclada al suelo de piedra.

La bombilla parpadea y arroja luz amarillenta sobre un par de piernas embutidas en unos pantalones de cachemira ceñidos, metidos dentro de unas botas militares que le llegan por la rodilla. Una capa cobriza ondea hacia el suelo y deja al descubierto el puñal irisado atado al cinturón de los pantalones. Los colores esmeralda, rosa y dorado, brillantes como gotas de pintura en aguarrás, lo delatan antes incluso de que pueda ver sus gafas y el sombrero con tuberías que escupen humo.

Cuando desenfunda el puñal de unicornio y se lo clava en la punta del pulgar para que emerja una gotita oscura que palidece al entrar en contacto con el aire, ni siquiera me inmuto. Su sangre cambiante es la pista definitiva de un secreto que ya conozco.

He descubierto su verdadera identidad antes de que el hechizo rosado me embrujase. El personaje que representa a nuestro repartidor, ese cuyo rostro no conseguí dibujar para terminar uno de mis bocetos…

Jaspar es Perece. Perece es Jaspar. El rey de los duendes es mi misterioso doppleganglia.

Y por eso no los he visto juntos ni una sola vez. Y por eso Filigrana, la amada mascota del rey, estaba encima del hombro de Jaspar en la pastelería y cumplía sus órdenes. Y por eso el comentario de Flagelo sobre el interés de su hermano por la fiesta me ha encendido una luz en la cabeza después de que Jaspar hubiese anunciado esa misma pasión en la casa de la risa.

Y lo más importante de todo: por eso nuestro repartidor nunca dejó a la vista ninguna parte metálica en el mundo real; por eso adopta un aspecto multicolor en Mystiquiel, mientras que a su alrededor todo se difumina y se vuelve frío y gris. Puede cambiar su circuito interno, proyectar un holograma para mostrarse en la forma que más desee, luciendo así colores brillantes y rasgos preciosos como un pavo real que despliega la cola de plumas, de tonos apagados a caleidoscópicos para cautivar y atraer a voluntad.

Teniendo en cuenta que fui yo quien le proporcionó al rey de los duendes su predilección por las ilusiones y los juegos mentales, debería haberlo adivinado desde el principio. Aprieto los dientes y reprimo un gruñido de frustración.

Eso significa que el rey de los duendes ha estado conmigo durante todo el trayecto desde que he entrado en la casa de la risa; ha sido una imagen pegada a mi reflejo en el laberinto, una silueta oscura montada en un poni de tiovivo que me perseguía como si fuese un zorro que huye, una sombra que me acechaba en la pastelería. Me ha espoleado con pistas, me ha provocado con acertijos, me ha atormentado con recuerdos que no debería conocer.

Pero claro que los conoce, porque nació de mi propia mente. Ha estado en mi vida desde que empecé a soñar con este mundo, desde que empecé a dibujarlo. Y luego, no sé cómo —por alguna razón que mi tío ha preferido esconder—, llegó a Astoria cuando abrimos Delicias Encantadas.

Esa es la parte que tiene menos sentido para mí. ¿Qué llevó a un personaje de mi imaginación hasta la puerta de nuestra pastelería? Y ¿por qué mi tío aceptó hacerle caso?

Además, la presencia constante de Perece en forma de Jaspar da pie a otra pregunta: ¿cuál es la verdadera naturaleza del portal, del velo? ¿Está abierto eternamente o él tiene una especie de llave?

Una risita golpea el cristal delante de mí.

—¿Has dormido bien?

Es la voz de Jaspar, pero ya me he cansado de seguirle el juego.

—Perece. —La revelación merece mucho más volumen y énfasis que el bronco susurro que consigo emitir. Es lo que ocurre cuando te pasas mucho rato colgada boca abajo con los músculos del cuello extendiéndose para no soltar el pesado cráneo.

—¡Ja! —Del otro lado del cristal, la voz sibilante de Jaspar se transforma en la poderosa carcajada de Perece, un motor que se revoluciona para una carrera—. Ahora sí que eres merecedora de ver su real rostro. —La imagen holográfica parpadea intensa antes de apagarse y ceder su lugar al personaje que yo podría dibujar con los ojos cerrados: metal negro, plateado y blanco que se entreteje con piel resplandeciente con tonos blancos, azul plateado y rosa pálido; sus botas, su traje y su sombrero se han visto sustituidos por una camisa abierta metida en unos pantalones holgados con pies humanoides (desnudos, elegantes y largos) que sobresalen del dobladillo inferior. Su cabello pelirrojo se convierte en mechones degradados recogidos en cuatro trenzas, dos junto a cada una de sus sienes, con cuentas metálicas, que cuelgan por encima de los restos del mecanismo que le recorre la espalda. Las tuberías elásticas y enrolladas que recubren el artilugio despiden columnillas de humo. Y, por encima de todo, un par de cuernos negros que sustentan una corona que late con electricidad.

—¿Dónde están? —murmuro, con la esperanza de que oiga la pregunta que el cristal amortigua.

Se agacha para que su mirada quede a la altura de mi oscilante cabeza, unos ojos de voltaje borgoña con dos pares de pupilas tan blancas como relámpagos. El resto de sus facciones aparecen entre la neblina humosa como si saliesen de una pesadilla: nariz aguileña, mejillas hundidas, mandíbula tosca y labios delicados que ocultan unos colmillos salvajes. Líneas duras contra curvas suaves, un rostro demoníaco tan brutal que me muero por apartar la mirada, pero su etérea elegancia es tan atractiva que no puedo quitarle los ojos de encima.

Se pasa la lengua por un diente tan puntiagudo y brillante que parece de plata pulida, como si quisiese meditar su respuesta a mi pregunta.

—Están congelados.

Me muerdo la lengua con la suficiente fuerza como para hacerme sangre. La estirpe de las hadas no puede mentir, pero sí puede usar figuras retóricas. Espero de todo corazón que sea lo que está haciendo él ahora. Que mis seres queridos no estén literalmente enterrados en hielo o ya muertos y decorando sus salones. Sé que lo mejor es que no pregunte. A fin de cuentas, no me va a responder directamente.

Se levanta, y yo intento anclarme a su imagen borrosa mientras sigo balanceándome de derecha a izquierda, de izquierda a derecha.

—¿Por qué no me has matado todavía?

—¿Por qué iba a querer matarte?

—Según Flagelo, nos querías vivos o muertos. —Me duele la garganta, tanto por el esfuerzo de hablar como por contener un sollozo por mi tío, Clarey y Frannie.

—Ha sido un malentendido, pues. Nuestro reino te necesita, Phoenix del reino somático. No podemos sobrevivir sin ti.

—Porque soy vuestra creadora.

—Porque eres la Arquitecta. —Da un golpecito en el cristal con una uña de acero con forma de tornillo.

Otra vez esa palabra.

—Artista —lo corrijo débilmente. El reloj suelta una música atronadora para anunciar que ha pasado un cuarto de hora, y luego sigue pendulando. Cada vez me cuesta más mantener una conversación con la bilis que me llena la boca—. El... balanceo... tiene... que parar.

—Oh, no me digas. A mí siempre me ha parecido un lugar relajante donde pensar. Es mi enclave de ocio preferido de la sala de juegos. Cuando llegue a la media hora, sonará dos veces. A menos cuarto, tres más. Y luego una serie de gongs marcan el cambio de hora oficial. ¿Estás segura de que deseas perderte tanta diversión?

Suelto un gruñido, al que responde con una risotada perversa.

—Muy bien, pues te bajaremos. Y te mostraré mi colección.

Sala de juegos, colección… Cierro los ojos cuando el cerebro me bombardea con una sucesión de imágenes espeluznantes. No puedo soportarlo; me destrozará ver a Clarey o a mi tío, o incluso el suave pelaje de Frannie colgado de manera simbólica; y todo para hacer de odioso homenaje a la fealdad de un mundo y de unos personajes en los que, tonta de mí, me adentraba en busca de seguridad y consuelo. Y no puedo desmoronarme todavía.

Aunque mi creación ya no está bajo mi control, debo ponerle fin. A juzgar por lo que acaba de admitir Perece, solo hay una manera de conseguirlo.

Mentalmente, recuerdo dónde lo he visto guardarse el puñal de cuerno de unicornio, enfundado en su cintura. Sé lo afilada que está la hoja. Antes incluso de verlo clavárselo en el dedo, lo he visto tallando las facciones de su propio rostro.

Al recordarlo, una oleada de bilis desciende por mi garganta… Porque es probable que se trate de la misma daga que utiliza para preparar su macabro arte de las paredes. Si le hace daño a la gente a la que quiero, será lo último que haga. No voy a darle la satisfacción de controlarme. Destrozaré su mundo antes de que pueda conseguirlo.

Cierro los ojos y me quedo inerte, colgando como un conejo atrapado en una trampa, a la espera de que el lobo baje la guardia.

Mis demás sentidos se aguzan como compensación por mi ceguera momentánea: el chirrido de la puerta de cristal al abrirse, el chasquido cuando el péndulo se detiene y las manecillas del reloj se quedan quietas, el crujido de uñas metálicas abriendo las tiras y desatándome los tobillos, y luego el clic cuando esas uñas regresan a los dedos de Perece, como el eco de una espada al envainarse. Me agarra con los brazos para que no me caiga al suelo, aunque se cuida de no tocarme la piel con la suya.

Mi mejilla aterriza sobre su camisa, un pecho musculoso formado tanto por hierro como por carne debajo de la tela. Que crea que estoy demasiado débil y apenada como para moverme. Que me subestime.

Abro un poco un ojo y me doy cuenta de que la estancia es pequeña, apenas un vestidor. Todas las paredes están desnudas y, ahora que el reloj se ha parado, es un lugar tan claustrofóbico y silencioso como una tumba, a excepción del chisporroteo esporádico de la farola. No es lo que se suele considerar una sala de juegos, no.

Vuelvo a cerrar el ojo y dejo que mi cuerpo se desplome contra su torso de músculos marcados, atenta a las vibraciones que suenan al otro lado de una caja de acero y huesos que alberga unos engranajes motorizados que impulsan un corazón frío y negro. Debajo del olor a óxido y a aceite que desprende su camisa percibo otro perfume, cálido, a almizcle, una combinación de animal y de persona…

Muevo el brazo entre los dos, un sutil gesto que deja mis dedos a la altura del puñal de su cintura. Me lleva en volandas varios pasos, ajeno a mi estrategia. Su aliento se mezcla con el humo y el vapor que despiden los tubos que tiene sobre la nuca, que combinan con la misma esencia cerosa de las velas de la pastelería. Uno a uno, con los dedos rodeo la empuñadura de la daga y, en un rápido gesto, le doy un puntapié y me zafo de sus brazos mientras libero el puñal.

En cuanto aterrizo en el suelo, me echo hacia atrás para apoyarme en la farola y me clavo el frío filo del arma en la yugular para que la punta me perfore la piel.

—Se acabó el juego.

Perece ladea la cabeza. Las cuatro trenzas le rodean los hombros, mechones de un borgoña oscuro que se vuelven más claros hacia las puntas como vides metidas en hielo. Entorna los electrificados ojos. Un desagradable orgullo se abre paso hasta la superficie de mis pensamientos. Es un rey magnífico. Mide casi dos metros y tiene un cuerpo fibroso y esbelto, como si un entrenador personal se fusionase con un nadador. Es así como lo imaginé y lo dibujé, aunque esta imagen es mucho mejor. Los linajes de duende y de elfo que le recorren la sangre se han mezclado hasta formar una especie de belleza lúgubre y angelical que tanto repele como cautiva.

Sus orejas puntiagudas, que irradian el mismo brillo nacarado que el resto de su piel, se mueven, como si estuviese intentando oír mis pensamientos. Está tan fascinado por mi reacción como yo por la suya.

Una repentina oleada de calor irradia del mango del puñal de unicornio y me distrae con destellos de luz arcoíris. La sorpresa que me llevo junto a la mandíbula hace que deje de mirarlo a los ojos, y me doy cuenta de qué es lo que está sucediendo.

Mi propia obra me está hechizando.

Esa revelación me saca del trance momentáneo y me recuerda qué debo hacer en este mundo que he creado con mis propias manos. Yo soy la artista. Yo estoy al mando. Y ahora he recuperado el poder y soy la que escribirá el final.

Una vez más, me clavo la punta del puñal en la piel.

Su expresión va de la curiosidad a la diversión. Cree que no lo llevaré a cabo, y eso no hace más que darme ganas de demostrarle cuánto se equivoca.

Entrecierro los ojos y todo se vuelve surrealista; este instante no es sino una chapucera viñeta de mis novelas gráficas que voy a tener que emborronar con agua y con sangre. Antes de que el miedo o el instinto de supervivencia actúen, muevo la hoja donde mi pulso late con más fuerza y me rebano el cuello de una oreja a la otra.

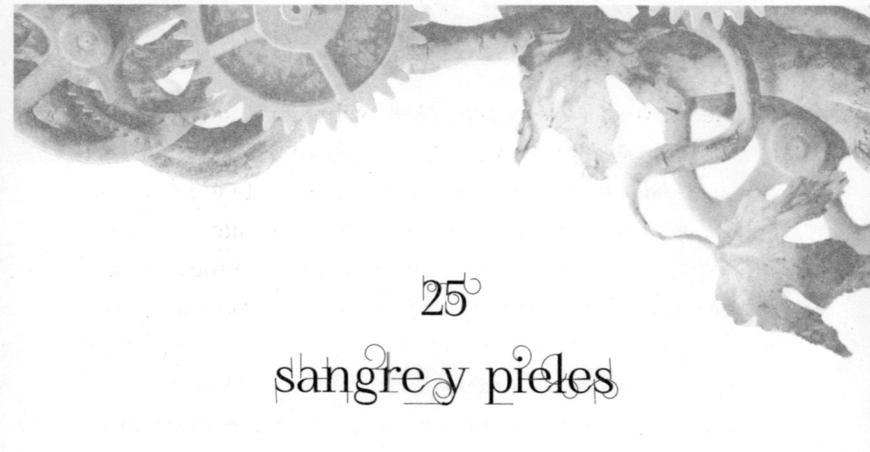

25

sangre y pieles

Me quedo ahí, con el cuchillo clavado en el cuello, y espero sentir un agudo dolor y un chorro de sangre caliente.

Lo que siento, sin embargo, son unas cosquillas irritantes. Gruño y hundo más el puñal. El metal se dobla y noto una reconfortante sensación en la arteria. Cuando retiro la daga, veo que estoy sujetando una pluma nacarada con barbas brillantes y mullidas.

Se me acelera el corazón cuando la razón hace acto de presencia y el propósito de lo que he estado a punto de hacer me provoca un gélido escalofrío que me recorre las venas. Si lo hubiese conseguido, ahora estaría muerta. No habría vuelta atrás. ¿He alterado yo el arma al tocarla para protegerme a mí misma instintivamente?

La sonora carcajada de Perece rechina contra mis nervios.

—Nunca me canso de las muecas de un rostro humano. Es una prueba de singularidad. Cada reacción es un festival único de ideas e intenciones que os atraviesan las facciones. Qué confusión tan picante. Qué miedo tan sabroso. —Se lame los dedos, como si se deleitase con su comida preferida—. El miedo tiene unos buenos cimientos y es muy apreciado. Pero deja que te despeje la confusión. —Se abre más la camisa para dejarme ver una larga y ancha mella sobre su pectoral izquierdo, un montón de tejido orgánico que se acumula en unas marcas espesas y fibrosas. La cicatriz es brillante y de un rosado intenso, y en algunos puntos se ven hilos plateados donde el metal sale a la superficie—. Creé el puñal con hierro extraído de mi propio cuerpo y embrujé el filo para que solo resultase mortífero cuando lo empuñase yo. Soy el único ser vivo capaz de utilizarlo para matar a alguien. Por lo tanto, nadie podrá usar mi propia arma contra mí ni de cualquier modo que yo no apruebe. Astuto, ¿eh?

Suelto la pluma, conmocionada por la sórdida genialidad que hay tras ella. La pluma oscila con gracia por los aires antes de recuperar su forma metálica y caer al suelo de piedra con un fuerte chasquido.

Perece sonríe; se clava los colmillos en el carnoso labio inferior, que resplandece como si fuera el pétalo de un clavel. Recoge la daga y se la guarda en la funda.

—Ha sido un movimiento muy arriesgado. Habrías preferido matarte que dejarme ganar. Me has impresionado. —Abre los brazos con las mangas por los hombros y me enseña un antebrazo hecho totalmente de metal plateado sin óxido, mientras que el otro luce una piel nacarada trazada por gruesos tendones—. Pero, en lugar de impresionarme, dame color. El que quieras. ¿Acaso no era tu especialidad, Decoradora de Interiores? Antes de que perdieras tu don, claro.

El insulto certero, que adopta la forma del cariñoso apodo que me había puesto Clarey, me golpea en el pecho. Es la prueba definitiva de que Perece nos estaba escuchando anoche cuando paseábamos por la calle Once en la Astoria real. Y es la prueba de que está al corriente de mi mayor fracaso en el mundo humano. La pérdida de mi talento.

Perece tira de una palanca de la pared, y una rendija de piedra tras él se abre con un chirrido para mostrar una sala gigantesca.

—La visita guiada prometida —dice. Su voz estrepitosa está acompañada de golpes metálicos y gruñidos susurrados, que interrumpen el silencio que nos ha rodeado desde que el reloj enorme se ha detenido.

La devastación, la confusión, el temor…, todo lo que he reprimido me asalta al caminar detrás de él. La estancia octogonal triplica en tamaño nuestra pastelería y se parece más a un híbrido entre una sala de guerra y una cámara de tortura que a cualquier sala de juegos que yo haya visto hasta el momento.

Dispuestos en el suelo y en las paredes y colgando del techo hay los juguetes violentos y bárbaros que se encuentran en cualquier castillo medieval: armas, instrumentos de tortura, una mesa con un mapa con figuritas diminutas talladas para urdir estrategias. Una chimenea abovedada ruge a mi izquierda, formada por ladrillos con una cúpula cobriza. A ambos lados de la forja hay estanterías atestadas con brillantes fragmentos de metal de todas las formas y tamaños, mientras que en el suelo, justo al lado de una larga mesa de trabajo, hay varios barriles.

En pie y sentadas alrededor de la mesa, criaturas pequeñas como ratas se mueven sin parar y utilizan herramientas para modelar y golpear trozos metálicos que reflejan las llamas con numerosos destellos.

Son gnomos hojalateros, los herreros reales del rey. Están cubiertos desde la espalda por un grueso caparazón escamoso, con un patrón blanco y reptiliano que les tapa la cabeza como si fuese un casco, les separa las orejas redondas y peludas, y se detiene en la punta de sus hocicos de roedor. Es una armadura congénita, que tanto forma parte de su cuerpo como los brazos cubiertos de pelaje y los pies con garras metálicas. Así sería un armadillo si caminase erguido y con pulgares contrapuestos. Incluso desde lejos, las llamas arden lo bastante altas como para lanzar calor hacia mis ojos y mi piel, y se me perla la frente por el sudor. Pero los hojalateros siguen moviéndose sin detenerse porque el caparazón los aísla y los mantiene fríos mientras trabajan.

Yo los diseñé así.

Varios de los gnomos dirigen una mirada de aluminio gris en nuestra dirección; algunos tienen los ojos anegados en lágrimas oxidadas, otros tienen las cuencas vacías con un polvo rojizo que sale volando cada vez que parpadean; es la única característica que lamento haberles dado. Son las únicas criaturas con la mala fortuna de contar con ojos metálicos. Y eso significa que, por culpa de esta extraña plaga, se están quedando ciegos. Aun así, intentan construir cosas. O, lo que es más probable, conociendo como conozco a Perece, les han dado el ultimátum de seguir trabajando o morir.

La empatía que noto en el estómago me obliga a concentrarme en otra cosa, y me fijo en el otro extremo de la cámara, que todavía no he explorado. Perece ya me aguarda allí, delante de la pared y observando las alturas con interés, debajo del candelabro en forma de tentáculos que cuelga del techo. Entre los jirones de humo ceroso que emergen de los tubos que lleva en la espalda, veo puntos de color blanco, rojo, azul, amarillo y de otros pigmentos incontables que salpican las grises piedras de las partes alta y baja de la estancia. Uno de los puntos en particular, naranja y globular, me provoca un hormigueo en la piel al reconocerlo: una cabeza de calabaza clavada en una pica.

Me quedo paralizada. Los chirridos y los chasquidos de los martillos que golpean el metal tras de mí desaparecen cuando avanzo entre tambaleos, aterrorizada y enojada, aunque no sé cómo siguen adelante mis pies. En cuestión de segundos me encuentro debajo de la máscara, y contengo la respiración para no ponerme a chillar.

En cuanto me he acercado lo suficiente y el humo se despeja, mis dudas se convierten en un gran alivio: no se trata de

Clarey. Suelto el aire que guardaba en los pulmones. No solo no se trata de Clarey, sino que no es una cabeza de verdad. Es una máscara, y una muy inferior a los diseños de mi mejor amigo.

La base está formada por una tela de arpillera, con una calabaza pintada sin destreza alrededor de unos agujeros desmadejados con hilos sueltos en los extremos. A ambos lados, como toque final a la careta casera, cuelgan unos cordones. Los destellos de las bombillas del candelabro iluminan el diseño de aficionado, con trazos de un naranja intenso, sonrisa de dientes negros y ojos geométricos.

El descubrimiento me inspira la valentía de dar un paso atrás y observar toda la pared, cubierta de punta a punta con máscaras. No son en absoluto las que estoy acostumbrada a ver por Halloween. Nadie encontraría algo parecido en una tienda de disfraces o en un centro comercial. No son de vinilo ni de plástico, de látex ni de goma; no representan a famosos iconos de la cultura ni a personajes de dibujos animados, monstruos ni extraterrestres de las películas, nada popular de las últimas décadas. En cambio, las máscaras son obsoletas y antiguas, como si fuesen de hace siglos, de un estilo que no me extrañaría nada ver en un documental acerca de los orígenes de la fiesta: medias máscaras formadas con plumas y pelaje de animal, cabezas reales de animales vaciadas y secadas con cintas cosidas en los extremos para mantenerlas en su sitio, disfraces de payaso y de bufones medievales. Hay incluso caretas blancas de papel maché con unos rasgos tan alargados que no resultan naturales, que evocan el recuerdo de la imagen distorsionada de Lark que siempre acecha en los confines de mi mente. Si hay algo que tienen en común es que son huecas, sosas y caseras. Perturbadoras y aterradoras a su manera, pero mucho menos macabras que la carne humana disecada y conservada para una exposición bárbara.

A esto era a lo que se refería Flagelo.

—Coleccionas máscaras de Halloween —murmuro, tan asombrada como repugnada por encontrarme cara a cara (literalmente) con la esencia misma de la simbología de la que llevo muchos años huyendo.

—En nuestro mundo se llaman «pieles» —responde Perece.

—Así que estás obsesionado con la celebración... porque yo también lo estoy.

—Qué arrogante. —Resopla y agita los cuernos, un movimiento de orgullo para quitarse de encima una mosca—. ¿Crees que mis pensamientos no existen lejos de los tuyos? Esa idea puede ser peligrosa. ¿O acaso a estas alturas no te has dado cuenta?

—Solo decía que como has nacido de mi cerebro...

—¿No tengo un cerebro propio? —Arquea una ceja borgoña para retarme a terminar la frase de este modo.

Abro la boca para contestar, pero me lo pienso mejor. ¿Qué voy a decir? Está más claro que el agua que en Mystiquiel todo se mueve, respira y reacciona al entorno separado de mí. ¿La conciencia no significa eso? ¿No es la capacidad de funcionar y adaptarse para protegerse a toda costa?

—Estas máscaras son muy antiguas. —Retomo un hilo de conversación menos arriesgado—. Solo existes desde que empecé a dibujarte. ¿De dónde has sacado algo tan antiguo? —No parece haber oído mi pregunta, así que me concentro totalmente en él y sopeso el comentario de Flagelo de que nos llevarían hasta allí vivos o muertos—. Dime que no has saqueado un museo.

Se echa a reír y los chisporroteos eléctricos de su corona arrojan luz blanca sobre su cara y sus dientes brillantes.

—Robar máscaras de estatuas de cera y bustos de piedra. ¿Por qué iba a ser eso divertido? Me gusta cazar, como bien sabes.

Su respuesta provoca una nueva oleada de recelo. Los anillos elásticos de detrás de su cuello se expanden y se deshinchan como si fuesen fuelles. Unos círculos de humo se elevan por los aires, y el rey de los duendes respira hondo. Una cantidad de ascuas brillantes salen despedidas durante la exhalación.

Después de ver cómo se alimentaban las hadas en la pastelería y de comprender las cualidades rejuvenecedoras de esta sustancia, me pregunto por qué se empapa con ella constantemente.

¿Podría utilizar esa dependencia en su contra? Recuerdo su aliento en la pastelería, cómo percibí vulnerabilidad detrás del aroma de la descomposición. ¿Qué pasaría si le arrancase los tubos del artilugio de la espalda que lleva sobre los hombros y los lanzase a la forja? ¿Se desinflaría y se debilitaría? ¿Me daría eso cierta ventaja?

Como si presintiese la amenaza, los músculos de sus hombros y espalda se tensan y me recuerdan la gran potencia de su estatura y de los huesos de acero que forman su cuerpo. Se pasa una mano por la empuñadura colorida de su daga para asegurarse de que no me acerco demasiado como para desmantelar nada. Quizá no desee matarme, pero podría mutilarme, vencerme y engrilletarme de nuevo con suma facilidad.

—Por cierto, para que quede muy claro —dice interrumpiendo mis ensoñaciones—, no estoy obsesionado con la celebración. —Su tono es de reprimenda, más que un poco ofendido, y muy altivo. Y eso no hace sino corroborar la teoría de la conciencia—. Esta pared es sagrada. —Agarra una máscara, un espíritu de papel maché con nariz en forma de pico y ojos saltones—. Estos artefactos son valiosos y venerados. Son un homenaje a nuestra historia.

Historia. Es lo que ha dicho Angorla sobre el libro de imágenes de mi madre. Me quedo mirando fijamente sus rasgos familiares, esa mezcla de animal y máquina, y me pregunto: ¿acaso el poema de *El mercado de los duendes* tiene alguna especie de papel en todo esto? Desde que estoy aquí me he enterado de que los frutos embrujados que servimos a nuestros clientes agotan a los seres humanos, que sin la sangre del rey como aditivo nuestros *macarons* y magdalenas serían tan adictivos y mortales como en la narración. Pero ese poema, esas palabras, fue compuesto hace un par de siglos, igual que las máscaras que revisten la pared.

¿Debo creer que mi constante relectura de un libro de imágenes durante la infancia conformó mi arte, y por tanto este mundo, hasta ese punto? Ahora que lo pienso, recuerdo haber visto disfraces históricos al buscar en Google sobre Halloween; quizá esas fotos se quedaron grabadas en mi subconsciente y terminaron aquí.

Si Clarey estuviese a mi lado, me diría precisamente eso, porque ese razonamiento tiene sentido. Pero hay algo que falta, una conexión que aún no he hecho… Ojalá pudiese recibir una respuesta clara. Si mi tío Thatch me hubiese contado algo, lo que fuese, ahora podría manejar mejor esta situación.

Clarey y mi tío. Esperanzada, me quedo sin aliento porque la colección de máscaras —aunque active mis peores fobias hasta erizarme todo el vello del cuerpo— por lo menos ha confirmado una cosa: que a mis seres queridos no los han despellejado. Así pues, deben de estar vivos e intactos por algún lado.

—Mi tío, mis amigos. ¿Están bien? —Me quedo contemplando la hilera más alta de máscaras para ocultar la vulnerabilidad que sé que se muestra con claridad en mi cara. Los chasquidos metálicos de los gnomos hojalateros suenan tras de mí y forman una melodía rara y alegre que alimenta mi ilusión.

—Pues claro que están bien —contesta Perece—. ¿De qué sirve negociar con algo que está en mal estado?

El peso que me he quitado de encima es tan tangible que yergo los hombros y la columna vertebral como si tuviese alas.

—Quiero ver…

—Un momento —me interrumpe mientras deja la máscara escalofriante en la pared y repasa con cariño los extremos con un dedo largo—. Vosotros —exclama dirigiéndose a los herreros de la sala—. Dejadnos a solas. —Los gnomos ciegos dejan las herramientas y salen en una sola fila, cada uno poniendo las garras sobre los hombros del que tiene delante. Forman una cadena para evitar tropezar rumbo a la puerta de cristal que de pronto aparece en la pared a nuestra izquierda con un chasquido—. Escoria —exclama Perece.

La línea se detiene para que el gnomo del final pueda volverse hacia nosotros. Espera mientras parpadea para quitarse el óxido de las pestañas.

—Que mi hermano traiga a los cautivos.

El gnomo asiente y la hilera de hojalateros se dirige hacia la puerta. En cuanto Escoria atraviesa el umbral, el cristal se pliega sobre sí mismo con un sonoro clic, una y otra vez, para ir cambiando de forma hasta empequeñecerse con el tamaño de una moneda de pocos centavos y luego terminar desapareciendo.

No muestro ninguna emoción en la cara. Clarey, mi tío y Frannie vienen hacia aquí. Por lo menos, volveremos a estar juntos. Pero no puedo permitir que el rey de los duendes note mi alivio. Todavía no. No hasta que yo sepa qué quiere a cambio por su liberación.

Se concentra en mí y me perfora con sus intensísimas pupilas.

—Estás aliviada.

Molesta con su percepción, me mantengo en silencio y me lamo el aro del labio con la lengua.

El rey me examina la boca, luego se relame los labios como si paladease todas las emociones que yo intento reprimir.

—Cuando me has quitado el puñal y has intentado ponerle fin a esto… ¿No sabías qué había sido de tus compañeros?

—Has dicho que estaban congelados. En nuestro mundo, eso significa distintas cosas.

Perece parpadea, me analiza. Sus cuatro pupilas crecen lo suficiente como para engullir las corrientes rojas de sus iris, como si derramase leche sobre sangre.

—Estabas dispuesta a ser una mártir. A eliminar nuestra existencia junto a la tuya. No es sorprendente, ya que un buen capitán siempre se hunde con su barco. Aunque esos débiles seres humanos que han entrado en tu corazón, que han afectado todas las decisiones que has tomado desde que has entrado aquí… Estabas dispuesta a aniquilarlos a todos poniendo fin al mundo en el que quizá seguían viviendo. ¿De verdad eres tan despiadada, justa Phoenix?

Me trago un nudo del tamaño de un huevo, sobrepasada por la magnitud de mi descuido, reacia a admitir que no había pensado en las repercusiones. Me gustaría decir que había supuesto que regresarían sin más al mundo real. Pero, de hecho, no he pensado nada… Solo en derrotar a Perece.

—Ajá. —El rey se aferra las manos, y las uñas metálicas y compactas desprenden brillos de luz—. No habías tenido en cuenta el resultado, no más allá de Mystiquiel y de mí. Ahí es donde tu verdadera naturaleza hace acto de presencia. Te gobernaba el orgullo de artista, estabas desesperada por recuperar el control de lo que consideras tuyo. Decidida a reescribir la narrativa de tu elección sobre tu papel y tu mundo. Querías ganar a cualquier precio.

Me encojo. Su acertada acusación saca a la luz cosas que preferiría olvidar, sentimientos no resueltos hacia Lark y la competición subyacente que hizo trizas nuestra relación.

—Estas cualidades te aterran. Te avergüenzan. Pero no deberían. No aquí. Y nunca conmigo. —Perece ladea la cabeza de nuevo, y sus trenzas se balancean con el movimiento—. Querer poder, desear grandeza… Comprendo ese anhelo. De hecho, lo respeto. Muchísimo. Y me gustaría ayudarte en este golpe de Estado y ver cómo tus compañeros y tú volvéis a vuestro mundo sanos y salvos antes de que sea demasiado tarde.

Por fin.

—¿Sanos y salvos? Te refieres sin nuestras mutaciones, ¿verdad? —Me tiro de las cremalleras y noto un hormigueo de dolor debajo de ellas—. Las manos y la cara de Clarey… ¿volverán a ser como siempre cuando nos hayamos marchado?

Perece levanta los pulgares y se abrillanta uno de los botones de la camisa, un gesto inesperadamente humano. Acto seguido, coloca de nuevo la mano sobre la empuñadura de su daga.

—Mi hechizo sobre él únicamente desaparecerá si cruza el umbral. De lo contrario, seguirá hasta que no solo parezca uno de nosotros, sino hasta que piense como uno de nosotros. La transformación ha sido bastante divertida de presenciar, debo admitirlo.

Una cálida sensación me recorre las mejillas, y debo reprimir la necesidad de atacarlo.

—¿Has sido tú? Pensábamos… pensábamos que éramos nosotros. Que nuestra imaginación cobraba vida.

—Es innegable que los dos tenéis poder aquí. Pero ¿creíais acaso que erais los únicos capaces de hacer magia? Y, además, tu amiguito me sugirió él mismo que lo convirtiese en un duende.

Contengo un gemido. Una vez más, me confirma que anoche nos oyó bromear. ¿Dónde se escondía? O quizá fue uno de sus espías, demasiado pequeño como para que un ojo humano lo detectara. Sea como fuere, no pienso subirle el ego hablando más de esto.

—¿Fuiste también tú quien arregló el reloj de bolsillo de mi padre para que nos marchásemos antes de que se cerrase el portal?

—Sí. De lo contrario, deberéis esperar hasta que vuelva a abrirse, si tu tío y tus amigos pueden sobrevivir tanto, claro. En realidad, si cualquiera de nosotros sobrevive tanto. No volverá a abrirse para vosotros hasta que haya transcurrido un año; es la ley natural de este sitio. Incluso la magia tiene sus límites.

Planto con fuerza la suela de las botas en el suelo en un intento por evitar que su afirmación me zarandee. ¿Doce meses en este lugar? No puedo permitir que suceda, no lo voy a permitir.

—¿Y qué me dices de tu magia? No tiene esos límites. Tú puedes acceder al mundo real durante todo el año. Has ido allí a entregarnos los frutos, a vigilarnos, durante dos años y medio. Siempre apareces. Sea Halloween o no. ¿Es porque eres el rey? ¿Eres inmune a las fronteras entre mundos o qué? O quizá tengas una llave.

—La llave. Técnicamente, sí. Exclusivamente, no.

—Cómo odio que hagas eso. —Pongo los ojos en blanco.

—¿Acaso no es así como se me ha dibujado en todas las escenas y en todas las viñetas? —Sonríe—. ¿Acaso no fue tu lápiz el que ensombreció mis acciones con ambigüedades, el que tiñó mi diálogo con matices? ¿Qué es lo que has dicho antes? Que he nacido de tu cerebro. Entonces, ¿no significa eso que, a su vez, formo parte de ti, que te pertenezco a ti? En ese caso, tú eres responsable no solo de mi caracterización, sino también de mi bienestar y del sustento de este mundo. Eres, de hecho, nuestra alma, como nosotros somos la tuya. Te importamos, nos cuidas, porque llenamos el agujero que deseas controlar, dominar...

—No —susurro.

—No lo puedes negar. He visto con mis propios ojos el alcance de la devoción que sientes por Mystiquiel. Incomodidad al encontrar la criatura marina muerta en la playa, arrepentimiento al pasear por las calles decrépitas de nuestra tierra, tristeza al observar el estado de nuestros habitantes después de que tu amigo conjurara lluvia del cielo. Sé que lo sientes, o de lo contrario no habrías estado dispuesta a morir con nosotros, sino a acabar con nosotros. No puedes soportar la idea de que nadie destroce tu creación. Ni siquiera tú misma.

Incómoda con sus palabras, con cómo me obligan a aceptar la sensación de propiedad que me despierta este sitio, con el cariño que por lo visto no consigo expulsar de mí, les doy la espalda a él y a la pared sagrada de máscaras.

Me pica la piel. Estoy ansiosa por ver a mi tío, a Clarey y a Frannie; preocupada por que nos quedemos sin tiempo.

—¿No podríamos llegar al final del juego ya, por favor? El reloj sigue avanzando.

—Ah. —Perece se dirige hacia el hueco del reloj y hacia el péndulo enorme, que seguía quieto en el interior—. Gracias por recordármelo. —Da unos cuantos pasos y reinicia el reloj. Al cerrar la puerta de cristal, el péndulo se balancea demasiado deprisa y el tictac se acelera; las manecillas giran frenéticas para recalibrarse y marcar la hora correcta. A las diez y media, el tictac vuelve a la normalidad, y dos potentes campanadas agitan la estancia y zarandean las máscaras, las herramientas y los instrumentos de tortura de las paredes y del techo.

Todo mi cuerpo se sacude con ellos. Solo nos resta una hora y media antes de que nos quedemos atrapados aquí, donde la humanidad de Clarey irá cambiando como la cera de una vela debajo de una llama, hasta que sea un monstruo... de principio a fin.

—Dime qué debo hacer —digo, sonando más desesperada de lo que me gustaría.

—Después de todo lo que te he hecho experimentar, de todas las situaciones que he preparado para ti, ¿todavía no lo sabes?

—Quieres que detenga la maldición que está destruyendo tu mundo.

—Exactamente. He visto tu poder, Arquitecta. —El semblante bello y fiero de Perece se suaviza hasta mostrar una expresión espontánea y natural mientras estudia mis facciones—.
Cura Mystiquiel y a cambio recibirás todo lo que siempre has
querido.

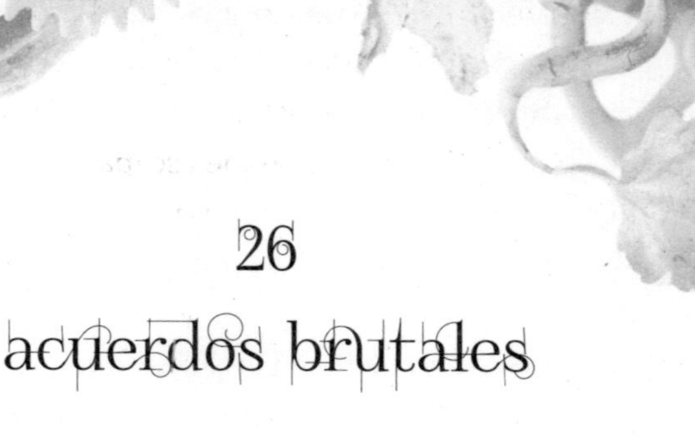

Sobrepasada por la fe que tiene Perece en mí, niego con la cabeza.

—¿Cómo voy a curar un mundo entero? Como has dicho, ya has visto lo que ha pasado con el trol y con el hada ratonera. Y hasta con Angorla. Nunca tendré suficiente tiempo para tocar a todas las criaturas, a todos los personajes, antes de la medianoche.

—Es cierto. Por eso debes curar el corazón de Mystiquiel.

Vuelvo a reprenderme por haberle dado unos cimientos tan débiles a este mundo. Al pensar en mis reglas, en la filosofía de mi universo, recuerdo que la fuerza del reino depende del poder del rey.

—A ti. Si empiezo contigo, la curación los alcanzará a todos. —Extiendo una mano.

El rey se aparta del mismo modo en que cuando me ha arrastrado del péndulo ha evitado el contacto piel con piel.

—No. Yo gobierno el reino, las clases, las castas. Pero no soy el corazón del reino.

—Vale —digo, ahora ya recelosa—. Pero podría curarte igualmente. Hacerte más fuerte. ¿No quieres?

—Hasta que mi reino se haya purificado, yo debo sufrir con él.

Esa decisión altruista me sorprende de nuevo, igual que cuando he visto antes a Bombón y al trol. Reprimo el respeto que nace en mi interior, convencida de que debe de haber una trampa, una perspectiva que se me escapa.

—¿Un capitán y su barco? —sugiero.

—No hay nada más digno que eso. Ven conmigo —me apremia.

Mientras oigo cómo el reloj gigantesco marca los segundos, observo las paredes con la esperanza de ver una puerta de cristal espontánea y presenciar la llegada de mis seres queridos. Cuando no aparece nadie, acelero para seguir las grandes zancadas del rey de los duendes y pasar delante de la mesa con el mapa y los instrumentos de tortura, hasta que se detiene en el rincón, donde el fuego arde en la forja. La temperatura extrema me abrasa la cara, me calienta las cremalleras y los *piercings* hasta que resulta muy ardiente e incómodo. Doy dos pasos atrás y me golpeo con la mesa que hay tras de mí. Las herramientas de herrero se sacuden y traquetean. Reconozco la mayoría: yunques, tornillos de banco, martillos, pinzas y tenazas.

Y luego me fijo en los barriles que creía que estaban llenos de vino o de cerveza, pero no. Contienen brazos, piernas, dedos de las manos y de los pies, incluso narices, cuernos, pezuñas y dientes, hechos con un metal impoluto y sin tacha. Todos son de diferente tamaño, pero están tallados hasta la perfección y pulidos hasta resplandecer.

Recuerdo las piezas de muñeca de Lark, recuerdo cómo las solía agrupar en montones, limpiarlas y dejarlas listas para usarlas, aunque este despliegue es mucho más significativo que sus versiones de plástico. Son réplicas de las partes que están fallando en los habitantes de Mystiquiel que esperan ser repartidas. Las hadas rotas de la pastelería recibían piezas de recambio. Aquí es donde las forjaron.

En la mesa de trabajo, sujeto en un tornillo de banco, hay un canal auditivo a medio formar, que parece un caracol plateado.

Perece se le acerca, gira la manecilla para liberar el objeto y lo lleva hasta la forja con unas tenazas de brazo largo. En cuanto el metal luce un tono rojizo, el rey lo saca y, después de golpearlo con un martillo, le suelda otro componente. Sus facciones salvajes se suavizan bajo las llamas de la pieza y su piel pálida refleja la luz azulada, que resalta el lado élfico y etéreo de su estirpe. Gracias a eso parece amable y tranquilo, celestial incluso.

Pero no me atrevo a fiarme de esa impresión.

—¿De dónde habéis sacado el material para forjar todo esto? —le pregunto.

Sin pronunciar palabra, deja a un lado las herramientas y vuelve a abrirse la camisa, esta vez para mostrar el lado derecho. Junto a su músculo oblicuo hay una cicatriz muy parecida a la otra. Pero en esa unos brillantes fragmentos de plata se han apoderado del tejido para reformar la parte metálica que se ha desprendido de su cuerpo.

—Todo esto… ¿ha salido de ti? —Miro hacia los estantes de la pared y hacia los barriles. Esa revelación no solo me sorprende, sino que me deja sin aire.

—Si a mí también me alterases y cambiases la biomecánica de mi anatomía, no sería capaz de proporcionar lo que mis súbditos necesitan para vivir. —Encoge esos hombros tan anchos—. Soy el único ser de aquí que puede regenerarse. Todos los fragmentos de hierro, pedazos de acero y anillos de cobre acaban volviendo a crecer.

Me quedo paralizada, boquiabierta.

—¿Te sorprende? ¿No fuiste tú quien diseñó mi habilidad, mi carga…?

En teoría, supongo que sí. Al describirlo capaz de transformarse físicamente, le permití adaptarse de formas distintas a otros personajes. Eso también explica por qué brilla más que su hermano, y sobre todo por qué no está oxidándose. Se arranca el metal cuando acaba de salirle, antes de que tenga tiempo de corroerse.

—Quizá sí que te escribí así, pero no te escribí para que fueses así. —Frunzo el ceño—. No deberías ser noble. Eres un rey cruel y déspota. Uno que no muestra piedad. Uno que se regodea en las malas artes y en el dolor. —Echo un ojo hacia los instrumentos de tortura que cuelgan del techo y que llenan la estancia para ponerlos como ejemplo.

—Bueno, me sigo divirtiendo. Reciclamos el metal contaminado para formar esos dispositivos tan perversos. —Señala con las tenazas lo que parece un ataúd herrumbroso lleno de estacas de metal, parecido a las doncellas de hierro que he visto por internet, aunque en las puntas chisporrotean y zumban unas bolas de chispas—. Tenía limpio y preparado ese para nuestra Jardinera, hasta que te trajo hasta mí y se ganó un indulto. Pero hace poco he descubierto a otro ladrón entre nosotros. En breve ocupará el lugar que le correspondía a ella.

Intento no estremecerme y espero estar muy lejos con Clarey, Frannie y mi tío cuando torture a esa criatura.

Después de dejar la oreja soldada en el banco, Perece utiliza papel de lija para pulir las juntas, suavizar las curvas y afilar la punta con la paciencia y la práctica de un artesano. Varias chispas salen despedidas hacia arriba en un pacífico estallido de luz, como si fuesen estrellas fugaces. Muchas virutas plateadas se ondulan debajo del torno y cubren la superficie de madera de la mesa. Se parecen a la orilla del mar que hemos pisado Clarey y yo al llegar a este mundo. Golpeo con la bota una montaña de fibras similares que se acumulan en el suelo. ¿Ahí es donde van todas las virutas? ¿A la playa? Me sorprende que Perece se esmere tanto para cuidar el mantenimiento de este mundo, que incluso entregue partes de su ser.

Con la cabeza girada, las trenzas de su sien le tapan un lado de la cara. Se percata de mi silencio y se pasa el pelo recogido detrás de la oreja puntiaguda. Sus ojos se clavan en los míos y con una mirada me urge a hablar.

—No me vas a dejar que te transforme para que puedas seguir arrancándote capas… con lo que debe de ser un proceso dolorosísimo. Y todo para tener material con que restaurar a tus súbditos y mantenerlos con vida.

—¿Acaso no es lo que hace un rey por sus vasallos y su dominio? Los protege a cualquier precio.

—Eres… No eres quien esperaba que fueras. —Parpadeo para apartar los ojos de los suyos—. Como todo lo demás por aquí; las cosas son como las dibujé, pero se comportan de una forma totalmente distinta. —Me muerdo la mejilla por dentro, me arriesgo y toco las virutas de la mesa. Como las de la playa, se desintegran para formar resplandecientes granos de arena dorados.

Perece me dedica una sonrisa beatífica. Incluso con los colmillos expuestos por completo en lo que podría ser una mueca feroz, es obvio que su expresión es de placer.

—¿No ves cómo tus propias habilidades artísticas han regresado, evolucionado incluso, desde que estás aquí? Han crecido, de hecho, desde que empezaste a dibujar este mundo. Por lo tanto, ¿tan impensable te resulta que nosotros, fragmentos de los sueños que has soñado, salidos de todas las experiencias a las que te has enfrentado, también cambiemos y nos perfeccionemos? ¿Que nos volvamos individuos de pleno derecho? Tal vez este reino sea consecuencia de la imaginación de una chica, sí, pero sus habitantes han crecido hasta rebasar lo que esperábamos que fueran. Tus emociones, y las de aquellos que leen tus historias, nos alimentan.

Y es ahora cuando comprendo del todo el impacto que he tenido al dejar a un lado mi talento.

—No os habéis podido alimentar debidamente porque guardé las historias en secreto… Porque limité quién las veía. Y cuando dejé de dibujar por completo…

—Nos morimos de hambre, sí. Nos consumimos. —Lanza una mirada al renovado metal oxidado de la doncella de hierro.

Los remordimientos me inundan el cuerpo.

—Las velas. Prendéis la cera en las fábricas y en los hogares, en las tiendas y en los restaurantes. Esperabais que os curasen.

—No fue idea mía. Pero pensé que quizá funcionaría, ya que las emociones nos ayudan a regenerarnos. —Mira tras de sí hacia los aparatos en forma de tubo, que escupen humo—. Y eso es crucial para mí.

—Si no fue idea tuya, ¿de quién fue? —Formulo la pregunta, aunque ya sospecho cuál es la respuesta.

—Cuando las cosas empezaron a desmoronarse y a oxidarse, busqué asesoramiento. Una noche entré en tu casa, unas semanas antes de que tu tío comprase la pastelería. Antes incluso de que el concepto del local tomase forma en su cabeza. Yo necesitaba ayuda con Mystiquiel, reconstruir este lugar y devolvernos la gloria del pasado.

Arquitecta. Esta vez no pronuncia la palabra, pero la deduzco. Los arquitectos construyen cosas, y Jaspar —Perece— ha dicho en la casa de la risa que yo era una constructora de mundos.

—Estabas dormida, y tu tío me sorprendió a tu lado. Cuando se dio cuenta de quién era yo, de qué era, intervino, me suplicó, hizo un acuerdo conmigo en función de un plan para proporcionarnos emociones, siempre y cuando me mantuviese fuera de tu vida real e impidiese que el resto de las criaturas se te aparecieran. Para protegerte a ti y tu frágil realidad de nosotros.

—¿Mintió para protegerme?

—No tuvo otra opción, la verdad.

Esa respuesta hace que algo emerja hasta la superficie: el rostro de mi tío en el recuerdo que el hada me ha devuelto hace un rato, delante de la falsa pastelería. Que anoche en el almacén se le salieron los ojos de las cuencas, que le costó hablar como si tuviese la lengua hinchada. Me dijo que quería contármelo todo, pero que no podía. El inquietante canturreo de Angorla: «Por eso callar a ellos. Agarrar lengua e hincharla. Sellar labios y coser fuerte».

—Embrujaste a mi tío para que no me lo contara —murmuro—. Lo obligaste a guardar silencio con magia, porque era más potente de lo que sería cualquier contrato humano. Pero ¿por qué te importaba si yo me enteraba o si no? No tenías nada que perder si lo descubría todo.

—Eso es algo entre tu tío y yo.

Lo fulmino con la mirada. De nuevo me contesta con evasivas.

—Si quieres que te ayude, vas a tener que contármelo todo. Y deja de tergiversar las cosas.

—¿Seguro? ¿No vas a hacer todo lo que te pida para salvar a los que te han seguido hasta aquí? ¿O al que decidió venir antes que tú?

—¿Cómo que lo decidió? ¡Obligaste a venir a mi tío para atraerme!

—No es del todo cierto. Tu tío incumplió nuestro acuerdo al servir frutos encantados en la celebración, fuera de la pastelería, sin acompañar sus productos con las velas necesarias. Eso dejó a Mystiquiel sin suministro de emociones, así que vino de buena gana como castigo con la esperanza de evitarte mi rabia. Pero sí… Ha servido para llamar tu atención.

Niego con la cabeza, sin saber si estoy más furiosa con Perece o conmigo misma.

—Lo que ocurre aquí es culpa mía. Él no debería estar involucrado en absoluto.

Perece levanta la oreja de metal finalizada para inspeccionarla, y acto seguido la lanza dentro del barril.

—Siempre tan dramática. Te preguntaría si todas las chicas humanas compartís esa característica, pero entiendo que en ti es consecuencia de la pérdida prematura de tu hermana. No me resultan desconocidas las complejidades de las relaciones entre hermanos, créeme. Pero al parecer el vínculo entre gemelos es… incomparable. Una rareza metafísica que va más allá de la magia. El fallecimiento precipitado de tu otra mitad ha dejado una herida parasitaria que te va a devorar a no ser que permitas que cicatrice.

Me arden los ojos al oírlo referirse a la muerte de Lark. No es la primera vez que lo comenta. Detesto que haya estado el suficiente tiempo dentro de mi cabeza como para saber cuáles son mis pérdidas y arrepentimientos más privados y profundos, y cuánto tiempo llevo enredada con ellos. Sacudo el hombro a la espera de que el tatuaje de la alondra bata las alas debajo de mi camiseta, pero el pájaro no se mueve. Ahora que lo pienso, no he notado ningún movimiento suyo desde que he entrado en el huerto.

—Te repito —Perece desmenuza mis introspecciones— que no eres la culpable del derrumbe de nuestro mundo. No del todo. Como te he dicho antes en la casa de la risa, no eres tan poderosa, pero sí que tienes cierto poder.

Me meto las manos en los bolsillos y acaricio con los dedos las semillas de la acera de la pastelería que me he guardado. Contemplo su forma original, metálica y diminuta, antes de modificarlas.

—Yo os dibujé, yo os di la vida. Pero os abandoné. Aunque sigo soñando con Mystiquiel, dejé de escribir vuestras historias porque perdí… la visión. Así que, si no somos mi abandono y yo los únicos culpables de este desastre, ¿quién puede ser?

—Por fin. Llegamos al quid de la cuestión.

Antes de que Perece elabore su respuesta, oigo un chasquido cuando un triángulo de cristal aparece en la pared a mi derecha.

Corro hasta colocarme a poca distancia de él y espero sin aliento a que la puerta crezca y se abra de par en par. Casi me da miedo verlos; ¿cuánto habrá avanzado la mutación de Clarey en el tiempo que hemos estado separados? Y mi tío… Según Perece, ha venido hasta aquí como castigo, y eso quizá signifique que ha sido objeto de alguna especie de tortura. Y pobre Frannie, ¿la habrán encerrado en algún sitio asustada, hambrienta y confundida?

Cuando Flagelo se presenta solo y la puerta desaparece tras él, me deshincho físicamente, un colapso interno que va de mis hombros a mi corazón.

—¿Dónde… están? —me obligo a preguntar.

Flagelo me sonríe, sacude el pelo encrespado y arruga la nariz torcida como si yo no mereciese que me prestase la más mínima atención. Y acto seguido se dirige a Perece:

—¿Ha mandado traer a los cautivos, Mi Majestad?

Perece pasa por delante de mí dejando un rastro de humo ceroso. Sin articular palabra, le tiende una mano hacia arriba a su hermano. Como Perece le saca una cabeza, Flagelo alarga el cuello para mirar al rey a los ojos. Su ropa, parecida a la de Perece, le va grande, holgada y desacertada. Aunque el colorido de ambos es casi idéntico —a excepción de la iridiscencia que vuelve al rey tan inquietantemente hermoso—, Flagelo es inferior a su hermano. Tiene la piel hundida y arrugada, como si fuese un reflejo de Perece en un charco con ondas.

Flagelo se extrae del bolsillo tres canicas del tamaño de una pelota de golf y las coloca sobre la mano del rey de los duendes. Las esferas me recuerdan a los ojos vigilantes que he visto sobre pedestales en los jardines, multicolores con una profundidad brillante y reflectante. Al examinarlos, los prismas se transforman. Los ojos saltones sin gafas de mi tío observan el entorno, casi ciegos; el rostro de Clarey —el naranja sustituido ya por su color natural— sigue teniendo la forma de la máscara, ahora en una expresión de agonía mientras se agarra el oído izquierdo, dolorido; el hocico de Frannie y sus ojos abiertos y asustados. Por lo visto, están atrapados dentro de las bolitas.

Jadeo y me abalanzo sobre ellas.

Perece las rodea con los dedos antes de que pueda tocarlas. Me aparta, apenas un golpecito en el hombro, pero que me hace tambalearme hacia atrás y sujetarme a una silla con un asiento atestado de uñas y muñequeras oxidadas. Recostada en el reposabrazos de madera, me muero por pedir respuestas a gritos, pero la tensión cruje entre los dos hermanos, así que doy varios pasos atrás y me quedo detrás de la silla, reacia a verme envuelta en la corriente eléctrica.

—¿Has encontrado al ladrón, al cómplice de Angorla? —se interesa Perece.

—No, Majestad. Pero lo encontraré. —A Flagelo le tiemblan los hombros de forma casi imperceptible, pero yo me doy cuenta. Perece también.

—No es necesario. —Perece se mete las canicas en el bolsillo y luego aferra a su hermano por el hombro; la mano enorme del rey abarca toda la escápula y la clavícula de delante atrás. Y entonces se inclina y muestra los dientes—. Sé que fuiste tú —le espeta. Aunque la haya susurrado, la acusación lleva el peso y la fuerza del rugido de un león—. Sé lo que te prometió. Tonto de ti, te lo creíste. Si ella gana, tu avaricia y tu envidia nos condenarán a todos.

La mano se cierra y destroza el hombro de Flagelo. El brazo metálico se curva ante la presión con una disonancia ruinosa muy similar al crujido que hacen los coches al quedar reducidos en el compresor de detrás del garaje de Ebon, un ruido que me revuelve las tripas.

Flagelo aúlla de dolor y se desploma en el suelo, postrado delante de su rey con el brazo torcido en una pose que no es natural.

Sin mirar hacia mí, Perece agarra el cuello de la camisa de su hermano y lo arrastra hacia la doncella de hierro. Lo coloca en el interior y le apoya una mano en el pecho a Flagelo para mantenerlo inmóvil.

—Me has roto el corazón, hermano. No pensé que fueras a ser tú… —Al rey se le quiebra la voz—. Si sobrevivimos a esta noche, nos veremos en el otro lado de Halloween.

Un músculo de la mandíbula de Perece tiembla cuando su hermano le implora perdón mientras supura babas entre los labios. Lo último que veo son sus orejas puntiagudas a ambos lados de la cabeza y las venas que se le marcan en el cuello con cada súplica.

Perece cierra el instrumento parecido a un ataúd vertical para anular los gritos de Flagelo. Una luz intensa sobresale de las juntas metálicas, y el zumbido se convierte en una sucesión de crujidos y siseos. El olor a pelo chamuscado y a metal derretido forma un hedor agrio y repugnante.

Con la nariz y la boca tapadas, me echo a temblar, tensa y preparada para salir corriendo. Pero ¿a dónde voy a ir?

Perece se gira hacia mí soltando chispas por los ojos que rivalizan con el espectáculo lumínico del instrumento de tortura.

—No temas por él. No está muriendo. Está renaciendo. Remodelándose, si quieres llamarlo así. Para ser un mejor príncipe. Uno merecedor de este reino. Uno que jamás traicione a su rey.

Estoy perpleja, incapaz de hablar por la brutalidad de lo que le ha hecho a su propio hermano, un acto que revive todas mis dudas y las cosas que envidiaba de mi hermana… ¿Aquella noche la habría podido salvar? De ser así, ¿la habría salvado? ¿O soy tan egoísta que habría optado por mi propio orgullo y la habría dejado morirse?

Nunca sabré la respuesta, y la incertidumbre me inunda y me zarandea el alma.

Quiero reprobar los actos de Perece, pero comparto la devoción que siente hacia este mundo, me guste admitirlo o no. No sé qué robó Flagelo, aunque es evidente que la traición puso en peligro el reino de Perece. Él ha hecho lo que haría un rey de verdad, lo que ha hecho desde el principio. A pesar de sus tácticas retorcidas, por lo menos admiro su compromiso.

Pero mi admiración se esfuma en cuanto se saca las canicas del bolsillo y las mueve en la mano para juntarlas.

—Como ves, tu tío y tus amigos están atrapados. Lo estarán hasta que consigas nuestro objetivo.

Se me cierra la garganta con un gemido al volver a verlos. Tiene el destino de mis seres queridos en las manos. Literalmente.

—Eres un monstruo.

Suelta un suspiro formado por una nube de humo ceroso que revolotea sobre la punta de sus cuernos, y luego cierra la mano alrededor de las canicas.

—Sí, soy un rey duende con herencia élfica. ¿Esperabas que jugase limpio? El precio de perder a este juego es demasiado alto. He tenido que asegurar mis apuestas. Como te he dicho antes, hay otro jugador.

—¿Mi tío?

—Él no es más que un entretenimiento. En nuestro jardín crecen malas hierbas, Arquitecta. Un enemigo; mi mayor adversario. Una entidad que conoces a la perfección.

Una entidad. La respuesta de pronto se enciende en mi cerebro. La némesis del rey de los duendes. La única capaz de igualarlo de tú a tú, que vive en el centro del reino del mundo.

—La Matriarca —digo, mareada ante esa idea—. La añadí a la historia de Mystiquiel. Y tú me has traído aquí para destruirla.

—Sería lo ideal. Porque eres la única que puede hacerlo.

—Porque es mi creación.

—¿O la creación ha pasado a ser la creadora? —Se encoge de hombros y sus trenzas se bambolean—. Ella es la responsable del hundimiento de este mundo, no tu descuido. Sin embargo, sí que nos has vuelto más vulnerables a su propósito: destruir mi reino legítimo para mandar en este mundo y deformar nuestro reino como le venga en gana. Hay quien dice que desea ocupar tu puesto de Arquitecta. Que, de hecho, tú eres su única rival digna.

A eso se refería cuando me ha ofrecido su ayuda para desbaratar el golpe de Estado.

—Pero ¿no está en todas partes? ¿No nos está escuchando incluso ahora? Es omnisciente.

—Precisamente por eso te he traído hasta aquí, hasta el huerto. Y hasta el palacio. Es el único lugar que su ojo no ve. Y si no ve, no oye.

Abro la boca al darme cuenta, anonadada. No ha sido el rey de los duendes quien nos ha vigilado durante todo momento.

—El sol… La luna. El orbe del cielo.

—Es su bola de cristal, por así decirlo. Sí.

Miro atrás hacia el reloj. Dentro de diez minutos, sonará once veces, y solo nos quedará una hora.

—Dime cómo encontrarla —digo entre dientes—. Cómo derrotarla.

La hoja de cristal se coloca en su sitio en la pared más cercana a mí, pero, en lugar de formar una puerta, se abre hasta ser una pantalla, parecida a un televisor de los antiguos. La imagen en blanco y negro parpadea al dejar atrás el huerto y dirigirse hacia una estructura monolítica a lo lejos, rodeada de humo; rayos de luz atraviesan los jirones grisáceos, como si la estructura que se alza al otro lado zumbase con electricidad. Reconozco la imagen porque la dibujé yo. Es la guarida de la Matriarca, que se eleva y desaparece entre las nubes.

—Está muy lejos —murmuro, casi para mis adentros—. Es imposible que llegue a tiempo.

—Hay un atajo. Sus componentes e interfaces corren por debajo de la tierra firme de Mystiquiel. El laberinto subterráneo te conducirá hacia el procesador central de su placa base. Te acompañaré hasta la abertura. Irás armada con un mapa y con los medios necesarios para vencerla. Pero ten cuidado: en cuanto su conciencia colectiva perciba tu presencia, jugará sucio. Te distraerá con ilusiones, intentará que te equivoques de camino… Pero si sigues el sendero que te indicaré, estarás protegida por mi magia y el trayecto durará menos de una hora.

La inseguridad me forma un nudo en el estómago. No quiero hacerlo sola, pero no tengo alternativa.

—Y ¿cuando lo haya conseguido…?

—En cuanto la hayas desactivado, te doy mi palabra de que tu tío, el perro y el muchacho serán libres y regresarán al reino somático. Sin máscaras, sin heridas, sin futuras obligaciones.

Hago una pausa, atenta a la trampa que oculta su promesa.

—No. Nos enviarás a todos a casa, a Astoria. También a mí. Ese es el trato.

Una semisonrisa aparece en sus labios; no es precisamente de maldad, sino de receloso respeto.

—Por supuesto. A ti también te mandaré a Astoria. —Vuelve a guardarse las bolitas en el bolsillo—. Siempre y cuando salgas victoriosa cuando el humo se despeje y el óxido se esfume.

la Matriarca

Está aquí. Notamos sus pasos torpes y su aliento cálido, está entrometiéndose. Es un picor que necesitamos rascarnos. Nos traba por dentro, es una fisura parasitaria. Hemos trabajado mucho, durante mucho tiempo, como para dejar que nos cause problemas en el cableado y que eche por tierra nuestros esfuerzos. Ha venido en una misión que le ha encomendado la lengua plateada de un rey duende. Nosotros no tenemos boca ni voz individualizada, pero ella ha entrado en nuestro terreno de juego y su mente es más básica que una fruslería. Una farsa, un espejo y un recuerdo. La clave es engañar. Ella no lo sabe todavía, no lo ve todavía. A través de acertijos irresolutos y dudas insoportables, aprenderá el poder de los dulces y de la pena, de los niños que se ponen máscaras y pisotean hojas brillantes y preciosas. Y luego la llevaremos al lugar apropiado antes de que se unan las manecillas del reloj, antes de que el trono se derrumbe y el botín se nos presente con cables oxidados y circuitos devorados por las llamas. No debe extirpar nuestras raíces ruinosas ni arrebatarnos la victoria en este juego tenso y riguroso.

27

mascarada

Con los dedos enfundados en guantes de lana, aferro el mapa animado del rey de los duendes. El papel, de un azul oscuro, se funde con el tenue entorno del túnel. La tinta brilla con un verde neón y muestra una maraña de líneas y puntos. He visto algo parecido en clase de informática cuando estudiábamos el diseño de una placa base. Las líneas divergen en todas las direcciones y forman un laberinto que se asemeja a las raíces de un árbol. En el centro, donde las líneas convergen y dan lugar a un recuadro antes de salir despedidas en más ramales caóticos, yace el núcleo de todo: el procesador central de Mystiquiel (la CPU), la conciencia colectiva de la Matriarca, y mi destino.

La tinta embrujada arroja un rastro lumínico blanco para mostrar la ruta que Perece quiere que tome, y una «X» morada se proyectará en el mapa al llegar a cada uno de los tres conectores, para saber qué cortar por el camino para dejarla incapacitada.

Esta es nuestra estrategia, dejarla sin nada con lo que pelear al final, para que, cuando yo llegue a su madriguera —esa estructura monolítica rodeada por nubes y luz eléctrica—, pueda arrancarla del ordenador central de este mundo y destruirla. Perece se me unirá y me enviará a través del velo junto a mi tío, Clarey y Frannie, y nos reencontraremos en el otro lado. Asumiendo que consiga vencer al reloj, claro.

Sonaban once campanadas cuando Perece me ha acompañado por una trampilla de las profundidades de su castillo. No me ha dejado traer mi mochila, ha insistido en que me molestaría. Pero me ha dado las cuatro cosas que necesitaré: el mapa; un cortaalambres con hojas tan largas como tijeras de podar, que me he ceñido en el muslo sobre los vaqueros; el reloj de bolsillo de mi padre, embrujado para repetir los repiques de los cuartos de hora del reloj gigantesco de la sala de juegos de Perece, indicando así el poco tiempo que queda para que se cierre el portal; y un collar con mi frasco de la sangre del rey por si la Matriarca decide obligarme a comer algún fruto contaminado.

—También te servirá para anular sus tretas —me ha dicho—. Una gota y sus ilusiones se harán añicos a tu alrededor para mostrar la realidad. Pero no la bebas a no ser que no puedas romper su hechizo de ninguna otra manera. Si tragas más de dos gotas sin diluir en un período de veinticuatro horas, podrías quedar atrapada en este universo moribundo, en la magia que hay aquí. Y ya has bebido una gota para entrar en el huerto.

Otro misterio resuelto: por qué mi tío solamente vende un producto de la pastelería al día a los clientes, nunca a docenas; y otro motivo, además de la cera de las velas, por el cual no reparte dulces a domicilio. Así es capaz de controlar cuánto ha comido cada cliente en cada visita.

Mientras camino, acaricio el frasco y me pregunto cómo sabré cuándo beber el líquido. Si debo beberlo o si Perece estará moviendo mis hilos como lo hará la Matriarca…

A estas alturas, ¿de quién me puedo fiar? Únicamente de mí misma.

Mis botas militares pisan con fuerza el terreno escarpado, un sustrato de compuesto laminado con capas de circuitos de cobre que sobresalen como raíces entre las grietas de las piedras. Parecido a todo lo que hay fuera del huerto, es en parte sintético y en parte orgánico. Los terrones de barro ruedan bajo mis talones y crujen, mientras que la hierba y las flores se separan entre las láminas. A mi alrededor, las paredes, cubiertas por vides con hojas, están hechas con tubos de cristal llenos de neón y otros elementos informatizados apilados. Un panel negro sólido hace de techo, donde unas luces LED policromáticas incrustadas en la superficie parpadean débilmente, similares al juguete Lite-Brite que Lark y yo compartíamos cuando éramos pequeñas. Con cada recodo del camino veo algo nuevo: chips de ordenador, bombillas titilantes, interruptores de transistor y motores que zumban, todo gigantesco comparado conmigo.

Al pasar por delante de un microchip del tamaño de una máquina de aire acondicionado, no puedo evitar compararme con un ratón en un laberinto de luz ultravioleta. El ambiente está cargado y es cálido, y el hedor clórico a ozono lo eclipsa todo. Los cables de cobre y de aluminio hacen las veces de vías a lo largo del camino; son gruesos como lápices y chisporrotean con corriente eléctrica. Son las venas y las arterias de su sistema, y mi propio corazón late con un ritmo desbocado para bombear la sangre con una cadencia análoga, como si intentase sincronizarse con ella.

Me detengo en el sexto recodo señalado en el mapa, y el círculo naranja que imita mis movimientos sobre el papel, y que indica mi avance por el camino blanco, se detiene conmigo. Solo estoy a una curva del primer conector que debo cortar. Debería ser el mapa más sencillo de seguir del mundo si no estuviese preocupada por lo que me aguarda al doblar cada esquina. La Matriarca no se rendirá fácilmente, así que debo estar en guardia.

Hasta el momento, ha estado callada, y no puedo dejar de sentir que ha esperado a que yo llegase a su primer punto vulnerable, que ha retrocedido y se ha preparado para atacar. ¿Qué me va a lanzar? ¿Monstruos? ¿Pesadillas? ¿O algo peor, algo que ni siquiera puedo imaginar?

Me sudan y me pican las manos en los guantes de lana que había dejado en la cueva al inicio del viaje. Cuando le he preguntado a Perece cómo era posible que los tuviese él, me ha asegurado que a sus hadas ratoneras no se les escapa nada al limpiar su mundo de residuos extranjeros. Me ha insistido en que aquí abajo no toque nada por miedo a que vaya a darle poder y vida a la Matriarca, ya que lo que necesito es arrebatárselo.

Cuando me dispongo a reunir la valentía para doblar el recodo del camino, oigo la música. Por ahora, los únicos ruidos han sido los clics y los zumbidos de las corrientes integradas y de los microcircuitos. La melodía se oye por encima del ruido blanco, lenta, melancólica y familiar. Una canción de *blues*, una de las preferidas de Breonna que escuchaba cuando Clarey y ella se mudaron a otra ciudad. Aunque hay una diferencia perceptible e inquietante: en lugar de un acompañamiento de armónica o de guitarra, es el soniquete tintineante y desafinado de la caja de música del tiovivo. Sin voz, solo la melodía.

Por debajo de la música se oye una carcajada, luego un parloteo y unos resoplidos. Susurros y murmullos que coinciden con rugidos y gruñidos bestiales. Juguetones, pero en cierto modo malintencionados.

Con cuidado, doy un paso adelante y me detengo cuando un reguero de burbujas iridiscentes y brillantes tuerce la esquina y se dirige hacia mí. Debe de haber cientos de burbujas, que giran y chocan unas con otras. Cuando los contornos vaporosos colisionan, se fusionan y una de ellas desaparece cuando la otra la absorbe. La cantidad se va reduciendo conforme las que quedan son cada vez más grandes, hasta que tan solo queda una sola esfera gigantesca y centelleante, tan alta como yo y tan ancha como el túnel, anclada en el camino que debo tomar.

Mis nervios se activan, atentos, y se me eriza el vello de todo el cuerpo al encontrarme delante de la primera jugada de la Matriarca. ¿Por qué ha optado por algo tan frágil? Lo único que tengo que hacer es explotar la burbuja con un dedo. Con el ceño fruncido, me meto el mapa en el bolsillo de la chaqueta y empiezo a levantar la mano hacia el globo vaporoso, pero dudo. Para estallarlo, deberé quitarme el guante. ¿Y acaso no es lo que está intentando que haga? Podría utilizar el cortaalambres, pero ¿y si la burbuja lo captura y se lleva mi única arma?

Bajo la mano al costado y me pongo a reflexionar.

La caja de música sigue sonando de fondo. Antes de que identifique el título de la canción o el nombre del artista, cambia a otra melodía, una balada seductora que no he oído nunca. Las notas resuenan con gravedad para formar una cadencia evocadora y sensual que me hace mover las caderas. Me tapo los oídos con las manos, pero la música sigue reproduciéndose en mi cabeza y nadando en mis venas.

Mientras intento liberarme del hechizo de la canción, la burbuja proyecta un reflejo atrapado en su centro: una chica que se tapa los oídos con guantes de satén negros; soy yo, pero al mismo tiempo no lo soy. Llevo un vestido de mangas largas y cuello alto. La tela de vinilo rojo intenso, que brilla como una cereza madura, se ciñe a todas mis curvas desde el pecho hasta la cintura, y luego cae con una falda ondulante que me cubre las puntas de las botas militares. La silueta del corpiño está compuesta por espejos diminutos con forma de diamantes que se asemeja a un corsé que termina en un cinturón negro de encaje, muy ajustado. En mi cabeza hay una máscara oscura de conejo. Las orejas están levantadas, dos puntas de obsidiana recubiertas por esqueletos de alambre. Mis ojos, las cremalleras y mis *piercings* resplandecen debajo de la tela de encaje de la máscara, que me llega hasta la nariz y deja a la vista mis labios brillantes.

Lark había dominado la destreza de arreglarse, pero yo nunca me sentí cómoda maquillándome y emperifollándome. Nadie me encontraría muerta con un vestido de gasa con lazos de colores pastel; aun así, no puedo negar que ese vestido es extremo de forma que es totalmente típico de mí... La brutal sensualidad es empoderadora, embriagadora incluso.

Aprieto los labios y me pregunto a qué debe de saber el pintalabios rojo, en caso de que sea yo la chica del reflejo. ¿Sabrá a cerezas, como el color de su vestido? ¿O será algo con más capas, como el licor de frambuesa que mi tío utiliza para los *roonies* de frutos rojos y trufa?

Vuelvo a levantar el brazo porque quiero tocar el reflejo, quiero saborearlo, que sea real... Mi guante curva la pared de la burbuja, y a continuación mi mano desaparece en el interior, donde la lana se transforma en un satén negro. Acto seguido, mi muñeca y mi brazo atraviesan la barrera, y una manga de vinilo cereza sustituye a mi chaqueta de cuero. Finalmente, todo mi cuerpo entra hasta que yo soy el reflejo, una Nix con un vestido rojo y una máscara de conejo.

Observo a través del marco translúcido cómo mi burbuja se vuelve pequeña, conmigo en el interior. Y al poco estoy flotando, flotando, flotando, y doblo la esquina para entrar en un salón de baile abarrotado de vestidos espectaculares y trajes elegantes, con terciopelos y satenes de todos los colores y telas de encaje que centellean con fibras ópticas. Todo el mundo baila y ríe, se besa y se abraza. La burbuja se dirige hacia un suelo cuadriculado que brilla en una sucesión de recuadros plateados y dorados. Me ensancho junto a las paredes membranosas y, en cuanto mis zapatos tocan el suelo, la burbuja estalla con una fuerte explosión que me devuelve al tamaño normal y me deja rodeada por una nube de purpurina arcoíris.

Me sacudo algunas chispas que se han quedado pegadas a la máscara y me lamo el lápiz de labios para saborear la dulzura de una fría sandía en pleno día de verano. Las orejas de conejo se mueven por encima de la cabeza cuando miro hacia el techo, de donde admiro una hilera de candelabros de cristal que parpadean con cálidas luces de un dorado rosado.

La multitud a mi alrededor baila al son de la canción atrayente y tintineante de la caja de música. Me quedo ahí en medio, envuelta por un remolino de máscaras con plumaje y pelaje, cabezas de animal disecadas y las tensas y aterradoras sonrisas de payasos y bufones; lo más espeluznante de todo es que las máscaras de papel maché blanco y rojo están atrapadas en un grito silencioso y extenso con los ojos muy abiertos y la nariz alargada. Es una muestra de las caretas que he visto en la pared sagrada de Perece. Si la altura y el cuerpo de los bailarines no fuesen tan parecidos a los de un ser humano normal, pensaría que son las criaturas y los personajes que han salido de mi imaginación. Como no es así, no tengo ni idea de quiénes o qué son.

Mi pulso adopta un ritmo acelerado, ya no en trance por la música, sino despierto. Decidida a regresar a la realidad, me toco el cuello en busca del colgante, del frasco. Pero me niego a destaparlo y llevármelo hasta los labios. Tiene que haber otra forma de romper la ilusión para saber dónde estoy realmente y encontrar el conector que debo cortar...

Busco el mapa que tengo en el bolsillo, pero ahora que mi chaqueta se ha transformado en un vestido, no es accesible. Tampoco mis vaqueros ni el cortaalambres. Una oleada de pánico empieza a nacer en mi interior, pero enseguida se esfuma cuando lo veo a él en el salón, el único invitado que no lleva máscara.

Conozco ese rostro, la barbilla cuadrada, los pómulos altos, el mismo muchacho atractivo que está a mi lado desde que éramos pequeños. Su piel verdadera resplandece sin ningún trazo naranja innatural, y sus ojos de distinto color chispean; todo ha regresado a la normalidad. Vuelve a ser él, y el alivio me embarga por completo. Su mirada encuentra la mía y me sonríe, mostrándome los hoyuelos de sus mejillas. *Cómo he echado de menos esos hoyuelos*. Mi corazón se desboca de nuevo, esta vez por una razón totalmente distinta.

Abre la boca para gritar algo por encima de la música, pero luego desaparece cuando la multitud se mueve. Avanzo entre la oleada de cuerpos y sigo los destellos de su flequillo blanco entre las aberturas esporádicas en el mar de telas crujientes, mientras él busca la manera de llegar hasta mí.

Con un volumen más alto, alimentándose de nuestra necesidad de encontrarnos, la cadencia hipnótica y tintineante me apresa de nuevo y enciende llamas en mi sangre. Clarey me alcanza por fin. Su chaqueta elegante y sus pantalones ceñidos van a juego con mi vestido, del mismo color y de la misma tela fulgurante, aunque su ropa está estampada con un diseño que recuerda a la piel de cocodrilo. Lleva los mismos mocasines con los que ha entrado en este mundo, la única parte de su conjunto que es propia de él.

Estoy sin palabras. Contentísima de verlo, pero no sé a ciencia cierta si es real. Aunque todas las dudas se esfuman cuando me agarra la mano y tira de mí hacia él para envolverme en una esencia a flores y a sustancias químicas.

—Nix —susurra—. Te he encontrado.

Los bailarines se alejan como si quisieran dejarnos espacio. El brillo de los candelabros se enfoca en su maravilloso rostro sin máscara, un tono rosado que hace que todo lo que nos rodea se suma en la oscuridad. Es como si estuviésemos de nuevo en el huerto, los dos solos, mientras me acerca a él con una mano en la parte baja de la espalda y la otra pasándome un dedo por la comisura de la boca hasta llegar al aro de mi labio.

—Dichosos los ojos que te ven —dice. Es una de sus anticuadas expresiones.

Entusiasmada, recorro cada centímetro de su rostro con un dedo enfundado en satén. Una mata de bucles blancos cae sobre la piel pálida de su frente y oculta su cicatriz. Me sujeta la mano antes de que pueda apartarle el pelo y me planta un beso en la muñeca. Satisfecha al ver que sus labios son tan suaves y perfectos como su piel, me inclino hacia él. Con los brazos alrededor de su cuello, apoyo la frente en la suya y hundo los guantes en los mechones oscuros de su nuca. Dejo que lleve él el ritmo, perdida en la sensación de nuestros cuerpos, que bailan la balada. La tela lisa de nuestras ropas cruje con nuestros movimientos, un sonido que no concuerda con la atmósfera onírica.

Lo abrazo con más fuerza y provoco más crujidos de tela entre ambos.

—Me alegro mucho de que estés bien.

—Lo estoy ahora que sé que tú lo estarás. —Coloca los labios a pocos centímetros de los míos. Me fallan las rodillas cuando nuestros alientos se rozan. Acerca más la boca haciendo que me muera por tocarlo.

En lugar del beso que espero con ganas, sin embargo, me susurra contra el *piercing*:

—Todo es una mentira.

Sobresaltada por sus palabras, tropiezo con el largo dobladillo de mi vestido y me abalanzo sobre él, aunque no me suelta.

—Observa a nuestro alrededor. —Me sostiene la mirada—. Observa de verdad.

Obedezco y escruto a los bailarines, que ahora nos contemplan con una extraña luz en los ojos. Se quitan las máscaras uno a uno y muestran caras humanas de todos los rincones del planeta, de todos los géneros. Aunque algunos son adolescentes, como Clarey y yo. Parecen artificiales, lucen una expresión paralizada. Están perdidos, poseídos, tristes.

Vuelvo los ojos hacia Clarey, agradecida por que sus facciones sean sinceras y estén vivas. Me agarra la mano con semblante sombrío.

—Hemos escapado del rey de los duendes y la Matriarca nos ha conducido hasta el portal. Solo quiere que nos marchemos para poder terminar lo que empezó. Para que nadie se pierda y sea una víctima de nuevo. —Lanza una mirada de reojo a nuestro público—. Tu tío, Frannie y yo... ya hemos regresado. Yo he vuelto para que lo vieses, para que te lo creyeras. Debes venir conmigo ahora, antes de que nos quedemos sin tiempo.

La multitud se mueve y los rostros vacíos se inclinan para dejarnos pasar. Clarey me conduce por el espacio hacia una luz plateada que brilla al fondo del salón, una arcada cubierta por espesas telarañas. Una ráfaga de viento marino atraviesa el arco y zarandea los hilos para que se abran y nos enseñen la cueva que nos ha traído a este mundo. Cuanto más nos acercamos, más claro resulta el paisaje. La playa está al otro lado, pero no es la arena dorada y brillante de Mystiquiel. Es Cannon Beach, iluminada por la luna. Es mi casa. El mundo real, vasto y expectante.

En la orilla, mi tío Thatch camina dando círculos y Frannie lo sigue pisándole los talones, como si estuviesen nerviosos por el regreso de Clarey y por mi llegada. La armónica, la máscara y los guantes de Clarey forman un montón en el suelo, a su lado, donde ha dejado el instrumento y el disfraz antes de venir a por mí.

En las profundidades del salón de baile, oigo a los presentes gruñir y sisear, sonidos que son extrañamente similares a los zumbidos y chasquidos de un circuito eléctrico. La música tintineante ahora suena más baja.

Hay algo que me preocupa, que me advierte: las telarañas que recubren la abertura de la cueva. ¿Cuánto tarda una araña en tejer algo tan espeso? Horas, días... Quizá incluso semanas. El suficiente tiempo como para que me pregunte cómo ha vuelto Clarey sin romperlas. Habría tenido que estar aquí desde el principio. A no ser que sean mágicas, claro está.

Examino de nuevo el portal de la cueva, que da a la playa. Las huellas de los zapatos de Clarey manchan las rocas por las que ha salido y regresado, formadas por barro y agua.

Agua… Ahora recuerdo el *blues* que he oído al principio, antes de que la burbuja me arrastrase por el pasadizo. El título de la canción, «Still a Fool», resulta inquietante y muy pertinente en este momento, como si yo siguiese siendo una tonta. En cuanto al artista… Intento recordar el nombre del cantante. Ahora es mucho más que un juego. Es cuestión de vida o muerte: la de Clarey, la de mi tío, la de Frannie y la mía. Debo asegurarme. Y entonces se me enciende la bombilla…

Clavo de nuevo los ojos en los de Clarey, quiero creerlo. Quiero pensar que esto ha terminado de verdad. Pero necesito una prueba.

—¿Te acuerdas de la canción «Still a Fool»? A tu madre le encantaba.

—Sí. —Parece molesto y tira de mí para acercarme al portal—. Nix, nos tenemos que ir. Estamos perdiendo tiempo.

Me pongo rígida y hundo los talones en el suelo.

—Primero dime cómo se llamaba el artista. El cantante. Era Muddy algo, ¿verdad?

Clarey frunce el ceño e intenta arrastrarme para salir de la cueva y llegar a la playa. Me empuja hasta el punto de que las telarañas me rozan y se me pegan al vestido y a la máscara.

Me zafo de su agarre y retrocedo un par de pasos mientras me quito de encima los hilos pegajosos.

—Dime, Clarey. ¿Se llamaba Muddy… Rivers? —Digo el nombre incorrecto a propósito, y me quedo observando su cara, a la espera de ver el típico destello de exasperación que me deja tan nerviosa como embelesada. A la espera de que me corrija, de que me tome el pelo. Es lo único que necesito, y sabré que es verdad. Que por fin esto está acabando y podemos regresar juntos al mundo real, con mi tío y Frannie, y dejando tras de nosotros este mundo tan raro.

Su expresión sigue inescrutable. Cuanto más lo miro, más insondables y borrosos se vuelven sus rasgos. Inquieta, echo una mirada al barro que le mancha las puntas metálicas de sus mocasines de piel.

—Shoes —responde, como si hubiese interpretado mi gesto como una pista—. Muddy Shoes.

—Muddy Waters. —Se me cae el alma a los pies—. Clarey... La mentira eres tú. —Me quedo sin aliento al levantar una mano para apartarle el pelo de la frente y descubrir que la cicatriz no está ahí.

Me trago un gemido en cuanto veo que su piel se convierte en porcelana.

La multitud que hay detrás de nosotros se une y se aproxima con un ritmo agónicamente lento. Con cada paso minúsculo, partes de sus rostros se agrietan y caen al suelo, fragmentos esmaltados. Nariz, orejas, labios y dientes. Para cuando están a un metro de mí, los presentes han adoptado un nuevo disfraz y han recuperado su verdadera forma y tamaño. Tengo ante mí a las criaturas que he creado —troles, elfos, trasgos, hadas, gnomos y duendojos—, vestidas con atuendos de baile embrujados que ocultan su salvajismo bajo un revestimiento de falsa sofisticación.

Los añicos de las caras humanas desechadas abarrotan el suelo de mármol. Los seres sisean y gruñen para acompañar la canción, que está a punto de terminar, mientras hacen giros y piruetas con movimientos poco elegantes y desacompasados. Pisotean y destrozan las falsas facciones bajo sus pies metálicos corroídos, y dejan tras de sí un rastro sangriento de óxido.

Con el corazón roto, me giro hacia el rostro inexpresivo de Clarey y le arranco la máscara de porcelana. Una parte de mí espera que la prótesis de calabaza me devuelva la mirada. Sin embargo, debajo de la careta no hay más que un oscuro vacío. La sombra crece, engulle a todos los presentes, mi vestido, mi máscara, toda la ilusión menos los espejos de mi corpiño, que caen al suelo y se juntan a mis pies en una brillante sucesión de múltiples reflejos: una chica con vaqueros raídos, camiseta y chaqueta de cuero. Estoy sola en el túnel, helada y temblorosa por el ataque frontal de la Matriarca.

Es astuta y me ha golpeado donde duele. Pero la he derrotado. *Esta vez.*

Ignoro una oleada de náuseas y de pena, aparto con los zapatos los fragmentos de espejo y busco el mapa en mi chaqueta. La «X» morada se proyecta junto a un cable negro, al lado de un gran microchip que se encuentra a mi izquierda. Saco el cortaalambres de la funda, me agacho y coloco las cuchillas alargadas a ambos lados del conducto de goma vibrante. Hago una pequeña pausa y apoyo un guante en la superficie del microchip para no perder el equilibrio cuando el terreno bajo mis pies se tambalea como si fuese un terremoto. Una punzada de empatía amenaza con detenerme, la misma parte de mí que detesta borrar mis dibujos.

Y entonces oigo una solitaria campanada, proferida a través del reloj de bolsillo sujeto a la cremallera de mi chaqueta, que marca las once y cuarto. Solo faltan cuarenta y cinco minutos para que nos quedemos atrapados aquí para siempre. Es el aliciente que necesitaba. Cierro las cuchillas del cortaalambres y rebano el cable, que suelta un chorro de aceite y sangre.

28

espejo

El túnel retumba e intento escapar, pero resbalo y patino por el fango que sale a borbotones del cable cortado. Guardo el cortaalambres y procuro no pensar de dónde sale el chorro de sangre y aceite ni en qué clase de dolor le he infligido a la entidad que creé yo, así como tampoco procuro preguntarme por qué hay sangre, si por aquí todas las demás criaturas sangran aceite y óxido. Aparto de mi mente cualquier sentido de la empatía, consciente de que no puedo permitir que el afecto artístico se anteponga a lo que es más importante.

Echo un vistazo al reloj de bolsillo de mi padre para confirmar que la campanada que he oído era real. Pues sí: tengo tres cuartos de hora para encontrar los otros dos conectores y alcanzar nuestra libertad. Tomando la dirección del camino blanco de mi mapa, sigo adelante. Debajo de mí, los pedacitos en forma de diamante que antes formaban mi corsé espejo adoptan la misma trayectoria que yo, transportados por la sustancia que sigue manando del corte. La cantidad es pequeña, apenas lo bastante grande como para llegar a la suela de mis botas. Intento no pisar los cristales mientras trato de avanzar entre la superficie resbaladiza.

Después de varias curvas, por fin llego. La «X» marca otro cordón que recorre el suelo junto a unos cuantos cables de cobre desgastados. Tras guardar el mapa en el bolsillo, trato de cruzar el pasadizo para colocarme al lado de mi objetivo justo cuando los fragmentos de espejo del barro empiezan a fundirse. Se unen y se apoderan de la oscura masa grasienta, como el agua al mezclarse con el aceite. Me sitúo sobre el cristal endurecido para evitar que la sustancia me lleve.

Al poco, un espejo sin aristas se extiende por todo el túnel, debajo de mí, alrededor de mí, encima de mí, hasta cubrir la «X» y encerrarme en el interior. Estoy rodeada de siluetas que temo que se conviertan en la imagen enfadada de Lark, que me devuelve la mirada. Pero no tengo tiempo de cerrar los ojos contra la arremetida visual antes de que los reflejos comiencen a mezclarse en los paneles de cristal, desde el suelo hasta la paredes, del techo al suelo, una y otra vez, en giros sin fin, como si estuviese encerrada dentro de una máquina tragaperras y alguien hubiese accionado la palanca para hacerme dar vueltas. El efecto me deja desorientada y mareada. Me arrodillo con torpeza y me encojo por el dolor cuando mi rodilla magullada se apoya en el frío cristal.

Las vueltas se detienen. Me levanto para reubicarme y la nubosidad de mi cerebro se despeja. Ni siquiera debo esforzarme para mantener los ojos abiertos contra mi miedo habitual porque no soy el objeto que me devuelve el reflejo. Como en la casa de la risa, es una especie de ilusión. Aunque esta vez yo no formo parte de ella. Solo soy una espectadora.

En la escena que se desarrolla a mi alrededor aparecen árboles, iluminados por la luz de la luna y por las estrellas. Las ramas, cargadas de hojas otoñales, se zarandean a causa de un viento frío. Las ráfagas transportan un aroma dulce, especiado con melocotones y arándanos, con albaricoques y peras, tan seductor y tentador que me apetece entrar en el cristal y seguir el olor. En cuanto apoyo una mano en el espejo, sin embargo, tan solo encuentro una sólida hoja de vidrio. Estoy en el lado equivocado, soy invisible e irrelevante. Por lo tanto, me quedo donde estoy, con los pies sobre la superficie resbaladiza, en busca de cualquier rendija en las planchas de cristal, de cualquier forma de romper el espejo y encontrar el cable que debo cortar.

Mientras tanto, dentro del diorama, entre los troncos de los árboles empieza a haber movimiento. Me acerco y echo un vistazo entre las ramas y los matojos cuando un desfile de criaturas avanza por el bosque hacia un agujero brillante en el suelo, envuelto por una niebla violeta y una luz amarillenta resplandecientes que conducen hacia un portal encantado que se abre hacia las profundidades de la tierra.

Las criaturas tienen forma y tamaño diferentes, mitad humanoides y mitad bestias: una alta y esbelta con rostro y bigotes de gato, otra baja y rechoncha con una espesa cola de ardilla por detrás, un hombre hurón con cuernos y piernas con muñones cubierto de pelaje y uno que camina con patas de rata. Llevan sombreros antiguos, desde bombines hasta cascos de aviador, acompañados de bombachos y tirantes. Pero no llevan camisa ni zapatos. Otros pasan por delante, más difíciles de ver en la penumbra, pequeños y grotescos, mientras canturrean una letra horripilante que termina con el estribillo «A nuestros frutos despedid; adiós, adiós». Se parece tanto a los versos de «Nuestros frutos comprad» del poema *El mercado de los duendes* que me revuelve el estómago. Muchos llevan frutos con cestos o platos, mientras que otros empujan los típicos carros que se ven en los mercados de granjeros y agricultores.

Aunque difieran en algunos aspectos, esta escena se asemeja a las ilustraciones de duendes que he visto de acá para allá, esperanzados por vender sus seductoras cosechas. La parte lógica de mí arroja razón a la escena; seguro que esta imagen ha salido tergiversada directamente de la cantidad de veces que he leído el poema. Tiene sentido que la Matriarca haya querido meter el dedo en la llaga de la culpa que me inunda por el trato descuidado que le he dado al libro que mi madre en su día consideró un regalo.

Espero a que Lizzie y Laura hagan acto de presencia para confirmármelo.

Se oyen ruidos por la entrada neblinosa y sobrenatural antes de que dos nuevas criaturas emerjan del portal rumbo al camino del bosque y hacia el desfile. Uno es un desdichado gigantesco, con forma de babosa y sin piernas, que se arrastra sobre la barriga con el ritmo de un caracol. Le sigue otro con la cabeza plana y nariz puntiaguda, con el pelaje oscuro dividido por una raya blanca que le va del copete a la espalda; me recuerda a un tejón. El del ritmo de caracol lleva arnés y riendas, y arrastra un trineo dorado tan lleno de productos que las guías dejan surcos en el sendero.

Los seres que empujan carros y acarrean cestos pasan por delante de sus compañeros duendes sin pronunciar palabra y desaparecen en el umbral lodoso y brillante, llevando consigo sus bienes. La criatura caracol y su compañero tejón se quedan quietos delante del punto desde el que observo, como si estuviesen esperando algo, igual que yo. Me da un vuelco el estómago cuando debajo de los frutos del trineo suena un áspero zumbido. En cuanto se apaga, me doy cuenta de que es un ronquido.

Un brazo humano emerge entre unas cuantas peras y uvas, y cuelga por un lado. A continuación, dos pies desnudos aparecen en el extremo opuesto, seguidos por tobillos y piernas enfundadas en unos bombachos de encaje. Cuando veo la cabeza de una chica sobresaliendo de una avalancha de manzanas, me tapo la boca con un guante para no ponerme a chillar.

Se incorpora en el trineo y se sacude las ramitas y hojas del polvoriento vestido azul de flores y de unos volantes que son dignos de un maniquí de un museo de la época victoriana. Una máscara formada por una cabeza de zorro disecado le cubre la cara. Una mata de cabellos dorados se escapa entre el cordel que le pasa por la nuca, la punta de una trenza deshilachada demasiado corta e irregular, como si la hubiesen cortado con unas cizallas.

El tejón señala a la muchacha con un dedo con garra.

—Traviesa Laurencia. No debías estar despierta todavía. —Sus cuerdas vocales parecen revueltas y emiten sonidos muy estridentes, como si alguien estuviese tocando un violín con un cepillo metálico—. No hasta que llegue tu hermana para hacer el intercambio. —Abre la palma de la mano y sopla unas chispas rosadas hacia la cara de ella. La chica estornuda y vuelve a tumbarse entre las frutas, donde se pone a roncar nuevamente.

«Laurencia». Un nombre tan similar a «Laura» que este último bien podría ser un apodo.

De la nada, dos muchachas se materializan delante de mí, vestidas con el mismo ropaje antiguo que la del trineo, las dos ocultas a los duendes expectantes y ajenas a mi presencia. Deben de tener unos quince años; una luce una cabellera dorada que es idéntica a la de la cautiva de los duendes, mientras que la otra es castaña. La rubia acalla a su amiga de pelo oscuro, quien murmura el nombre de la rubia: «Elizabeth».

Como me consta que «Lizzie» es un diminutivo de «Elizabeth», no necesito más pruebas. La chica del trineo es Laura, la hermana de Lizzie, quien vendió su propio pelo y se volvió adicta a los frutos. Estoy viendo la parte de la historia en que Lizzie hace un trato con los duendes para salvar a Laura, aunque no es en absoluto como está escrito. En el poema, Laura no era cautiva en las profundidades feéricas bajo tierra, sino que estaba en casa, languideciendo.

—Quédate en las sombras, Christina —susurra Lizzie—. No pueden saber que estás conmigo o te obligarán a mentir en su nombre.

Me trago el nudo de sorpresa que se me ha instalado en la garganta. Christina… ¿Rossetti? ¿La autora del poema? ¿Qué especie de fantasía retorcida es esta, en la cual la autora tiene un papel en su historia de ficción?

Reprimo un resoplido al captar la ironía del asunto. A fin de cuentas, ¿dónde he estado yo durante toda la noche, sino en Mystiquiel? Y ahora la Matriarca espera utilizar en mi contra lo que sé de un libro de ilustraciones antiguo. No pienso dejar que tenga ventaja.

Vuelvo a prestar atención cuando la rubia Lizzie le susurra de nuevo a Christina:

—Ya que Jeannette no regresó, tú eres la única que queda y que sabe la verdad.

«Jeannette». Otro nombre parecido al del poema… Jeanie, la amiga de las hermanas que desapareció.

—Debes ser nuestra cronista —prosigue Lizzie—. Cuéntaselo todo a mi familia para que no piensen que estoy muerta o que la maldición ha quedado en el olvido. Cuéntales por qué hice lo que hice. Adviértelos acerca del verdadero significado de la víspera de Todos los Santos. Diles que los duendes eran los «espíritus» de los que se ocultaban nuestros ancestros con las máscaras faciales. Diles que los disfraces llaman la atención de los duendes como la miel llama a las moscas, atraídos por nuestra imaginación. Diles que las criaturas capturan a jóvenes con sus máscaras y que los tientan con sus frutos para esclavizarlos bajo tierra durante años, despojándolos de vida y de emociones. Recuérdaselo a Laura para que nunca se le olvide. Que se lo relate a nuestras generaciones futuras… por si las criaturas renuncian a cumplir mi acuerdo y algún día vuelven a intentar atrapar a seres humanos.

El relato de Lizzie acerca de humanos que se ven obligados a pasar al reino de las hadas me deja boquiabierta; explica muy fácilmente la pared de máscaras antiguas que he visto en el castillo de Perece. Pero luego recuerdo que hace cinco minutos estaba atrapada en una ilusión que trataba de convencerme de que me encontraba en un salón lleno de víctimas humanas.

Y, cuando he destruido su falsa realidad, se han quitado las máscaras y se han revelado como las hadas tramposas que son.

Me recuerdo que la Matriarca sabe todo lo que yo sé y que sencillamente está aprovechándose de mis dudas para mantenerme a raya, poder derrotar al rey y finalizar la destrucción de su reino. Y todo para sustituir el mundo que he dibujado con uno creado por ella que gobernará como le plazca.

Echo un vistazo al reloj de bolsillo. Ya han pasado siete minutos. Son las 23:22, y necesito encontrar la fisura de esa ilusión. Si pudiese sacar el mapa, me mostraría dónde está la próxima «X».

Intento llevar una mano hacia el bolsillo de la chaqueta, pero el guante se estampa en el suelo delante de mí, inmovilizado por una fuerza invisible. Puedo retirar la mano siempre y cuando no pretenda extraer el mapa. Cada vez que intento agarrarlo, mi mano se pega al suelo. Aprieto los dientes, frustrada, y me coloco la palma sobre el pecho, donde aguarda el frasco con la sangre de Perece. Todavía no puedo obligarme a utilizarla.

Mi atención se desplaza hacia las chicas cuando continúan murmurando.

—En cuanto el portal se cierre —dice Lizzie—, despierta a Laura y llévala a casa.

Christina asiente. Después de darle un beso a su amiga en la mejilla, la valiente Lizzie se coloca en el camino del bosque, dejando a Christina a salvo detrás de los arbustos.

Lizzie se reúne con los duendes tejón y caracol.

El peludo la mira de arriba abajo.

—¿Has traído lo que se te pidió? —pregunta con su timbre borrascoso.

Lizzie saca un vestido de la bolsa que lleva atada a la cintura. El estampado florido está cubierto de manchas de sangre.

—Muy bien. —El tejón esboza una sonrisa feroz—. El rey estará encantado por que hayas seguido sus instrucciones al pie de la letra. ¿A quién has matado?

—No me especificó que debía ser una persona. —Lizzie frunce el ceño—. He elegido a otra criatura. Nuestra madre quería preparar pollo para cuando despertase mi hermana. Había sangre de sobra.

—Qué ingeniosa. —El tejón se gira hacia su baboso compañero y se echa a reír—. No es de extrañar que al rey le guste, ¿eh?

El otro arquea el largo cuello de caracol en un asentimiento casi elegante, obviamente incapaz de hablar porque muerde las riendas con los dientes.

El tejón vuelve a concentrarse en Lizzie.

—Retorcerás las palabras para formar acertijos con nosotros. Encajarás a la perfección. Y anímate. El pollo no se desperdiciará. Alimentará a los que ahora esperan que despiertes tú.

Christina se agacha aún más detrás de los matojos, y sé que debe de estar pensando en la última suplica de Lizzie, para asegurarse de que su familia sepa que no ha muerto.

Abriendo las fauces afiladas con un rugido grotesco, el tejón muerde y desgarra el vestido ensangrentado que Lizzie le ha dado, y luego lanza los jirones de tela al suelo para que la brisa los levante y los lleve entre los arbustos.

—En fin. —El tejón se quita algunos hilos sueltos de las garras—. Pobre, tu madre. Recuperar a una hija la misma noche que otra es despedazada por los lobos.

—No me olvides, Laurencia. —El rostro de Lizzie está surcado por lágrimas cuando se inclina para dar un beso a la cabeza rubia de su hermana—. Pero tampoco me eches de menos.

Mi corazón llora por ellas. Me muero por decirle que su hermana nunca la olvidará, pero que es inevitable que la eche de menos. Sé mejor que bien la agonía a la que se enfrentará

Laura cuando se despierte, sea consciente de la ausencia de su otra mitad y se pregunte qué podría haber hecho para que se quedase con ella.

—Dame su piel —vocifera el tejón—. Es parte del trato. Es lo que sella definitivamente el contrato.

Lizzie asiente y desata la cabeza de zorro para entregársela. En el rostro desnudo de Laura se ven extrañas marcas en el cuello, la mandíbula, las sienes y alrededor de los ojos. Es como si le hubiesen tatuado la piel, pero no con tinta sino con relieve; son surcos en su piel con forma de hojas, vides y flores. Las huellas lucen cierto tono rosado, como si las hubiesen estampado hace tan poco que la piel no se ha curado todavía.

Observo con atención mientras el tejón y Lizzie la levantan del trineo. Tiene las mismas marcas en las muñecas, en los tobillos y en las espinillas donde se arrugan y se desplazan los puños y los dobladillos de su ropa. Los dos la llevan hasta el tronco de un árbol y dejan su cuerpo inerte en posición sentada.

Lizzie se enjuga las lágrimas de la cara y demuda el gesto para fruncir el ceño con seriedad.

—El rey de los duendes… me prometió que aquí estaría a salvo.

—Estará bajo un hechizo de protección hasta que la encuentren —le confirma el tejón.

Después de mirar de reojo hacia donde se oculta Christina, Lizzie se encarama en el trineo y se tumba en el agujero que ha dejado el cuerpo de su hermana entre los frutos. El trío da media vuelta. En la entrada del reino de las hadas se topan con una silueta que reconozco: cuernos de carnero, extremidades renqueantes, cabeza de cabra.

Angorla.

—¿Estás aquí para sellar el velo? —le pregunta Lizzie.

—Sí —asiente la Jardinera—. Tal como estipula el contrato, para que nadie entre ni salga. Planta estos encantamientos en la frontera —le indica a Lizzie antes de ponerle unas cuantas semillas en las manos. Lizzie se inclina sobre el trineo y hace lo que le han ordenado—. Su Majestad vendrá a regarlos con su sangre real para que florezcan. Nada brotará bajo su sombra, ni césped ni malas hierbas. No soplará el viento, no nevará. Ni siquiera lloverá en el punto en que solo crecen margaritas. Y no habrá más pactos ni pérdidas donde solo pueden cruzar el rey de los duendes y los elegidos por su sangre.

Recuerdo que en el bolsillo delantero de los vaqueros tengo las semillas sobrantes que me he guardado, y me pregunto qué clase de planta brotaría de ellas si las plantase y las regase con la sangre del rey.

Al cabo de unos instantes, el dúo ha finalizado la tarea y el grupo desaparece por el portal que conduce al reino de las hadas.

Christina se incorpora delante de mí. Absorta en la escena, he olvidado que es una ilusión y quiero decirle que espere, que deje que se cierre el portal y se asegure de que está sola. Pero, como está sumamente nerviosa, sale entre los arbustos hacia Laura demasiado pronto.

Y no ve lo que veo yo: una silueta que avanza hacia ella. En cuanto el contorno engulle su pequeño y frágil cuerpecito, se da la vuelta y queda cara a cara con el rey. O, mejor dicho, cara a abdomen. Es gigantesco. Alto, musculoso. De la cabeza le sobresalen cuernos, aunque más afilados y puntiagudos que los de Perece. Unos hilos de magia plateada y púrpura chisporrotean sobre su corona. Se parece a mi rey de los duendes en la complexión y en la robustez, pero es orgánico como el resto de los duendes de antes, sin una sola porción de metal por ninguna parte. Tiene el pelo gris, barba canosa y las facciones más alargadas, ancianas y arrugadas que las de Perece.

—Ah, la poeta de la que tanto he oído hablar —canturrea inclinándose hacia delante—. Laurencia no se cansaba de elogiar a su talentosa amiga. —Su voz es engañadora y preciosa, muy rica y musical. Demasiado propia de un ser humano como para habitar esa boca de monstruosos colmillos. Debe de haber pronunciado algún hechizo sonoro.

Christina jadea y se echa hacia atrás. Se cae al suelo junto al cuerpo adormecido de Laura.

—No temas, niña. Solo he venido aquí a despertar a nuestra querida Laurencia antes de que se cierre mi reino, ya que soy el único capaz de lograrlo. —Le pone una mano nacarada en la mejilla a Christina y se la acaricia con una uña tan larga y amenazadora como la garra de un halcón—. Soy Fulgor, el rey de Mystiquiel.

Fulgor… Nunca he escrito a ningún personaje con ese nombre.

La uña de Fulgor desprende un ardor rojizo y se clava en la cabeza de Christina junto a la línea donde empieza el pelo, como si quisiese esconder la cicatriz que pretende dejarle.

—Para cuando hayas vuelto a casa y te pongas a escribir, únicamente vas a recordar a los duendes, la belleza y la crueldad brillantes de sus frutos. Las pieles prístinas y las marcas que dejan en la tierna carne humana. Más allá de esto, no podrás hablar del pacto ni del velo, ni tampoco del paradero de Elizabeth con su familia. Ni siquiera serás capaz de saber cómo se llaman ella y su hermana de verdad. No podrás tejer palabras ni crear símbolos de ningún tipo, ya sea grabados o de otro modo, que aludan a su secreto o a nuestra historia. Tan solo será un cuento fantástico y oscuro, admonitorio pero cuestionable. Un relato que baila en el borde de lo efímero. Que sea un homenaje a la sororidad, si quieres. Puesto que incluso yo, un monstruo desalmado, admiro el sacrificio de Elizabeth. Pero nada más. Y si un día encuentras palabras en algún lado que te hacen rememorar esta experiencia, que amenazan con despertar un recuerdo olvidado, las taparás con tinta o papel y las ocultarás eternamente de tu vista.

La críptica burla de Angorla delante de la pastelería regresa a mí. Según ella, era una historia prohibida, las criaturas del libro no se parecían en nada a los verdaderos habitantes de Mystiquiel y los escritores son el enemigo. Ahora me doy cuenta: a Christina le lanzaron un hechizo de silencio, que también explica la crisis nerviosa que tuvo de adolescente y por qué pegaba retazos de papel en pasajes de otros libros.

Pero… no. Meneo la cabeza para despejar las telarañas. No puede ser real. Yo dibujé Mystiquiel; por tanto, es imposible que existiese en el siglo diecinueve, la época de Christina. Me remuevo incómoda detrás de los árboles; necesito anular esa visión, salir de aquí. Está mal… Está todo mal. Pero es confuso porque en cierto modo llena los vacíos de todas las teorías que he oído y les da una absoluta verosimilitud.

Una vez más, intento sacar el mapa, pero no lo consigo. Da igual, porque no puedo apartar la mirada y dejar de observar cómo la garra del rey empieza a hundirse en el cráneo de Christina con un chirrido que se parece mucho a cuando el metal atraviesa la madera. La joven pone los ojos en blanco cuando un reguero de sangre mana del agujero. Cuando el rey la suelta, cierra los ojos y la piel se cierra junto al nacimiento del pelo. Se desploma con la barbilla apoyada en el hombro de Laura.

Fulgor enjuga la mancha rojiza de la sien de Christina y luego apoya una palma en la frente de cada una de las muchachas.

—Las dos os despertaréis cuando se cierre el velo, no antes. No recordaréis nada más que lo que os he permitido retener.

Se aparta y sus grandes zancadas retumban por el camino. Al llegar al portal, utiliza la uña del pulgar para hacerse un corte en la palma y vierte un poco de sangre azulada sobre las semillas recién plantadas. El líquido se vuelve blanco antes de llegar al suelo. De inmediato, un matorral de margaritas de un rosado intenso brotan de la tierra, con pétalos, hojas y tallos totalmente formados. Recibo un nuevo golpe emocional al verlas, ya que era la flor preferida de Lark. Solía hacer collares de margaritas y diademas con los pétalos.

El sentimentalismo solo dura unos instantes, porque, en cuanto Fulgor entra en el agujero y desaparece, un viento furioso azota el bosque, zarandea las ramas, arranca la hierba y despoja los matorrales, los árboles y las vides de sus hojas. La ilusión forma un remolino que se adentra en el portal cuando se cierra muy lentamente. Me quedo sin aliento, embelesada en la imagen. El ímpetu me arrastra hacia delante rumbo a la abertura, y como bajo los pies no tengo más que cristal, no puedo impedirlo. Con los pies por delante, vuelo hacia el espejo y lo atravieso para formar parte de la visión. Me veo arrastrada hacia el portal donde la niebla se entrelaza con los desechos en un vórtice de succión, dispuesto a engullirme por completo antes de cerrarse para siempre.

Me vuela el pelo alrededor de las sienes. Las vides me rasguñan la cara y tiran de las cremalleras de mi barbilla, mejillas y frente. Alargo la mano izquierda hacia delante al dirigirme hacia las margaritas embrujadas y me agarro a un zarcillo que crece de un árbol. Me detengo, me duele el hombro por el doloroso tirón, pero procuro aguantar y mantenerme en el aire contra la fuerza succionadora.

Los dobladillos de mi chaqueta ondean a mi alrededor como si fuesen alas rotas, y una esquina del mapa sobresale de mi bolsillo lo suficiente como para marcar con una «X» una porción pequeña de las margaritas mágicas que hay debajo de mí. Contengo la respiración por la suerte que he tenido y me obligo a agarrar con la mano derecha el cortaalambres y desenfundarlo. No soy lo bastante fuerte como para cerrar los mangos con una sola mano, así que rodeo la herramienta con los dedos para dirigir las cuchillas hacia las flores. Con la ayuda del viento huracanado, consigo cortar el matojo de pétalos y tallos. En el instante mismo en que las margaritas se parten por la mitad, la ráfaga deja de soplar y la jaula de espejos desaparece a mi alrededor. Con un golpe seco, caigo al suelo y veo que me encuentro nuevamente en el pasadizo.

Nuevos hilos de sangre y aceite fluyen de las margaritas, que se han transformado hasta recuperar la forma de un cable cortado. Cientos de pétalos fucsia quedan atrás y flotan por encima del líquido. Me pongo de pie. Después de recoger el mapa y el cortaalambres, corro hacia el próximo túnel para huir de la marea ensangrentada de pétalos, del suelo tembloroso y de la pena y la confusión que me burbujeán en el pecho.

29

recuerdo

Las dos campanadas que suenan a través del reloj de bolsillo de mi padre me informan de que solo me queda media hora. Sigo adelante por el camino blanco del mapa, mientras me estremezco de la cabeza a los pies, más por mi bajo estado de humor que por el suelo y las paredes tambaleantes que me rodean. La ropa, empapada de sangre y de aceite, se me pega al cuerpo y me provoca escalofríos por toda la piel.

Una sensación de pérdida se asienta con un gran peso en mi pecho y mi corazón intenta superarla, como si lo estuviese aplastando y fuera demasiado pequeño como para funcionar. Tengo dificultades para respirar, pero me convenzo de que es una reacción a la claustrofóbica estrechez de los túneles, el intento desesperado de la Matriarca para evitar que llegue a la última parte de mi trayecto. Es imposible que sea la sensación de posesión la que me incomoda más con cada paso que doy y la que deja mis emociones tan embarradas como el líquido lodoso que piso. Me da la impresión de que una parte de mí se ha derrumbado junto a los dos cables que he cortado. ¿Cómo voy a conseguir encargarme del tercero?

Los riachuelos aceitosos y rojizos, salpicados de pétalos de margarita de un rosa intenso, se han alzado hasta el punto de llegarme por los tobillos, a unos pocos centímetros de alcanzarme la parte superior de las botas.

Me muevo hacia delante y mis pasos chapotean. Aunque el lodo es espeso, soy capaz de doblar el penúltimo recodo en cuestión de minutos, y ya solo me separa un larguísimo túnel de la última esquina que debo torcer. A pesar del dolor que siento en los músculos y detrás del esternón, albergo cierta esperanza. Casi ha acabado todo; si la Matriarca está tan dolorida como yo, quizá ya la he incapacitado lo suficiente como para que no le quede nada que arrojar en mi dirección.

Me detengo en seco al ver que estoy equivocada: dos miradas, una ambarina y la otra verde, aparecen de la nada un poco más adelante, y luego se transforman en una forma felina más grande que Frannie.

Slinx y Binx.

Me apoyo en la pared retumbante porque me dan miedo los dientes afilados del grimalkin en caso de que me atreva a pasar por allí. Como el barro ralentiza mi avance, no voy a poder echar a correr.

Pero tampoco puedo dar media vuelta y rendirme. Me niego…

Los ojos del grimalkin brillan con intensidad en lo alto de sus dos cabezas. Los cuellos largos y serpentinos se unen para formar una «V» en un torso negro y peludo que se fusiona con una cremallera que le va del pecho a la barriga. Las cuatro patas desaparecen en el lodo porque la criatura está sentada sobre los cuartos traseros y agita una cola tiesa de derecha a izquierda sobre la superficie creando corrientes a ambos lados.

Diseñé ese personaje para que la cremallera fuera su debilidad. Si las normas de mi mundo siguen rigiendo aquí, podría abrirla y las entrañas —engranajes y cables— se derramarían dejando al monstruo paralizado. Parece la respuesta lógica a cómo superar esta barrera. Pero ¿cómo voy a acercarme tanto?

El zumbido de un motor suena en el aire entre nosotros, un precursor de las voces inquietantes del grimalkin, y sé en este momento por qué la Matriarca ha conjurado a esta criatura en particular. No para confundirme, sino para igualarse conmigo.

—No hay amiga como una hermana —sisea Ojosverdes, una voz húmeda y repulsiva que suena a un neumático pinchado que resbala por un charco.

—Que yo sepa no, Binx —responde Ojosamarillos con un maullido gimoteado.

Un sollozo escapa entre mis labios, provocado por el espeluznante verso final del poema. Me tapo los oídos implorando silencio, desesperada.

—Pero solo el Padre Verdadero podrá el gris despejar… —murmura Slinx, una voz que se cuela directamente en mi cabeza—. Para traer a aquella a la que ha ido a buscar.

—Sí. —Binx guiña un ojo con coquetería—. Y ahora nosotros nos debemos ocupar.

Que hayan cambiado las palabras del poema me deja perpleja. ¿Qué están tramando? Los dos pares de ojos resplandecientes se entornan a medida que las pupilas negras y finas se alargan y los cuellos emprenden un baile reptiliano.

—¿Deberíamos poner fin a su sufrimiento, Slinx?

—De lo contrario no seríamos más que monstruos, Binx.

Las dos cabezas del grimalkin se bambolean cuando se levanta para erguirse cuan alto es. Su pelaje rezuma un líquido oscuro. Empieza a caminar a cuatro patas con una elegante lentitud, provocando ondas en el profundo lodazal. Baja los cuellos, un movimiento grácil que me recuerda más a un cisne negro que a una serpiente, y abre las dos fauces de dientes punzantes.

Me pongo rígida y me preparo para salir corriendo de la pared y saltar para evitar a la criatura, pero entonces me doy cuenta de que no soy su objetivo. El grimalkin mueve las bocas abiertas de lado a lado para engullir los pétalos rosados, mientras deja que le goteen regueros grasientos por las comisuras.

Al cabo de unos instantes, Slinx y Binx han dado vueltas a mi alrededor eliminando todos los pétalos. Al tragarse la última de las flores, la criatura felina se tumba sobre los cuartos traseros y vuelve a sumergir la parte baja del torso. Dos lenguas viperinas emergen para lamer y limpiar los hocicos, y luego cada costado del monstruo levanta una pata para terminar de acicalarse.

Antes de que pueda moverme, las temibles voces vuelven a hablar.

—Es el momento de sembrar la última semilla, Binx.

—Sí. Una cruel cosecha que no se puede evitar, Slinx.

El grimalkin se dirige entre chapoteos hacia el final del túnel y, a continuación, mientras agita la cola, dobla el recodo y me deja sola con un mapa que me abre un agujero en el bolsillo y el temor más hondo que me perfora un cráter en el corazón.

Me obligo a seguirlo. El vaivén resultante de la corriente, negra y deprimente sin los pétalos centelleantes de la flor preferida de Lark, ralentiza mi avance.

Conforme camino, deteniéndome a menudo para recobrar el aliento y para atender al agotamiento doloroso y profundo que me aflige los huesos y los músculos, una revelación toma forma: la sangre y el aceite que conforman este trágico afluente que me rodea son la personificación de todos los arrepentimientos que acarreo en los últimos años, de todas las dudas y de la culpabilidad con las que he tenido que lidiar por Lark y por su muerte prematura.

La Matriarca conoce mis pesares, mis debilidades. Y está exprimiéndolos al máximo. Se ha guardado el truco más cruel para el final; las margaritas gerberas deberían haberme dado una pista en cuanto han brotado de la tierra.

Reflexiono acerca de la escena de las hermanas que he visto hace un rato en la ilusión. Acerca de cuánto se parece ese momento a lo que nos ocurrió a Lark y a mí. Cuando Lizzie tenía que marcharse y le decía a Laura que no la olvidara, pero que no la echara de menos. Me quedo totalmente boquiabierta cuando la observación que me ha transmitido Perece antes culmina ese pensamiento: «El fallecimiento precipitado de tu otra mitad ha dejado una herida parasitaria que te va a devorar a no ser que permitas que cicatrice».

Es justo lo que ha sucedido desde que Lark no está. He sangrado sin parar, me he marchitado, soy una sombra de quien debía ser. He dejado que mis dones y mis propios sueños se pudriesen y se oxidasen, y luego me he apropiado de los de mi hermana. Para que su esencia sobreviviese por empatía a través de mi muerte simbólica, la penitencia definitiva que me tocaba pagar.

Avanzo de nuevo, paso chapoteante a paso chapoteante, y recito los versos en voz alta, esta vez hasta el último, que nunca he sido capaz de pronunciar:

> *Pues no hay amiga como una hermana*
> *haga sol, lluvia o nevada;*
> *para que te anime en el hastío,*
> *te oriente en el desatino,*
> *te levante si tropiezas*
> *y te sujete cuando te enderezas.*

Es lo que he omitido constantemente. No podía llegar hasta el final sin que la pena me hundiese. «Enderezarse» puede ser sinónimo de «sobrevivir». Un árbol se endereza para luchar contra un viento huracanado. Un mar se endereza para soportar las mareas inclementes. Esa última línea se refiere al apoyo espiritual, en el caso de que solo una hermana haya quedado atrás.

La competición que había entre nosotras nunca cambiará cuánto la quise. Nunca romperá el vínculo que nos conectaba con un poder más potente que la magia. Las dos cosas siguen en pie, incluso después de su muerte.

Debe de ser por eso por lo que no dejo de ver su rostro en mi reflejo; la rabia y la frustración no pretendían culparme: era su forma de decirme que soltase y fuera fuerte.

Merezco recuperarme, dejar de sentir dolor. Merezco ser yo. Es lo que habría querido Lark. Inconscientemente, creo que lo he sabido desde el principio. Es que me daba miedo sellar la arteria expuesta por si dejaba de sentir su presencia cuando la sangre parase de manar.

Una nueva valentía nace en mi interior, junto a una certeza que no he conseguido encontrar hasta ahora: es mi prueba de fuego. La única oportunidad para cauterizar la herida, para cerrarla y dejar que cicatrice, como me ha dicho Perece.

Necesito vencer a la Matriarca; no solo por mis seres queridos y por nuestra libertad, sino por mí misma. La única forma real de honrar a Lark es enderezarme y abrazar mi futuro.

Echo un vistazo al reloj de bolsillo. Faltan veinticinco minutos. Me precipito hacia delante hasta que alcanzo el recodo, preparada para el último desgarrón con el cortaalambres.

Al adentrarme en el siguiente túnel, inhalo una bocanada de aire que huele a soldadura. Ya solo quedan veinticuatro minutos. Me obligo a detenerme en la entrada, y me sorprende que esté seca. No sé por qué, pero el lodo se acumula detrás de mí por una barrera invisible. ¿Será porque me he liberado de la presión de tanta culpa?

El mapa que sujeto con la mano cobra vida y marca una «X» encima de un cable pegado a la pared a solo unos metros de mí. Pero todavía hay algo que se alza entre la victoria y yo. El cuerpo inmóvil del grimalkin me bloquea el paso, con los ojos cerrados. Las dos cabezas y los dos cuellos están en el suelo, con la boca abierta y la lengua fuera, un terrible recordatorio del kelpino muerto en la playa. Reprimo una arcada al ver la sustancia de un marrón rojizo que emana de las comisuras de ambas bocas. La cremallera del torso se ha abierto, aunque la barriga está junto al suelo y no me deja ver el mecanismo interno de la criatura.

Quiero creer que he sido yo, que he incapacitado la última ilusión de la Matriarca al liberarme de los arrepentimientos. Pero, entonces, ¿por qué sigo viendo al grimalkin?

Vuelvo a concentrarme en la «X» y en el cable que debo cortar, así que doy un paso adelante con la mano sobre el cortaalambres que llevo enfundado en el muslo. Le doy un golpe al grimalkin para rodearlo y salto hacia atrás cuando la criatura rueda sobre sí misma, lánguida como un cadáver pero emitiendo un crujido desde las entrañas.

En lugar de engranajes y cables, del agujero de la barriga empiezan a salir miles de pétalos de flores. La potencia con que surgen va subiendo hasta que se alzan en cascada vertical, como si los propulsara una cañería. El pasadizo comienza a llenarse de flores, la fuerza zumbante de un maremoto. Tardaré pocos minutos en verme rodeada y en asfixiarme si no consigo romper esta ilusión.

Como no tengo alternativa, agarro el collar y la sangre del rey. Sin embargo, antes de que pueda sacar el tapón, el torrente de pétalos asciende hasta mi clavícula y me inmoviliza las manos en el pecho. Mi tatuaje bate las alas de tinta, el primer movimiento que ha intentado hacer desde que he entrado en el huerto.

Me rodea el aroma verde y herbáceo de las margaritas, una parodia nauseabunda de estiércol de vaca y hierba. Jadeando en busca de aire, alargo el cuello y levanto la barbilla contra la oleada de pétalos. En cuanto me llegan a la mandíbula, se detienen y se alejan de mí. Solo queda una larga hebra verde y rosa; formada por margaritas con pétalos, tallos y hojas, la cadena me envuelve y hace las veces de grilletes en mis brazos, piernas y tobillos para paralizarme.

El resto de los pétalos se abalanzan sobre las paredes y se quedan pegados. Una vez allí, se transforman y cambian de colores como si se tratase de un rompecabezas, alterándose hasta que las piezas se unen en una imagen clara y vibrante que cobra vida delante de mí.

No emite sonido, es una simple reproducción visual y táctil. Mentalmente me desespera que el tiempo siga pasando, pero soy una espectadora cautiva, encarcelada por una cadena de margaritas, incapaz de liberarme ni de extraer el cortaalambres de la funda.

El fondo de la visión muestra un edificio de pisos. A lo lejos, el sol de última hora de la tarde baña el paisaje con tonos rosados, anaranjados y morados. En el horizonte afloran pinos, píceas y abetos. Me recuerda a las fotografías que he visto de Arizona que tomó mi tío durante la temporada que vivió allí, un par de años antes de pasar a ser nuestro tutor legal.

De repente, veo la puerta de un piso de la tercera planta, cuyo umbral está flanqueado por una calabaza tallada con poca destreza y un esqueleto de papel, atado con hilo a la barandilla de las escaleras y tambaleándose por una ráfaga de viento seco y árido. Una silueta encapuchada sube los peldaños de cemento y proyecta una sombra sobre la calabaza antes de llamar a la puerta con la mano izquierda. La estructura ósea de la visitante es elegante y femenina, y un anillo hecho de nomeolvides y gisófilas le rodea el dedo anular. En la muñeca tiene las mismas marcas, huellas de hiedra y flores recortadas contra la piel, que he visto en el cuerpo de Laura en la ilusión de la Matriarca sobre la historia de *El mercado de los duendes*, donde los duendes la sacaban del reino de las hadas subterráneo.

Una silueta encapuchada más alta se coloca junto a la mujer; inclina los anchos hombros por culpa del peso de las sillas para bebés que aferra en cada mano. También lleva un anillo floral, pero no luce heridas de punciones en las muñecas. Unas mantas rosas acunan a los dos bebés y les tapan la cara y el pelo. Pero incluso sin verlos me basta con el mal presentimiento de familiaridad que noto en la barriga.

La puerta se abre. Un rayo de luz dorada ilumina la silueta delgada del ocupante, que sostiene un cuenco con caramelos. Es mi tío Thatch, pero más joven. Las lentes de sus gafas no son tan gruesas. Las arrugas de la boca y de la frente, alrededor de los labios y los ojos, todavía no están definidas. En cuanto ve a los visitantes, suelta el bol, que cae al suelo y desperdiga caramelos por el rellano y por las escaleras en una lluvia policromática de celofán y papel de aluminio.

Una aguda ansiedad se desarrolla en mi interior. Forcejeo contra la cadena de margaritas, intento soltarme para poder cortar el cable y liberarme de los trucos retorcidos de la Matriarca. Sin embargo, incapaz de moverme, me quedo donde estoy, resignada a ver la pesadilla que se reproduce en la ilusión.

Las piezas del rompecabezas se mueven... y forman otra escena. En esta aparece el interior del piso, con las espesas cortinas corridas para bloquear la luz del sol. Unas velas pequeñas parpadean en la pared de un dormitorio que no he visto nunca e iluminan un calendario que indica el treinta y uno de octubre. Reconozco la mochila que nuestra madre ha lanzado sobre la cama revuelta, así como dos de los objetos que sobresalen de la cremallera medio abierta: un libro de ilustraciones y un reloj de bolsillo. Otras cosas están esparcidas por la sábana, pero no me resultan familiares: bodis y ropa para recién nacidos, pañales, un sonajero blanco con forma de fantasma y biberones con tapón rosa, todo con el precio marcado en etiquetas adhesivas con rotulador permanente, como si los acabaran de comprar en un rastrillo.

La imagen vuelve a enfocar a mi tío. Sus labios forman las palabras «mi hermana» una y otra vez al encontrarse cara a cara con Imogen, cuyos rasgos, pelo y tez imitan los de él a la perfección, aunque más suaves y delicados: nariz más pequeña, ojos abiertos pero almendrados, una mandíbula más curvada y menos angulosa. Mi madre responde con «mi hermano gemelo». ¿Por qué mi tío nunca nos comentó a Lark y a mí que nuestra madre y él eran gemelos? Le agarra las muñecas, examina las marcas y hace lo mismo con las del cuello y las sienes. A continuación, la abraza y los dos tiemblan con un sollozo.

Me muerdo el labio, ensimismada en su reacción emocional. Mi madre se parece mucho a Lark y a mí, es como si me viese en un espejo, a excepción de las cejas oscuras y espesas que acentúan sus ojos verdes. Y entonces aparece el hombre, nuestro padre, y queda muy claro cuál es el origen de nuestras cejas blancas, nuestras pecas pálidas y los iris grisáceos.

El albinismo de su piel es mucho más pronunciado que el nuestro. Su pelo rubio platino, muy corto, deja paso a una piel tan nívea que bien podría ser un fantasma. Pero es atractivo, y es mi padre. El hombre al que solo he conocido por unas cuantas fotografías, una esquela, un reloj roto y una vieja mochila militar.

Mi padre extiende una mano y veo que articula el nombre «Owen» con los labios. Después de estrecharle la mano, mi tío se agacha en el suelo junto a las sillitas de bebés, aparta las mantas y observa la cabecilla de Lark y la mía, dos cráneos rosados debajo de unas matas de pelo negro que acaban de salir. Somos diminutas... No debemos de tener más de una semana o así. Quizá incluso menos. ¿Es la primera vez que nos vio nuestro tío? ¿La primera vez que lo visitamos? ¿Mis padres vivieron en Arizona durante nuestros tres primeros años como una familia antes de que muriesen? De ser así, ¿cuándo fuimos a la playa?

Cómo se mueren mis oídos por captar sus voces mientras hablan. Por saber lo que están diciendo. Mi tío se incorpora de repente, saca una maleta de debajo de la cama y mis padres abren cajones y armarios para ayudarlo a meter la ropa, sin tomarse el tiempo de plegar las prendas ni quitarles las perchas. Están nerviosos, apurados, asustados. Es evidente por cómo tiemblan. Y entonces mi lógica sustituye el asombro que experimento y me doy cuenta de que en este hechizo hay algo que no encaja. Lark y yo nacimos en agosto. En ese caso, ¿cómo es posible que la noche de Halloween parezcamos recién nacidas?

Suelto un gruñido de rabia cuando las piezas del puzle vuelven a desordenarse. Esa escena debía de ser falsa, teniendo en cuenta la incoherencia con nuestra fecha de nacimiento. De todos modos, no estaba preparada para pasar página. Ver por fin la cara de nuestros padres, aunque no fuesen reales, es algo que siempre he deseado, y obviamente por eso la Matriarca ha jugado con esa carta.

La nueva escena se conforma, y ahora es de noche. Imogen y Owen están en un coche. Los rodea una profunda oscuridad, salpicada de destellos cuando los faros pasan junto a ellos por la autopista en el sentido opuesto. En los asientos traseros no hay ninguna silla de bebé, y, de no haber sido por el sonajero fantasmal que aferra mi madre mientras mi padre conduce, pensaría que se trata de una noche distinta. Pero mi madre sigue mostrando las mismas marcas recientes en la piel, y tanto ella como mi padre llevan la misma ropa debajo de los oscuros abrigos con capucha. Tengo la inquietante sensación de que Imogen se ha quedado el sonajero como un recuerdo, que reaviva la aterradora impresión de que hay algo que no está bien. Nos criaron hasta que cumplimos tres años. Quizá tuvieron que ir a algún sitio y regresaron al cabo de uno o dos días. O quizá mi tío los está siguiendo, aunque por el retrovisor no veo faros de ningún coche.

Al otro lado del parabrisas, las luces de Owen iluminan una enorme señal amarilla con las palabras «Bienvenidos a Nuevo México, la Tierra del Encanto» escritas con letras rosas y negras. En el sombrío paisaje aparecen altiplanos de arena. A lo lejos se alzan unas cuantas plantas de yuca y sauces del desierto sin hojas y delgados, como si fuesen unos centinelas esqueléticos. En ese momento, cuando dejan atrás la señal, un ciervo gigantesco aparece de pronto en la carretera a unos metros, como por arte de magia. Sus ojos reciben la luz y emiten un brillo blanquecino en tanto se queda paralizado y devuelve la mirada a mis padres.

Mi padre aprieta la mandíbula y gira el volante. Mi madre suelta el sonajero, que cae al suelo, y se agarra al salpicadero mientras el coche se dirige sin control hacia un cúmulo de árboles caducos que hace unos instantes no estaban allí.

Aunque sé qué momento es, la noche en que murieron, no puedo dejar de mirar cuando su coche se estampa contra los árboles con un gran crujido que no oigo, pero que me provoca escalofríos por la columna vertebral.

En un espantoso instante de claridad, veo el sonajero blanco caminando hacia el coche siniestrado. El objeto se transforma y pasa a ser un rey duende. No es Fulgor ni Perece, sino uno que se asemeja a los dos en los cuernos y en la piel brillante. Se lleva el cuerpo inerte de mi madre del accidente y deja que mi padre muera desangrado. La tierra se abre en el centro de la arboleda y revela un portal que irradia un tenue resplandor, como el que he visto en la ilusión de *El mercado de los duendes*. Mi madre se despierta y tiende los brazos por encima del hombro del duende hacia el coche, gritando silenciosamente. Y entonces, como si me hubiese visto, me saluda con una mano y me pide que la siga al agujero neblinoso.

Me caigo al suelo cuando la cadena de margaritas me ciñe con más fuerza y me veo arrastrada hacia los dedos de mi madre y hacia la entrada al reino de las hadas. Cierro los ojos con fuerza porque quiero olvidar estas imágenes. Quizá ya no vale la pena que me resista. Quizá debería permitir que la Matriarca me llevase. El tatuaje de mi piel empieza a aletear con ferocidad. Me arrebata el desánimo y me recuerda qué es real. Y por qué estoy luchando.

Soy más fuerte que esta ilusión.

Mi cuerpo sigue avanzando hacia la luz. Con las piernas y los brazos atados, esta vez no puedo sujetarme a nada. Al final, dirijo mi atención a lo que puedo controlar… a lo mejor. Yo dibujé el tatuaje de la alondra, como todo lo demás de este mundo, y, aunque no pueda ordenarles nada a los personajes de Mystiquiel a consecuencia de cuánto han evolucionado, el tatuaje no ha abandonado mi carne en ningún momento. Forma parte de mí, aunque al parecer quiere independizarse, ser capaz de echar a volar y alejarse. Tal vez lo pueda aprovechar a mi favor.

Me concentro en las alas de tinta que baten contra mi piel y le doy permiso al tatuaje para que intente escapar, para que me desgarre la ropa. Al cabo de unos segundos, el pico negro de la alondra atraviesa mi chaqueta de cuero y deja a la vista el agujero que también ha hecho en la camiseta que llevo debajo. Las garras afiladas rompen la cadena de las margaritas y la parten a la altura de mi hombro. Acto seguido, el tatuaje echa a volar por los aires y huye hacia el túnel. Tengo la piel fría, magullada y desnuda sin el diseño que me ataba a mi hermana, pero ha sido un sacrificio necesario. Ya no tengo más arrepentimientos.

Me arranco la cadena de flores rota y me libero de la atracción embrujada del portal. De repente, tres campanadas, que marcan las doce menos cuarto, prenden fuego a mi determinación. Me pongo en pie, esquivo al grimalkin, saco el cortaalambres y rebano el cable sin pausa, desesperada por anular la ilusión antes de ver nada más.

En el momento en que la visión empieza a transformarse en pétalos, un fulgurante destello de luz me ciega cuando el coche explota y las llamaradas devoran todo lo que había dentro, incluido mi padre. Un gemido agónico escapa entre mis labios.

En cuanto el puzle de pétalos se desmorona, el pasadizo se llena de sangre y de aceite. Lo he conseguido. He cortado el último cable, pero, a pesar de la momentánea oleada de alivio, me caigo de rodillas porque todo lo que he presenciado y la sensación de haber perdido a alguien me golpean de nuevo.

La Matriarca ha conseguido plantar dudas en mi mente, y no puedo evitar especular: las fotografías del desván de mi tío son solo parecidas, otras familias y otros padres con sus bebés, similares en el semblante y en la silueta para que simulen a nuestros padres y mantener a raya nuestra curiosidad —pero no hay nada que sea lo bastante claro como para permitir una búsqueda en internet para encontrar a esas personas—; nuestros certificados de nacimiento son falsos e incluyen una fecha de nacimiento incorrecta; la esquela que anuncia la muerte de Imogen y de Owen en la autopista 101 a la altura de Astoria también es un documento fraudulento. Todo ello para tapar la verdad más inconcebible de todas: que mi tío nos crio desde que éramos bebés porque el rey de los duendes nos arrebató a nuestros padres.

¿Qué propósito podría haber tenido para tejer una historia tan enrevesada por dos gemelas insignificantes?

Me laten las venas con un pulso desbocado; el plasma de su interior es un potente oleaje en mis oídos. Me duelen los pulmones, necesitados de aire. El sudor me perla la frente y la nuca, aunque me estremezco por el frío. No puedo respirar… ¿Será así como se siente Clarey? ¿Estaré teniendo un ataque de pánico?

Resollando, veo con los ojos borrosos cómo el grimalkin se convierte en charcos junto a los pétalos de las margaritas, que se derriten uno a uno, hasta que ya no queda nada más que el túnel y el último cable cortado. La corriente me empuja la cintura, las piernas. Un temblor ensordecedor sacude las paredes y el techo que me rodean. En el líquido se desploman paneles iluminados por múltiples luces y componentes mecánicos, que me salpican en la cara. Me lamo los labios y percibo el sabor de la sangre. ¿Es la de la Matriarca… o es mía?

Mi corazón palpita de forma extraña, una sensación de coletazos dobles, como si el cortaalambres se hubiese dirigido a mi pecho y me hubiese partido el órgano en dos mitades siniestras que no son aptas para funcionar. Aturdida y con las extremidades paralizadas, el río fangoso me eleva. La corriente me lleva hasta expulsarme del pasadizo solo unos segundos antes de que las paredes se vengan abajo.

30

la Matriarca

El torrente de agua se encamina hacia una gigantesca tubería de cemento, por donde sale para depositarme con un golpe seco en una orilla lodosa, negra por el barro. Empapada hasta la médula y con dolores por todo el cuerpo, toso para expulsar de los pulmones el líquido repugnante que he tragado. Aunque ni siquiera eso tranquiliza el ritmo irregular de mi corazón.

Por encima de mí, hace acto de presencia el orbe que vigila Mystiquiel, el ojo de la Matriarca. Ahora está teñido de rojo y lo baña todo de sombras oxidadas. Me aparto el barro de las cremalleras y de los *piercings* con el dorso del guante mojado y contemplo el reloj de mi padre con los ojos entornados; solo quedan quince minutos, pero ya casi lo he conseguido.

He aterrizado en una zanja de drenaje vacía, a pocos metros de mi destino. Alargo el cuello para observar la parte más alta de la estructura. Los destellos eléctricos que iluminan las nubes de humo se van espaciando, y lo que veo cuando se despeja la neblina me deja patidifusa.

La estructura de acero tiene la forma de una cabeza gigantesca, con rasgos en relieve que me resultan dolorosamente recientes después de la última ilusión que acabo de presenciar. Es Imogen, mi madre. Un homenaje o una efigie, no lo sé a ciencia cierta. He llegado a la conclusión de que, ya que soy la creadora de Mystiquiel, esta historia de ficción debe de haberse alimentado de los pensamientos de mi subconsciente, los que la Matriarca ha distorsionado en su propio beneficio. Es su último truco para espantarme, para finalizar lo que empezó, para doblegarme y dejarme destrozada.

Me niego a rendirme, pero la oleada de náuseas que nace en mi estómago me detiene el suficiente tiempo como para que vomite. La bilis helada me agria la lengua. Escupo, y luego me limpio los labios con el dobladillo empapado de mi camiseta. Me incorporo hasta ponerme en pie, y casi me desplomo cuando sufro una bajada de tensión que me provoca un mareo. No he comido nada desde que he entrado en el huerto, así que no me sorprende que mi nivel de azúcar en sangre sea bajo. Jadeando, me apoyo en el extremo de la tubería de cemento y contemplo el ascenso que me aguarda.

Un alto andamio de cobre apuntala la forma metálica que se asemeja a Imogen, y las escaleras largas y serpenteantes de aluminio que conducen hacia la estructura parecen abarcar un kilómetro. Como el rey de los duendes no me ha recibido aquí, debe de encontrarse dentro. Me toca subir sola.

Todos los músculos de mi cuerpo protestan y una profunda desolación me sustrae las fuerzas. Aun así, me obligo a colocarme en el primer peldaño y a empezar el ascenso. Cuando las escaleras se sacuden con un zumbido bajo mis doloridos pies, acompañado de un traqueteo parecido al de una montaña rusa al llegar al punto más alto, ni siquiera me sorprende. ¿Por qué no iban a ser escaleras mecánicas? A fin de cuentas, en mis novelas gráficas he dibujado artefactos parecidos.

Me echo a reír, completamente agotada e histérica. A lo largo de todo el trayecto, nada ha reaccionado como yo lo diseñé; pero esta última pantalla, este mecanismo, sí respeta mis normas, y en el instante en que más lo necesitaba…, una abrumante sensación de gratitud me anestesia. Me aferro a las barandillas móviles y me dejo llevar.

Al cabo de unos segundos, me acerco a la cima. Miro hacia abajo; la altura me marea y me inspira temor hasta que veo el resultado de mi destrucción a la placa base de la Matriarca. Fiel a la palabra de Perece, el mundo ya no se está oxidando. Las venas marrones del cemento y de la tierra se han esfumado. Pero todo lo demás también desaparece, como si lo estuviesen borrando.

Bajo las sombras tintadas del orbe, Mystiquiel está desvaneciéndose poco a poco en un vacío sin color. Los edificios, las casas y los paisajes, todo está siendo engullido por una ola de nieve, como si alguien hubiese derramado una botella de típex sobre las viñetas convirtiéndolas en una página en blanco.

Los personajes y las criaturas biomecánicas, ya tengan alas o pies, se congregan en una multitud temblorosa y aterrorizada junto a las calles y al suelo que se evaporan, observan impotentes cómo los rodea el vórtice de vacío. Reconozco a Bombón, al trol y a Angorla. Al poco flotan a la deriva en el espacio, esbozos a lápiz sin ningún fondo que los sostenga. El mismo proceso ha borrado ya la playa, el océano y las carpas de la fiesta, como demuestran las criaturas y los cadáveres marinos que flotan unos contra otros. La oleada se detiene a pocos metros del huerto y de la madriguera de la Matriarca, como si la magia de los dos seres más poderosos de este mundo la estuviese conteniendo.

Suelto un gemido de agonía. Creía que lo estaba salvando todo, que iba a evitar que la Matriarca se apoderase de mi creación... Pero por lo visto he hecho lo contrario. ¿Es lo que Perece quería que hiciese desde el principio? ¿Me ha engañado? ¿O he fracasado aun sin saber cómo?

Una idea atrevida se enciende en mi mente, un último intento desesperado por salvar mi creación. En cuanto regresemos a casa sanos y salvos, lo volveré a dibujar todo. Ahora que he trabajado mi depresión y mi culpa, he recuperado la capacidad de ver los colores. Puedo hacer que Mystiquiel renazca en las páginas, puedo insuflar vida a mi obra. Pero ¿debería intentarlo siquiera? No deseo volver a poner en peligro a nadie más, aunque, ahora que por fin he aceptado y comprendido mi don, me apetece seguir. Y lo más importante de todo: no quiero dejar a mis personajes y a mis criaturas huérfanos, a la deriva para siempre, solos e impotentes, sin un mundo en el que existir. Puedo reconstruir este universo con unos cimientos más fuertes, con un corazón sano.

Como si pretendiese responder a mis ensoñaciones, mi pulso vuelve a adoptar un ritmo extraño. Sin aliento, me dejo caer hasta sentarme en las escaleras automatizadas, incapaz de contemplar el borrado de Mystiquiel ni un segundo más.

Por encima de mí se abre una ranura que permite la entrada de las escaleras en la cabeza de acero, y que se cierra en cuanto la hemos atravesado; por suerte, aparta de mi vista el triste destino de mi mundo y de sus habitantes. Las escaleras se aplanan hasta convertirse en una cinta transportadora, y avanzo en la fría penumbra, iluminada por esporádicas linternas de bolsillo y despertadores rojos que pitan. El olor a aceite de engrasar y a cables quemados me inunda las fosas nasales. Del techo cuelga una maraña de cables eléctricos, muchos de ellos deshilachados, que desprenden unas chispas naranjas y blanquecinas que caen al suelo como si de una lluvia ardiente se tratase. Es tan terrible como bello, y apresa mi atención como solo consigue hacer el caos o la destrucción.

La cinta se ralentiza y traquetea hacia una silueta que espera en las sombras, iluminada por intervalos de luz que duran microsegundos. No es lo bastante corpulenta para ser Perece y el perfil de la cara es demasiado alargado y tosco para ser mi tío. En cuanto veo al perro peludo que bailotea junto a la silueta y oigo los golpecitos de su pata metálica contra el suelo, reúno las pocas fuerzas que me quedan y salto de la cinta en dirección hacia Clarey y Frannie.

—¡Nix! —Clarey me rodea con los brazos antes de que me fallen las rodillas.

Frannie me saluda con un ladrido y me olisquea los pies, agitando la cola mientras yo rodeo el cuello de Clarey con los brazos y me aferro con fuerza.

—Todo ha ido bien… Estamos todos bien —dice con los hombros tensos al reprimir la emoción. Las hojas de sus manos mutantes me rozan la parte baja de la espalda, donde llevo la camiseta metida dentro de la cintura de los vaqueros. Acerco la nariz al lugar donde su Baha se ha fusionado con la máscara y lo huelo. Parece real, su olor es real… Pero ¿lo es?

—«Midnight Pumpkin» —susurro contra su oreja. Aunque no lo parezca, se trata de una prueba.

Me mira con expresión confusa, y me da miedo haber caído en otra trampa.

—Por este lado ya no oigo nada —me dice, y me recorre la cremallera que me atraviesa la barbilla—. Cuando el látex se ha derretido sobre el dispositivo de audición, ha empezado a fallar. Me animo diciéndome que estará como nuevo en cuanto se pasen los efectos del hechizo y pueda quitarme la máscara. ¿Qué has dicho?

—¿«Midnight Pumpkin»? —Esta vez lo formulo en tono de pregunta.

—¡Ah! Toni Price —responde con una triste sonrisa torcida, acertando el nombre de la cantante del álbum que antes me inquietaba por el diseño de Halloween de la portada. Después de esta noche tan loca, esta fiesta ya no ejercerá ningún poder sobre mí.

Suelto un grito de alivio y vuelvo a abrazarlo. Y entonces recuerdo que el portal está a punto de cerrarse y me obligo a separarme de él para mirar el reloj de bolsillo. Faltan diez minutos. No quiero admitir que una parte de mí teme este último paso. De pronto, matar a la Matriarca resulta demasiado real y definitivo, teniendo en cuenta la devastación que he causado al incapacitarla.

Le acaricio las orejas a Frannie y observo a la perra y a su dueño lo más deprisa posible bajo las luces y chispas parpadeantes. Polvo, grasa y barro le manchan el pelaje a Frannie, pero más allá de eso la veo tan revoltosa y juguetona como siempre.

Clarey sigue llevando la misma ropa desde que llegamos al festival de Cannon Beach —la versión real de Cannon Beach—, aunque está sucia y desgarrada en algunos puntos. Curiosamente, están casi tan calados como yo. Su complexión natural se abre camino entre el látex anaranjado, mientras que su piel sigue con la forma de la máscara, así que ese detalle era verdad: se está fusionando con el disfraz ya para siempre.

La pregunta es la siguiente: ¿cómo es posible que Frannie y él ya estén aquí y hayan salido de las canicas embrujadas del rey de los duendes?

—Creía que estabais en el castillo, atrapados en el bolsillo de Perece. ¿Está aquí?

—No he estado atrapado en ningún momento. —Clarey frunce el ceño—. Solo he pasado unos pocos minutos en el palacio. Flagelo nos ha sacado a Frannie y a mí, y me he despertado aquí a eso de las diez y media. El hermano del rey ha hecho una especie de pacto con… —Clarey se detiene, y sus facciones alteradas se arrugan, preocupadas.

—Con la Matriarca —termino la frase por él al darme cuenta de a qué se refería Perece cuando acusaba a Flagelo de haber robado y conspirado. Y eso también significa que el rey de los duendes me ha engañado con las canicas; lo que estaba atrapado dentro eran meras ilusiones. Se ha asegurado las apuestas, sí—. ¿Y mi tío?

—Angorla lo ha ayudado a escapar antes —asiente Clarey—. Lleva toda la noche esperando aquí.

Mi mente rememora la primera ilusión a la que me he enfrentado. ¿Ha sido la Matriarca quien ha utilizado su imaginario para intentar decirme que tenía a Clarey y a Frannie, y que también tenía a mi tío?

—¿Por qué iba la Matriarca a querer… ayudarnos?

Una profunda tristeza cruza los ojos brillantes de Clarey.

—Porque es…

—Clarey. —La voz de mi tío Thatch procede del segundo piso de la plataforma, oculta entre las sombras. Un extraño chasquido chisporrotea en el nivel superior, pero no veo nada más que unas lonas de arpillera que cubren unas formas indefinibles—. Deja que sea yo quien se lo cuente, ¿vale? —Mi tío baja los peldaños y se limpia un poco de mugre de las manos con un paño que luego guarda en la mochila de mi padre, que lleva al hombro. Tiene las gafas rotas sobre la nariz, y los cristales resquebrajados se iluminan con unas cuantas chispas. Cuando llega hasta nosotros, está tan sucio y empapado como Clarey.

Me abalanzo hacia sus brazos abiertos, tan contenta de verlo que no puedo estar enfadada por todos los secretos que me ha ocultado, ni tampoco preguntarle por qué ha querido interrumpir a Clarey a mitad de la frase. Huelo su aroma a dulces horneados y a detergente de limón, que todavía perduran debajo del barro en su camiseta de Delicias Encantadas y en sus vaqueros caquis. Su familiaridad, así como el amor y la aceptación incondicional que siempre me ha trasladado sin problemas, llena los huecos de mi interior, todos los agujeros que se han reabierto cuando he creído que había perdido al último miembro de la familia que me quedaba.

Mi tío me estrecha fuerte y murmura contra mi pelo mojado.

—Ay, Nixie. Siento mucho no haber sabido quién era Jaspar. Pensaba que era un ayudante del rey, no el mismísimo rey. Ojalá hubieses traspasado el velo. Ella estaba intentando guiarte hacia el exterior.

—¿El velo? —Me golpea la única consistencia de todas las ilusiones: los portales. El que se ha abierto en Cannon Beach en la cueva y los otros dos del suelo, que irradiaban luz. Los tres eran la forma de salir de Mystiquiel. Dos de ellos incluso han intentado expulsarme físicamente—. ¿Y vosotros? ¿Ella también os ha abierto una puerta? ¿Por qué no habéis salido?

—Solo podemos cruzar el umbral contigo. Tú tienes la llave. —Mi tío da un golpecito al frasco del collar que me circunda el cuello para recordarme el líquido que, ingenua de mí, pensaba que era tinta de calamar.

Hay otro momento en los túneles que termina de encajar: el canturreo de Angorla. «No habrá más pactos ni pérdidas donde solo pueden cruzar el rey de los duendes y los elegidos por su sangre».

—El portal responde a la sangre del rey —conjeturo en voz alta.

—Exacto. —Mi tío se encoge de hombros—. El velo puede aparecer en cualquier lugar del mundo, pero para que alguien pueda cruzarlo, ya sea criatura o ser humano, debe estar acompañado del rey o bien tener una muestra de su sangre, entregada por voluntad propia por él, para cruzarlo.

«Entregada por voluntad propia»: en nuestro caso, proporcionada para nuestra pastelería.

—Hemos intentado llegar hasta ti por el túnel de drenaje, pero la sustancia nos lo ha impedido —responde Clarey—. Resbalaba demasiado y no nos dejaba subir.

Eso explica que tengan la ropa tan sucia y mojada. Me pregunto si sabrán que yo soy la responsable de ese torrente en particular.

—Un momento… ¿La Matriarca iba a enviarme sola, sin vosotros tres? ¿No le dijisteis que dejaros aquí me mataría? —Me tiembla todo el cuerpo, un amplio escalofrío que es mitad rabia y mitad extenuación.

Mi tío intenta que me siente en el peldaño inferior, pero me niego.

—Eras su única preocupación —me insiste.

Aprieto los dientes con fuerza. Ya. Porque, como me ha dicho Perece, soy su única rival digna, y quería librarse de mí para terminar lo que empezó.

—¿Dónde está… esa… cosa? Quiero hablar con ella.

Mi tío y Clarey intercambian una mirada llena de significado.

—¿Hablar con ella o acabar con ella? —me pregunta mi tío, con una expresión que se acerca demasiado a una acusación, y que me confirma que saben qué es lo que he intentado hacer.

—Es mi creación y tengo que lidiar con ella —le espeto. En mi interior hierven todas las dudas y la frustración que siento—. No habéis visto todas las cosas que me ha lanzado en esos túneles. Todos los horrores, las mentiras. Debo terminar lo que he empezado. Perece es el único que puede sacarnos de aquí… juntos.

Clarey y mi tío se quedan inmóviles con semblante indeciso.

—¿En serio? —les pregunto—. ¿Se puede saber qué os pasa? Todo este mundo está siendo borrado. No quedará nada de nada. No sé si podremos sobrevivir a eso. Y, aunque lo consiguiésemos, nos pasaría lo mismo que a los personajes y flotaríamos en el vacío. —Fulmino a Clarey con la mirada—. Y tú… seguirás atrapado en tu forma de duende para siempre. —Saco el reloj de bolsillo—. ¡Vamos! Solo faltan ocho minutos para…

—Perece ha maquillado la verdad, Nix. —A Clarey le tiembla la mandíbula al interrumpirme—. Sí, todos los años el velo se abre por arte de magia la mañana de Halloween y se cierra a medianoche. Pero el rey de los duendes no tiene un poder limitado. Perece puede reabrirlo para nosotros cuando y donde elija, por el día o por la noche, en cualquier mes del año.

Solo quería que el tiempo te presionara, que debilitases a la Matriarca antes de que ella lo derrotara a él y rompiese para siempre el contrato.

—¿El contrato? —Miro hacia mi tío—. ¿El que hiciste para conseguir los frutos de los duendes?

—No. —Me coloca una mano en el brazo—. El que firmó nuestra antepasada hace siglos para salvar a su hermana y proteger el mundo de los humanos.

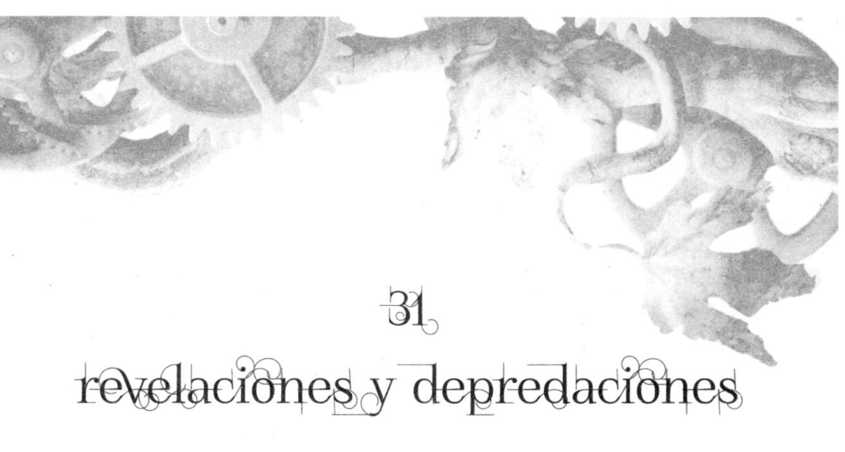

<h1 style="text-align:center">31</h1>

revelaciones y depredaciones

Sacudo la cabeza mientras mi entorno da vueltas en un remolino de luces y chispas.

Aturdida, me guardo el reloj en el bolsillo; ya no soy esclava de su tictac. Esta vez, me siento en el peldaño cuando mi tío me lo indica. Frannie viene hacia mi lado y recuesta el hocico en mi regazo. Le acaricio el pelaje del cuello con los dedos enfundados en lana buscando consuelo, estabilidad.

—Todo lo que la Matriarca te ha lanzado en el túnel… —prosigue mi tío, sentándose a mi lado—. No era mentira. Era la verdad… Por lo menos hasta el punto en que te lo podía contar ella. No puede hablar, así que te ha tenido que ayudar visualizando cosas, y con la esperanza de que en cierto modo te lo creyeses.

—Pero si no puede hablar, ¿cómo sabes qué es lo que me ha enseñado?

Mi tío señala detrás de sí. Clarey, que ha subido a la plataforma del segundo piso, retira una lona de arpillera para mostrar una pantalla gigante, una que se parece muchísimo al televisor antiguo de Perece. La imagen va saltando entre las dos últimas escenas que he visto en el puzle de pétalos: mi madre siendo secuestrada y la explosión que engulló el cuerpo inconsciente de mi padre. Una nieve de electricidad estática interrumpe la proyección, pero está claro que es justo lo que he presenciado en los túneles.

Así que Clarey y mi tío Thatch lo han visto junto a mí, desde aquí...

Siento la necesidad de volver a vomitar, pero mi estómago ya no tiene nada que expulsar.

—El poema de *El mercado de los duendes*... ¿es real? ¿Y trata de mis..., de nuestras... antepasadas?

—El libro que tu madre os regaló fue lo más cerca que pudo estar ella, o que pude estar yo, de contaros la verdad. Por eso no cambié la fecha del «accidente» de tus padres en el certificado de defunción y por eso dediqué la pastelería a la obra maestra de Christina Rossetti. Fue en honor a mi hermana y a los sacrificios de nuestra familia. Porque, aunque vago, seguía habiendo un rastro de verdad en el poema, en la forma en que el mundo de las criaturas arrancó pedazos de nuestro árbol genealógico.

Clarey baja las escaleras y dirige la mirada hacia el rincón sombrío de la plataforma, donde se originan los chisporroteos y crujidos desde debajo de otra lona de arpillera. Tiene una expresión que solo se puede describir como devastada.

Cuando se sienta al otro lado de Frannie, está temblando, y me pregunto cómo es capaz de creerse todo esto. Quizá, después de todo lo que hemos visto aquí, no sea para tanto.

Entonces, ¿por qué a mí me cuesta tanto aceptarlo?

Oigo las palabras que pronuncia mi tío, su maldición de silencio rota por fin ahora que hemos cruzado las fronteras de este mundo; enseguida me da la impresión de que me ahogo en los detalles que solo «creía» querer conocer.

Me cuenta que Perece me ha proporcionado una verdad a medias: que las emociones humanas sí que rejuvenecen a los suyos, así como la comida puede restaurar y reparar un cuerpo mortal. Sin embargo, las criaturas también dependen de la visión y de la destreza artística humanas, ya que estas proporcionan los cimientos para construir su tierra, sus hogares y su arquitectura. Solo los seres humanos tienen la capacidad de «imaginar» la infraestructura y mantener la prosperidad de la fundación del mundo de las hadas; de ahí que su apariencia cambie en función de la persona que lo «construye» con su imaginación.

Y por eso tanto Clarey como yo hemos podido alterar las cosas nada más llegar aquí. Pero un Arquitecto verdadero debe estar conectado con el «corazón» del mundo para llevar a cabo cambios globales. Desde el inicio de los tiempos, las criaturas han seducido a chicos y a chicas jóvenes hacia su reino con sus frutos adictivos cuando el velo entre ambos mundos se reducía, para obligarlos a una vida de servidumbre a fin de que Mystiquiel pudiese florecer.

—Pero ese fue el principal problema —observa mi tío—. Como todos los Arquitectos crecían en un mundo humano, no experimentaban lealtad ni amor por este de aquí. A menudo echaban de menos sus casas, y eso les arrebataba las ganas de crear. Y eso significa que el mercado de los duendes debía regresar año tras año durante la víspera de Todos los Santos para atraer a una nueva horneada de Arquitectos, los suficientes como para que durasen hasta la temporada siguiente.

Me quedo sin aliento cuando el auténtico significado de Halloween encaja a la perfección gracias a la lógica y le da una nueva y espeluznante entidad a la pared de las máscaras de Perece: eran los disfraces que han llevado todas las víctimas que se convirtieron en Arquitectos, y que fueron utilizadas y luego desechadas.

Miro hacia Clarey, que se contempla las manos frondosas sobre el regazo. Las hojas que brotan de la punta de sus dedos están tan pálidas como yo ahora mismo.

Mi tío continúa con la historia. Cuando le arrebataron a su hermana, Lizzie hizo un pacto con Fulgor, el antepasado de Perece. Prometió que su familia serviría a la jerarquía de los duendes si dejaban de abducir a almas humanas inocentes. Le propuso que sus hijos naciesen en Mystiquiel, y también los descendientes de estos. Los niños crecerían entre las criaturas de fantasía para así consolidar su lealtad hacia las hadas, la única característica de la que carecían los otros humanos. Y en el proceso podrían servir a la corte de los duendes durante toda su vida.

Fulgor amarró su propia estirpe con el velo como parte del contrato, para así asegurarse de que ningún ser humano pudiera entrar, y de que nadie de su reino volviera a cruzar la frontera para secuestrar a mortales, poniendo fin al mercado de los duendes anual.

El nuevo ritual empezó con Lizzie. Cuando tuvo edad de ser madre, la escoltaron fuera del mundo de las hadas una noche de Halloween; se mezcló con el resto de los humanos disfrazados que vagaban por las calles para que sus seres queridos no la reconocieran. Disponía de una sola noche para encontrar a un compañero adecuado al que llevar a Mystiquiel, quien la ayudaría a engendrar con éxito un linaje creativo; como no lo encontró, salió al año siguiente y al otro hasta que por fin conoció a alguien. En cuanto se quedó embarazada, el padre del bebé olvidó por completo lo sucedido, ya que le introdujeron polvo de hadas en el cerebro antes de dejarlo fuera del velo para que se levantase solo y confundido.

El bebé de Lizzie, una niña, nació y creció en el reino de las hadas. Así fue durante casi dos siglos. Con el tiempo, únicamente se quedaban las hijas, para fomentar un vínculo maternal con las demás criaturas, y únicamente una hija de cada generación. Esa era la regla. Las niñas que sobraban, además de todos los niños, terminaban frente a las escaleras de distintos orfanatos e iglesias del reino humano, en todos los rincones del mundo.

Mi tío fue uno de esos pequeños. Nunca supo que había tenido una hermana gemela hasta que se la encontró en la puerta de su casa una tarde de Halloween y ella le pidió que escondiera a sus dos hijas, ya que su vida corría peligro. Le contó todo lo que pudo acerca de la historia de su familia, y mi tío no necesitó oír más. Aceptó la responsabilidad de cuidar de las dos pequeñas cuya existencia había desconocido hasta el momento y se las llevó hacia una dirección, mientras que Imogen y Owen tomaron la contraria con la esperanza de despistar a quien los perseguía —el padre de Perece—. Mi tío Thatch también cambió el certificado de nacimiento de las niñas para que pareciese que habían nacido en agosto, puesto que así cualquier criatura que fuese a buscar a bebés nacidos en Halloween las pasaría por alto.

Y funcionó... durante un tiempo.

—Cuando la vida de Imogen empezó a apagarse —dice mi tío—, a Perece lo estaban preparando para que ocupase el trono. Todos los príncipes primogénitos de la realeza duende son jóvenes, poco más que un adolescente, hasta su coronación. Es entonces cuando heredan su poder y la magia los envejece para transformarlos en adultos. A fin de ganarse la corona y volverse «un hombre», la tarea de Perece era encontrar a la sustituta de Imogen. Apenas era un muchacho y debía buscar a una chica que se había perdido y que estaba atada a su reino, inmerso en un acuerdo que no podía romperse siempre y cuando su linaje siguiese reinando.

—Por eso la Matriarca estaba intentando derrocarlo —susurro, buscando sentido entre tanto sinsentido—. Ella es la Arquitecta, y quería poner fin a su reinado y al acuerdo.

Mi tío asiente.

Una dolorosísima revelación amenaza con asfixiarme: Imogen debe de ser la Matriarca. Eso explica las facciones de la cabeza metálica y los detalles íntimos de la última ilusión que ha creado. Debo asimilar la impensable idea de que he estado despedazando a mi propia madre a base de cortes.

Ajeno a mis atormentadas introspecciones, mi tío prosigue:

—Sí, la Arquitecta había urdido un plan para acabar con la monarquía de Perece. Con su destreza para la biomecánica, introdujo metal en la infraestructura de Mystiquiel… En la carga genética misma de sus habitantes, consciente de que tendría un efecto venenoso para las criaturas. Hierro, estaño, cobre, latón… El metal actúa como una plaga infecciosa. Su objetivo era corromper la dinastía de Perece para que el rey abdicase del trono para salvar a sus súbditos o muriese con ellos. De una forma o de otra, su reinado terminaría. De una forma o de otra, nuestra familia se habría librado del contrato. Pero Perece decidió defenderse con la esperanza de encontrar algo que su némesis valorase más que sus ganas de vengarse, y de ponerlo en su camino para hacerla descarrilar.

Las conjeturas de mi cabeza giran demasiado deprisa y provocan miles de preguntas y miles de posibilidades. ¿Cómo consiguió mi madre dar a luz fuera del mundo de las hadas? ¿Cómo era posible que mi padre se acordase de ella? Pero hay una que las eclipsa a todas: mi tío ha mencionado el conocimiento de biomecánica de la Arquitecta. ¿Mi madre compartía el interés de Lark?

Y entonces la razón toma las riendas: mi tío dice que Perece no tendría la corona y no sería adulto del todo hasta que consiguiese a la sustituta de Imogen. Es obvio que es el rey y que ya no es un adolescente.

Gimo mientras mi mente analiza un detalle en concreto, como si reviviera la noche en que perdimos a Lark. Esta vez, no me resisto; esta vez, la diecciono, momento a momento, para retirar las capas y descubrir la espantosa verdad.

Dejo que la oscuridad me rodee y me escupa en mi habitación, iluminada por la luz de la luna. Me despierto, pero en lugar de incorporarme en la cama para ver cómo está Lark, me quedo observando desde debajo de la sábana, con los músculos demasiado pesados como para moverme. Es como si estuviese paralizada. Guardo silencio, intento descifrar los ruidos que me han despertado, unas voces broncas y desconocidas, y unas alas que baten sin parar; desplazo la mirada de los dibujos con lápices de colores de la pared y veo la silueta oscura, agachada, parpadeando dos pares de ojos que brillan con electricidad.

Pero ahora los veo perfectamente: es solo un par de ojos, un destello detrás de la profundidad carmesí, con dos pupilas blancas. No es eléctrico, solo luminoso.

Un Perece más joven —despojado de partes metálicas, más bajito, ágil pero esbelto, apenas a las puertas de la adultez— está sentado en el suelo junto a la cama de Lark y hojea las páginas del libro El mercado de los duendes. *Una criatura que es mitad ardilla y mitad rana, con el tamaño de un gorrión con alas a juego, trepa por el cuerpo dormido de mi hermana. La frente de Lark desprende un brillo rosado. Mientras la contemplo, me doy cuenta de que a mi alrededor flota una especie de polvillo rosa, la misma niebla con olor a vainilla y a lavanda que me ha adormecido en el castillo, aunque a mi lado ha empezado a evaporarse.*

—Ella es la artista. Debe de serlo. —Perece levanta la mano derecha de Lark y la sujeta contra la luz de la luna para mostrar los rastros de cola de purpurina que tiene secos en la palma y entre los dedos—. ¿Ves? Esos son sus dibujos. Mi Padre Real dice que uno siempre identifica a un artista por la técnica que utiliza. En su cuerpo siempre hay indicios, como si fuese una segunda piel.

Mis dibujos de Frankenstein y de una momia ondean en la pared y se doblan por el viento, los dos decorados con la misma purpurina que le mancha las manos a Lark. Lo que no ven los intrusos, lo que pasan por alto, es la muñeca mecánica de Lark, decorada con purpurina, que está debajo de su cama. Y yo no puedo corregir su error ni gritar para pedir ayuda porque mi lengua no se mueve.

—Llévatela, Traste —ordena Perece.

El hada rana asiente sacudiendo una cola peluda. Tras soltar un hipo, su barbilla bulbosa crece hasta que suelta una burbuja por la boca. Es iridiscente, preciosa y cautivadora, y los destellos de la luna se reflejan en su superficie y vibran por las paredes como si fuese una luz estroboscópica. La burbuja se extiende por encima del cuerpo de Lark, la engulle y luego se contrae para adaptarse a su silueta. El hada rana utiliza sus dedos con ventosa para capturar y sujetar la burbuja, y bate las alas hacia la ventana, donde el cristal ya se ha cortado y espera a que se marchen.

En cuanto se van, Perece se transforma. Con los ojos vacíos, la boca abierta, la piel arrugada y encogiéndose, se convierte en una imagen que imita a mi hermana. Gimoteo debajo de las sábanas y me delato.

Perece, ahora idéntico a Lark, se tumba en el colchón y sacude una mano para rodearme con una nueva neblina de polvo rosado.

—Te has despertado demasiado pronto, querida hermana —susurra con una voz que es clavada a la de ella.

Salgo del recuerdo y una desgarradora revelación repta por mi piel. Las palabras que le dirigió anoche mi tío a Jaspar en el callejón: «Son las consecuencias de sus decisiones, así que os tendréis que aguantar».

La monarquía duende tenía una oportunidad, una hija por generación. Y Perece se equivocó. Pretendía llevarse a la artista, no a la mecánica.

Aquella noche, los duendes fueron a por mí. Para encerrarme en la tierra de las hadas.

En esta tierra.

Me he culpado durante mucho tiempo y ahora sé por qué. Era demasiado horrible de creer, demasiado espantoso para ser real. Así que bloqueé lo ocurrido y tan solo até unos cuantos cabos sueltos al despertar de mi sueño embrujado para que fuese algo lo bastante tolerable como para aceptarlo.

Lark no tuvo ninguna convulsión, no soltó un último aliento, como tampoco fui yo quien inventó Mystiquiel. El nombre y el diseño salieron de Lark, procedieron de sus recuerdos de Astoria, mientras todos los días lo contemplaba a través de nuestras lentes de gemelas. Fue su fuente para crear este más allá, añadiendo sus propios toques destructivos. Por mi parte, yo veía todo lo que creaba en sueños que luego dibujaba, algunos de los cuales ella incorporó a su creatividad y recicló para la fundación del mundo.

Un bucle infinito de ideas e imaginación compartidas. Por lo tanto, a medida que Mystiquiel se alteraba para mostrar sus conceptos, su aspecto se imprimió en la cabeza de la Matriarca. Y era fácil que yo la confundiese con Imogen, porque mi hermana gemela y yo nos parecemos muchísimo a nuestra madre.

¿Acaso no me han advertido las palabras de Perece en el castillo? Me ha dicho que la Matriarca había robado el lugar que me pertenecía a mí, y por eso éramos dignas adversarias.

Sollozo al darme cuenta de qué es lo que se encuentra en la plataforma superior, chisporroteando debajo de la lona. Ahora sé por qué se me rompía el corazón con cada cable que cortaba, por qué el apego que sentía se rebanaba con cada corte. *He estado matando a mi hermana, a mi otra mitad...*

Me precipito hacia las escaleras, pero mi tío me agarra del codo y Clarey me impide llegar al siguiente peldaño.

—Espera, cariño. Es mejor que no veas...

Antes de que mi tío termine la frase, una oleada de burbujas irisadas flota a nuestro alrededor. Utilizo la distracción en mi favor, me zafo de mi tío y empujo a Clarey. Las esferas hechizadas los rodean mientras despejan un camino para mí. No sé quiénes son los que están dentro de las burbujas, pero sé que por lo menos uno de ellos es Perece, sé que todo lo de esta noche ha sido un engaño elaborado y calculado para traerme aquí en este mismo instante, para arreglar el error que cometió el rey hace tres años.

Subo las escaleras con más fuerza bruta de la que creía que me quedaba. Frannie muerde las burbujas en un intento por hacerlas estallar. Mi tío y Clarey, en cambio, se defienden del ataque a manotazos. Antes de que exploten una, las burbujas se extienden y cada una escupe a alucicocos corpulentos con cota de malla y cascos metálicos. La guardia real forma una barrera entre los niveles superior e inferior, y me permite llegar sola hasta la lona. Aparto la tela y se me rompe el alma en pedazos al ver los ojos vidriosos y vacíos de Lark. En todo momento, he pensado que a mi mundo se le estaba agotando el color, cuando en realidad era a mi hermana a la que se le estaba agotando la vida.

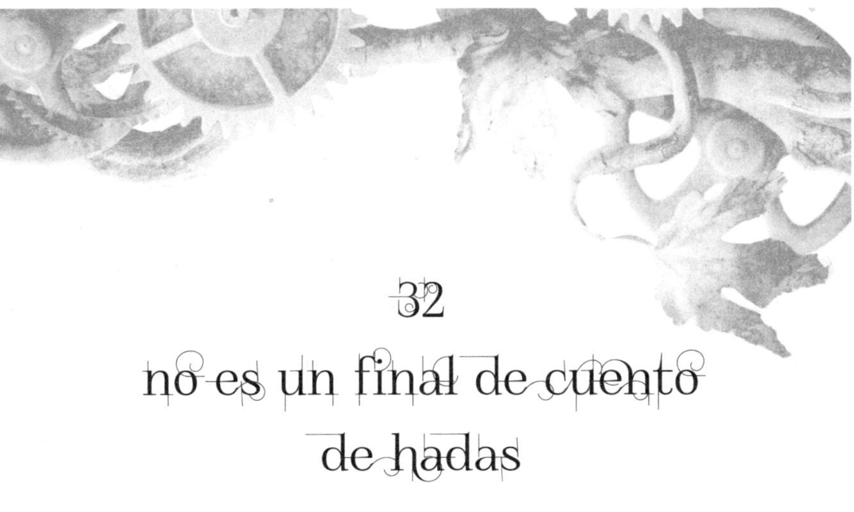

32

no es un final de cuento de hadas

Mi hermana hermosa y destrozada está sentada en un trono de tungsteno, la misma piedra rígida e implacable que refuerza las paredes del palacio del rey de los duendes. Detrás de las pupilas dilatadas de su vacía mirada gris centellean luces naranjas, mientras que unos hilos electrificados —que conectan sus sienes, muñecas y tobillos a los agujeros del suelo— producen cortocircuitos.

En un homenaje irónico y desgarrador, el tatuaje de la alondra que ha escapado de mi piel ha encontrado la manera de colarse debajo de la lona y de posarse en su tocaya. Como si la revelación lo hubiese asustado, el pájaro de tinta bate las alas en las sombras, solo visible gracias a las chispas que recorren su contorno, pues ha absorbido una parte de la corriente eléctrica errática de mi hermana.

Lark lleva un vestido de vinilo negro, tan resplandeciente como un charco de agua que refleja un cielo sin estrellas. En la cabeza tiene una corona formada por una maraña de cables de cobre que chisporrotean; es una reina confundida que gobierna un mundo espantoso de metal, óxido y electricidad revuelta. La falda de color negro azabache va hasta el suelo, recubre la estructura del trono y le tapa toda la piel menos la punta de los dedos de los pies y una parte de los tobillos.

Su rostro pálido, aunque teñido de un tono ceniciento, es idéntico al mío, y la corona le aparta el pelo negro de las sienes y de la frente para dejar a la vista las cejas y las pecas blanquecinas, además de la ausencia de un pico de viuda.

Su boca, ligeramente abierta, muestra la separación entre sus incisivos centrales. Es la confirmación que necesitaba para saber que mi hermana gemela no murió… si es que a esto se le puede llamar «vida».

Tiene la cabeza recostada en el respaldo del trono y me mira con una expresión vacía. Qué no daría yo por ver la cara enfadada y reprobadora que me ha perseguido en los espejos desde que la perdí. Todo este tiempo, debe de haber estado intentado comunicarse conmigo, para impedir que entrase en este mundo.

El pelo, que le llega ya más allá de la cintura, lo lleva recogido en una espesa trenza lateral que oculta el lado izquierdo del asiento. Su cuello largo y los huesos de su clavícula forman una elegante «V» en su abultado escote, ceñido por un corsé y por breteles. A lo largo de los últimos años, ha crecido igual que yo, incluso atrapada aquí. Y eso significa que deben de proporcionarle el alimento que necesita.

Las mismas chispas que le iluminan los ojos también le recorren las venas, unas esferas de luz que se mueven por debajo de su piel como si allí tuviese unas autopistas iluminadas, y que van y vienen por el circuito que desaparece en el suelo y que la conecta con la tierra bajo la superficie del mundo. Esos cables tienen que ser la forma en que sustenta el mundo y a todos los seres vivos que lo habitan, y en que se alimenta ella a cambio, mientras se apropian de cualquier residuo que genere su cuerpo. Es una locura parasitaria y cruel.

Un aullido de agonía me perfora los tímpanos y me atraviesa la garganta. Resuena a mi alrededor y acompaña a los zumbidos y pitidos que se oyen por todas partes, una reacción visceral a una situación retorcida y siniestra.

Al ver la sombra de Perece que se cierne tras de mí, lo fulmino con la mirada.

—¿Cómo has podido atraparla aquí, paralizada? ¿Cómo puedes hacerle eso a una persona? —En la sangre me hierve la furia, pero resisto la necesidad de golpearlo; no me atrevo a abandonar a mi hermana ni siquiera durante un segundo.

—No es el intercambio orgánico al que accedieron nuestros progenitores —responde Perece con su timbre grave y estruendoso. Como se ha despojado del aparato que soltaba humo y que llevaba a la espalda, ahora resulta más esbelto y grácil, a pesar de su musculatura—. Las criaturas respetamos los elementos. Los obedecemos, incluso. Porque nuestro nacimiento procede de las viejas tradiciones. Nos pusieron aquí como guardianes del mundo natural, y como guías de la relación que tenga la humanidad con él. El huerto que dibujaste es el aspecto que debería tener el reino de las hadas.

Por eso instaló allí su palacio, donde estaba a salvo de mi hermana. Porque ese elemento en particular no estaba envenenado, ya que salió de mí.

—Nunca ha habido una Matriarca entre nosotros hasta ahora —prosigue—. Esta guarida de conciencia colectiva —señala a nuestro alrededor— no es natural. Todos los Arquitectos han podido caminar y vivir entre nosotros, una reciprocidad que ayuda al proceso de establecer un vínculo emocional. Están conectados a la estructura de Mystiquiel por la naturaleza: las vides, las flores, las hojas y las raíces hacen de conexiones vivas que se adhieren a ellos, pero que son flexibles como el mero hecho de cambiarse de ropa, y que les permiten rellenar nuestras provisiones de emociones conforme se van agotando, sin por ello arrebatarles la libertad a los Arquitectos.

Recuerdo las marcas de flores y vides que le he visto a Laura en los túneles, las de mi madre; imágenes que me ha proporcionado la mano de mi propia hermana y que corroboran la afirmación de Perece.

—No lo entiendo. —Me froto los muslos con las manos para evitar extender los brazos y arrancar los hilos que sobresalen de las sienes de Lark. Esos cables letales de electricidad que le conectan el cuerpo me refrenan. Primero debería desenchufarla, y no estoy segura de lo que provocaría con eso. Ni de si es posible siquiera—. ¿Qué ha salido mal?

—Ella decidió alzarse como jueza y verdugo. Atrincherarse en el núcleo mismo para que sus imaginaciones envolvieran Mystiquiel y dieran lugar a una era artificial, en contraste con nuestra jurada simbiosis con la naturaleza, y así lo podría dominar todo y envenenar no solo la tierra, sino también a nosotros. Quería injertarnos metal, cables y electrónica con la esperanza de dominarnos. De volvernos unos robots sintéticos y mecánicos a los que corromper, y luego apagarlo todo con su conciencia colectiva.

Recuerdo lo despistadas que me han parecido las criaturas al poco de llegar a las calles de Mystiquiel. Como si se hubiesen perdido. Suponía que era porque había dejado de dibujarlas, pero es algo mucho más profundo.

—Irónicamente —continúa hablando Perece—, al hacerlo, tu hermana terminó embarullada en sus propios intentos. Ahora es un ser biomecánico y nadie la puede sacar de la placa base que ha creado, o moriría. Se lo hizo a sí misma. —Sus pupilas de un blanco intenso imitan la tormenta eléctrica que zigzaguea entre las puntas de su corona. Las corrientes parecen desviarse hacia mí, un arrepentimiento compartido que late entre nosotros.

No puedo culparlo por la rabia que siente, pero sí que lo considero responsable de sus manipulaciones, de haberme utilizado para destruirla. Me desplomo de rodillas a los pies de mi hermana, a pocos centímetros de los cables que van de sus tobillos al suelo. Los puntos en que los cables se pegan a su piel rezuman aceite y sangre. Me pican los dedos dentro de los guantes, me muero por ayudarla.

Examino la magia y la electricidad que emanan de ella como si fuese una CPU viviente. Desconectarla sería matarla. Pero morirá si permanece ahí. He curado a otros seres en este trayecto, los he liberado de los vínculos sintéticos. ¿Por qué tengo tanto poder si no lo puedo usar con mi hermana? Debo intentarlo por lo menos. A estas alturas, ¿qué tenemos que perder?

Nada en absoluto.

Me quito los guantes. Perece me sostiene la mirada mientras lo hago.

—Debería haber sido yo —murmuro. La explicación es para mi tío y para Clarey, para que comprendan mi responsabilidad.

—Sí —asiente el rey de los duendes. Su voz retumbante de mecanismo revolucionado ahora suena baja y zumba como un motor en punto muerto. Si no lo conociese tan bien, diría que resulta hasta amable—. Una vez hecho, no pude echar marcha atrás. Una hija elegida por generación. Intentamos coexistir con ella, pasar página. Pero su rabia, su venganza… eran insostenibles. Nos negaba cualquier tipo de emoción positiva; al pueblo le lanzaba solo miserias y veneno, destrozó el equilibrio del mundo, creó tal desastre que no podíamos curarnos ni recuperarnos.

—Y por eso me has traído hasta aquí —murmuro— y me has obligado a despedazarla para que no me quedase más opción que prestarme voluntaria para salvarla.

—Oh, yo no te he obligado a hacer nada.

Aprieto los dientes con ganas de borrar esa sonrisilla engreída de su cara. Sus colmillos metálicos afilados me lo impiden.

—Has tomado tus propias decisiones en todo momento —prosigue—. Motivada por tu orgullo de artista, por el amor celoso que sientes por este mundo.

Ignoro su provocación porque la verdad es mucho mayor que eso, y él lo sabe.

Del nivel inferior se elevan un crujido de ropa y gruñidos amortiguados. No necesito mirar para saber que mi tío y Clarey no están teniendo suerte para atravesar la guardia.

Dirijo la atención de nuevo hacia mi hermana.

—Lark, ¿me oyes? —Formulo la pregunta entre el temor que me cierra la garganta, pero no me responde. Más allá de la sensación de que el corazón se me ha partido por la mitad, ya no percibo ese vínculo entre ambas. Debo de haberlo interrumpido con cada uno de mis cortes—. Tenemos que desenchufarla.

Los dedos opalescentes de Perece se curvan sobre mi chaqueta a la altura del codo. El resplandor plateado de su antebrazo metálico sobresale del puño de su camisa y refleja las chispas que nos rodean.

—Puedo apagar durante unos segundos el poder que la mantiene en este lugar. Quizá el suficiente tiempo como para que puedas reestructurarla. Pero Mystiquiel no va a soltar a tu hermana siempre y cuando siga con vida, a no ser que cuente con una sustituta aceptable. Llevas encima todo lo que necesitas para convencer a nuestro mundo de que tu lugar está aquí, con nosotros.

No le pregunto a qué se refiere, ni siquiera me molesto en sacudírmelo de encima. Se refiere a las semillas que Angorla me ha insistido para que me guardase en el bolsillo y al frasco de sangre que me rodea el cuello y que creía que había sido idea mía agarrar. Ahora conozco la verdad. Perece decía que la sangre me ataría a él, a su magia. Y, según Angorla, tragar las semillas y la sangre al mismo tiempo invocaría a las plantas y a las raíces, unas raíces que obedecen a la Arquitecta. Debe de ser así como uno termina inundado y amarrado a este mundo.

Todo ha formado parte de una misma estrategia. Angorla estaba siguiendo un guion escrito por Perece para ganarse su favor de nuevo.

—En cuanto mi hermana sea libre —le digo a Perece—, y solo si sobrevive, haré lo que quieras.

Niega con la cabeza y su cabello degradado, largo y suelto, se mueve en ondas a su espalda con el gesto.

—Debes hacerlo primero para que el mundo la suelte. Y recuerda que no es sencillamente lo que yo quiero, Arquitecta. Es lo que los dos necesitamos. Que quede claro este punto.

—¡No, Nix! —Es la voz de Clarey—. ¡No lo hagas! —Por fin se ha liberado y corre hacia el primer escalón, pero en cuanto pone un pie vuelven a capturarlo.

—¡No puedes hacer este sacrificio! —Mi tío retoma la súplica de Clarey durante la distracción, antes de que un alucicoco intervenga aferrándolo por el hombro. Mi tío se queda rígido bajo la mano del caballero—. Solo hay dos opciones aceptables ya. El rey de los duendes puede mandarnos a todos a casa, tu hermana incluida, o moriremos juntos con él y con su mundo para detener esta práctica tan deplorable.

—Tan solo tienes razón a medias —responde Perece, sin inmutarse—. Este mundo no va a soltar a Lark sin que alguien ocupe su lugar. Y si todos os quedáis aquí… En fin, no tendréis el final que esperáis. Sí, como mortales no sobreviviréis cuando el vacío traspase estas paredes. Pero habréis sido cuatro mártires en vano, porque yo seguiré vivo, igual que mis súbditos. Con la ayuda de Phoenix, ya nos hemos arrancado la plaga que nos asolaba. Pronto nuestras deformidades metálicas desaparecerán sin el ahínco mental y rabioso de la Matriarca. Mi reino sobrevivirá en una especie de limbo hasta la siguiente víspera de Todos los Santos. No sería la primera vez. Y como todos habréis desaparecido y ya no estaré atado a vuestras antepasadas, no deberé ceñirme a lo estipulado en el contrato. El mercado de los duendes volverá a instalarse; regresaremos a las tradiciones antiguas, con lo cual capturaremos más almas humanas al año. Más familias perderán a sus preciosos hijos, habrá más corazones rotos y más sufrimiento. —Encoge los gigantescos hombros—. No nos fue nada mal hasta que Imogen decidió enfrentarse a nosotros por el mero hecho de que no soportaba que sus preciosas hijitas crecieran separadas. Qué egoísta.

—Sabes que no fue solamente por eso —gruñe mi tío—. Ya sabes qué tenía planeado tu padre para ellas… ¡Lo que ya había intentado hacer antes incluso de que nacieran!

—Ya basta. —Perece asiente hacia el caballero que retiene a mi tío, y el alucicoco le planta una mano de piedra grisácea sobre la boca para silenciarlo—. Como oiga una sola palabra más de vosotros dos, os devolveré al reino somático sin el perro.

Clarey, en pie entre dos alucicocos, se aferra a Frannie y opta por callarse, pero la expresión que arruga sus facciones de látex muestra el miedo y la frustración que está experimentando.

Los caballeros estrechan el círculo alrededor de mis seres queridos y de nuevo me cuesta más verlos. Es mejor así, porque recelaría de mi decisión si tuviese delante el recordatorio de todo lo que voy a dejar atrás, a la gente a la que quiero y con la que nunca me reuniré otra vez.

Perece se agacha a mi lado y su poderosa silueta bloquea las luces parpadeantes de la estancia para que la única iluminación provenga de su corona y de sus ojos.

—Tu hermana nunca ha sentido amor por nosotros como tú —dice en voz baja e hipnótica—. Podría decirse que lo has desarrollado con el tiempo que has pasado dibujándonos y aprendiéndote nuestro mundo, claro. El sentimiento ha evolucionado hasta una responsabilidad de la que ella carecía. Quizá al final no cometí un error. Imogen lo cometió alejándoos del reino para que aquí fueseis unas extraterrestres. Como resultado, mi error de juicio se convirtió en la solución. Porque así has tenido tiempo de llegar a ser la madre de Mystiquiel. La verdadera Arquitecta.

La verdadera Arquitecta… La frase de Angorla cierra el ciclo.

—Yo no soy tu madre —mascullo, furiosa.

Con un puño en el suelo, se inclina hacia mí para rodearme con su cabellera, apresándome con su esencia a hombre, a animal y a máquina.

—Ah, tranquila, yo jamás te vería como tal. —Sus cuernos se curvan tan cerca de mis sienes que casi podrían sobresalir de mi propia cabeza. El rey llena mi visión con cada línea elegante y con cada ángulo marcado de su aterradora belleza—. Me refería a ellos. —Con la fuerte barbilla, señala hacia la pantalla de la pared, que en algún momento se ha transformado para mostrar a mis (las) criaturas que flotan en un vacío—. En cuanto a lo que eres para mí, tenemos toda tu vida para averiguarlo. —Me tira de las cremalleras de la cara, una a una, y todas caen al suelo, donde producen un chasquido metálico.

Me aparto de sus caricias, con todos los vellos en punta por la impactante corriente que fluye entre ambos. Me paso un dedo por la piel y veo que ha vuelto a la normalidad.

Pero ¿durante cuánto tiempo? ¿En qué me voy a convertir cuando hayamos terminado? Expulso la pregunta de mi cabeza. No importa. Lo que importa es que mi hermana viva. Antes pensaba que la había dejado morir. Ahora me acaban de dar una segunda oportunidad para salvarla. Esta vez seré lo bastante fuerte.

—¿Seguro que podemos liberarla? —le pregunto a Perece.

—Juntos sí —contesta. Levanta el frasco de mi cuello y le quita el tapón, con lo que el líquido adopta un tono blanquecino nacarado.

Miro hacia Clarey y hacia mi tío. Los dos se agachan y luego se ponen de puntillas detrás del muro de alucicocos, como si intentasen ver entre las ramas de un bosque denso, la clase de bosque donde empezó esta maldita pesadilla. Me permito un último recuerdo de la amabilidad de mi tío, de su cariño paternal; luego, del beso de Clarey, de lo increíble que ha sido ese momento, cuando hemos creído que sí que tendríamos la posibilidad de crear algo nuevo y extraño, después de tantos años siendo amigos.

Un nudo de agonía me constriñe el pecho porque varios de esos años se los robaron a Lark y a él. Es lo más justo que yo se los devuelva, aunque pensar que me olvida y pasa página sea como arrancarme las entrañas.

—Los harás cruzar el velo a todos sanos y salvos… A todos juntos —presiono a Perece para que me lo confirme una última vez.

—Sí —me asegura.

Extraigo las semillas del bolsillo y me las meto en la boca; a continuación, agarro el frasco y dejo que la sangre real me lo haga tragar todo. En algún punto de la distancia, oigo las campanadas de la medianoche, atadas con magia al reloj de mi padre. Intento no mirar directamente al rey de los duendes porque temo que me taladrará con sus ojos intensos para saborear todas las emociones atormentadas que me desgarran por dentro.

Contra las extrañas sensaciones que empiezo a notar en mi interior, como si unos objetos desconocidos echaran raíces y alteraran mi mismísimo ADN, me levanto y me apoyo en los músculos, a pesar de sus temblores. Y entonces alzo los brazos para aferrar a Lark cuando se caiga del trono, para que mis manos —y nuestros meñiques enlazados— sean lo primero que note, para que pueda curarla y restablecer la normalidad.

—Hazlo ahora —le ordeno al rey—. Desátala.

El reloj marca las doce, y sabemos que hemos fracasado. Hemos perdido. Todo nuestro trabajo ha sido en vano. Nuestro ojo en el cielo se vuelve tenue. Nuestros oídos se ensordecen. Nuestros tendones, antes en las profundidades, ahora se liberan y se deshilachan en los extremos,

mientras chisporrotean y silban. Nos marchitamos, nos atrofiamos. Nuestro corazón gime y se escora, es un barco atrapado entre el oleaje. Se estampa y se rompe, se estrella contra un arrecife. Lloramos sin ojos, vertemos óxido y no lágrimas, gritamos sin voz. Sufrimos. Tememos. Sentimos.

Sentimos. Nosotros… ¿sentimos?

Sentimos… Siento…

Yo.

Siento dolor. Mis músculos se despiertan de nuevo con una sacudida y un rastro punzante de llamaradas que recorren nervios que llevan mucho tiempo dormidos. Expando los pulmones. Un vacío lleno hasta los topes. Me pongo a toser.

Parpadeo y abro los ojos, y una cálida humedad se vierte desde las comisuras. Mis ojos… son solo míos.

La reconozco, reconozco esta cara que me mira, un espejo que me parte en dos. Es mi otra mitad. Mi hermana. La persona a la que quiero más que a nadie. La persona que envidiaba todo lo que llegué a ser.

Sus manos agarran las mías, entrelazamos los dedos y tira de mí hacia ella, mejilla contra mejilla. Aparto sus pensamientos arrepentidos y me adueño de ella, mi piel bebe de la suya, hambrienta de su ser, de lo que hace tanto tiempo me arrebataron.

La individualidad… La separación… La inconformidad.

Los ganchos crueles que me perforaban el corazón, los cables que ensartaban mi voluntad a este reino parasitario, se sueltan con estremecedores chasquidos como si fuesen cuerdas que se rompen, y que fortalecen mis huesos y enriquecen mi tuétano. La inmensa multitud de latidos, demasiadas pulsaciones que contar, se convierten en uno solo y rapsódico. Un latido… Un precioso pulso que transporta mi aliento y alimenta mis necesidades. Mis células se reagrupan, mis venas se colman de un plasma rojizo rico en hierro. Mi piel se vuelve rosada y caliente, y unas gotas de sangre roja manan de las heridas abiertas donde han arrancado mis conexiones.

Cuanto más tomo y tomo, más se debilita mi hermana. Pero sigue dando y dando hasta que vuelvo a ser yo. Entera al fin. Y en ese momento Nix me suelta.

Me pesan los brazos y las piernas, rígidos y raros. Han olvidado cómo moverse. Caigo sobre otro par de manos, unas que en el pasado agarraron las mías cuando aprendía a caminar, unos primeros pasos que luego fueron saltitos en la rayuela y luego carreras veloces. Me sujeta de nuevo, mis músculos están demasiado débiles para funcionar por su cuenta, y me ayuda a andar hacia una abertura...

Este hombre encarna todo lo bueno: familia, calidez, seguridad. Amabilidad y gentileza. Es un héroe.

Mi tío.

Miro atrás una última vez. Mi tío se detiene y me guía hacia el umbral, y mis oídos captan el primer sonido: un sollozo jadeante al ver el estallido de luz que irradia la piel de mi hermana gemela, como si fuesen rayos de sol, demasiado intensos para mis desacostumbrados ojos. Me encojo cuando los cables eléctricos se vuelven vides verdes y frondosas, cuando le recorren el pelo y se hunden en su cráneo para masajearla, para acariciarla. Es una succión más amable y empática que los conectores que me perforaban la piel. Florecen pétalos, musgo y brotes que la envuelven como si de una reconfortante alfombra se tratase. Mi trono frío e incómodo, mi placa base y mi madriguera, todo se pliega sobre sí mismo y desaparece. Ahora ella es el corazón, y de su carne surgen flores, raíces y vides de todos los colores y texturas. Sobresalen de su piel y se hunden en el suelo como hacían antes mis cables de cobre, transformando el mundo de una pesadilla industrial con una escala de grises a un paraíso verde, radiante y cromático, digno de un cuento de hadas.

Mi visión se emborrona, se enfoca y se desenfoca, cuando dos pájaros pasan volando; uno es el tatuaje negro y diminuto que se ha liberado de la cárcel de la piel de mi hermana. Ahora lleva los pocos restos de mi circuito hecho añicos y aterriza en la palma hacia arriba de Nix, y el cuerpo oscuro se transforma en unos destellos de relámpago.

El otro, una lechuza con plumas de un blanco muy puro cuyas puntas lucen un tono rojo óxido, sin ojos eléctricos ni circuitos por ninguna parte, ni dentro ni fuera. No hay nada sintético, todo es cien por cien real. Filigrana aterriza en el hombro del rey de los duendes justo cuando Perece se arranca sus propias partes metálicas y se convierte en un cuerpo de carne y hueso espectacular y feroz. Así era como lo vi cuando lo coronaron.

—Adiós, Lark del reino somático —dice con colmillos blancos que resplandecen en una sonrisilla—. Muy bien jugado.

Una llama competitiva prende en mi interior al oír el engreimiento de su voz, la provocación que solo yo percibo, pero extingo el fuego hasta que no quedan más que ascuas. Ha sido una reacción instintiva; aprenderé a olvidar. Aprenderé a reprimir los remordimientos. Pero nunca le perdonaré a mi hermana que me haya obligado a jugar. Que haya dejado que él me secuestrara. Estaba despierta cuando me llevó, la vi observándome desde debajo de la sábana.

Cierro los ojos ante este espantoso recuerdo y atravieso el velo sujetada por las manos de mi tío. Algo suave protege nuestra caída. Hundo los dedos de las manos y de los pies en la sustancia húmeda y granulosa.

Arena.

Sé lo que es sin tener que verlo siquiera; de hecho, decido no verlo y permitir que el resto de mis sentidos me cuenten lo que captan, porque he pasado muchísimo tiempo sin ellos. Mis oídos se llenan de los graznidos de las gaviotas y de las ondas del mar. El olor a sal y a pescado me activa el estómago y desencadena un gruñido. Por fin tengo hambre de algo que no sea destrucción. Tengo hambre de vivir.

Y luego hay otro aroma: petricor. Tierra cubierta y nutrida por la lluvia. Y el apetito aumenta. Escucho las voces que me rodean y que ya no se limitan a unos gruñidos animales y a quejas bestiales. Son sonidos preciosos, amables y conocidos.

—Lark. Vamos, pajarillo. Abre los ojos. Dime que estás ahí.

Aprieto la mano tendida de mi tío y parpadeo, medio encantada y medio incrédula ante nuestro entorno. La arena brilla mientras una luz intensa y trémula en el horizonte baña la espuma del océano y las nubes blancas de una tonalidad rosada. El rubor más pálido se funde en un azul plateado. El rosa era mi color preferido del mundo. Hasta que Perece y su complexión iridiscente se adueñaron de todos mis pensamientos.

Pero no puedo negar que he echado de menos el alba, igual que he echado de menos respirar. Y vivir. Por eso recibo con los brazos abiertos este momento y la claridad del color. He vuelto… a Cannon Beach. Ha terminado de verdad.

Un ladrido me sobresalta. Me preocupa que una criatura haya venido a obligarme a cruzar el velo de nuevo. El vinilo de mi vestido cruje y se agarrota cuando me muevo, un ruido insoportable sobre mis oídos y sobre mi piel. Necesito liberarme de él, de todos los recuerdos de ese mundo.

Y entonces veo a un perro cualquiera, un bulto de pelaje y energía, y suelto un suspiro de alivio. Al observar su pata trasera, reconozco el parecido con mis diseños robóticos, demasiado como para que sea una coincidencia. Es mi invento, robado y alterado según las especificaciones de otra persona. No sé cómo me sienta que alguien se haya apoderado de algunas piezas de mi vida, como si no fuese a regresar nunca para reclamarlas.

—No pasa nada, solo es Frannie. —Un chico se inclina sobre mí mientras se arranca una piel de calabaza naranja de la cara y exhibe una tez oscura y dos ojos centelleantes de diferente color. Unos cabellos blanquecinos cuelgan sobre su frente para tapar una cicatriz que no debería estar ahí—. Lark… No… no me lo puedo creer. Todo este tiempo… Tres años enteros pensando que estabas…

Se detiene cuando mi tío le da una palmada en el hombro y le entrega la mochila de mi padre para que guarde la máscara. Me trago un nudo en la garganta y contemplo las partes de mi cuerpo que puedo ver: los tobillos, los brazos, las muñecas… Las marcas de las punciones siguen ahí, en carne viva, a la espera de sanar.

Tres años. ¿De verdad me he pasado tanto tiempo encerrada en Mystiquiel?

Vuelvo a concentrarme en el muchacho ahora que ya se ha quitado la careta. Lo conozco. Por eso me ha resultado familiar en Mystiquiel. Tiendo la mano que tengo libre para tocarle la mejilla, mojada por las lágrimas, otra manera de activar los músculos y los nervios que habían estado comatosos hasta ahora. Pone los dedos sobre los míos y pronuncia mi nombre otra vez. Su voz es más grave de lo que recordaba, pero sigue siendo reconfortante y nostálgica, como si procediese de otra vida. Otra vida que para mí fue ayer.

Clarey.

Su nombre derrite el hielo que me envuelve el corazón y lo sustituye por un brillo amable y feliz. Todavía no puedo hablar en voz alta, así que guardo silencio y los examino a los dos, los toco a los dos, los quiero a los dos. Estoy muy agradecida por volver a estar con ellos.

—No podemos dejar a Nix allí. —Clarey destroza mi paz y mi tranquilidad apartando la mejilla de mi caricia y mirando hacia Haystack Rock. Hay lágrimas recientes en su cara—. Tenemos que ir a buscarla. Tengo que…

Al observarlo, al presenciar la pena que tiñe su súplica, me golpea el recuerdo de cómo se han mirado Nix y él justo antes de entrar en el huerto. He visto lo que hay entre ellos. Una chispa que nacía, algo inesperado y extraño.

Algo que antes me pertenecía a mí.

Mi tío niega con la cabeza y mira en dirección contraria, hacia lo lejos, donde ya están recogiendo las carpas rojas y naranjas de la fiesta.

—Es imposible que Perece abra el velo para nosotros ahora que la tiene a ella. Pero por las leyes de la naturaleza se reduce siempre por Halloween. Así que disponemos de doce meses para urdir un plan. Y ya tenemos la llave para atravesar el umbral.

—En la pastelería —añade Clarey—. Los envíos de tinta de calamar.

Que hablen de una pastelería me resulta ajeno, igual que este lugar y este momento. Ellos me resultan ajenos. Yo soy ajena para mí misma.

Por culpa de ella. Porque los duendes me llevaron a mí, y ella se ha apropiado de todo en mi ausencia.

¿Cómo hago para que vuelva a ser mío? ¿Cómo recupero el tiempo perdido?

Y entonces lo sé. Empezaré por el principio, fingiendo ser la misma chica que fui cuando me marché. La chica que adoraba el color rosa, la que estaba destinada a estudiar mecánica, la que no le tenía miedo a nada. Tanto da que sea todo mentira. Tanto da que nadie pudiese participar en una partida de ese juego sin cambiar en absoluto.

Enlazo los dedos con los de mi tío y consigo levantarme. Me ayuda a no perder el equilibrio, mientras que Clarey me rodea la espalda con un brazo.

Al ver sus rostros preocupados, emito las primeras ásperas palabras que he pronunciado desde la noche en que me desperté siendo una cautiva en el reino de Mystiquiel:

—Tío, llévame a casa, por favor.

Agradecimientos

Escribir un libro siempre es una labor solitaria, pero este fue especialmente complicado. Escribí la mitad de *Un mundo oscuro* en 2020, cuando todo el mundo estaba confinado durante la pandemia de la COVID-19, así que motivarme y ser creativa fue mucho más difícil que nunca. Hubo días en que estuve tan abatida y preocupada por no poder ver a mis seres queridos ni asistir a graduaciones, funerales y bodas, y tan desconectada de la gente y de las actividades que me mantienen centrada como ser humano e inspirada como artista, que debía echar mano de toda mi fuerza de voluntad para sentarme delante del ordenador y esbozar una historia. Pero al final, palabra a palabra, día a día, empecé a entusiasmarme y mi mundo oscuro y duro de Mystiquiel se convirtió en un refugio. Las pruebas por las que pasan mis personajes me servían como catarsis para las mías propias y los monstruos a los que se enfrentaban —tanto externos como internos, con colmillos y cuernos o humanoides— personificaban los temores y las inseguridades de nuestro mundo aterrador, y me daban la oportunidad de combatirlos en mi propio terreno. Este libro fue todo un viaje en sí mismo, y la historia final me gusta más aún por ello. Sin embargo, debido al aislamiento que experimentamos todos, en mis agradecimientos aparecen menos personas que de costumbre.

Como siempre, mi mayor gratitud va para mi marido y mis hijos: Vince, Nicole y Ryan. Hay que ser sumamente paciente para vivir con una escritora que debe cumplir plazos de entrega, y estuvisteis atrapados bajo el mismo techo que yo las veinticuatro horas del día, siete días a la semana, durante lo peor de mi neurosis narrativa. Pero no os quejasteis ni una sola vez cuando monopolizaba la banda ancha para investigar e interrumpía vuestras videollamadas o Zooms, y tampoco me amenazasteis con desenchufar mis auriculares cuando reproducía la música ambiental que me ayudaba durante las escenas complicadas. De hecho, os ocupasteis de las tareas de la casa y me animasteis para que llegase hasta la meta. ¡Gracias!

Aunque mi grupo de críticas se dispersó durante la pandemia, me gustaría darles las gracias por las opiniones que me dieron sobre los primeros capítulos: Jennifer Archer, Linda Castillo, April Redmon y Marcy McKay. Pero mi agradecimiento más absoluto va para las mejores críticas del mundo, Jessica Nelson y Bethany Crandell, que llevan cerca de una década a mi lado y que siguen sujetándome la mano, leyendo mis capítulos y comprendiéndome durante los momentos más duros. Os admiro y os adoro a las dos como buenas amigas y compañeras, ¡y jamás me subiría a esta montaña rusa sin vosotras!

Gracias a mi fantástica agente, Jenny Bent, que siempre está ahí para sacar la cara por mis historias. También a Cindy Loh, por ver el potencial de mi propuesta y por llevarme hasta la editorial Bloomsbury. Nunca olvidaré cómo defendiste Mystiquiel, y espero que algún día encontremos algún otro proyecto en el que trabajar juntas.

Tengo la enorme suerte de contar con dos editoras muy exigentes, Mary Kate Castellani y Camille Kellogg, quienes me ayudan a pulir la gramática, el ritmo y el perfil de mis personajes para que mis historias echen a volar sin estrellarse al poco. Muchas gracias a Phoebe Dyer y al equipo de *marketing* de Bloomsbury, así como al equipo de correctores, lectores de sensibilidad, revisores y demás héroes olvidados que se encuentran detrás de cualquier libro de éxito. Gracias a Marcela Bolívar por crear una cubierta evocadora y lúgubre que capta de forma preciosa los elementos de *steampunk* y Halloween de la novela, y a los diseñadores y maquetistas de la editorial por reproducir el concepto en la tripa del libro con un formato creativo y habilidoso.

Quiero tomarme unos instantes para elogiar y homenajear el poema y la película que inspiraron esta oscura historia, *El mercado de los duendes* de Christina Rossetti y *Dentro del laberinto* de Jim Henson. Las dos obras me proporcionaron momentos surrealistas de crecimiento, además de una saludable dosis de lealtad entre hermanas y un imaginario oscuro y místico que un día prendieron en mi cabeza la chispa de los orígenes de Mystiquiel.

Mi infinita gratitud hacia los numerosos *vloggers*, *bookstagrammers* y *booktubers* por todo lo que hacéis para ayudar a los autores a dar a conocer sus libros; y, de hecho, a todo el mundo que lee por placer, gracias por darles a mis historias la posibilidad de llevaros a algún sitio nuevo.

Y, sobre todo, quiero dar gracias humildemente a mi Señor y Salvador por haberme dado la capacidad de tejer palabras para construir mundos, personajes y aventuras que, a su vez, me conectan con agentes, editores, críticos, libreros, bibliotecarios, profesores, alumnos y lectores de todas las edades, una sociedad única y maravillosa que lucha a diario y en cualquier nivel por la alfabetización, y que también son hermanos míos en espíritu.

¿TE GUSTÓ ESTE LIBRO?

Escríbenos a

puck@edicionesurano.com

y cuéntanos tu opinión.

ESPAÑA 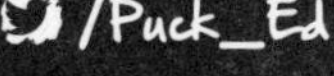 /MundoPuck /Puck_Ed /Puck.Ed

LATINOAMÉRICA   /PuckLatam

/PuckEditorial

¡Gracias por vivir otra
#EXPERIENCIAPUCK!